陈虹羽 ——

著

爱的行距

LOVE

DISTANCE

四川文艺出版社

图书在版编目（CIP）数据

爱的行距 / 陈虹羽著. -- 成都：四川文艺出版社，
2022.3

ISBN 978-7-5411-6158-2

Ⅰ.①爱… Ⅱ.①陈… Ⅲ.①长篇小说－中国－当代
Ⅳ.①I247.5

中国版本图书馆CIP数据核字(2022)第003023号

AI DE HANGJU

爱的行距

陈虹羽 著

出 品 人　张庆宁
出版统筹　赵丽娟　杨　琴
选题策划　木本水源
责任编辑　陈　纯　彭　炜
特约编辑　刘小玖　张文文
责任校对　汪　平
封面设计　琥珀视觉
版式设计　唐　昊

出版发行　四川文艺出版社（成都市槐树街 2 号）
网　　址　www.scwys.com
电　　话　028-86259287（发行部）　028-86259303（编辑部）
传　　真　028-86259306

邮购地址　成都市槐树街 2 号四川文艺出版社邮购部　610031
印　　刷　大厂回族自治县德诚印务有限公司
成品尺寸　145mm×210mm　　开　　本　32 开
印　　张　13　　　　　　　　字　　数　260 千
版　　次　2022 年 3 月第一版　印　　次　2022 年 3 月第一次印刷
书　　号　ISBN 978-7-5411-6158-2
定　　价　49.80 元

作品之间的厮杀，是一场不见硝烟的战争。

目 录

CONTENTS

序章

　　工作到腊月二十七，顾云岚供职的艺文出版社就提前放假了。她和男友张颖约好今天一起回男友的老家见父母。

　　这一见，男友就变成了前男友。

　　张家父母此前似乎并不了解顾云岚家里的情况，听说顾云岚出身单亲家庭后，便偷偷跟张颖嚼舌根，说什么单亲家庭的孩子心理不健康。张颖一味地认尿，顾云岚一忍再忍，张家父母却得寸进尺，话说得越来越难听，最后把顾云岚父亲抛妻弃女的过错推到她母亲的头上。

　　好一个受害者有罪论，顾云岚到底受不了这个气，在这一天晚上九点，微笑着从这个人生地不熟的北方小城滚蛋了。

　　顾云岚和张颖是大二那年在一起的。大四时，张颖考上北京一所大学的研究生，她就找北京的实习机会，很幸运地进了一家老牌出版社，并因实习期表现出色而留下了。两人就这样开始了在北京的生活，一个读书一个工作，到今年夏天，张颖研究生也要毕业了。目前他在一家律师事务所实习，跟着业内一个小有名气的律师。

　　或许爱得也没那么深，只是走到这一步，顺理成章地该谈婚论嫁。

　　可是自被父亲抛下的那一天起，顾云岚便昂头骄傲、漂亮地活着。她不需要同情、怜悯，亦对那些充满恶意的议论抱以相同的敌意。这件事是她心底的禁区，没有人可以践踏。所以她告别得非常利索，甚至连头都没回。

顾云岚所不知道的是，与此同时，在北京的一幢高级写字楼里，国内顶尖内容平台之———久时文化传媒集团的健身房内，有两个人正提及她的名字。

他们在相邻的两台跑步机上，其中一名女性留着利落的短发，穿一身灰色的运动套装，虽然眼角有些皱纹，但身材十分匀称。"我这些日子看了几本近两年的畅销书，有两本很喜欢，你猜怎么着？编辑是同一个人。"

另一名男性微胖，显然有点儿跟不上这名女性的节奏，跑得上气不接下气："于总，您的意思是……"

"艺文出版社的顾云岚，你留意一下这个人。等春节放假回来我们开始春招时，把她挖过来吧。"

微胖男性掏出手机记录下于总话中的要点："一定照办。"

顾云岚挤在春运的队伍里长途跋涉回到南方。快到正月，这座南方小城已不是那么寒冷。顾云岚的妈妈听顾云岚说见男友父母的过程不太顺利，也没多问，只在电话里说早烧好了一桌子菜，就等她到家开饭。

打开家门，却不是印象中妈妈坐在饭桌旁等她的熟悉画面。一个陌生男人和妈妈分坐在小方桌的两侧，同时有些局促地看向她。

不对，说这个男人陌生并不准确。觉得陌生，只是因为这个男人在她十八岁那年与母亲离婚后，就再也没在她生活中出现过。

现在她已经二十五岁了，整整七年。眼前的男人比记忆中的样子老了一些，但老得不多。他看着她，除了局促外，脸上还挂着小心翼翼和讨好的微笑。"岚岚，你回家啦？爸给你带了几套衣服回来，你待会儿试试。"

顾云岚定在门口。

"你怎么在这儿？"

妈妈把顾云岚拉到饭桌前："饿了吧？快来吃饭！"

六盘大菜把小小的方桌摆得满满当当。男人讪笑着递上一双筷子："岚岚，你快坐。"

那双筷子本来就好端端地摆在桌上，根本不劳他再递一下，顾云岚没接："不是，我问你为什么在这儿？"

"我……"男人张了张嘴，一时没组织好语言。

妈妈说："你爸以后不走了。"

"什么叫不走了？"

"岚岚，你先吃，慢慢说。"

顾云岚转身："我先去洗手。"她去卫生间洗了把脸，看着镜子里的自己。张颖他妈说得没错，自己长了张一看就倔强而且脾气不好的脸。别在耳后的齐肩发勾勒出白得没有血色的面庞，如果脸上没有表情，看上去就是冷冷清清的样子。

收拾好自己，顾云岚重新回到餐桌前，坐下后一言不发地端起碗就吃。

一时间，只能听到筷子和餐盘碰撞发出的声音，男人打破沉默："那些事都过去了。"

过去？说得真轻巧。顾云岚没接话。妈妈给她夹了一筷子菜："你爸有他的难处……"

"我无所谓。你们不用在意我的意见。"顾云岚对男人说道，"你也不必跟我解释，你应该问我妈原不原谅你。你的意思是，你打算以后就住家里了？"

男人喉咙里含混地"嗯"了一声。

"生意呢？不做了？"

"不做了，以后好好陪你妈。"

"听说你这几年赚了不少钱，你看看我妈住的这房子，90年代的老楼了，又没电梯，她年纪大了，腿有风湿，爬楼费劲。家里什么都挺旧的。你要是有诚意跟我妈好好生活，就给家里换套房吧。"

顾云岚提这个要求是有原因的。妈妈在一家效益不好的国企做文职，这么多年就挣一份糊口的工资。她自己则在北京努力工作，平时省吃俭用拼命存钱，虽存不够换房的钱，但就想着给家里翻新翻新。家里很多设施都老化了，妈妈用着费劲。而这些年虽未联系，但多少还是听闻过父亲的消息。听说他做服装生意很有起色，搭上淘宝开始发展那几年的东风，创立了自己的品牌，在江浙一带的某个小城买了商品房。

男人的脸上青一阵白一阵："这个啊，不是我不愿意。但……"

"那就是不愿意喽？"

"我现在手头也没钱。生意赔了，资产全都抵押还债了……"

这句话把顾云岚气得哑然失笑："怪不得。好日子跟外面的女人过，好房子跟外面的女人住，破产没钱了，想起家里了？你不会还欠着债吧？"

"岚岚，你这脾气收一收。"妈妈在一旁劝道，"这房子我住惯了，有感情，不想换。你也别老挂念着我这儿，自己在北京上班不要那么节省。以后你爸会做些别的，糊糊口没问题。妈妈也年纪大了，日子总要过下去。"

顾云岚沉默了。说到底，这是父母之间的事。她不过是一个远在外地工作的孩子，没立场闹别扭。

只是，父亲真的不是跑回来躲债的吗？

春节假期这几天，父亲倒也勤快，把家里能修的地方都修了，还主动做饭洗碗。顾云岚想起以前的日子。

说起来，她小时候跟父亲关系并不坏，想成为编辑，还是受父亲的影响。父亲是流行小说爱好者，家里一堆书，什么类型都有，又以武侠和推理最多。自己从小就从父亲的柜子里翻出这些小说来看，他也从不制止。

大约是刚上初中那年，父亲下岗了，他做起了小生意，什么都做。一开始是租书，租影碟，但生意不好入不敷出。后来做服装生意，每半个月跑一趟广州进货。父亲在家的时间渐少，而顾云岚一直保持着看小说的习惯，从流行小说到经典文学。从高中起，她就对未来的职业有了规划——想当一名编辑，挖掘出那些既好看又深刻的故事，与更多的读者分享。

可能正因为和父亲关系不错，在得知父亲有了外遇并打算离开她们母女去和那个女人一起生活时，顾云岚才感到如此刻骨铭心的失望。

那一年，在发觉事态无法挽回，父亲是铁了心要离开后，顾云岚长成了一个浑身披甲、再不轻易示弱的大人。这是父亲送给她的成人礼。

现在，父亲想装作那根刺并不存在，试图一家人像以前那样生活。

顾云岚却不这样想。数日相处，她坚持不用"爸"这个称呼叫他。产生过的伤害并不会平白无故地消失，只是鉴于母亲对他的接纳，她明面上没闹别扭。

假期结束，顾云岚收拾好行囊，独自返回北京。

北京的春天总是来得极晚。

旧砖墙围起的院落内，几棵说不上名字的树仍光秃秃的。一幢有些老旧的四层办公楼立在院中，瓷砖贴的楼面已经斑驳。进楼的玻璃门上方挂着一个不起眼的牌匾，上面写着"艺文出版社"几个字。

一间办公室里摆着四五张办公桌和一台打印机，每张桌上都堆满了 A3 或 A4 的纸稿，纸稿堆中间是电脑。一张张人脸淹没其中。

顾云岚正在处理一份稿件，手机响了，是个陌生号码。

办公室很安静，她去走廊接电话。

对方问："您好，请问是顾云岚女士吗？"

"是我。"

"我们这边是久时文化传媒集团，不知您对我们公司是否有过了解？我们在招聘高级策划编辑，希望能邀请您加入我们。"

久时？在出版行业，没人会不知道久时传媒集团。它从一个专门出版精品网络小说的工作室起家，创造多部畅销神话，经过十余年发展，已经成为国内民营图书公司巨头。她与对方交换了微信，对方说会发一份公司及职位简介到她的邮箱，并约了面试时间。

顾云岚对艺文出版社其实是有感情的，但面对这样一个从天而降的机会，她还是想试试看。

下了班，顾云岚刚到出租屋楼下，就见一个人影在花坛边晃荡。

顾云岚心里一紧，装作没看见，目不斜视地径直往楼里走。可对方显然就是在等她的，几步追上来，叫道："云岚，你等下。"

"有事？"这个龟缩多日的人终于出现了。顾云岚想听对方要如何挽回，但又嘴硬地推开对方："你让让，挡我道了。"

"说完我马上走。"对方拿出一个手提袋，是之前顾云岚上门拜访准备的礼物，"云岚，对不起。我妈说，既然不成，这些东西也挺贵的，还给你吧……是我的错，你挺好的，以后肯定有更好的……"

顾云岚还以为对方至少会解释几句，没想到是来还东西的。她心里感到一阵失望，脸上却笑了笑："张颖，你挺听你妈的话哈。"

"别逞强了，你就是嘴上厉害，有事全憋在心里。以后咱俩还是朋友，你要遇到什么困难了，找我。"

看似善解人意的话，实则将顾云岚耀武扬威的伪装击碎一地。顾云岚说："当我没别的朋友了？"随即又发现，再和此人争论下去也是无用，便说，"我回去了。"

"东西我放这儿。保重。"张颖把手提袋放在地上，无奈地朝顾云岚笑笑，走了。

"喂——"顾云岚拎起那个袋子跨出几步，又发现即使追上去，也只是一番毫无意义的纠缠，遂气闷地站住，转身将袋子扔进了垃圾桶。

终究还是有些意难平。回到出租屋，顾云岚打电话跟小楼痛斥了张颖一个多小时，心里才平衡了不少。

小楼是顾云岚最好的朋友，研三了，读的北京一所985高校的现当代文学方向。最后这半个学期她打算实习，已经确定了要去艺文社。

顾云岚很期待小楼来与她一起上班，两人甚至计划到时候合租一套小房子。能和好朋友一起工作，应该是一件很开心的事，却没想到自己接到了久时文化传媒集团的面试邀请。如果谈得不错，要不要跳槽呢？

艺文社同事间的关系很好，一晃顾云岚已经在艺文社工作三年了，它内部的懈怠，大多数人的安于现状，她再清楚不过。

出版社工资低，一碗水端平，努力工作和混日子的人到手收入竟然差不多，想要做出点儿成绩，却难以得到其他部门的配合，没有专业的营销人员，发行部不去开拓新渠道，而是守着以前那几个关系好的书商吃老本——对，老牌大社的确有很多老本可吃，但在竞争如此激烈的今天，老本还能吃多久呢？

艺文社是个舒适的地方，但若想要跳出舒适圈，去更大的舞台施展自己的抱负，久时是个不错的选择。

约定的面试时间就在次日，顾云岚如约前往。

久时文化传媒集团位于北京某甲A级写字楼，出了地铁口只需再步行几分钟。园区内，草坪虽还未绿，但土刚翻过，早早散发出春天的气息。进入写字楼的大堂，锃亮的白色大理石从地面一直铺到墙面，南侧凸出去一块带玻璃顶的区域，有一家咖啡店。

指引板上显示五至十楼都是久时的办公区。到五楼前台登记后，没过一会儿，一位微胖的男士来了，自我介绍道："顾女士，您好，我是和您联系的程鹏。请跟我来。"他递上一张名片，职位那一栏写着"人力资源总监"字样。

两人在一间小会议室里面对面坐下。

寒暄几句后，程鹏直接说："来我们久时吧。在这儿，我们所有部门都没有短板，你只管做你喜欢的内容，后续的营销、发行、IP [1] 推介，都有专门的部门负责。同样一本书，我敢打包票，你在久时做，比你在艺文社做，能让更多的人看到。"

对方好像能看穿顾云岚心里的想法似的。他说的每句话，都正好戳中她的心思。顾云岚明白，程鹏提到的几点都是艺文社，甚至是所有老牌出版社的通病——宣传落伍，也缺乏向内容下游，即影视游戏等产业链扩散的激情。他说的话虽然听起来自大，却是事实。

"我……"

程鹏又说："能不能冒昧问一下，您现在的薪资是多少？"

艺文社工资的确不高。顾云岚语塞："这个……"

"我给您我权限内的最高条件，不管您现在的薪资是多少，您来我们久时，我们给您开两倍。而且，我们每年年终奖，是根据编辑该年度内负责策划的书籍码洋，给予1%的提成。如果您编辑的图书畅销，这笔提成是非常可观的。"

顾云岚的心脏突突跳着，她在大脑里飞速计算，按照这个提成比例，自己在艺文社工作的这几年能拿多少年终奖，答案是——之前的十倍。这个条件没理由拒绝。顾云岚几乎立刻就要答应，但矜持令她忍住了，只说："谢谢，我考虑一下，晚几天给您答复。"

周末，顾云岚和小楼出来看电影，她把这事跟小楼说了。顾云岚觉得有些抱歉："我真的挺想去久时的，你还要进艺文社吗？不如你也来久时？"她把两边的利弊给小楼分析了一番。

本来担心自己放鸽子会令小楼不爽，结果对方很大度地摆摆手：

---

1 知识产权，在本文语境下可约等于指原著小说。

"我还是想去艺文社实习，毕竟是老牌大社，刚毕业去那里学学行业规范。你决定要去久时就去嘛，咱俩情况不一样，你不用顾虑我这边。"

"那我们还合租吗？"

"那当然了！"小楼在手机上摆弄着地图软件，"我看它们之间隔得也不算远，找个中间位置吧。跟你同居的机会，我才舍不得放过呢。"

新一周的周一，顾云岚给程鹏回邮件，接受了久时文化传媒集团的 offer（录取通知），同时向艺文出版社递交了辞职报告。小楼则作为新人来艺文社报到。

目前，顾云岚手上最重要的作者是肖遥，他写的悬疑小说带有很强的社会派色彩，一桩桩故事总能折射出令人毛骨悚然的人性，徐徐展现时代的方方面面。肖遥的作品很受读者欢迎，业内口碑也十分好，目前最畅销的一部作品卖到了近 50 万册。另外顾云岚还有两个"10万 +"量级的作者，是写青春小说的女生，有很多学生粉丝。

这三名作者虽然一直是与社里签的单部作品出版合同，没签个人全作品的代理协议，顾云岚此次跳槽，若把他们当资源带去新东家，也算是正常操作，但她没这个打算。

因为顾云岚留下了重要作者资源，她的辞呈很快通过了审批。

交接工作时，她把这三个作者转给小楼负责。一是她知道小楼做事细心，不会耽误作者；二是有好作者在手上，小楼的压力也能小点儿；三是把重量级作者留在老东家，算是她对艺文社知遇之恩的回报。

小楼看到作者名单时吓了一跳："岚岚，你要把肖遥转给我？"

"不想要啊？"

"没有没有，我超喜欢他的小说啊！真的要给我？"小楼先是惊喜，随即又面带愁容，"我还没什么经验，万一他的新小说没做好，毁在我手里，怎么办？"

"不会啦。其实做编辑，最重要的就是有耐心，还有，发自内心地喜欢自己编辑的作品。只要把那些作品当自己的孩子对待，一定可以做好的。"顾云岚给小楼打气，"我随时给你支援。"

"嘿嘿，请你吃好吃的。"小楼搂住顾云岚，"所以，我这就开始找房子了哦，到时候咱俩搬到一起住。"

"嗯，就这么说定了。"

久时文化传媒集团，副总裁办公室。

程鹏拿着一份人事表格，显得颇为为难："于总，您上次提过的顾云岚下周一就入职了，方昊是郑总那边的人，您真要把顾云岚放到他那儿去？"

"我没这么想。不管是谁的人，让人才去适合自己的地方才对。顾云岚选小说眼光很独到，去原创小说部最好不过，要不然呢？我不是来这里搞派系斗争的。"

程鹏忙不迭地点头："是我境界低了。于总，还是您有眼光。"

过了一会儿，于总又说："对于一个做内容全产业链开发的集团而言，原创小说才是重中之重。"

程鹏咂摸着于总话里的意思，退了出去。

CHAPTER 1
初 见

01

三月下旬，顾云岚到久时文化传媒集团报到。

在报到处，人事部的同事指引她填完各种表格，发了内含员工手册、工卡、基础办公用品的文件袋给她，正要带她去工位，程鹏走了进来。那名人事部的同事退到一边："程总。"

程鹏说："我带她过去吧。"

顾云岚跟在程鹏的身侧。程鹏介绍道："之前发的 offer 里都写清楚了，我再向你说明一遍。久时的内容中心分原创小说部、海外图书引进部、社科随笔部三个部门。你属于原创小说部，职位是高级策划编辑。分管领导是该部门的内容总监方昊。"

顾云岚点头。

程鹏又说："不过，知道是谁招你进来的吗？"

被程鹏这么一问，顾云岚才想到，自己莫名其妙地接到久时的邀请电话，既没递交简历，也没考过笔试。就连面试，也只是跟 HR 谈过后便定下来了，业务上的分管领导，或者更高级别的上级，一个都没见过。可能是因为毕业时找工作太顺利，实习后就直接转正了，她对基本的应聘流程没概念，当时竟没多想。她茫然地摇摇头："不知道。"

程鹏神秘地笑笑："是于总亲口点名要挖你来我们久时的，她看了你之前做的两本书，很欣赏你。"

"于总？"

"她是分管整个内容中心的副总，负责公司好几条出版产品线。你以后有什么不懂的，可以多向她请教。"

顾云岚立即在心里把于总和之前的编辑室主任的形象联系在一起，虽未谋面，却平添几分亲切。

程鹏引顾云岚熟悉了公司环境，依次带她看了健身房、淋浴室，以及每一层的茶水间和休息处。原创小说部位于七楼，程鹏带她来到一片大办公区，指着窗边一张摆了台电脑的桌子说："喏，你工位在这儿。"

整个部门约莫三十人。其他同事正在忙手头的活儿，他们抬头看了看顾云岚，没打招呼。程鹏又带顾云岚走进她工位对面一间磨砂玻璃隔出来的独立办公室里，介绍电脑屏幕背后的那个人说："这位就是你们部门的内容总监，方昊。"

被介绍到自己，那人却并未起身，他伸出一只手，将显示器推向一侧，露出半张脸。他甚至连头也没抬一下，只是动了动眼皮，淡淡地说道："哦，顾云岚吗？"

办公室侧面的落地窗拉着百叶帘，阳光一行一行地照进室内，光影明暗交错。此人约莫三十岁，如冰雕般的脸上，一双眼睛细长漂亮，却如深潭般一丝情绪也不透出，眼中的神色比他的表情还要冷，仿佛拒人于千里之外。他修长的五指在办公桌上敲出一串串轻微的声响，显得心不在焉。顾云岚不由得皱了皱眉。这个上司，看起来很难沟通的样子！

程鹏说："方总，人事那边的手续已经办好了，人交给你了，后面的工作就由你给她安排了哈。我先走了。"

方昊幅度极小地点了下头，从喉咙里"嗯"了一声。

程鹏走后，顾云岚有些尴尬地站在办公室内。她学着程鹏的样子叫他："方总，那个，现在有需要我做的工作吗？"

"之前做过编辑？"

"做过。在艺文出版社做了三年。"顾云岚想起，自己从未给久时提交过简历，补充道，"我待会儿发一份简历给您。"入职后才交简历，这算什么操作？

"不用了，有经验，知道编辑该怎么做就行。那我不用派人带你了吧？"

"呃，不用……但我还不清楚咱们公司流程上有什么习惯，有人给我介绍一下的话，我可以更快地上手。"

"好。冯娜是我们部门资历最深的编辑，我让她给你讲讲，去吧。"

顾云岚想问"冯娜"是谁，但见对方下了逐客令，不好意思再问，只得回到自己的工位上。她先打开了电脑，默默地安装了几个常用软件。快半个小时过去了，她还是不知道"冯娜"是谁，也没见方昊出来安排这件事，更没人叫她。

没办法，顾云岚只得又小心翼翼地去了方昊办公室，在门上敲了敲："方总，您刚才说的让人给我介绍工作流程，您是不是要跟她打个招呼？"

方昊说："我在微信上给她说过了。"

"噢。那，那……"见对方似乎很忙，顾云岚把疑惑咽回肚子，道了谢，重新回到工位，不好意思地戳了戳旁边同事，"请问，冯娜是哪位？"

旁边的同事是个精致男孩，整个人收拾得干净得体，一双手保养得细皮嫩肉，还隐隐散发着一股男士淡香水的香味。他指了指斜对面，与顾云岚他们这排工位面对面相向的一名女性。

冯娜看上去比刚才那名总监年纪要大上好些，一脸倦容。

顾云岚走过去，恭敬地说道："您是冯娜姐吧？我是新来的顾云岚，方总说请您给我介绍公司的工作流程，不好意思，占用了您的工作时间。我会尽快记下来的。"

冯娜扭头看了看顾云岚，眉一挑："听说你编辑过好几部畅销书，很有经验啊？"

"那都是运气好，我还有很多需要学习的……"

"我们这儿流程没什么复杂的。就是自己去找作者，自己报选题。选题通过了，就自己负责后续的责编工作。就这样，没了。"

顾云岚还想再问，但又觉得对方好像没耐心详细讲解，而且也不能说对方没给她讲清楚，这几句话已经让顾云岚明白自己要做些什么，她只是对冯娜的态度感到有些疑惑。

"你别杵在这儿了，我很忙。你应该有不少作者资源吧，随便拿个新稿来不就行了？"

"谢谢冯娜姐。"顾云岚没理会冯娜语气里的揶揄，结束了交谈。

一上午就这样过去了。中午也没同事来邀请顾云岚一起吃饭，大家各吃各的。顾云岚点了一份外卖，打算去茶水间冲杯咖啡。

在茶水间门口，她听见里面有两个同事在议论。

"那个新来的顾云岚，你知道是谁的人吗？"

"谁啊？"

"于总。听说招进咱们部门时，连昊哥都不知道。人都招好了，才通知他的。"

"于总插个新人进我们部门干吗？不是说，娜姐经常跟于总一起锻炼？"

"那我就不知道了。"

顾云岚转身离去，尽量没弄出声响。

入职前的周末，顾云岚和小楼一起搬进了一套新找的两居室，开始了合租生活。今天下班回家，她本来要跟小楼吐槽，没想到小楼也是愁眉苦脸的，在她进门时正四仰八叉地躺在沙发上。

顾云岚去躺到沙发另一侧，有气无力地问："你怎么瘫在这儿了？"

小楼叹气："还说呢，有个人，听电话里的声音，应该是个中年男人吧，之前给我们投稿来着。质量特别差，一般这种稿子都是分发给新编辑看看，然后写个退稿信回复邮件就行了。所以他的退稿信是我回的嘛。结果他今天打电话到社里，非要找我谈谈，跟我一番高谈阔论，说他的作品好在哪儿，我没看出它的好来，还说我工作不认真，要投诉我，让我找主编看他的稿子。"

顾云岚无奈道："我以前也遇到过这种人。是挺没辙的，你别往心里去，别当个事。"

"嗯。"小楼说，"同事也是这么跟我说的，后来我实在跟他纠缠不清，还是他们帮我打发掉他的。你呢，怎么也一副不开心的样子？"

"别提了。我今天去报到，没一个同事搭理我。后来我才知道，他们不搭理我是有原因的。"

"什么原因？"

顾云岚把在茶水间门口听到的对话跟小楼说了，分析道："我们部门总监方昊不是于总的人，而我是于总招进来的，怪不得他对我那么不屑。还有，那个冯娜跟于总走得很近，那她就跟方昊不对付。结果，冯娜以为我是于总安排过来的心腹，她对于总的讨好没起作用，因此很排斥我。你说我冤不冤？连于总面都没见过就成了她的人，还把总监和最资深的编辑两人全得罪了。普通同事当然更不喜欢我这种走领导关系进来的员工，都是敬而远之。"顾云岚望着天花板，"这叫什么？人在家中坐，锅从天上来。"

小楼有些同情："这么惨？"

"总之，我对在久时的职业生涯有了一种不好的预感。"顾云岚支起身子，"哎，算了，先不想这些了。你吃了吗？我去煮面。"

面煮好了，小楼凑上来，嘴里叫着"好香啊"。

"一碗面而已，别这么夸张。快吃吧。"

两人一人端了一碗。顾云岚正要吃，手机响起新邮件提示，随后跟着收到一条微信："小岚姐，我的新小说写好了，发到你邮箱了，请查收。辛苦了，祝你工作顺利。"发信人是段朝夕。

辞职前，除了留给艺文社的那三个畅销作者外，顾云岚给其他有过合作的作者发过消息，表明自己将跳槽到久时文化传媒集团。他们若还想继续和艺文社合作，她就让新编辑负责对接后续新作的出版事宜；若仍想让自己当责编，自己则会在久时文化传媒集团操作他们的新书。

段朝夕是顾云岚一手挖掘的作者。在艺文社时，顾云岚一直负责自由来稿邮箱的初审工作。老实说，自由来稿中，90% 以上的稿件都达不到出版标准，而那个下午，段朝夕的作品却让她眼前一亮。那是一部民国背景的小说，叫《失落的果实》[1]，讲的是几个家族的年轻女子在变革年代或追求自由，或循规守旧而有了不同命运，并在各种机缘巧合之下发生纠葛的故事。

将错综复杂的人物关系娓娓道来，又置于风云变幻的时代洪流之中，顾云岚凭经验判断，这样结构庞杂的作品，一定是某位极有经验的作者写出的。可她去网上搜作者的名字，却一无所获。

联系上作者后，发现对方竟然只是一名大学生，这让顾云岚如获至宝。为了让这部惊为天人的作品早些面世，顾云岚花了很多心血，加紧完成了编辑工作。

顾云岚坚信自己的眼光没错，该作品十分精彩且具有时代特色，可不知问题出在哪里，这本书的销售状况远不如预期。因为作者是新人，社里只批了 8000 册的首印数。当时顾云岚没多争执，只想着卖完再加印就可以了。事实却是，上市半年，不仅 8000 册没卖完，发行出去的 6000 册还被退了一半回来，最后的实销数据只有 3000 多册，其余的书全部"烂"在了库房里。

顾云岚没将真实销售情况告诉段朝夕，可即使如此，她仍替作者

---

1 本作中提及的所有作品，包括作品的作者、情节，均为虚构。

感到遗憾。她反思过这个案例，明明是精彩的好小说，为什么市场接受度不高？艺文社的新媒体宣传是弱项，新作者没有读者积累，出版了作品，如果没有强有力的宣传，就不会有人知道，更何谈卖出去。但把责任全归于宣发的懒政，就万事大吉了吗？

此后两年，顾云岚虽然一直鼓励段朝夕写新作，但段朝夕只说正在写，并未交稿。顾云岚一度以为，她是不是因处女作销量惨淡，从而放弃写作了？此时收到她的新稿，无疑是一个惊喜；对于刚跳槽到新公司、亟需作者资源积累的顾云岚而言，更是一场及时的甘霖。利用久时文化传媒集团的平台，与公司内高效的营销、发行部门配合，是否能让段朝夕凭借这部新作翻身呢？

顾云岚赶紧回信息："太好了，我会尽快看完给你回复。"

小楼敲敲顾云岚："你捏着手机傻笑啥？面凉了。怎么，有新情况？"

"什么新情况，"顾云岚根本没听出小楼话里的含义，光顾着兴奋，"我的作者交稿啦！你知道吗？对于一个编辑而言，喜欢的作者交了新稿，那就是过年啊！"

顾云岚当晚就读完了段朝夕的新作。这部小说仍然是她擅长的女性命运纠葛题材，并保持了上一部作品的水准。

第二天，顾云岚与段朝夕交换了对稿子的意见。根据顾云岚对段朝夕个性的了解，这是个性格较为内向、敏感的作者，因此她以赞美为主，表达了对其新作的欣赏，同时指出了几处值得修改的小问题。顾云岚说："放心交给我吧，这次一定可以比上本卖得好。"

段朝夕回复："拜托了。我会尽快改好的。"

顾云岚开始准备选题申请表。出版社出版图书需要经过三审三校的流程，在久时则由策划编辑上报出版选题，内容总监方昊进行复审。内容总监通过后，这本书就可以立项了。

此外，每个月的全体部门选题会上，编辑会上报自己手头的新选题。如果有同事提出明确反对意见，那么这个选题还需进行重新考量，但这种情况基本不会发生。

　　偶尔有作品的初审编辑和方昊意见出现很大分歧，则在选题会上进行全体编辑投票表决。

　　只花了一周，段朝夕就完成了对初稿的修改。顾云岚将作品连同选题表一起，发送至方昊邮箱。

　　又过了一周，一个下午，顾云岚正在某个文学网站上寻找潜力作品，办公桌上的电话突然响了。来公司半个月，这部电话从未响过，铃声令顾云岚感到一惊，为了不打扰同事，她迅速接起来，听筒里的人说："我是方昊，你到我办公室来一下。"

　　这个声音没有一丝波澜，像静止的湖面。

　　应该是段朝夕那本小说的事吧？顾云岚琢磨着，作为负责整个部门的内容总监，一周就能给出复审意见，效率还是挺高嘛。以前在艺文社，等总编的意见等一两个月是常有的事。

　　进久时这么久，顾云岚还从未跟方昊有过业务上的接触。每周例会上，方昊只是一言不发地听大家汇报工作情况，之后他再总结一下，并有针对性地对下一周的工作重心进行调整安排，从不说多余的话，也不拖延会议时间。此时顾云岚有些好奇，这个方昊对小说风格有什么偏好？业务能力到底如何？

　　老实说，顾云岚对自己挑作品的眼光很自信。对于一个入行才三年的编辑来说，能做出一部 50 万级、两部 10 万级销量的作品，是十分亮眼的成绩，这也是她被挖来的原因。

　　方昊没有关办公室门的习惯。顾云岚在开着的门上敲了敲，示意自己来了，之后走进去，站在办公桌前："方总，请问有什么事？"

　　"顾云岚。"对方像念一个陌生的词语一样念出她名字，停顿片刻后才道，"听说你之前在艺文社做出的成绩很不错。"

"还行吧……"顾云岚应着。她听不出方昊的语气，看不透方昊的表情。她不知道对方说这话的意思，但有种不太好的预感。

"我不知道你之前那些成绩是怎么来的。到了久时，就想用这种东西应付？"方昊修长的手指拈起办公桌上一张 A4 纸，举到顾云岚眼前晃了晃。

顾云岚看出那是自己上交的选题申请表。她皱起眉："我绝没有半点儿应付的意思。这部作品您如果读了，就应该知道，其质量完全可以达到出版标准，不仅仅如此，即使拿去和很多已出版的小说比较，质量也算上乘。"

方昊头靠在办公椅上，下巴微微仰起："所以呢？"

"所以？所以我提交了选题，希望能立项出版啊。"

"就这？"

一时间，尴尬的气氛在办公室里蔓延，顾云岚感到有点儿窝火，这个方昊到底懂不懂小说？小说写得好不好，他看不出来？哦，怪不得他这么快就能给出复审意见，敢情他连小说都没读？她平复了一下心绪，解释道："这个作者非常有潜力，这部作品好在哪里，我都在选题表上写清楚了。您如果没时间亲自读作品，希望您相信我作为专业编辑的判断。"

"这个选题，我不同意通过。"方昊斩钉截铁地说道。

顾云岚感觉脑子里"哐当"一声。半个月来，因为被误认为是于总的人，同事对她视若不见，那些事桩桩件件在脑海里炸开，她的脸上没有表情，手却捏成拳头，食指和拇指不断摩挲着。因为没和你站一个队，因为是其他派系的领导招进来安排到你部门的员工，你就要否认我所做的努力，并用权力打压我，毙掉我的选题，不给我任何机会？

顾云岚强忍着，没把这些话问出口，只冷冷地反问："为什么不通过？"

"把那些没价值的选题毙掉，是我坐在这个位置的责任。你不会认为只要你交选题上来，我就得通过吧？"

"你说这个选题没价值？"

方昊长长叹了口气，一副无奈的样子。他指向选题表中"作者简介"一栏："你就在这栏填作者毕业于哪所大学，现在在做什么工作，出版过什么？"他念道，"段朝夕，毕业于 x 大，目前在一家广告公司做设计。出版过《失落的果实》一书。这就完了？这些信息有什么用？"

顾云岚一时语塞，可作者简介不写这些，该写什么？

方昊接着说道："一个选题是否有价值，最重要的判断依据是作者的过往成绩，以及这部作品在网上的数据。你报的这本小说不是网络小说，没有网络数据，因此要以作者过往成绩作为判断标准。《失落的果实》是你之前在艺文社做的书吧？销售成绩你不是最清楚吗，为什么不在选题表里写明？"

顾云岚自知理亏，承认道："……下次我会注意。"其实，不写销量的主要原因是那本书销量实在不值一提，写上的话，并不会带来什么正面效果。

方昊说："我查过数据了，虽不完全精确，但她那本书的销量不会超过 5000 册。从质量上看，她这部作品跟上一部相比，没有质的突破，因此这本书面世后，大概率也是重蹈上一本的覆辙。不赚钱的买卖不做，这就是我不通过选题的理由。"

这话也没错，但顾云岚不服气："照您这个说法，所有之前不畅销的，或者没出过书的作者，就都不配再出书，不能再有机会了？那就永远不会有新作者出头了。"

"这样的作者可以尝试把作品放到网上增加曝光度，或者去找那些出版图书成本较低的出版社，或者找出足够打响的卖点。我们只是一家民营图书公司，不是帮作者实现梦想的慈善机构，最理性的做法是找有读者基础的作者合作，我只是尽量保证我们做的每一个选题不要亏钱。"

文学作品怎么可以像商品一样用这种方式判断价值？决定要不要

出一本书，难道不是根据作品本身的质量来决定吗？顾云岚盯着眼前的男人："您说的都对，但我不认同。而且，我不认为段朝夕这本书不能赚钱。只要找到合适的营销方式，这样的好作品一定会有接受它的读者。如果您坚持不通过这个选题，我希望可以过会表决。"

顾云岚觉得方昊脸上闪过一丝不易察觉的笑容，像静止的湖面终于闪动一缕波纹。她不知道自己是不是看错了，如果没有看错，方昊为什么会笑？是笑自己幼稚，还是表示不屑？

方昊同意道："好，那你准备准备，本周五开会讨论吧。"

顾云岚将段朝夕的小说群发给了部门所有同事，表示这个选题将在周五的会上进行讨论，请大家事先阅读。不过她很清楚，大部分同事都忙着编辑自己手头的书稿，并不会认真看别人的选题。因此她做了一个PPT，打算在会上展示。

很快，到了周五例会时间。

会上，配合PPT的讲演，顾云岚梳理了这部作品的人物关系、故事脉络，她尽量精简地将作品最大的亮点提炼出来，而且没有回避作者之前那本书惨淡的销量，最后总结道："《不乐园》这个故事，并未塑造传统意义上拥有典型性格的人物，每一个角色都充分展现了其性格中的复杂性和多面性，正因如此，它更好地展示出现代都市丛林下女性的生存困境。以都市女性为目标受众进行宣传的话，她们可以在这本书里找到很强的共鸣点。虽然作者的上一部作品销量平平，但这不是我们拒绝她这部作品的理由。我相信，以久时的影响力和宣传能力，这部作品可以获得它应有的市场效益。"

会议室里无人说话。

顾云岚站在会议桌一端的大屏幕前，坐在会议桌两侧的同事见她讲完了，开始各干各的。有的在笔记本电脑上敲击，好似在忙别的什么工作；有的在和旁边的同事小声耳语，不时掩嘴轻笑；还有一个同事，在本子上写写画画，因为坐得离大屏幕较近，顾云岚看到对方在本子上画了只乌龟，画得还挺萌的。所有人，不管干着什么，都没有再多看大屏幕一眼。

坐在会议桌另一端的方昊则一直抱着双臂，一副置身事外的样子。

无奈，顾云岚只得继续往下说："不管大家有没有看过小说，通过我刚才的讲解，大家应该已经了解这部作品的主要情况。我有信心将它做好，请大家相信这一点。"

还是没人搭话。

"那……"顾云岚说道，"同意这个选题通过的同事，请举手。"

没人动。

顾云岚感觉如芒在背，只得靠自嘲消解此刻的难堪："看来大家都不愿意动，我得换个问法。那，不同意这个选题通过的，请举手。"

仍旧，没人动。

顾云岚感到自己受到了侮辱。她面对的仿佛是一群哑巴、一群聋子、一群盲人，她表演了半天，却如同没有观众的小丑般愚蠢。

是的，是很愚蠢。加入久时文化传媒集团以来，感受到的同事的冷漠和疏离还不够多吗？之前怎么会天真地认为，只要开选题决议会，就有可能通过方昊不通过的选题？

就在顾云岚觉得自己无法再多绷住一秒时，方昊开口了。

"小说大家都看了吗？你们不表态，是不是都还没看过原文？"

"方总，我们不表态，是因为觉得这个程度的选题，根本没有讨论的必要。这是浪费大家的时间。"冯娜说。

坐在冯娜对面的何纬劝道："娜姐，云岚刚来，可能不了解情况。"

何纬就是工位在顾云岚旁边的那个潮男。他是另一名高级策划编辑，部门里目前处在这个职级的，也就冯娜、何纬和顾云岚三人。

这些日子里，何纬是为数不多的和顾云岚搭过几次话的同事，平时话多、爱八卦。他向顾云岚介绍："之前开讨论会的作品，要么是题材敏感，需要大家一起判断出版风险，要么是写法十分超前、大胆，不好判断读者对其的接受度。"

冯娜抢过话头："这种十八线作者写的小说，又没什么惊世骇俗之处，以后就不要再拿出来讨论了。大家都挺忙的。"

何纬宽慰道："你别气馁，选题被毙掉是很正常的事……"

"我知道了。"顾云岚关掉 PPT，将自己的电脑与大屏幕断开连接，整理好数据线，默默地坐回自己的座位，心情低落到极点。

例会还在继续，大家开始例行汇报、总结工作。顾云岚虽然不想让方昊和其他同事看自己笑话，却也无法做到权当无事发生。

开完会，已经超过平常的下班时间。冯娜在一旁跟同事嘀咕："真是的，什么垃圾都拿来开选题会，当我们的时间不值钱吗？今天我还答应儿子早点儿回家的。"

"就是啊，我今晚还约了朋友吃饭。"

顾云岚装没听到。她收拾好东西，感到身心俱疲，埋着头看着鞋尖走到电梯间。当她要去摁电梯按钮时，猛地看见方昊站在一旁。

顾云岚可不想跟上司乘坐同一部电梯下楼，她转身就往回走，却被方昊叫住了："顾云岚。"

"我，我忘拿手机了。"

"你手机不是在你手上？"

"啊？噢，对……"

此时电梯到了，方昊走进去，手挡着门，见顾云岚还站在原地："你不走？"

"哦，走。"顾云岚硬着头皮进了轿厢，站到角落。这么高的一幢写字楼，电梯里居然没有别人？

方昊盯着显示楼层的液晶屏，像在自言自语，实则是对顾云岚说："今天的事，我料到他们不会通过你这个选题，只是我没想到他们是这样的态度。我不是故意要让你难堪的，抱歉。"

为什么要假惺惺地猫哭耗子？没人同意这个选题，不是正合你意？委屈像一场对顾云岚迎头泼下的倾盆大雨，让她狼狈地浑身湿透。可她从十八岁起就明白一个道理，越是委屈，越不能在对手面前哭。示弱就输了。既然受到所有人排挤，就没必要辛苦维护面子上的和平，不如就此宣战，要么赢，要么拍屁股走人。

顾云岚飞快地在脑海里组织语言，还击道："方总，好一招借刀杀人哪！杀完之后再装好人，当我真的很傻？"

方昊转过头，向来波澜不惊的脸上浮现出一丝怒色："什么借刀杀人，你在说什么？"

看到方昊一副被人戳中痛点的样子，顾云岚心里燃烧起熊熊斗志："你们拒绝通过这个选题，是因为对我个人有成见，而不是基于对作品本身的判断，这样得出的结论理应无效。"

"我之前给你讲的那一堆图书商业运作的道理，你是没听见？"

"您说得很对，但我认为那不是通用法则。这本小说，我一定要做出来。"

"部门都没通过选题，你上哪儿做去？"

"您忘了我是于总的人吗？于总应该有权限立项吧？"

电梯抵达一楼，门"叮"的一声滑开，顾云岚脸上带着微笑，做了一个请的手势："方总，您先走。"

方昊黑着脸："你走吧。我到负二取车。"

02

一辆黑色 SUV 从地下停车场驶出，开上干道。周五的夜晚，街上分外热闹。

修长的手指握着方向盘，开车的男子微微蹙眉，眼中映着初上的华灯。此时，放在扶手盒上的手机开始振动，来电联系人显示为"老郑"。

　　男子在车载中控屏上轻点两下接通电话,对方的语气不那么和善:"方昊,你在干什么?你知不知道世间无欢拍成电视剧的那本书,出版权被春光拿去了?"

　　春光工作室成立不过一年出头,却已经拿到 A 轮融资,一时间风头正劲,出版了十几部畅销书,并全部卖出了影视改编权。据说他们的惯用路数是给作家开出高额版税,如果作家跟其他图书公司有约在先,他们甚至不惜替作家出违约金,以此拉拢若干头部作家。图书市场就是这样,1% 的头部作家赚 99% 的钱。

　　方昊只是"哦"了一声,表示自己听到了。

　　对方这下更急了:"你就这态度?再这么下去,我们久时干脆被一间二十几人的工作室打垮算了!"

　　"世间无欢之前跟我们也没合作过啊。现在他要跟谁合作是他的自由,他本来就不是我们的作者,急什么?"

　　"你还好意思说,世间无欢最早不是你在天下文学网上带火的吗?我不知道你俩是怎么回事,按理说,你来到久时,他就应该在我们久时出书。之前的事我不跟你追究了,总之,不能再让春光做大了。他们现在要出的这个作品,不管用什么代价,你都得给我签下来。"

　　"不管什么代价?"方昊轻哼一声,"拿我们整个集团的现金流去换,行吗?老郑,公司账面上,现在有多少现金?你告诉我,我好有个数,去谈条件。"

　　"方昊,我没跟你开玩笑。下周内,我要看到他跟我们签的出版合同。"

　　方昊正色道:"知道了。"

　　挂了电话,方昊将车行驶到辅路上,靠边停好。方昊在手机通信录里找到"世间无欢"这个名字,停顿了几秒才拨出电话。

　　那边接起来:"喂。"

　　"我是方昊。你现在在哪儿?"

"我知道你是方昊。"对方沉默了一会儿，"我给你发个地址。"

半分钟后，方昊的微信上收到一个地址。他与世间无欢的聊天界面里的上一条信息，还是三年前群发的春节问候，再上一条，是四年前群发的春节问候。

方昊把地址输入导航 App，掉转车头，朝另一个方向开去。导航的目的地是个中高档小区，地下车库只对业主开放，小区内人车分流，外来车辆不能进入。方昊将车停在路边，步行前往。

小区内，植物层层叠叠，小径两旁开了不少早春的花。方昊找到目标单元，在门禁系统上输入楼层和房号。很快，门锁发出咔嗒一声，对讲机里响起人声："上来吧。"

一梯两户，上去后，世间无欢家的门虚掩着。方昊敲了敲，径直走了进去。

这是一个没有玄关的户型，进门后，左手边是厨房和餐厅，右手边是客厅，左前方有一条走廊，走廊尽头是主卧，两侧是两间起居室和一个盥洗间。

客厅和餐厅亮着灯，但没人，除了餐桌上放了一个大外卖袋外，整体收拾得倒还算干净。室内是简约现代的装修风格，灰色调，电视墙的壁龛里有一些限量手办和古怪的摆设。方昊穿过大厅朝走廊走去，一间起居室被改装成了看起来十分舒适的书房，三面墙都立着通顶的书柜，中间一张长长的书桌，上面并排摆着一台苹果一体机和一台笔记本电脑，一体机旁堆着一摞资料。书房内没开灯，只有电脑屏幕的光和窗外的灯光，倒也不显得昏暗。世间无欢背对着门，面朝落地窗户，坐在一张人体工学椅上，手在键盘上噼里啪啦地敲打着。

方昊没打扰世间无欢的工作，只给他发了条微信：我在客厅等你。

方昊回到客厅，坐在沙发上，开始用手机看一份书稿。直到他将这份书稿看完，又看了会儿新闻，世间无欢终于从书房出来了。方昊一看时间，已经过去了两个多小时。

　　世间无欢并未对这两个小时的等待多做解释，方昊也不认为有何不妥。这是他俩很多年前培养的默契。那时世间无欢尚未出名，方昊也只是天下文学网的一个小编，在阴暗逼仄的出租屋内，方昊为了催促世间无欢按时更新，不知这样等过多少次。

　　方昊问："无欢，今天的任务写完了？"

　　"新作上架，我爆更[1]一周了。今天你来，我少更一章。怎么样，够意思吧？"无欢打开餐桌上的外卖袋，里面是一个比萨盒。他取出比萨放进烤箱加热，"而且为了迎接你，我还叫了个比萨。不好意思，冷了。"

　　"没事，热一热也一样吃。买房了？"

　　"嗯，买的。"

　　"恭喜。"

　　"你今天不是来恭喜我乔迁新居的吧？我搬进来快两年了。"

　　"我说话也不喜欢绕弯子，无欢，我现在在久时，你要出的那套书，给我们吧。"

　　"哦？"

　　"我跟人合作，从不拿人情交换利益，你给我们出，不会让你吃亏，春光给你什么条件，我们久时照样给。就平台而言，久时更大，同等条件下，你可以优先考虑我们。"

　　无欢笑了："对我来说，在哪儿出版都一样，但你方昊都开口了，我哪有不给的道理啊！春光的条件，我给你们打八折。"

　　"那就这么说定了。你给我列下条件，我回去拟合同，咱们下周签约。春光那边违约的事，我帮你解决。"

　　"放心好了，我还没跟他们签合同呢。春光说签了我的新作，只是他们为了宣传放出去的烟幕弹而已，他们老板是抱着一百万的预付版税来找过我，不过我还没点头。"无欢从烤箱里端出比萨，"吃吧。"

1　指作家在网上连载小说时，比常规频率更高地更新章节。

　　对于之前五年几乎断了联系这件事，两人都没提，好像那道时间的缝隙并不存在。

　　一间装潢普通的民居内，顾云岚生无可恋地趴在铺了新布的布艺沙发上。下班时脑子一热，话就出口了，等那股劲头过去，她后悔了。

　　小楼订了炸鸡外卖，打开电视："别趴那儿了，快来追剧。"

　　顾云岚一动不动："没心情看。"

　　"乖，吃炸鸡。"小楼捏着一块炸鸡递到顾云岚嘴边。

　　"没心情。"

　　"小岚岚，你又怎么了？"

　　"我亲口和方昊说我是于总的人，还说要去找于总特批我的选题……实际上，我连于总的面都没见过。"

　　"那你干吗这么说？"

　　"我只是想在吵架时显得有气势……"

　　"你这是自杀式吵架啊。"小楼抚额。

　　"那能怎么办？放出去的狠话泼出去的水，说都说了。"

　　"要不，你就当什么都没发生，不提这事儿了。那本书就不做了吧，再找别的选题嘛。"

　　"那怎么行？"顾云岚从沙发上坐起来，"作者辛辛苦苦写出来的作品，也不比其他成名作者写得差，只因为作者本身不够有流量，就要让她的心血付诸东流吗？我作为她的编辑，她是信任我才将作品交付于我。如果不能让这部作品得到好的对待，我怎么对得起作者？"

　　"那你现在就两条路可以选，要么，去找于总，要么，放弃这本小说。比一比，哪个更难？"

　　"当然是去找于总更难了！但是……"顾云岚整个人蔫了下去，却还是坚持说道，"我下周会去找她的。"

　　总裁办在十楼，入职以来，顾云岚还从未上过这个楼层。

这一层的装修风格和其他楼层不太一样。不设大办公区，空出一个大厅，墙面和地板都是洁白的，错落有致地摆放着一些仿鹅卵石造型的座榻。

一圈木质的垭口框出一条过道，过道那头的门厅内，几名办公人员坐在各自的工位上埋头工作。不通过这些人，就无法再往内前进了。顾云岚怯怯地开口："请问……"

一名女性抬头问："有什么事吗？"

顾云岚赶紧说："请问，于总的办公室怎么走？"

"找于总？"那名女性对另一名年轻女孩说，"小七，找于总的。你那边查询一下。"

叫小七的这名女孩站起身，顾云岚走过去。小七说："您好，我是于总的秘书。请问您是？"

"我是原创小说部的顾云岚。"

小七在电脑上敲击了几下："啊，没有预约吗？"

顾云岚摇头。

"方便问问您找于总有什么事吗？"

"有些业务上的问题……想请教。"

"好的，那我这边帮您预约一下，您可以到大厅的会客区稍等一会儿。"

顾云岚退回大厅，随意找了一个座榻坐下，对面是一整面落地窗，坐在这里可以看见窗外的蓝天、远处的绿化，但她无心欣赏。

过了差不多半小时，小七才走出来说："不好意思，于总现在不在，今天也都没空。"

"那……那她什么时候有空？能预约一个见她的时间吗？"

"实在抱歉，于总这几天都约满了。"

"麻烦您能不能再帮我约一下？我只要五分钟。我等到她下班后也可以，就五分钟。"

小七笑了笑："于总的下班时间也说不准。这样吧，您过两天再来看看。"

　　周三，顾云岚又去了趟总裁办，和上次一样，在等了半小时后，她被告知了相同的结果。她突然意识到，不是于总忙，而是于总不想见自己。回想起这几天同事看自己的古怪眼神，她起初还以为是因为上周的选题会，现下才想到，于总不肯见自己这事，很可能所有人都知道了。

　　她仿佛被人一耳光扇醒，双腿如灌了铅般挪回自己的部门。

　　副总裁办公室内，程鹏刚汇报完工作，就听到小七打电话进来问于总是否见顾云岚，于总拒绝了。

　　"真不见她？这几天公司里的人都在背后笑她。"

　　于总起身踱到窗前，凝视窗外："方昊不通过的选题，她倒想着找我。我给她批了，这书要是卖得好，她不会想到我，只会觉得是自己眼光独到；更大概率，这书卖得不行。到时这笔账就得记到我这个特批选题的人身上。这件事我不掺和，让她自己折腾吧。"

　　听完这番话，程鹏深以为然地不住点头。

　　另一边，方昊接到了世间无欢的电话。

　　"我已经跟天下文学网说好了，跟你们合作出版实体书，他们没意见。方昊，你现在是总监，处理书稿的案头工作不用自己做了吧？"

　　"基本上不自己做。但你的书，我可以……"

　　"得了，你忙你的，我也没想着要劳驾你给我当责编。稿子已经定型了，不需要再和编辑商量修改细节，只需要一些编校工作而已，犯不着你出马。你那儿是不是新招了个叫顾云岚的编辑？这套书给她做吧。"

　　方昊以为自己听错了："顾云岚？"

　　电话那边的人笑了两声："别管我怎么知道的，你就告诉我有没有这号人。"

"有是有……"

"那就这么定了。你把她的微信给我，后面的工作我直接和她联系。"

挂了电话，方昊有些疑惑地望向办公室外，刚巧看见顾云岚一脸郁闷、步伐沉重地走回办公区，坐到工位上对着电脑发呆。他突然有了个新想法，打电话让她到办公室来。

"擅自离岗接近一个小时，你去哪儿了？"方昊指了指手表，明知故问。

"你们不是都知道吗？"顾云岚回答道，"觉得我很好笑，是不是？"

"我不希望情绪影响你的工作。"

顾云岚深吸一口气："不会。"

"那就好。世间无欢的小说《乱世之子》，我们签下了出版权，打算做一套书，这个项目交给你负责，能做好吧？"

顾云岚抬起了一直垂着的眼皮："世间无欢？就是那个……网络作家排行榜前十的……"

方昊点头："对。"

"给我做？"

"其他人手上都有项目。"

"好……"顾云岚有点儿蒙，她还没操作过这个级别作家的作品。一瞬间的晕头过后，她想起自己的首要目的："方总，还有一件事，段朝夕那本小说的选题，我想，跨过部门直接去找副总批不太符合流程，"虽然清楚所有人都知道自己被于总拒之门外这件事，顾云岚还是给自己编了个台阶下，"我最后再郑重向您申请一遍，我真的认为那是一部非常不错的作品，我会用心将它做好。如果最终它给公司造成了亏损，我愿意用我个人的工资和年终奖抵扣亏损，希望您能通过这个选题。"

方昊没有拆穿她编的台阶，甚至没有为难，而是很干脆地点头同意道："好。"

顾云岚显然没想到方昊会是这个回答，她睁大眼睛："啊？"

"同时做两个选题，你自己把时间安排好，不要耽误进度。世间无欢那套书要赶在暑期档上市，那时根据小说改编的电视剧会同步播出。"

顾云岚在心中默算了一下，最多还有四个月。对于一部超过百万字的五卷本而言，时间紧迫到几乎是个不可能完成的任务，可她一口答应道："没问题。"

"段朝夕那本书，首印 8000 册，7 个点的版税，不能再多了。"

这是一个针对新人算正常，但同时也非常保守的条件。可既然方昊让步，顾云岚也没再争执："我会说服作者接受。"

"去吧。"

看到顾云岚从方昊办公室里走出来，同事们仍带着那种看笑话的古怪眼神，可顾云岚此时已经一扫心中的阴霾。她没有理会那些眼神，脑海中正冒出无数个新书策划方案。

03

快下班时，顾云岚接到小楼的电话："岚岚，我在艺文社等你，你今天可不可以来接我？"

小楼的声音里带着哭腔，顾云岚想也没想，立即一口答应下来。

一下班，顾云岚拎起包就奔向地铁站，以最快的速度赶到艺文社，给小楼发微信说自己在楼下等她。

等了一会儿，只见小楼畏畏缩缩地走出来，悄声问："你看看，出了大门的路边有没有停着一辆车牌尾号是 2W7 的白色奥迪？"

顾云岚打量了一阵，果然看到一辆这样的车。她点点头。

小楼顿时脸色煞白，整个人猫在顾云岚身后："我怎么这么倒霉，刚工作就遇到这种事啊……"

"怎么了？"

"还记得之前我跟你提过的那个打电话的中年投稿男吗？"

顾云岚想了想，小楼是提过这么一个人。顾云岚有点儿冒汗："你不会被他缠上了吧？"

偏执的投稿者历来都有。顾云岚还在艺文社工作时，就遇到过一个大学生，拿着厚厚一摞手写的书稿来社里要求出版，还宣称自己要退学，如果辛辛苦苦写的小说不能出版，活着也没什么意思了，说着说着，就爬到楼顶以跳楼为要挟。当时还是编辑室主任去劝解了一下午，又报了警，才将他打发走。

小楼说："之前我不想麻烦别人，所以没说，其实他已经来这里堵我好几天了……"

顾云岚心疼地挽住小楼："放心，有我在。"

"前几天，他拦住我说他有钱，可以全自费，甚至还可以给社里赞助，我跟他解释了，我们社没有自费出版渠道。后来他就每天跟踪我下班，一直跟到地铁站，一路上从车里探出头问我到底要什么条件才能出版。"

跟一些可以自费出书的出版社不同，艺文社对打上自己社名的出版物绝不降低标准，质量低劣的作品，是绝没有可能在艺文社出版的。这名中年男性是个实业家，做电梯生意的，写了一本自传，主要讲述自己的创业奋斗史，但文学水平堪忧，通篇都是在自吹自擂而已。

"要不报警吧？"顾云岚提议。

"可他也没做什么实质性的行为啊……"

顾云岚护着小楼走在人行道上，那辆奥迪果然在行车道上紧跟着两人。过了一会儿，奥迪车窗摇下，一名四五十岁的男性在车内朝外喊："小美女，今天叫了朋友来吗？别走呀，咱们吃个饭。你说我的小说写得不好，我承认，我虚心学习。你好好给我指点指点。"

这人语气轻浮，顾云岚听后立即发觉，这根本不是单纯的投稿者纠缠那么简单，他说不定还打了别的主意。她挡在小楼身侧，跟小楼说："别看，装没听到，不理他。"

一路上，那人一直出言不逊，软硬兼施。顾云岚悄声对小楼说："这种人越搭理越来劲，装没听到。"

两人好不容易上了地铁。老实说，作为小楼的援军，顾云岚不敢露怯，可她还是感到一阵腿软。"这人怎么还追到这里来了？"

小楼哭丧着脸："不知道啊，看他投稿里写的个人简介，应该是在安徽一带做生意的。上周他就跟来了，我下班出去时，他从车里叫我，吓了我一大跳。后来每天下班他都在门口堵我。"

"都是跟到地铁站就不跟了吧？"

"嗯，我很小心了，放心，他绝对没跟到过我们住的地方。要是住的地方被发现了，我早告诉你了。"

"那就好。别怕，你不理他，他纠缠一阵子发现不成，没准儿就放弃了。反正我公司离这儿不算远，以后下班我都来接你。"

今天的情况却不太一样。下了地铁，顾云岚回头观察，猛地看见那个男的竟然跟着从地铁上走了下来，而他是什么时候停好车跟上地铁的，两人竟完全没有察觉。

既然被跟踪，就不可能回家，免得暴露住址。顾云岚和小楼只好去麦当劳待着。顾云岚尝试了报警，警察倒是特别敬业地出了警，却找不到那个人了。警察送她们回了家，并告诉她们，这种情况其实很无奈，因为没有证据证明对方是跟踪狂，而且并未造成实质性的人身伤害，即使抓到对方，也只能批评教育或是调解。最好的办法，是这段时间找男性友人接送上下班。

两只单身狗同时大叫："我们哪里有男性友人啊……"

艺文社里，男同事本来就少，同龄男性更是约等于零，何况小楼刚入职没多久，还没有熟悉到可以请求对方帮这种忙的朋友。倒是有两个关系不错的男同学，可惜他们现在都在外地做社会调研，不在北京。小楼看向顾云岚。

顾云岚摇头："你别看我。久时的同事不找我麻烦我就谢天谢地了，更别提可以帮忙的男同事……"

小楼突然想起什么："啊，对了，你跟肖遥熟不熟？"

肖遥起初只是一个在论坛发帖、写身边悬案的网友，好几个热帖长期被顶到论坛首页。他本来是自娱自乐，完全没考虑过往作家的方向发展。三年前，顾云岚找上他："你写的帖子很好看，那些悬案，都是你编的吧？"

对方以为她是来找碴儿的："是编的又怎么样，编得好看是我的本事。"

顾云岚说："你没想过把这些故事出成书吗？"这话点醒了肖遥。他有着极强的领悟力和极高的写作天赋，很快，他就将发在论坛上的那些故事整理成小说文本，而五十万册的畅销神话就这样拉开了序幕。

顾云岚点点头："应该还算熟吧。你是说，找他？他倒是在北京，但我跟他仅限于编辑和作者的关系，并没有进一步的私交啊。"

小楼说："不用麻烦他专程来一趟，是正好他明天会到艺文社接受一个访谈，下班后，让他跟我们一起走吧？"

"他明天要去社里？那倒是可以请他帮忙，不过还是提前跟他说一声的好。"

小楼哀求道："我刚接手他的编辑工作，跟他还不是特别熟……"

顾云岚会意："好啦好啦，知道你不好意思。我跟他说吧。"

其实顾云岚也不太好意思开口请求他人帮助，但看到小楼可怜巴巴的眼神，只得代劳。她逐词逐句斟酌编辑好信息，讲明了事情原委，发送给肖遥。

　　肖遥很快就回复了。他不仅不觉得麻烦，反而很兴奋，那股兴奋劲快要透过手机屏溢出来了。他一口答应："这么好玩的事怎么不早点儿叫我？明天的事包在我身上！"

　　……好玩？

　　顾云岚这才想到，肖遥向来是个爱凑热闹、心思活络的人。她顿时对明天会发生什么充满了担忧。

　　翌日下班，顾云岚急急忙忙地赶到艺文社楼下，叫小楼和肖遥下来。过了一会儿，却只看见小楼一个人。"肖遥呢？"

　　"肖遥说他开车跟在后面……喏，你看那辆。"小楼指了指，顾云岚望去，只见一辆奔驰停在路旁，紧跟着中年投稿男的奥迪。接着，小楼又把肖遥的计划给顾云岚讲了一遍，顾云岚听得直翻白眼。可既然是请别人帮忙，也没什么好挑三拣四的。

　　肖遥建了个微信群，几人打开了语音通话，随时保持联系。群里还有另一个人，肖遥说是请来的帮手。

　　一切准备妥当后，顾云岚和小楼朝大门外走去。

　　果然，经过奥迪车时，中年投稿男又从车里探出头："下班啦？小美女，一起吃个饭？我有些写作上的问题要请你点拨点拨。"

　　按照肖遥的计划，这一次，两人没直接走掉，而是停下了脚步。

　　"请你不要再纠缠我了。"小楼拒绝道。

　　"我这怎么能叫纠缠呢？编辑老师，我是投稿者，你们编辑是不是应该为投稿者服务啊？"

　　"我朋友叫你别纠缠了，你没听见吗？"顾云岚挡了上去。

　　有肖遥跟着，顾云岚心里多少有了些底气。想到连日来的不快，又恰巧有人送上门找骂，不如今天好好发泄发泄情绪。

　　"你们编辑，工资不高吧？"

　　"与你无关。你是不是以为有点儿钱，全世界都可以任你摆布？"

　　"火气别这么大嘛。"那人脸上泛着油腻的笑容，拉开车门走下来，

"我请两位吃个饭，我们互相多熟悉熟悉，了解了解，什么事不能饭桌上好好谈谈？走。"说着，他伸手去拉小楼。

小楼挣脱，跟他拉扯了几下，引得街上行人频频侧目。在引来更多人围观之前，顾云岚拉开两人："我也是编辑，你要出什么书跟我说。我和你去吃饭。"

按计划，她们确实需要上车，事到临头，顾云岚怕小楼应付不了，决定自己一个人上。

"小姑娘够义气，我喜欢。你也是编辑老师？哎哟，之前不知道，怠慢了，快上车快上车。"中年男子说着就去拉副驾的门。

"我坐后面。"顾云岚自己拉开门，跟小楼耳语，"你快走，去找肖遥。"随后坐进车里，将门啪的一声关上。

然后，顾云岚傻眼了。后排的另一边，还坐着一个男人。之前因为车窗贴着深色膜，她注意力又不在这儿，竟一直没看到。这个男人跟投稿男年纪差不多，但体格更为健壮，双腿在后座显得十分局促，脸上皮肤粗糙，面部中央挺着一个大大的酒糟鼻头。

"岚岚！"小楼在外拍打车窗。

顾云岚做手势让她快走，却忘了小楼在外面根本看不见车内。"别叫了，一起吧。"中年投稿男说着，几乎是将小楼塞进了副驾驶座。此时，小楼也看见了后座坐着的另一个人，顿时被吓得不敢吭气。

顾云岚厉声问投稿男："不是说就我跟你去吗，你把她弄上来干吗？"

"跟我客气什么，就你们两个小姑娘，还怕我请不起一顿饭？"投稿男坐上车，启动了车子。

"想吃什么，跟哥说。哦，对了，还没跟你们介绍，车上那位是王总，我好哥们儿，跑北京这边的生意全靠王总，大家认识认识。"

"你那稿子出不了，让我们下车。"顾云岚强装镇定道。对方一下变成两个人，肖遥到底搞不搞得定？

"怎么刚上车就要下车啊？书出不出再说，先交个朋友嘛。还有，哥比你虚长一些年纪，教你一些社会经验，话别说得太满。这世上的事，无非就是交换，只看换的东西到不到位。"

顾云岚刚要张口反驳，只见坐在身旁的酒糟鼻投来一个阴鸷的眼神，她被吓得不轻，一时慌了神。

肖遥到底在干吗？怎么还不来？

正这么想着，顾云岚听见投稿男抱怨道："前面那车怎么回事，怎么逆行到这儿堵着不走？"

出艺文社的这条路是条单行道，车道本就窄，加之路边停满了车，几乎只容一辆车通过。

投稿男想往后倒，结果后退的路也被堵上了。顾云岚回头，是肖遥那辆奔驰，她松了口气。投稿男拼命按喇叭，可前后两辆车就这样把他夹在中间，纹丝不动。他骂骂咧咧地下了车，却见逆行堵在他车前的是辆保时捷，他立刻换上一副笑脸，敲了敲对方的车窗，客气地说："哎，哥们儿，您这逆行了，我后面也堵着车，错不开啊。能不能劳驾您往后倒倒？"

那人没理会他，倒是肖遥从车上下来，走到投稿男面前。顾云岚和小楼也赶紧下了车，跟在肖遥身后。

肖遥掏出一只手机，选中一个视频递到投稿男眼前，一边播放一边说："周建山，江苏宿迁人，安徽喜佳电梯维护公司创始人、总经理兼董事，现居安徽省宿州市。"他报出一串电话号码，"这是你老婆的手机号吧？你要是记不住的话，可以翻出通信录核对核对。"

投稿男上下打量着肖遥："你是谁？你要干什么？"

酒糟鼻下了车，站到投稿男身旁，恶狠狠地盯着肖遥。顾云岚有些担心，肖遥倒是气定神闲地笑了笑："你骚扰年轻女性，虽然行为还够不上警察来管教，但你猜，我要是把刚才你搭讪年轻女子、拉她们上车的视频发给你老婆，会怎样？还有，你们公司的邮箱密码我已经破解了，虽然是个只有几十人的小公司，但如果把这个视频群发给所有员工呢？哦，对，还要加上待会儿你挨打的视频一起，够大家茶余饭后聊上半个月的。"

投稿男转而怒视小楼和顾云岚："你俩故意的？整我是吧，敬酒不吃吃罚酒？我还怕你们？"说着，投稿男伸出手欲夺走肖遥手里的手机，肖遥敏捷地跳开了。

这时，那辆堵在前面的保时捷车门也打开了，三个男生从车里走下来。驾驶室走出的那位有些眼熟，凌乱的额发掩不住他五官逼人的英气，清晰的眉峰之下，双眼清明，稍微消解了那一脸玩世不恭的意味。

顾云岚一时有些走神，这个人为什么这么眼熟？到底是在哪里见过？

他们和肖遥站到一起，挡在顾云岚和小楼身前。

投稿男脸上挤出笑容："哎，有话好说，我只是想出本书，找二位编辑老师请教需要什么条件，都是误会，误会。"

肖遥警告他："你最好从哪儿来回哪儿去，以后不要再缠着她们。你现在老实回去，这事就此翻篇，以后要是再让我遇见你来骚扰她们，你别想像今天这样竖着离开，刚才那个视频我也会立即发给你老婆和你们公司的员工。别怪我没提醒过你！"

投稿男闷声不吭气，他看了看面前四名青壮年，讪讪地对酒糟鼻说："我们走。"

那三个不认识的男生上了保时捷，挪开车让出道，肖遥招呼顾云岚和小楼上了自己的车。小楼说："今天太谢谢你们了，我请你们吃饭，叫上你朋友一起吧。"

肖遥没客气："好啊，正好我也很久没跟朋友聚会了，走着。不过你请客就不必了，人是我叫来的，我选个地方，我请。"

"我……"

"打住，别跟我客气。我这人最不喜欢跟人客气，就这么说定了。"

小楼说不过肖遥，只好安静地坐在后面。

顾云岚问："哎，老肖，你叫来的那个朋友是谁啊？就是开车那个，我怎么觉得挺眼熟的，但又想不起来。"

"世间无欢啊。"

"噢——是他呀！"顾云岚一拍脑袋。她以前在新闻上见过世间无欢的照片，昨天接手他的作品编辑事宜后，又专门搜了他的信息以作了解。只是还没来得及加微信联系，在今天这样的场合下见面，一时没把他和新闻里那个人对上号。

"顾老师，听说你跳槽去了久时，正好，无欢前几天问我久时如何，他对实体书出版机构了解不多。我就跟他说我以前的编辑现在就在那里，还跟他夸了你一番呢，让他找你做责编。"作者和编辑之间的关系很微妙，特别熟的作者和编辑之间会以昵称相称，更多的情况是，作者叫编辑老师，编辑又叫作者老师，互相之间老师来老师去的。

听了肖遥的话，顾云岚才知道原来自己能接手世间无欢这种大神的书稿，是他推荐起的作用，要是没有推荐，凭自己在久时备受冷落的处境，怎么可能有机会接触这种项目？她对肖遥说："谢谢。"

"客气什么。顾老师，当年要不是你建议我写小说出版，我现在还不知道在干吗呢。"

顾云岚笑了："哎哟，怎么这么谦虚，你可是心理系的高才生啊，之前不是好好做着咨询师吗？说不定是写作耽误了你的工作。"

刚接触肖遥时，他白天在一家大型医院的心理科做心理咨询师，晚上在网上发帖。现在他已经辞去了医院的工作，全职写作，很难说哪种生活更好。

肖遥说："就是因为做了几年咨询师，才知道人心比我们想象的更可怕，所以才会编那些故事。"联想到他作品里刻画的那些令人毛骨悚然的人性，顾云岚和小楼同时心领神会地点点头。

车又行驶了一会儿，驶进一片绿树成荫的静谧街区。肖遥将车停在路旁，世间无欢他们也跟着停下了。下车后，一行人走进一个篱笆围出的清幽小院，是一家招牌不太打眼的日料店。

原来肖遥和无欢是在一次酒局上结识的，两人一见如故，相谈甚欢，后来买房又刚巧买在了同一个小区，经常一起出来喝酒、打球，关系很铁。另外两个男生则是他们的球友。肖遥接到顾云岚请求帮助的消息后，立即把这几个朋友都约上了。

看样子这家店他们常来，肖遥熟练地点了几样菜，又要了清酒，给女士点了气泡水。

日料店灯光较暗，世间无欢坐在顾云岚对面，眼中蒙着含混不清的灯光，有些戏谑地看着她问："你就是传说中的顾老师？"

顾云岚局促地摆摆手："不用叫我顾老师，叫我小顾就可以。"

无欢指了指肖遥："他给我推荐你时，可是说的顾老师哦。当时我还以为是年纪比较大的资深编辑。"

"我的确还没有那么资深，但您的书我一定会尽最大努力做好的，请您放心。"

看到顾云岚认真解释的样子，无欢扑哧一声笑出声："好啦，没有看不起你年轻的意思。"

既然接下来要合作做书，顾云岚和无欢交换了微信。

正说着，无欢的手机响了，只听他接起来后答道："啊？好了，知道了，明天会给你发过去的。等等，你猜我现在正跟谁吃饭呢？猜不到？我正跟你们部门的顾云岚在一块儿呢。你来吗？我把位置发你。有事？哦，那算了。"

挂了电话，无欢指指手机解释道："是方昊，催我合同签好后赶紧发给他。顾老师，平时方昊怎么样，对你们凶不凶？"

顾云岚答："不好意思，我才入职一个月不到，还不太了解他的为人。"

这个回答让无欢有些兴致索然："你不用这么谨慎，我们就是朋友闲聊，你就算说了他坏话，我也不会告诉他。"

久时文化传媒集团原创小说部，总监办公室内。

方昊刚忙完手头的工作，想起发给无欢的合同还没有确认，便打了个电话催促对方，没想到无欢说他正和顾云岚在一起。

方昊皱了皱眉头。虽然不想管，但想起五年前那件事，最终还是在挂了电话后给无欢发去一条微信："你把握好分寸，我不想再给你收拾烂摊子了。"

等了一阵，没等到对方的回复。不知为什么，向来冷静的方昊觉得有些心烦，或许是几年前不那么愉快的记忆此时卷土重来。方昊收拾好东西，走出办公室，取了车，行驶在北京夜晚的道路上。他开着车窗，春风裹挟着都市的嘈杂之声，一起灌进车内。

他的住处是一间 loft，面积不算大。楼下的客厅里靠墙摆着书架，但显然那几个架子放不下他的书，因此沙发和地上也堆着一些书，但码放得十分整齐。靠窗的位置摆着几盆绿植，收拾得很干净。楼上的空间更小，只摆了一张床和一张电脑桌。

洗了澡，回完邮件，已经十点多了。之前发给无欢的那条消息一直没得到回复。方昊捏着手机想了一会儿，最终给顾云岚发了条信息："听说你跟世间无欢见面了。回家了吗？"

收到方昊的消息时，顾云岚刚进屋。她有些疑惑，不知道方昊为什么要给自己发这样一条信息。

一名男性关心一名女性到没到家，而且这名男性又不是之前和女性聚会的对象，这多少有些突兀和暧昧。当然了，方昊能对自己有意思才怪，那么他给自己发这种过问私生活的信息，是出于上司对下属的控制欲吗？总之，说不上来的奇怪。

这么想着，顾云岚决定装没看见，不做处理。反正也十点多了，如果被问起来，就说睡着了。

今天过得还算愉快，她和小楼聊起那个投稿男吃瘪的样子，笑成一团。很快，她就把方昊发来信息这段插曲忘得一干二净。

第二天早上，刚到公司，顾云岚去茶水间倒咖啡。方昊也在。

"方总好。"她打招呼道。

对方只"嗯"了一声。

等了一会儿，咖啡机完成了冲泡，方昊一边接咖啡，眼睛盯着杯子，一边随口问："昨晚你去见世间无欢了？"

顾云岚想起那条没回的信息，有点儿心虚，却不知这名上司为何对此事这样敏感："嗯……见了。"

方昊没提那条信息的事，但显然有点儿不太痛快，言语中看似夸奖，却暗含讥讽的意味："我只是让你负责他书稿的制作编校，都是案头工作，不至于有什么事需要专门见面谈吧？你还挺负责的。"

"啊，不是，方总。"顾云岚本来想解释，突然想到自己为什么要跟方昊解释？于是只说："我见他不是因为要做他的书，只是一些私事而已。"

方昊愣了一下，他猛地想起一个被忽略的事实——世间无欢为什么点名要顾云岚做责编？这不就说明他们之前有私交吗？那他们私下见面再正常不过。这么简单的逻辑，自己竟然现在才反应过来，果然不该多管无欢的闲事，一管就显得自己万分愚蠢。可昨晚那两个人竟然谁也不回信息，简直像把自己的愚蠢挂在城墙上示众。方昊咬了咬牙，心中一时气结。

"方总，您的咖啡满了……"

滚烫的咖啡从杯口溢出，滴在方昊手上。方昊吃痛，却还是装作若无其事地端起杯子。"你跟无欢关系一直很好？"

"啊？"顾云岚不明白方昊为什么会没头没尾地问这么一句，"我昨天刚跟他认识。"

方昊不置可否，端着咖啡走了。

什么嘛……顾云岚狐疑着方昊的反应，回到工位，开始了一天的工作。

两部作品需要同时跟进，先做世间无欢那部吧，毕竟时间紧迫。顾云岚一边在打印出来的纸稿上进行校对，一边思考着后期的营销策略。

　　这个五卷本，是做成套装售卖，还是拆成单本卖呢？如果想和暑假播出的电视剧同期售卖，那要用剧照做封面吗？用剧照做封面是双刃剑，可以借电视剧热度的东风，但一旦风头过去，剧照封面就会给人不够厚重的感觉，这套书就成了只能卖几个月的快消品。如果要做典藏版，最好还是不要剧照。那根据世间无欢的写作风格，封面应该用插画，还是纯设计？插画的话，哪位画手的风格更贴合？

　　这部小说叫《乱世之子》，架空历史背景，本质上是升级流，主角从一个小混混成长为兵出必胜的开国大将军。情节曲折而富有传奇色彩，读来令人感到热血沸腾。

　　据说，《乱世之子》只是世间无欢普通水准的作品，他最出名的代表作是他六年前开始连载的那部《思华年》，也是他的第一部小说。外界一直有评价说，世间无欢之后的作品再没有超越《思华年》的。顾云岚琢磨着，等有空了要把他这部成名作补一下，既然在做他的书，就应该了解一下他的创作轨迹。

　　对于世间无欢这个地位的网络大神作家而言，一部作品不应只在电视剧播出时销售几个月；何况电视剧的质量如何目前还不得而知。顾云岚决定了，还是按典藏套装的思路来做这部小说，同时心里有了画手的人选。因时间紧迫，不能等编辑工作全部做完再去找画手画封面，因此她立刻联系了画手，几项事宜齐头并进。

CHAPTER 2
心 跳

01

大多数同事还是对顾云岚抱有善意的，见顾云岚似乎并不像传言中说的是"靠于总关系进来的人"，做事也挺靠谱，他们的态度友善了许多。

这些日子工作虽忙，但并没什么突发状况，一切井井有条，并逐步走上正轨。

这天，顾云岚收到段朝夕的消息："小岚姐，我把工作辞掉了，想去北京找你玩，去公司看看，可以吗？"

顾云岚一直很喜欢段朝夕。编辑对待喜欢的作者，就像掘宝人对待自己挖出的那块璞玉，费尽心思打磨，去找天下的能工巧匠来雕琢设计，直到这块璞玉变为一件精美的玉器。听段朝夕说要来找自己玩，顾云岚立马一口答应，随即才反应过来对方的前一句话，惊问："你辞职了？"

"嗯，具体的等见面再聊吧。"

段朝夕很客气，又怕麻烦别人，自己订了酒店，也没让顾云岚接站，只和顾云岚约好了拜访时间，便按照合同上的公司地址自己找了过来。

从做她的第一本书起，两人在网络上神交已久，除了作品相关事宜外，她们时常也聊些别的话题。可这么久以来，顾云岚还没见过段朝夕本人。

到了约定这天，顾云岚正在校对世间无欢的那套书，突然接到前台电话说有人找。她下楼去到前台，只见到一个瘦瘦的女孩，留着黑色直长发，有一侧别在耳后。女孩一双眼睛大大的，却像在躲闪着什么，总朝下看。

顾云岚上前打招呼："段朝夕？"

女孩有些害羞地笑了，点点头。

"我先带你去编辑部看看，之后请你在楼下大堂的咖啡店喝咖啡，好不好？"

"嗯。"

段朝夕随顾云岚上到七楼。两人交谈时很小声，尽量不打扰别人。顾云岚指着自己办公桌上的一大摞纸稿："喏，这就是你那本《不乐园》。桌面有点儿乱，你别介意。"

坐在旁边的何纬搭话："云岚，你的作者啊？"

作者到编辑部拜访，有时只是路过来看看编辑，有时是来聊作品的事，有时是签合同，总之挺正常的，大家都见怪不怪。其他人都在各忙各的，只有何纬跟顾云岚的工位相邻，注意到这边的动静。

顾云岚知道其他人对段朝夕的态度。上次选题会上，就没人对这样的小作者有好感，特别是冯娜等人，典型的看人下菜碟，厉害的作家来编辑部，恨不能贴上去，普通作者来就理都不理。段朝夕天性敏感，很容易察觉到别人的轻慢，只是她专程过来，也不好不带她来编辑部看看。因此顾云岚打算带她在编辑部转一圈就下楼去咖啡店里聊，没想多引是非，因此只是敷衍地回答了个"是"，没说太多。

何纬却开始八卦了："哎呀，你这作者是个小美女啊，有没有考虑朝美女作家方向包装？对了，还没问，她是哪位？"

顾云岚不想答，但别人都问了，自己不介绍，怕段朝夕又要多想。犹豫间，那边段朝夕不明就里，已经答道："我是段朝夕，刚跟久时签了一部新的书稿，麻烦编辑老师了。"

听到"段朝夕"三个字，其他人齐齐向这边看来。顾云岚听到冯娜嗓子里哼笑了一声。

何纬说："你就是段朝夕呀？哎哟，你可是我们部门的名人。大家为你这部书争破了头。"

顾云岚赶紧使眼色："你别瞎扯，什么争破头，太夸张了。好啦，不打扰你们工作了，我带她去楼下喝咖啡。"

何纬提点段朝夕："你可要好好感谢顾云岚啊，是她一再坚持，我们总监才同意你这个选题立项。"

顾云岚拉着段朝夕快速离开。在电梯里时，段朝夕似乎下了很大的决心才问出口："他们都不喜欢我的书，是吗？"她轻轻哀叹一声，"果然还是写得不够好吗？"

两人挑了咖啡店里一个晒不着阳光的阴暗角落坐下。段朝夕低着头，用小勺不停地搅拌着咖啡，直到咖啡表面的拉花全部溶解、消失，和咖啡混到一起。

"小岚姐，给你添麻烦了。如果真的达不到出版标准，也不一定非要出……"

"别这样说。我决定要做你的书，并不是因为和你的交情，也不是因为同情，而是我真的很喜欢你笔下的故事。我是发自内心地喜欢，才坚持要做的。你写得很好，这是我的判断。"

"但我的书并没有很多人喜欢，我知道。"

"看过的人都很喜欢呀，只是暂时还没被更多人看到而已。这件事你不用担心，交给我就好了。我会尽全力把你的书推给更多人的。"

"小岚姐，你不用安慰我了，有没有人喜欢，我自己不清楚吗？上一本书卖得不好，这件事根本用不着掩饰，那本书首印了 8000 册，后面也没加印，其实连 8000 册都没卖完吧？豆瓣上才十几个人评分，当当、京东这些卖书的网站上，也才几十条评价，淘宝上搜这本书，只有几个店铺有个位数的销量。网上从来没人提到过这个故事，也没人提过我的名字，更没人提到书名。这些都是实实在在的事实，我想装作不知道，可是，这些数据就摆在那里，连假装都无法假装。"说着，段朝夕垂下视线，又故作无所谓地笑了笑，"很心酸吧？可即使如此，却还是要自己给自己鼓劲——说不定下一本书就能被人看到呢，只要再等等机会……就这样坚持着写下去……"

这一连串发自肺腑的倾诉令顾云岚感到心疼。之前她从未意识到，作者嘴上说着"没关系"，心里却什么都明白。自己只是为段朝夕的书不畅销而遗憾，但段朝夕作为作者，看到自己的书无人问津，会有多失落呢？她抱歉地安慰道："别想这么多，不是你写得不好，只是我们还没找到最适合你的渠道……你给我的这部《不乐园》，我一定会好好做的。"

"公司是不是本来不同意这个选题？其他人也是很有经验的编辑吧，他们不同意，一定有他们的理由。我总幻想着要是我的书能畅销就好了，其实根本就是妄想吧……不赔钱就不错了。"

"公司既然决定要做你的这本书，肯定不会赔钱去做。我们总监一开始是没通过这个选题，但最后还是改变主意了。你作品里的闪光点，慢慢会被人看到的。"

段朝夕呼了口气，挤出个笑容："小岚姐，对不起，我不该说那么多负能量的话。其实，做我的书赚不到什么钱，我已觉得很对不起你了，结果到头来还要你来安慰我。说到底，怨天尤人有什么用，我还是继续努力吧。我知道你为了我的书很辛苦，谢谢。"

"没有没有。我是你的责编，做的一切都是应该的。"

"其实这次来见你，是想当面告诉你一件事。我已经想好了。"段朝夕一手托着腮，"做'广告狗'太累了，工作这一年，我存下了些钱。这些钱大概够我自己生活一年吧，如果省着点儿花，能撑两年也说不定。"

"你要专职写作？"

"嗯，工作后，根本没什么时间好好写小说，这次交给你的《不乐园》，大部分还是读大学时写的，前前后后修改了两年，拖得太久，其实连我自己也不是特别满意。我想专心写作试试。"

这是一个风险很高的决定。在顾云岚的印象中，段朝夕一直是个内心非常丰富、现实生活中却循规蹈矩的乖乖女，这次她愿意这样孤注一掷，应该是思前想后地考虑了很久，并做好了万全的准备。既然如此，自己作为编辑当然要多支持，便说："没有其他事情打搅的话，你一定能写出更好的作品。"

段朝夕点头："我已经有了一个新的构思，其实也是我最后一次尝试了。如果新的这一本再失败，我就接受现实，回去好好上班。我会尽快写完的，到时还要麻烦小岚姐……"

"你是说，你很快会再交给我一本新作？"这句话问出口，顾云岚才意识到自己因惊喜而太大声，其他人都在回头看自己，她赶紧压低声音，"这很棒啊。一个作者的作品是相辅相成的，如果在《不乐园》上市后不久，你能连续推出新作品，非常有利于营销。新的这本计划多少字，多久写完？"

段朝夕想了想："预计的是十五万字左右，写一年……"

顾云岚端起咖啡杯，将剩下的半杯咖啡一口喝光："不行。对于专职写作者来说，一部十几万字的小说写一年，太慢了。你既然辞了职，而且又处于需要进入大众视线的积累期和爆发期，怎么可以一部小长篇写一年？"

"那……"段朝夕很少见到顾云岚如此强势的样子，试探着问，"八个月？"

"半年。"顾云岚啪的一下将咖啡杯放回桌面，"半年，不能再多了。这是职业小说作家的底线。"顾云岚在内心计算着，如果顺利的话，《不乐园》差不多可以在半年后上市。到时段朝夕刚好写完新作，马上进入编校流程尽快面世，让两部作品同时在市面上流通，可以达到 1+1 > 2 的效果。

段朝夕不太自信地答应道："我……尽量？"

顾云岚却拍板道："就这么说定了。"

喝完咖啡，顾云岚送段朝夕出去，刚出写字楼，迎面遇到从外面办事回来的方昊。

方昊对顾云岚说："要出去吗？上班时间有事外出，记得提交公出申请。"

离开工位一小时以上，需说明情况，这一点在公司的行政制度里有规定。只是刚好今天方昊不在，顾云岚就偷了个懒没说。她自知理亏，解释道："我接待作者，已经聊完了，正要送她走。"

"知道了。"方昊转向顾云岚身边的女孩，打量了一眼，竟难得地露出一个笑容，声音也不似平日冰冷，"你是段朝夕吧？"

顾云岚满心疑惑，自入职以来，她还从未见方昊笑得这么人畜无害。而且，他怎么看一眼就知道这是段朝夕？人家又没把名字写在脸上。她向段朝夕介绍："这是我们部门总监，方总。"

段朝夕微微鞠了个躬："方老师好。我的书稿麻烦你们了。"

顾云岚在心底直翻白眼——他可是一开始拒绝通过你小说选题的罪魁祸首，不要对他这么客气！

方昊仍旧笑着："我看过你的作品，写得很棒。以后要请你多支持我们才是。"

段朝夕有些受宠若惊地抬起头："真的吗？"

顾云岚继续在心底吐槽——这只虚伪狡猾的狐狸！当时把《不乐园》批得一文不值的人是谁啊？

"嗯，我很喜欢。你这是要去哪儿？我送你。"

段朝夕最害怕麻烦别人，赶紧摆手道："不用了，我已经叫好车了，车很快就到，不耽误你们工作了。不用送我，老师你们赶紧回去吧。"

"喂……"顾云岚欲言又止，本来说好陪段朝夕去地铁站的，现怎么变成叫车了？即使不想麻烦方昊，也不用连她也拒绝吧？更何况……如果不陪段朝夕去地铁站，就意味着她要跟方昊一起回办公室。

段朝夕显然不明白顾云岚的意思："真的，不耽误你们工作了。车来了，我走了啊。"说完，她便自行离开了。不像刚来时那么畏畏缩缩，段朝夕的脚步似乎轻盈了些。

等段朝夕走远了，顾云岚无奈地瞥了一眼身旁的方昊，刚才还一脸笑容的人，又换上了没有表情的面孔。

他说："愣着干吗？回去啊。"

"哦。"

顾云岚和方昊并肩往回走。

"您怎么知道那是段朝夕？"

"最近跟你有合作的作者，年轻女孩，除了她还有谁？"

顾云岚小声地嘀咕道："您不是不喜欢她的作品吗……"

"我什么时候说过不喜欢？只是，个人喜好并不是我判断选题的决定性因素罢了。"

顾云岚撇了撇嘴："您对她倒是挺和蔼的。"

"她这样的作者要多给信心，编辑的工作就是帮助作者成长的，我怎么会板着脸对她？"

方昊说的每条理由都很充分，但顾云岚就是心里不服，这个人怎么老是一副很有理的样子？她一下想到段朝夕说要写新作的事，趁机道："既然方总那么喜欢她，她要是又交了新作，选题您可别再毙掉了啊。"

"哦，是吗？"方昊有些意外，随即恢复了冷静的语气，"每一部作品，我都会认真评判。这一点不用你操心。"

又到了一月一次的选题会。

和讨论有争议的小说是否立项的临时选题会不同，每月一次的选题会是固定的。每个编辑需汇报自己手头的选题情况，同时，一些通过公司关系拿下的稿子，需要分配到具体的责编手里。也就是说，图书编辑除了做自己找来的选题外，也可能会接到派发的活儿。

大部分编辑并不喜欢这种被派发的"任务性选题"。

最近有个网红写了本书，她主要靠在短视频 App 上直播旅行、美食而走红，要出的书则是一部讲述旅途中偶遇的情感故事。书的内容半真半假，配有大量旅拍照片。公司看中她在短视频平台的流量，决定出版这部作品。

按理说，这本书分配给随笔部去做也说得过去，不过据说是作者的意思，想走小说虚构类，于是这个选题最后落到了原创小说部的头上。

在以前，如果郑总要将这种相关性不大的选题扔给原创小说部做，方昊绝对会拒绝，他常常把那些乱七八糟的选题全挡在部门之外，而郑总也拿他没辙。自从半年前于总来到久时文化传媒集团并开始分管内容后，起初方昊还坚持着以前的原则，后来他发现，部门内有那么几个人开始和于总套近乎，整个部门不再是铁板一块，他便懒得再对于总下达的选题进行争执，接下来后，分派给那几个于总的人做便是。

于他而言，花精力去考虑派系和人际关系，是最无聊无意义的事情。

选题会上，大家依次说明了目前自己手头的工作。平日常和冯娜一起的小桃刚好有本书下厂，工作告一段落，于是这个网红的旅行随笔选题便分派给了她。起初她没意见，做网红的书有一个好处，就是自带流量，宣传比较轻松，完成基本销量没问题。几天后，她开始断断续续地抱怨。

"这人小学毕业了吗？一句话就能有两三处语病。"

"通篇'的、地、得'不分，搞什么啊？交稿前能不能先找人给改改？"

"这词不达意的，不会用成语就别用了行不行？"

"写的什么玩意儿啊，这情节前后有逻辑吗？写的时候没睡醒吗？"

编辑做久了，难免有些暴躁。特别是看到语句不通的初稿，需要一句一句帮作者改顺。长期伏案工作，还容易落下一身职业病，年纪轻轻便高度近视，颈椎痛，肩周炎，背疼，腰椎间盘突出，尾骨痛，坐骨神经痛……

顾云岚想起自己之前在艺文社时，也不免接到一些不喜欢的选题，整理那些书稿真是十分痛苦。听到小桃的抱怨，她多少可以理解。而渐渐地，小桃的抱怨升级为人身攻击，人身攻击的对象不是作者，而是顾云岚。

不知是有意还是无意，午休时，小桃和冯娜旁若无人地聊天，全然不顾顾云岚的工位就在不远处。小桃说："真想不通凭什么，凭什么我就得改这种烂稿子，有的人刚来就能负责世间无欢那种级别的大神作家？"

"有人有关系呗。这个世道就是这样，有关系的人躺着也能赚钱。我们这种没关系的，还不得一步步从烂稿子熬过来啊。"

"你说，是什么关系啊？"言语里有轻浮的意味。

"谁知道呢，听说是世间无欢点名要她当责编。哎，世间无欢那人的传闻，你听说过吧，嗯？"

"是说他私生活放浪的那些？"

"是呀，嘻嘻，听说还睡粉呢。"

关于世间无欢生活作风的八卦，顾云岚多少耳闻过只言片语。联想起他那天和肖遥一起出现，帮小楼赶跑难缠的投稿者的样子，那个形象开始和"放浪不羁"这个词紧密地联系在一起。

其实这些日子以来，在讨论书稿的接触中，世间无欢给顾云岚留下的印象不错。他博学多才，却不卖弄学识，也不古板，是个举重若轻的人；好似一切他都不在意，却又好似一切都用心想过，令人刚要觉得他轻浮，又马上觉得他只是风轻云淡而已。如此优秀，再加上那些桃色传闻，本能地，顾云岚在心中把他划入了"危险"一类。

小桃和冯娜还在闲聊，说的话越发难听。

"哎，你说，像世间无欢这样的作家，要想拿下，得靠些什么手段？"

"怕是编辑要为了工作献身吧。"

经过这些日子的相处，顾云岚发现，大部分同事还是善良的，只冯娜和小桃两人，风凉话不知说了多少。顾云岚向来当没听见，不予理会，她以为她不理会，不回应，她们说久了就会无趣，没想到却越演越烈，好像她是只任人宰割的羔羊。

顾云岚并不是软弱的羔羊。她将椅子往后一推，在地板上磨出刺啦一声，站起身，径直走到冯娜和小桃面前。

"午休时间，大家都在休息，请你们聊天时注意一下音量。你们这么大声，是当我听不见？"

小桃躲开顾云岚的眼神，面朝自己的电脑屏幕，滚动鼠标假装在看网页，小声说："听到又怎么了，又没说你。"

"说没说我，你们自己清楚。没说更好。"

冯娜拿出手机，手指在屏幕上滑动，一边装出心不在焉的样子，一边说："真当我们不知道世间无欢的做派啊？大家都是圈里人，哪个作者什么为人，都不是秘密。也不知道有些人是靠什么拿下世间无欢的选题的？得了便宜还卖乖。"

"你想太多了，是我之前的作者肖遥向世间无欢推荐的我，就这么简单。"

作为畅销作家，肖遥的名字在出版圈里也很响亮，听到这个名字，冯娜滑动屏幕的手指顿了一下。

"有时间抱怨，不如多找找作者，多找几个选题。还有，不要总感慨好作者都在别人手里。我手里不只有世间无欢，还有你看不上的段朝夕，再好的作者也是从新人成长起来的。既看不上新人，又拉不来大神，却在背后含沙射影地说什么作者八卦，不觉得自己很无聊？"

冯娜吃瘪，脸色不怎么好看："聊作者八卦怎么了？"

"不管谁在负责，世间无欢这本书都是公司的项目，和作者相关的负面消息，最好不要从我们这里传出去。"

说完这几句话，没等冯娜和小桃回应，顾云岚便去了茶水间。她不想和同事在办公室吵架，这次主动去回应对方的影射，只是为了让对方消停，不要以为自己好欺负。

在办公室的方昊其实早就听到了这边的动静。他的办公室本来就只是在工作区内用磨砂玻璃隔断的一间小屋，冯娜和小桃的工位又离他办公室最近，听到她们的对话，方昊甚至产生了出去制止的冲动，不是为了顾云岚，而是他不希望无欢之前的那件烂事再被人提起。

在新书即将上市、改编的电视剧也即将播出的档口，他不允许作者传出任何负面新闻，使项目出现任何差池。可是，他并不善于出面干预两名女性聊八卦。方昊一直皱眉听着门外冯娜和小桃旁若无人的聊天，在决定前去制止前，却发现顾云岚抢先自己一步去做了这件事。

方昊听到顾云岚说："是我之前的作者肖遥向世间无欢推荐的我，就这么简单。"

她跟无欢的关系原来仅止于此吗？是自己想多了？

方昊又听到顾云岚说："不管谁在负责，世间无欢这本书都是公司的项目，和作者相关的负面消息，最好不要从我们这里传出去。"

哦，她还能想到这一层？方昊嘴角微微上扬了一个若有似无的弧度。这个弧度，可能连他自己都无法察觉。

02

接下任务后的这一个多月，顾云岚为了赶世间无欢《乱世之子》这部书稿的进度，每天加班到快十点才回家。这天，她终于完成了全稿一百多万字的初校。以前在艺文社，编辑之间会互相交换书稿做后续的二校三校，但久时为了提高工作效率，砍掉了这个流程，责编初校之后，后续的二校三校则是外包的。

顾云岚已经把初校稿发给世间无欢确认了，也找好了负责后续校次的校稿老师，等他确认初校稿没问题，就可以交接给二校老师了。这项工作总算告一段落，顾云岚好不容易可以早点儿下班。

回到家，刚拉开门就听到厨房里一阵响动，是小楼正在炒菜。顾云岚走进去："呀，该不会是为了庆祝我完成了一项巨大的工程吧？"

"是啊，之前听你提起今天可以早下班，还发信息跟你确认来着。这顿饭可不就是为你做的，感不感动？"

"感动是感动，但……"顾云岚知道小楼在父母家很少做家务，从小是娇生惯养长大的。只见她一边对照手机上的菜谱，一边手忙脚乱地操作，顾云岚对菜品并不抱希望。

果然，小楼对着锅里一团不成形的东西皱眉道："好像有点儿失败……岚岚，你看还能不能抢救一下？"

顾云岚哭笑不得，尝了尝，盐放多了，火候也炒过了，说："无能为力。"

"哎，算了，我点个外卖吧。请你吃。"

"你不是专门为了帮我庆祝完成工作的吧？有什么事？"

小楼脸上堆笑："哎呀，你坐，慢慢跟你说。"

想不到小楼叫的外卖还挺豪华，一大份小龙虾，还有辣炒蛤蜊，配 1L 的大号冰可乐。她将食物在餐桌上摆好，又拿了杯子倒满可乐，殷勤地拉顾云岚坐下。

顾云岚问："大晚上的又是麻小又是可乐，你不减肥了？"

小楼光是笑："今天破例。"

两人戴上一次性手套开始剥虾。顾云岚问："说吧，要求我什么事？"

小楼红了红脸，扭捏半天才说："那个……肖遥有女朋友吗？"

顾云岚恍然大悟："看上他了？"

"哎呀，你就告诉我他有没有女朋友！"

顾云岚想了想，一年前还在艺文社时，一次线下读者见面活动，肖遥带来了一个很高的女孩子，当时他介绍那是他女朋友，对方似乎是模特，属于放在人群里美到耀眼的类型，不过不知道他现在的情感状况。虽然这个消息可能会让小楼失望，但顾云岚还是如实说了。

"哦，这样啊。"小楼装作不在乎的样子，轻飘飘一言带过，语气却有些泄气。她不再说话，一个人闷头剥虾，被辣得稀里哗啦地直流眼泪。

顾云岚看不下去，说："哎，你别这样。正好明天我要跟世间无欢聊稿子的事儿，他跟肖遥关系不是挺好的吗？我再帮你打听打听。"

"你别让他知道是我问的。"

"明白。"顾云岚做了个"包在我身上"的动作。

第二天，世间无欢来了公司，顾云岚和他到楼下的咖啡店里核对稿子。

两人坐在桌子的同一侧，顾云岚打开电脑里的 word 文档："初校稿您都看过了吗？改动的地方都用修订模式标记了，有问题的地方我们现在挨个过一下。"

无欢靠在椅背上，眼睛却不看电脑屏幕，而是转头盯着顾云岚，若有似无地笑道："我都看过了呀，没问题。"

顾云岚满心无奈，既然没问题，网上说一声就行了，今天专门跑一趟干吗？但她没表现出怠慢。"那……我发给二校的老师了？不过这几处还是请您再确认一下。"顾云岚划出文档中几处改动过的年份，"这篇小说虽然是架空的历史朝代，但也有年号，对应了公元纪年。我将时间线整理出来后，发现有几处年号的年份和公元纪年的对应出现了错误。比如一开头，您设定的昭明元年是公元 1174 年，但到后面，昭明十七年却写成了公元 1189 年，按照时间线，这里对应的应该是 1190 年才对。好几处年份都错了，我已经挨个帮您改过了。"

　　无欢没接话，却说："你知道吗，你认真得有点儿好笑。你现在的样子很像在教一个小孩子做数学题。"

　　大神都这么难伺候吗？顾云岚心里有点儿不舒服，但还是不动声色："无欢老师，可能您觉得我这样揪着一些细微的错处太拘泥于细节，可做书就是一件一毫一厘的事，做出畅销书很风光，是吗？但风光是属于作者的。作为背后的编辑，去发现那些闪光的作者只是工作中为数不多的高光时刻而已。工作中更多的时间，编辑不过就是在案头一字字核对稿子，去发现并修改这些您认为细微得不值一提的地方。"

　　"这就生气了？你认真的样子真的很好笑，"额发挡在他眼前，将他眼中的暧昧切割破碎，他停顿了一下又补上一句，"也很可爱。"

　　顾云岚和世间无欢之前一直是在网上交流，这是第二次线下见面，不知为什么，虽然就见过两次，但每一次，他都给顾云岚一种强烈的侵袭感。不是被冒犯的侵袭，而是感到这个人的气场如凌驾上空的神。世间无欢就像看不透的大海，而顾云岚只是海里的一条小鱼罢了；一条小鱼，只能随大海的每一次潮汐起落，也拗不过大海的每一次波浪。顾云岚不喜欢这种完全不对等的感觉，如果拗不过海，她只想变成一坨铁，无缝可入，沉在海底。

　　"我没生气，只是如果您不理解我做的工作，我想稍微向您解释一下。既然您对初校稿改动的地方没意见，我就尽快发给二校老师了。"

　　"其实，就算你看不出来那几个年份的错误，等书稿付印前，我也会告诉你的。"

　　"啊？"

　　"我故意弄错的。"

　　这一次，顾云岚真的有点儿生气了，她蹙眉看着无欢，一时不知道该说什么。

　　无欢嗤笑一声："就是听肖遥老跟我提你是个特别负责的编辑，我就想试试看，如果是这种特别小的错误，你能发现吗。"

　　"所以，您故意写错文章里的信息，只是为了考验我的能力？"

"我错了，顾老师，我现在对你的能力心服口服。今晚我请你吃饭赔罪吧？"

"这套书我们想尽量赶在 8 月下旬上市，目前只剩三个月，时间非常紧张。校对、设计、书号审批甚至营销方案都在同步推进。抱歉，我实在太忙，无法好好接待无欢老师。"

无欢没再纠缠，说："噢，那只能等书上市再请你了。"

两人收拾好桌上的电脑，准备离开。咖啡刚端上来，还没喝。接待作者的咖啡钱公司报销，可在顾云岚付款前，无欢先付了。他说："你们公司的报销流程很复杂吧？别麻烦了。"

顾云岚不想让他付款，可在他强大气场的压制下，也不知该怎样争。买完单，两人道别，顾云岚看着无欢的背影，突然想起小楼的委托，尽管她不太情愿，却还是叫住了无欢："哎，那个，跟您打听个事，肖遥现在有女朋友吗？"

背朝顾云岚的无欢愣了一下，她喜欢肖遥？忽然生起想要恶作剧的玩性。无欢转过身说："有了。"

03

天气渐热，顾云岚整理衣柜，又看到了父亲送给自己的那几套衣服。

过完春节回北京时，她把这几套衣服塞在行李箱里，回了出租屋也没来得及收拾，就一直放在衣柜下面。年后又是工作变动，又是职场困境，顾云岚忙得晕头转向，就把衣服的事给忘了。

不得不说，这几套衣服不难看，是简单基础、细节处又别有洞天的款式，能看出设计师的用心。吊牌已经被剪了，但腰侧的内标没剪，内标上除了标注洗涤方式外，也有品牌 logo，顾云岚发现，它们都是同一个牌子，"景明"。

父亲之前是做服装生意的，应该不会专程去买别的品牌的衣服送自己，结合他说自己的店倒闭了，这几件倒很可能是他所创立的那个品牌的库存。

在父亲回来以前，出于对他的恨和排斥，顾云岚一直拒绝去了解他的生意，了解他经营的服装品牌，而现在，在怀疑他经济状况的情况下，为什么不去网上搜一下这个牌子呢？

顾云岚立即去淘宝搜索了一下，"景明"是一家运营得非常不错的多年老店，而且这个月月初还在上新，一点儿也不像倒闭了的样子。仔细浏览几件商品后，顾云岚注意到，商品详情页的介绍文字中反复提到一名叫"杜棉棉"的设计师。可以说，"杜棉棉"是这家店的灵魂人物，每一个款式都由她设计打造，很多顾客甚至是她的粉丝，冲她的名气前来光顾。

顾云岚心中一凛。她知道的，她都知道。

当年，她就知道父亲的外遇对象是一个姓"杜"的女人。起初，这个姓杜的女人只是父亲的生意伙伴，在父亲意识到长期去广州进货没优势后，他找来一名服装设计师，两人合伙创立了一个品牌，并产生了感情。父亲为了她，抛弃了家庭。不会是别人了，就是她，这个杜棉棉就是当年那个女人。

顾云岚发了一会儿呆，定定神后打开电脑，几乎没费什么力便查到了该品牌的注册公司名，再查公司的注册信息、股东法人信息及变更等一系列情况。公司股东名单里果然曾有过父亲，但在两年前，公司发生了股东变更，父亲的名字从股东名单里被除去了。

根据淘宝上近几个月的销量，该服装品牌没有半点儿倒闭的样子，甚至可以说经营状况良好，虽比不上每月流水几千万的网红大店，但也算得上客流量稳定，店铺等级是一个金冠。

父亲被除名，不再担任公司股东，他所占的股份总该折现吧？那他就不该缺钱，为什么要编造经营不善、资产都做了抵押还债的谎言？向来常见负债累累的人装一身轻松，或是穷人装富，这两年究竟发生了什么，他为什么要回来找母亲？

顾云岚意识到，问题比自己想象的复杂。

斟酌过后，顾云岚认为这件事有必要让妈妈知道。她给妈妈打了电话。虽然经过春节几天的相处，她和父亲的关系没那么剑拔弩张了，但回北京后她每次和家里通话，还是只打给妈妈，并且也从不主动过问和父亲有关的事。

"妈，晚饭吃了吗？"

"吃了，我正跟你爸看电视呢。"

"妈，你去我卧室帮我找个东西。"

"找什么？忘带什么了吗？"母亲念叨着去了卧室。

等确定母亲进了屋，顾云岚才说："妈，不是要找什么，我想跟你说件事，你别让他听到。"不知怎的，母亲叹了口气。

顾云岚说："他不是说他生意赔了、倒闭了，这才回来想踏踏实实过日子吗？"电话那头不语。

"不是这样的。我查到他那个服装公司了，根本没有倒闭，而且生意还不错，他只是退了股。"顾云岚说出真相，她以为母亲会震惊，接着两人需要仔细商量一番对策。可电话那头仍旧沉默。

过了好一会儿，母亲才轻声说："这个事……我知道。"

"你知道？"顾云岚觉得自己脑子转不过来了，"那他退股的钱呢？"

"他没钱。"

"妈！他肯定在骗你。"

"岚岚，你别说了。我们没告诉你，就是怕你生气。"

"怕我生气？"

"我跟你说啊，这事你爸不愿意提，你别去问他。他都跟我说过了，其实是那个杜，"母亲没提名字，也没说那个女人，只是用姓氏指代，显然很排斥提到对方，"你爸后来跟她也没感情了，两人想分手，结果分手前，她用手段把公司全部转到了自己名下，你爸相当于什么都没拿到。"

顾云岚脑中嗡嗡作响，声音都有些发抖："别人把资产转走，他不去跟人争，而是跑回来？"

"岚岚，你不用考虑我们，我们的钱真的够用，你自己在北京也别太省哈。妈跟你说啊，虽然妈挣得不多，但省省还是能存点儿的，这些年还给你存了份嫁妆呢。还有，你别怪你爸。"

"不怪他？"

"他不想再跟那个杜纠缠了，现在就想安安心心地跟我搭伴过日子。我也不求大富大贵，这样平凡过日子挺好的，真没什么，那些东西杜拿走就拿走了，不争了。"

顾云岚一时语塞，半晌才说："我知道了，那就这样吧。"

好像铁拳打在棉花上，挂了电话，顾云岚半天才回过神。懦弱是她最讨厌的一种性格。懦弱，意味着将自己的软肋暴露给敌人，任他们攻击、羞辱，你明明很疼，明明流血了，明明想哭，却要装作不在乎不计较的样子，以为只要看起来不在乎，就好像没有被伤害。

懦弱从来不是顾云岚的选择。从十八岁起，从父亲抛弃了她和母亲起，她便明白，这个世界，越是软弱，就越容易被人欺负。你不能自欺欺人地装作无所谓，伤害了你的，你要还击回去，你还要变得更强，只有足够强，才能令要来伤害你的人畏惧。

顾云岚长出了一身的刺，只为了刺走所有要来伤害她和她妈妈的人。现在妈妈却告诉她，没关系，我的确没有被公平对待，但是，没关系。顾云岚恨了他七年。母亲却说，不怪他。她辛苦工作存钱，想改善家里的生活，母亲却用一句"不争了"就把本来属于他们的东西拱手让人。这意味着，她付出的所有努力，她伤痕累累的倔强坚持，全都被母亲否决了。

在外面越显得坚强的人，独自崩溃时越彻底。顾云岚捏着手机，靠着床沿滑坐到地上，捂住脸泣不成声。

小楼煮了红糖水，陪在顾云岚身旁。

　　小楼是从幸福家庭出来的女孩，家庭和睦，家里也没什么负担，唯一的问题是她母亲对她干涉过多，总想控制她的人生。小楼的家就在她俩读大学的城市，大学时，有的周末小楼会带顾云岚回家，小楼的母亲总是做一桌大餐招待。虽然偶尔也会被这样的幸福刺痛，但顾云岚很快调整好心态，收起敏感的自尊，全然接受了小楼的友谊。

　　大四那年，小楼的母亲给小楼找好了实习单位，但小楼不希望人生再沿着母亲规划的路线走了，干脆考到北京读研，从此离开家乡。为此，她母亲生了很久的气，但小楼还是想凭自己的努力在北京留下来，以此证明自己即使不走母亲规定的人生路线，也可以过得很好。

　　看上去总是顾云岚在护着小楼，帮她联系工作，帮她介绍作者资源，帮她赶跑骚扰者，可内心里，一直是小楼支撑着顾云岚最脆弱的部分。

　　第二天起床洗漱，顾云岚对着镜子里自己两只又肿又红的眼睛发愁，实在太明显了。她上了一点儿粉底，倒是能遮住些黑眼圈，但也就是聊胜于无罢了。

　　家里没有备用的眼镜框，没办法，顾云岚只能顶着这双眼睛去公司。

　　顾云岚向来比较早，到公司后，部门里只来了另外两个同事，工位离得比较远，暂时没人注意到她的样子。她埋头整理文件，这时方昊却从办公室走到她工位前："你来一下。"

　　顾云岚低着头，让头发从两侧垂下，稍微挡住眼睛，跟在方昊身后进了办公室。方昊坐到办公椅上，将电脑屏幕往外侧转了转，指着屏幕上一个表格文件说："你来看看。这是我们公司的书号审批表，跟你之前在出版社的格式应该不一样，你第一次填写，我跟你说下重点。"

　　顾云岚硬着头皮凑上去。方昊下意识地看了她一眼，愣了一下，才说："我们公司通过选题后，还有一道向出版社申请书号的程序。

世间无欢那套书的书号申请程序我这边做了，段朝夕这本就由你来做吧。"

像久时文化传媒集团这样的民营图书公司，没有资格自主获取书号，因此出书需与出版社合作。这是出版界的常识，顾云岚并不陌生。她点点头："好。"

方昊又指向表格中几个具体的栏目："内容简介尽量写得简明扼要一些，不用太长，规避敏感话题。你听过之前那个传闻吧？同样一本书，一开始没拿下书号，但内容简介换了个方式写，就通过了。"

"我知道了。"

"我待会儿把表格电子版发你，你填好后返给我这边汇总。月底和这个月的其他选题一起递交给出版社。去吧。"

顾云岚始终埋着头，此时如释重负，赶紧转身离开。刚走了两步，却听方昊叫道："那个……你等一下。"

顾云岚停下来，低下头转身问："还有什么事吗？"

"有些同事说闲话，别放在心上。你是一个有自己目标的人，他们的态度，并不值得你在意。"

听不出语气，听不出他是随口一说，还是想了很久才想出这么一句开导下属的话。头发全部垂在眼前，除了地面米白色的瓷砖外，顾云岚此时什么也看不到，不敢抬头的她更无法知晓方昊说这句话时的表情。根据麦格克效应指出的现象，看不见对方表情的她，完全无法准确理解这句话传递的信息。

可是，这句无用的安慰建立在他自以为是的错误推测上，顾云岚非但没有被安抚，反而对他的不善于人际关系交往有了更深的认识。顾云岚说："谢谢。我没在意他们的态度，我知道不值得。"

"但你……"方昊欲言又止，停顿了一下，说，"你知道自己今天看起来是一副什么样子吗？你这副样子让他们看见，又该引起是非了。你回去吧，今天在家办公，我给你算公出。"

顾云岚本来准备好了反唇相讥的话，她对方昊把她眼睛哭肿的原因自作主张地归结于工作非常气愤。她一个人在北京打拼了几年，什么挫折没经历过，至于为这点儿屁事哭吗？可在听到方昊后面这句话后，她张了一半的嘴只得及时刹车，再一百八十度扭转语气："您说啥？"

"我说让你今天在家办公，等眼睛消肿了再来公司。明天没问题吧？明天的周会很重要，有一个公司的重要项目要宣布。"

"没问题，谢谢方总。"顾云岚打算离开，却心有不甘，补充道，"另外，我哭并不是因为工作，工作上的问题我都会解决，但不是用哭的方式。这一点，请您不要搞错了。"

04

周五下午，这次据说很重要的周会在集团的大会议室里开。

顾云岚环视四周，原创小说部的同事都到齐了，还有一些其他部门不认识的人。工作人员正在前面调试电脑和大屏幕投影的连接，调试妥当后，却无人上台宣布会议开始，似乎还在等待着谁。

又过了几分钟，一名女士推门而入。会议室静下来。

那名女士留着仔细打理过的短发，穿一身裁剪得体的白色西装，踩一双裸色酒杯跟单鞋。她径直走上台，将手里的文件放到桌面，又低声向一旁的工作人员询问了几句，得到对方点头回答后，她稍微俯身到话筒前说："好了，都准备好了，开会吧，不耽误大家太多时间。"

此时顾云岚已经猜到，这名女士应该就是于总了。

于总点开一份 PPT 文件，介绍道："此前，我司签约作家小鱼儿的作品《女吏》向多云影视传媒有限公司授出电视剧改编版权，多云影视传媒在制作女性古装剧方面有丰富的经验，我司非常看重本次合作。

"经过近两年的打磨剧本、与演员碰档期，这部戏终于将在下周开机。这个开发周期可以说是非常快的了，我司也很期待能尽快看到成果。随着我司实力的发展和影视中心的成立，我们追加投资了这部戏的制作。

"原著小说的责编是原创小说部的小桃，可以考虑这本书再版的事了。虽然开机到电视剧播出尚有一段时间，但你们要提前做好准备。同时，原创部的其他同事虽然不是责编，但希望你们也把和这本书相关的事放在心上。这不是小桃一个人的项目，也不是原创部一个部门的项目，我们内容中心要跟影视中心、运营中心共同配合，争取让这个项目有个漂亮的开局。下面请影视中心的王总为大家介绍该项目目前的情况。"

久时文化传媒集团下设内容中心、影视中心、运营中心三个大块，负责人分别为于莉、王文浩、郑有明，三人均为集团副总。集团创始人兼总裁叫陈舒，据说去年查出身体有恙，目前彻底放手公司管理，边治疗边旅行，只每季度来公司听三名副总汇报工作，不再亲自处理具体事务。

虽说对几名副总的具体情况了解不多，但顾云岚进公司这些日子以来，通过观察和听何纬八卦，大致摸清了他们之间的关系。分管运营中心的郑有明郑总是资历最老的，陈舒刚创立公司时他就跟着一起打拼了。之前公司规模没这么大，业务中心也没分得这么细致，一直是陈舒负责内容、郑有明负责发行。

而公司目前三个业务中心鼎立的格局，是两年前才形成的。那时公司刚成立了影视中心，王文浩是一名有十余年经验的制片人，公司把他挖来分管影视，这两年的影视运作也颇有成效。

发行和营销一起并为运营中心，还是由郑有明负责。内容中心则有些坎坷，陈舒对一开始招来的那名负责人不满意，用了一年多辞退了，才招来了于莉。于莉刚上任七八个月，目前还看不出能力。

不过，据说郑有明是这次格局变动中最不爽的一个人，他的职级没变，负责的业务也没变，却莫名其妙冒出了两个和他同级的副总。但也有传言说，陈舒身体不好后，有考虑过提拔郑有明做执行总裁，却迟迟不见宣布。

影视中心的王总向大家介绍了《女吏》的影视化情况，顾云岚感到非常吃惊，这部剧找来的男、女主演都是当红的大牌明星。之前网上有消息说这部剧的主演是这两个人，却被大部分网友指出是假消息。因为这是一部以女主角为一番的电视剧，按那位男演员的咖位，照理不会给这位女演员当绿叶，没想到竟然真能把这位男演员谈下来，可见所有人对该项目的信心。

下周的开机仪式上，需要原创部这边的责编以及一名营销同事带作者一起去参加，营销部又和原创部碰了会儿具体方案，之后便散会了。

这部《女吏》顾云岚之前有所耳闻，但并未读过。散会后，她去公司库房买了一套书，打算通读一遍。虽说她不是责编，她跟小桃关系也不怎么样，但既然是公司重点项目，她没理由不了解具体内容。正好后两天是周末，顾云岚翻了翻，这套书是 80 万字的体量，出的三本套装，看快些的话，可以一个周末读完。

下了班，顾云岚像往常一样回家，却在单元楼下意外见到了小楼和肖遥。小楼要上楼，肖遥抓着她的胳膊不让："你为什么突然对我改变了态度？我今天在你家楼下等一天了，只想要一个理由而已。"

小楼甩开肖遥："你不知道原因吗？"说完便要进单元门。

肖遥赶紧跑到单元门口堵住她的去路，一字一顿地说："我不知道。"

"非要我揭穿你的谎言你才死心吗？肖遥，不要再缠着我了。工作之外，我不想再和你有接触。如果你觉得这样不好，你去找其他编辑当你的责编也行。"

"揭穿我的谎言？我什么谎言？"

小楼低着头轻声说："你有女朋友了啊，我又不是傻子。"

见此情景，顾云岚基本明白了是怎么回事。那两个人不知什么时候产生了些暧昧情愫，原来小楼上次向自己打听肖遥有没有女朋友，并不是单箭头暗恋。得到肯定的结果后，小楼及时抽离，不想再与对方有暧昧关系，却被肖遥纠缠。顾云岚上前挡在两人之间，瞪着肖遥。

小楼拉了拉顾云岚衣角："我们走吧。"

"你说我有女朋友？你这几天不理我，就因为这？你还说自己不是傻子？"一时间，肖遥哭笑不得，他看了看顾云岚，"顾老师，你告诉她的？"

肖遥的反应让顾云岚有点儿疑惑。他不像是装的。

肖遥回想了一会儿，说："你是说上次吗？对，去年签售会我是带了当时的女友去，但我们已经分手大半年了。我现在真是单身，小楼，我向你保证，我在你心里就是这么没下限的人吗？"

"那为什么……"顾云岚把"世间无欢"的名字吞了下去，"有人说你有女朋友了？"

"谁说的？不管是谁，这人一定另有目的。"

顾云岚和小楼面面相觑，一时不知是什么情况。顾云岚突然想起世间无欢那副玩世不恭的样子，或许他只是随口开了个玩笑？毕竟他那样爱作弄人，嘴里说不出一句真话也不奇怪。她不太确定地解释道："那，那可能是我搞错了……"她跳出两人中间，"是我没搞清楚状况。"

肖遥诚恳地说："小楼，我可以把手机马上拿给你看，要是有任何一张女人的照片，微信里有任何一条疑似女朋友的人发来的信息，我保证不再纠缠你。你还没吃饭吧？我带你去个地方，我最近发现了一家特别不错的火锅。"说完，他看了看旁边的顾云岚，碍于情面邀请道，"顾老师，你也一起吧。"

顾云岚去看小楼，见她抿着嘴，一脸害羞状，便决定不当电灯泡，让这两个人自己解决问题，于是她摆摆手："我不去了，我晚上还有事。"

肖遥朝顾云岚挤挤眼，对小楼说："走吧。"

小楼迈着小碎步跟在肖遥的身后，两人渐渐走远。顾云岚突然有些担心，万一肖遥真有问题怎么办？她追上去，凑在小楼耳边小声说："保持理智，别发展太快，今晚十点前回来啊。"

"知道啦。不用担心我。"小楼拍拍顾云岚的手。

顾云岚捏了捏小楼手指给对方打气，小楼会意地朝她一笑。肖遥在一旁看着这两个女孩的动静，不知她们在打什么小算盘，无奈地摇摇头。

送走了那两个人，顾云岚回到家，随便吃了点儿东西，便开始看小鱼儿的《女吏》。

小说以唐代安史之乱的动荡年代为背景，讲述几名女性不同的人生选择导致不同命运的故事。情节非常曲折，引人入胜，可越看下去，顾云岚越感到不对劲，甚至都没意识到自己捧书的手在微微颤抖。

这个故事虽然改头换面，换了主角姓名，换了时代背景，可情节构思、走向、人物关系，与另一本书如出一辙。

那本书，就是只卖出3000多册，最后只得变回纸浆的段朝夕的第一部作品，《失落的果实》。

顾云岚上网查到了《女吏》的创作时间。这部小说两三年前在一家网站上开始连载，而那个时间，《失落的果实》刚好上市不久。

顾云岚的脑子里好像有一团乱麻——终于还是遇到这种事了吗？

周末两天，顾云岚找出之前留下的《失落的果实》样书，与《女吏》做了大致比对。她绝望地发现，虽然是换了时代背景的几乎相同的故事，但《女吏》的作者小鱼儿非常聪明地没有从原文照搬过任何一句话。在现有的版权法体系下，没有原文照搬很难被判定为抄袭。

另一方面，《女吏》的开机仪式定于下周三举行，是本项目首次正式官宣。作为久时文化传媒集团本年度甚至明年最重要的项目之一，届时抄袭风波若在网上引爆舆论，对公司的声誉将造成极坏影响。在开机前，紧急、妥善地处理好这个问题，或许能将影响降到最低。

此时是周日下午，距离开机仪式还有 2.5 天，顾云岚决定立即向方昊汇报此事，以商讨合适的应急处理方案。连她自己也未意识到，第一时间想到找方昊商量，是因为——信任。

这些时日，顾云岚发现，方昊从未因她"是于总的人"而排挤她，或对她有任何不公正的对待。他完全是一个就事论事的人，无论对上级还是下属，都一视同仁。他之所以有时令人讨厌，并不是因为他有什么不堪之处，而是他同时具备了不善社交和专业能力极强两个特点，这让对他第一印象不那么好的顾云岚莫名产生了一种不服输的情结。至于抄袭这种原则性问题，顾云岚相信他不会有任何偏袒。

她拨打方昊的手机号码，却无人接听。半小时内，她又接连拨了三次。最后这次，响了好一阵那边才接起，声音里充满了对此时接到顾云岚来电的疑惑："喂？"

"方总，有一件事，我觉得越早让您知道越好，我也是刚发现的，小鱼儿的《女吏》，抄袭了段朝夕的第一本书，《失落的果实》。不，说抄袭不准确，并没有逐词逐句照抄，但完全套用了段朝夕那本书的故事构架和人物关系设定。"

湿漉漉的米色大理石地砖上摆着一排躺椅，四周是 360° 全景落地窗，天花板上绘着抽象线条。一池清澈的水呈现出静谧的蓝色，池中仅有三五名游泳者。

一名青年男子正以自由泳的姿势在泳池中往返。他戴着黑色泳帽和黑色泳镜，每次划水会露出肩肘部好看的曲线。

周日下午这个时间段，方昊一般会去游泳，每周都是如此。

游泳是方昊唯一喜欢的运动，因为其他运动总会让人汗流浃背，他不喜欢那种感觉。游泳除了有不会出一身臭汗这个优点外，于他而言还有更多优势：比如不需要约人，一个人就行。当全身泡在水中，隔绝了外界的声音，他的思绪可以暂时从工作中抽离，或者更专注地思考某个问题。

这家酒店的游泳池很好，水温适宜，每天换水，人少，离家不远，开车十分钟就到，而且还有免费车位。从加入久时并搬到那间 loft 后，方昊就一直在这里游泳。

今天方昊游完泳上岸，进更衣室正要拿浴巾去淋浴，打开储物柜，就看见自己的手机屏一直在闪烁，来电显示是顾云岚。接通后，顾云岚开门见山语速极快地说完那一堆，方昊的大脑还没有回到工作状态，一时有些发愣。

方昊将浴巾搭在脖子上，歪头倒了下耳朵里的水。"你说慢点儿，谁抄袭谁了？"

"小鱼儿的《女吏》，抄了段朝夕的《失落的果实》。"

"你是说，没有原句照抄，只是抄了故事，对吧？"

"是的。"

"我需要自己再判断一次，有时故事撞梗并不代表抄袭。你手头有《失落的果实》这部小说的电子文档吗？"

"啊？没有。这个书稿是几年前在艺文社做的，文档也留在了那边的工作电脑里。我只有一本样书。"

"好，我现在就去找你拿样书。你家住哪里？"

顾云岚将住址发给方昊，一小时后，方昊到了。

顾云岚打开门，将《失落的果实》递给他。她没有邀请方昊进屋坐坐，两人不算熟，这种不合时宜的邀请会让双方都尴尬。

方昊接过书："我今晚会看完，做出判断。"

顾云岚皱眉："我们没时间了，周三就会举行开机仪式。"

"我知道，我先回去了。"方昊转身就要走。

"哎，方总……"顾云岚叫住他，"我的意思是，其实您完全不用自己再看一遍。您可以相信我的判断，我们现在应该抓紧时间想对策啊。"

　　方昊说："我并不是不相信你的判断，但在指控抄袭这件事上，还是要谨慎一些。放心，我会边看边想对策。明天早上一到公司就立刻着手处理这件事。"

　　"好……"

　　周一早晨，久时文化传媒集团副总裁办。

　　于莉拎着包穿过此处时，被秘书小七有些胆怯地叫住了："于总，那个……原创部的方昊……"

　　于莉看向自己办公室门口，方昊像一尊门神般堵在那儿。

　　除常规工作汇报外，方昊极少主动找她。于莉怔了一下，随即恢复了气定神闲的模样，不紧不慢地走过去，打开办公室的门："方昊，这么一大早，有什么事？吃早饭了吗？没吃的话，我让他们送两份咖啡来。"

　　"谢谢，不用了。"三个中心分离后，于莉作为内容中心负责人，是方昊的正牌顶头上司。在确定抄袭事实成立后，方昊想过去找更熟的郑总，但无论如何，这件事不应该绕过于总。

　　于莉坐到办公椅上，打开电脑："说吧。"

　　"《女吏》是一部抄袭作品。我希望能立即和影视中心相关部门对接，共同处理这件事。"

　　"抄袭？抄了什么？"

　　"段朝夕的《失落的果实》。"

　　"你打算怎样处理？"

　　"我考虑过了。作为公司投资的重点项目，如果叫停，将会给公司造成不可估量的亏损；可不叫停，之后若引起舆论，对我司名誉也极其有损。好在段朝夕目前与我司有合作，我想赶在开机仪式前与几方沟通，将段朝夕与小鱼儿一起共同署名原著作者，并支付段朝夕相应版权费。这个处理方式可以将损失降至最低。"

　　于莉不置可否，过了一会儿，才慢慢说道："这件事牵涉很广，不单单是我们内容中心的问题。你再去向郑总和王总都说一下，听听他们的意见。"

　　方昊本就没指望从于莉这儿取得什么进展，他先来找于莉，只是不希望日后落下越级汇报的话柄。听到于莉这样说，方昊立即应承下来，他打算先去找影视中心的王总，毕竟这件事和影视中心关系最大。

　　顾云岚一直在等方昊。

　　昨天方昊说过，今早一来就立即商量处理此事的对策。可她等了一上午，方昊连影子都没出现。他干吗去了？该不会出差了，把事情忘了吧？

　　顾云岚坐立难安，内心极度焦灼。正因为信任他，也不想让公司蒙受损失，她才想等商量出妥善对策后，再告诉段朝夕。可如果方昊根本没把这件事放在心上，现在该怎么办？

　　偏偏在此时，手机收到段朝夕发来的信息："小岚姐，你看小鱼儿的《女吏》了吗？我被她抄了。"

　　运营中心副总裁办公室内，两个男人分别站在办公桌两侧，对峙着。

　　其中一人面带愠色，修长的手指撑着办公桌；另一个人年纪要大些，比前者矮一大截，头几乎全秃了，剃了个光头，后脑勺有点儿发楂儿。

　　年纪大些的这个人几乎是拍着办公桌吼道："方昊，你有完没完？我告诉你，你给我收敛点儿，这个节骨眼上，不要节外生枝！"

　　"郑总，"方昊没像以往那样叫对方老郑，"现在处理才能将损失降到最低。我恳请你们意识到问题的严重性，如果不处理，这就像一颗定时炸弹，什么时候爆炸，什么时候完蛋。我没在夸大其词。"

　　"我看你就是夸大其词。我问你，要是原作者去告，能告赢吗？"

　　方昊咬了咬牙："法律怎么判定还不好说，但观众不是傻子。我们做内容的，最忌讳把观众当傻子糊弄，抄没抄，明眼人一看就知道。"

　　"你别给我扯这么多，你这话的意思，就是告不赢，对不对？既然法律都管不了，我们得多闲得慌才自己给自己找事？你去找过于总、王总了吧？他们都不管，你别想来找我给你背锅！我告诉你这个项目公司投了多少，"郑有明伸出一个手掌，"5000 万。知道吗？5000 万！电视剧总投资两个亿！这项目黄了，你担不起责任，我也担不起责任，全公司没人能担责任。懂吗？！"

　　方昊今天已经接连三次碰壁。想不到平时明争暗斗的于总、王总、郑总三人，在这件事上倒是空前一致，要么踢皮球，要么不愿意管。

　　方昊连续跟人争论了一上午，只觉得口干舌燥。他不是初入职场的小白，明白这件事不是要争辩出个黑白对错，领导们需要从公司利益角度去考虑。可目前明明有损失较小的解决方案，为何不先花较小的代价清除潜在风险，而是要让达摩克利斯之剑一直悬在头上？

　　方昊烦躁地回到部门，午饭时间，部门里大部分人都不在工位上，倒是一眼就看见顾云岚还在。

　　顾云岚听见脚步声，尤为焦急地回头望向这边，看到自己后，她起身小跑过来："方总……"

　　方昊感到有些抱歉。昨天答应过她，今天会处理好这件事。没想到阻力比想象的要大，一时不知该从何说起，只好问道："还没去吃饭？"

　　顾云岚根本没理会方昊的寒暄，直入主题询问："方总，小鱼儿抄袭段朝夕那件事，昨天您说过会想对策的。现在有解决方案了吗？这件事变得更不好处理了，《女吏》即将开机的消息遍布全网，刚好男演员是段朝夕喜欢的，为此她去看了《女吏》原著，自己发现了被抄袭的事。刚才她发信息来问我了，我不知您想怎么解决，只好暂时回复她说公司正在协调，让她稍等一下。我们不能再拖了，得赶紧给作者一个答复啊。"

顾云岚焦急地说了这么大一堆，让方昊又心烦又感到心中一软。心烦并不是针对她，而是这件事本身没解决好，他已经受了一上午的气，此时被抓着问询，自然更觉得烦闷；心软则是因为看到这个女孩较真的样子，方昊不希望她再遭受一遍自己刚经历的失望了。

职场里不讲对错，只看利益，不是吗？哪怕是看上去清高的文化产业，也一样。还是让这个女孩对出版业的热情保持得再久一点儿吧。

想到这里，方昊尽量用风轻云淡的语气对顾云岚说："这事你不要管了，我会处理好的，你放心。先忙你手头的工作吧，无欢的书进度怎么样了？"

刚才还一脸期待地看着自己的顾云岚，突然露出疑惑的表情。她先是一点儿一点儿地拧起眉毛，接着眼里的光黯淡下去，最后却不吵不闹，只说："我知道了。"

方昊当时并未明白这句满是失望的"我知道了"背后的意思。

午休时，人力资源总监程鹏捧着两盒沙拉，敲了敲于莉办公室的门。征得对方同意后，他像颗紧实的肉丸子般滚了进去，讨好地招呼道："于总，您要的沙拉。"

"怎么是两盒？"

"嘿，我最近减肥，跟于总一起吃沙拉。"

于莉有点儿无奈，但也没拒绝。见她没拒绝，程鹏厚着脸皮坐到一旁的会客沙发上，手捧着沙拉吃起来，一脸八卦地问："听说今天，方昊跟王总、郑总都大干了一场？"

于莉淡淡地说："别搬弄是非了，哪有那么夸张。"

"于总，这是好机会啊。方昊跟郑总闹掰了，您正好去把他收了，省得咱们内容中心老安插着别人的人。哎，方昊为什么跟他们闹？"

于莉笑了笑，没答话。

程鹏继续说："好像说是为了咱们公司要开拍的那个剧，叫什么来着？反正为了那个书的事儿吵，他说那本书抄袭了公司另一个作者？"

于莉沉默。

程鹏揣摩着她的态度，一边观察于总脸色，一边说："照我说，这俩作者不都是咱公司的吗？自家内部怎么打起来了，就算是抄袭，又没抄外面人的，内部消化一下得了，犯得着闹这么大吗？方昊太不懂事了，太倔……"

"这事我不管。先等他们闹吧。"

"您不管？"

"不管。"

"于总，创作上的事，您不管谁管？咱不能放权啊！这我就搞不懂了，您给我说道说道。"

"抄袭是大事，方昊说抄了，我相信他的判断，但这个书也没构成法律意义上的抄袭。我要是同意方昊照抄袭情况处理，公司影视投资的损失，算在谁头上？我要是硬说按法律判定没抄袭，不用管，那可是纵容抄袭，政治不正确。这种两面为难的事，等郑总、王总他们去管吧。"

程鹏思索着于莉的话，也不知明白没有，拖长尾音"噢——"着点头。

另一边，顾云岚在说完"我知道了"之后，决定用自己的方式处理这件事。

方昊那副完全不放在心上的样子令她失望。

小鱼儿虽不算是大神级别的作家，但在女频分类下也算热门作者，要找到她不难。顾云岚搜到她的微博后，用小号先是很客气地给她发了条私信："您好，我看了您的作品《女吏》，写作时是否参考了段朝夕的《失落的果实》？我两本书都读过，感觉故事很像。"

顾云岚想看看小鱼儿的回应。

同时，在没有整句照搬的情况下，顾云岚想设法让小鱼儿自己承认抄袭的事实。

　　下午，方昊请假回家了。之前与多云影视传媒有限公司进行项目接洽时，他参与过一两次相关饭局，多云那边的人与他交换过名片。当时只是客套，饭局结束后，方昊并未根据名片上的手机号添加对方微信，现在他打算把名片找出来，直接与多云的项目负责人联系。

　　所有收到的名片，方昊放在一个文件夹里。回家后，方昊没怎么费劲就找出了多云影视传媒策划总监林宇辰的联系方式。他拨通对方的电话："您好，请问是多云传媒林总监吗？"

　　"我是。您哪位？"

　　"林总监，我是久时文化传媒集团原创部负责人方昊。很冒昧打扰您，非常抱歉，我们发现小鱼儿的《女吏》这部作品存在一定程度的抄袭，希望可以在开机仪式前和您共同制订紧急应对方案。您放心，这是我们的疏忽，该久时承担的损失和责任，我们不会逃避。"

　　"噢，方昊？有印象，有印象，我记得您。就是之前一起吃过饭的那位编辑老师嘛。"对方语气一开始还很热情，忽然话锋一转，"这个项目的事儿，不一直是你们影视部的人在跟我们对接吗？您稍等，我这边先了解一下情况，尽快给您答复。"

　　方昊知道这话是应付，加重语气说道："林总监，稍后我会给您的工作邮箱发一封正式邮件说明这件事，以作为我司在发现原著小说出问题后，已经履行了告知义务的证据。如果贵司坚持忽略该事实，之后的损失我司将不再承担。"

　　电话那头干笑了几声："是，是。但您也得体谅我们，咱们互相体谅啊。您看这项目多不容易，男、女主角，甚至男二、女二，哪个都不好惹啊！这几个演员的档期，那叫一个不好敲定，好不容易凑齐，后天就开机了，咱不能说变就变不是？半年的拍摄档期啊，档期一过，这拨人可就再也凑不到一块儿喽。"

　　"档期不用改，您那边还照原计划推进。我只希望可以把被抄袭的那名作者共同列入原著作者署名，并支付她版权费用。此事因我司疏忽而起，这笔版权费用可以由我司支付。这个方案并未损害贵司利益，相反，为你们清除了一个隐患。林总监，您没理由拒绝吧？"

林宇辰沉默了一会儿，似乎在思索："这就行了？这事有这么好解决？被抄的那个作者愿意共同署名？对了，抄了哪本书啊？"

"说服作者的事，您可以交给我。至于具体抄袭情况，我会在待会儿给您的邮件中详细说明。"

"反正就一点，后天必须开机，这事儿没有商量的余地。"

"好。"

挂了电话，方昊迅速编辑好正式邮件，发送至林宇辰的邮箱，之后匆匆出门，开车回公司。

刚开到半途，郑总来电了。一接通，对方就急吼吼地叫道："方昊，你越来越大胆，越来越不把我放眼里了？"

"郑总，您说笑了。"

"别跟我装傻，你绕过所有公司高层，去跟多云影视沟通了抄袭的事。我告诉你，多云的人转头就问了我们影视中心的王文浩，王文浩把球踢给于莉，于莉又把球踢给我。这事他们可以不管，我不行。那两个人不像我，这个公司是我看着从一个小小的工作室变成如今的内容集团的，集团垮了，他们拍拍屁股走人，大不了换个地方继续干。但我不行，这是我的心血！我不跟你扯这些虚的，我就告诉你，集团有我的股份，我都五十了，还指着以后集团给我养老，陈总现在放手了事务，我这么拼，图啥？你以为我图啥？这其中的利害关系，不用我再给你分析了吧？"

方昊轻叹一声，语气稍微缓和了些："老郑，你要是把集团当成自己的心血，这事就别固执了，听我的，集团出点儿钱，把段朝夕之前那本书的版权也签了。说服作者的事，你交给我。"

"出点儿钱，出多少钱？小鱼儿那部《女吏》，当时可是五百万卖出去的。段朝夕这本，再少不也得几十万？几十万的账谁给你批？于莉不批，王文浩不批，我来当这冤大头？还有，影视中心已经问过了小鱼儿，小鱼儿坚称自己绝对没抄。方昊，你想问题不要那么简单，你靠什么说服作者承认自己抄了？再说，多少电视剧原著被爆出抄袭，最后还不是网上闹一阵就过去了。这根本不是什么大事，而且我也问了，段朝夕那本书没几个人看过，这事咱们不提不就过去了？"

方昊沉默了一会儿："郑总，我在开车。等我到公司再说吧。"没等郑总回答，他就把电话挂了。

之后电话又响了两三回，都是郑总打来的，方昊没再接。

顾云岚一直没等到小鱼儿的私信回复，小鱼儿还发了一条别的微博，她似乎选择了无视。

料到会是这样，顾云岚今早便已开始着手整理一版简要的两部作品的故事情节走向、人物关系对比图。这件事如果公司不重视，作者不回应，那么她只好自己站出来，为段朝夕讨回公道。

不能抄袭，是原创小说出版业的底线。维护自己作者的权益，是顾云岚作为责编的职责所在。

方昊中午出现了一下，下午又不见了。有事找他，他却玩失踪，顾云岚感到满心的失望。

材料整理好了，顾云岚将图片打包发给段朝夕，正要与段朝夕商量，突然，集团运营中心的郑总火急火燎地冲到原创小说部办公区，招呼所有编辑："紧急情况，占用大家几分钟时间，开个短会。"

顾云岚心中一凛。

所有人集合在原创部的小会议室里。郑总直入主题："这几天出现传言，说小鱼儿的《女吏》抄袭了段朝夕之前的一本书。"

其他人是刚得知这个消息，听到后非常吃惊，一时间交头接耳起来。《女吏》的责编小桃嘀咕着："怎么可能，小鱼儿什么级别，犯得着去抄段朝夕？我看是个想红想疯了的戏精作者给自己加戏吧。"

顾云岚见郑总专程过来开紧急会议，以为公司有了处理办法，因此没在意小桃言语中的讽刺，只想快点儿听郑总接下去怎么说。没想到郑总说："这完全是谣言。这两本书，一个故事背景是唐代，一个是民国，风马牛不相及。什么抄袭？我希望编辑部统一口径，若看到网上出现类似谣言，立即举报给公司，我们运营中心会去公关。当然，没人提这事更好。总之，后天《女吏》就开机了，这个项目对公司很重要，上周的会上说过。你们是公司员工，一切要以公司利益为重。都记住了？"

原来这就是公司对这件事的态度？方昊所说的解决办法，就是把郑总搬出来压住舆论？

顾云岚气得脑子里嗡的一声炸开。她掏出手机，在会议桌下快速地给段朝夕发信息："刚才发你的那些图片是我整理的抄袭证据，虽然对方没有原句照搬，但从两本书的故事线和人物关系总结，可以看出几乎一模一样。你是受害者，把它们发到微博上吧。"

段朝夕问："公司给出解决方案了吗？"

"公司这边可能想压下这件事。放心，这件事不管公司怎么决定，我都全力支持你。发吧。"

对方像是已经隐忍了很久，很快回复："好。"

郑总见没人提反对意见，清清嗓子："大家如果没什么疑问，就先这样。忙去吧。"

小桃举了举手："郑总，是谁说的小鱼儿抄袭了啊？不明不白地被泼这种污水，这是诽谤吧？"

郑总看了小桃一眼："以后如果网上出现这样的言论，公司一定追究诽谤者责任。不过既然现在还没人提，我们也不要自己惹事。"

小桃缩缩脖子："噢，好。"

郑有明走出会议室，迎面碰上刚回到公司的方昊。

方昊急忙赶回公司，却发现原创部工位上一个人都没有，找了半天，才发现郑总把所有人都召集到会议室了。此时见到郑有明，方昊下意识地问："你给他们开会说什么了？"

"你还好意思问我？我找你半天，你自己看看手机里的来电记录，你一个原创部负责人不接电话？"

"我都说了，回公司再说。"

"等你回公司，黄花菜都凉了！方昊，这事儿你别再提了，我已经跟所有编辑打过招呼了，以公司的决定为准。"

"郑总，"方昊奔波了一天，头发有些凌乱了，衬衫领口被汗浸湿，整个人略显憔悴，却掷地有声地说，"我不认可公司这个决定，我们原创小说部的事，好像也不归您管吧？"

被下属当众顶撞，郑有明脸上挂不住，青一阵白一阵："方昊，做好你分内的工作，少操心些有的没的！你今天为这事跑一天了吧？要是太累了，就休个长假。我现在就给你批假。"

方昊还要反驳，但终究意识到在众人的围观之下，越不给郑总面子，此事越没有转圜余地，只说："谢谢郑总关心。目前这些事我还能应付，休假的事等忙完几个重要项目再说。"

郑有明气得冷哼一声："方昊，正好明天我们的发行人员跟四川那边的书商有个商务会谈，我们发行人员对原创产品没你熟悉，你跟着一起去，好好介绍介绍我们的产品，争取把那个书商谈下来，这样我们的铺货量在整个西南地区都会更上一个台阶。"

顾云岚终于听明白，方昊为抄袭的事奔波了一天，不同意秉公处理的是公司高层，方昊并没有不管这件事。自己错怪他了。郑总刚才那么说，是想这两天把方昊支开，等开机仪式结束，再让他回来。

顾云岚带着歉意看向方昊，只见这个刚到而立之年的男人，脸上并未完全退去少年热血的稚气，此时像一头骄傲的狮子，怒视着他的敌人。他的敌人不是郑有明这个人，或许是某些规则，或许是某些令人无奈的现实。他没有妥协，没有投降，他要去冲破这些樊笼的禁锢。

下午的阳光穿过百叶窗照进办公区，又将方昊的脸照得明明暗暗，顾云岚想起第一天见他的样子，也是这样的光。

手里的手机振动了一下，拉回顾云岚的思绪。她拿起手机一看，是段朝夕的消息："微博已经发了。"

晚上回家，小楼看到顾云岚沮丧的样子，凑上前问："怎么了，谁又欺负我家岚岚了？"

顾云岚说："你知道吗，我们公司一个马上要开拍电视剧的项目，我发现抄袭了段朝夕以前在艺文社出版的那本书。结果公司里根本没人重视这件事，就想压下去。"

"连你们那个方昊也不管？我听肖遥说，方昊可是个很有能力的人啊，不会是非不分吧？"

"不是。"顾云岚把包扔在玄关柜上，有气无力地说，"他管的，还跟我们集团副总吵起来了。可副总不让他管。"

"我记得之前你跟他不对付啊，现在怎么帮他说起话来了？"

"你想哪儿去了。我对事不对人，这事方昊是全公司唯一站在我这边的人，我怎么不能帮他说话？"

小楼凑上前帮顾云岚捶背："好好好，是我说错了，我不该那么说。"

顾云岚捏住小楼手腕："你倒是说说，你什么时候跟肖遥那么熟了？他怎么啥都跟你说？"

"哎呀。"小楼害羞地笑了，"你懂的。"

顾云岚问："你俩在一起了？"

小楼点头承认。

晚上九点左右，是微博流量的高峰期，顾云岚转发了段朝夕那条指出小鱼儿抄袭的微博。可因为她们两人粉丝都不多，目前响应者寥寥。

顾云岚洗漱好躺在床上，想着这件事之后该如何处理，却一时没有方向，最后迷迷糊糊地睡着了。

05

第二天早上被闹铃叫醒后，顾云岚拿过手机窝在床上，下意识地先打开微博。她点进段朝夕指控小鱼儿抄袭的那一条，没想到竟多了几百条转发和回复。她顿时睡意全无，开始仔细浏览那些留言。

留言大部分来自小鱼儿的粉丝，顾云岚一边看，心一边慢慢凉透，连"碰瓷""戏精"之类的形容都算温和的了，更有甚者对段朝夕进行人身攻击和辱骂，用词不堪入目。

顾云岚不知道段朝夕醒了没有，看没看到这些内容，她一时也不敢去问段朝夕，只想着早点儿去公司，等方昊来了再跟他商量一下。

顾云岚迅速洗漱出门，挤上北京早高峰的地铁。顾云岚被夹在一块局促的空间里，像肉饼一样站立着，右手捏着手机继续刷微博关注评论。突然一个电话打进来，是方昊。

顾云岚赶紧接通："喂，方总？您稍等一下。"顾云岚的耳朵里被地铁轰轰的运行声灌满，她掏出耳机戴上，把音量调到最大，"好了，您说。"

"我今天得去四川出差，这一周都在那边，要周末才回来。现在在飞机上，马上就要起飞，手机要关机了。段朝夕在微博上发的抄袭指控我看到了，现在的评论情况我也看到了。你转发了吧？"

方昊没问段朝夕发微博的事顾云岚知不知情，而是默认了这件事与顾云岚有关。对此，两人心照不宣，顾云岚也没掩藏："嗯，转了。"

"你的微博名是本名吗？"

"不是。先别说这个，方总，目前的舆论几乎都是站在小鱼儿那边的，我怀疑她在读者群发动了粉丝控评。段朝夕是个特别敏感的人，我担心她看到评论后心态崩了。"

"既然敢发到微博上，就要对舆论的不可控性有心理准备。怎样安抚作者的心情，这种事不需要我教你吧？"

顾云岚咬咬牙："我知道该怎么做。"

"好。我接下去说的话你记住：之前我与领导层交涉这件事时，并未提及你，正好你的微博也不是本名，如果公司有人找到你对质，你就表明不知情，让他们等我回来处理。这期间如果公司要向段朝夕施压，让她删微博，你可以去找世间无欢帮段朝夕转发。"

"找他？"顾云岚诧异地问道。

"你不是跟他很熟吗？他的微博有几百万粉丝，凭他的影响力，极有可能扭转舆论。何况事态进一步扩大后，要删微博就没那么容易了。"方昊停顿了一下又补充道，"当然，找他帮忙是最后的选择。"

"我没有跟他很熟……"顾云岚小声解释。

方昊没理会顾云岚的解释，也或许是没听见。他说："就这样，飞机开始滑行了，我关机了。"

到公司后，顾云岚给段朝夕发了一条信息，大意是安慰她不要在意评论情况，公司这边，自己和方昊都会帮她想办法。之后顾云岚收到设计师发来的世间无欢那套《乱世之子》的封面初稿。

顾云岚正在与设计师沟通意见，只见人事带着一个女孩来到他们办公区，向大家介绍道："各位，这是新同事宋微微，北大中文系硕士。"

其他人停下手头工作，七嘴八舌地欢迎道："哟，学霸才女啊。能入职我们部门，简直是我们部门之光。"

顾云岚回想起自己入职时无人搭理的情形，真是天上地下。

站在前方的宋微微白净高挑，一头长直发垂在背后，一件白T恤随意扎进牛仔短裤里，露出两条笔直的长腿。她抿嘴一笑，向所有人挥手打招呼："嗨，我刚毕业，有很多专业技能需要学习，以后请各位老师多指教。"

人事向宋微微解释："你们部门总监方昊今天临时出差了，早知道，应该把入职时间定在下周的。那边有个空位，你坐那儿去吧，先熟悉熟悉工作环境。"

空位在顾云岚的工位对面。宋微微坐过去，脑袋从电脑屏幕侧面探出来，淘气地向顾云岚一笑，算是问候。那灿烂的笑容让顾云岚无法抗拒，不由自主地对这个女孩产生了天然的好感。顾云岚在心底想，这不仅是个学霸才女，还是个美人。

午休吃饭时，其他同事照例组成三三两两的小圈子，只有顾云岚落单。宋微微热情地发起邀约，伸手在顾云岚眼前晃了晃："嗨，你还没吃饭吧？附近有什么吃的呀，咱俩一起去？"

顾云岚受宠若惊，赶紧答应："啊，好的，你稍等啊，我把这条消息回了。"她双手在键盘上噼里啪啦敲击，处理完工作对话后，宋微微已经走到她身边。顾云岚站起身，一边和宋微微走出办公室一边介绍道："大楼负一层有食堂，还不错。如果你不喜欢吃食堂的话，出门走两三百米，附近有条街，有很多吃的，快餐、面条都有。"

宋微微很随和地说："我都行。"

两人去了食堂。食堂口味一般，但比较实惠，也比外卖健康，顾云岚一般都到食堂吃午饭。

打好饭后，两人相对而坐。宋微微突然问道："我们的内容总监大人，出差到什么时候回来呢？"

"啊？"顾云岚不知宋微微为什么突然问方昊的事，一瞬的诧异后，才想起今早方昊在电话里对自己说的情况，答道，"好像要下周才回来。"

宋微微一脸失落的表情："是吗？我本来还很期待见到他呢！听说他特别有能力，面试时我就觉得他特别有人格魅力，哈哈。在他部门里做事一定可以学到很多东西。"

"还……还好吧。"顾云岚有些汗颜，她还不了解方昊的业绩，只觉得那个人……有点儿过于自信？可这样形容他，是不是也不公平呢？毕竟，他似乎比自己想象的要优秀很多。只因为他起初毙掉了自己提交的第一个选题，就对他产生了不好的第一印象，不正说明自己才是那个过于自信、固执己见的人吗？

"喂，你在想什么呢？"

"哦，没什么。"顾云岚回过神。

"给我讲讲他吧，他平时怎么样，对人严不严厉啊？"

顾云岚思索着："嗯……有点儿冷冷的？其实我也才入职不到三个月，对他了解不多。等下周你见了他就知道了。"

副总裁办公室内，于莉正在浏览网页上的新闻。办公桌上的电话响了。接起来后，对面客气地招呼道："于总吗？我是发行老郑。"

郑有明做发行起家的，哪怕现在发行和营销宣传已经合并为运营中心，他是运营中心的总负责人，但跟人客套时，他还是总自称发行老郑。于莉一瞥电脑上的时间，刚到一点钟。这个郑有明做事总风风火火的，想起什么事立刻就执行，从不管别人是不是在休息。于莉同样客套却又暗讽道："郑总啊，这个时候找我，是有什么急事吧？"

"说自己被抄袭的那个作者，叫什么段朝夕的，发的微博，你看见没？"

"看见了。"

"我听说那个段朝夕跟我们公司也有合作，她的责编是谁？让责编跟她沟通沟通，把微博删了吧。"

"郑总，你也太急了，现在舆论普遍不支持她，对我司《女吏》这个项目根本造不成影响。有时候，按兵不动比出手要好。既然不会造成影响，就随它去吧，网上闹腾两天也就散了。"

"于总，你风轻云淡，我做不到。舆论放在网上，就很难控制，我可不敢保证之后舆论会怎么发展，所以趁现在还能控制，把这点儿星星之火掐灭了才最保险。你也说了，舆论普遍不支持段朝夕，她看看网上的情况，也该知道进退了，别人根本就没有抄她。劝她删了微博，是为她好。"

于莉从喉咙里轻笑了几声。打心底里她是看不上郑有明的，这个人就是个只会喝酒跑生意的大老粗，创作上的事不指望他能懂。抄袭的界线如果像他说的那么容易界定，这世上就不存在那么多为了到底抄没抄打得死去活来的骂战了。

"于总，你别笑话我。"郑有明变为开玩笑的语气，"你是管不了方昊才没法管这事的吧？方昊那小子犟得很，现在他不在，管个小责编你还管不了吗？说到底，这事儿你们内容中心解决了最好，如果你实在管不了，我们运营出手，去找微博的工作人员从后台删微博，传出去多难听，不利于公司形象呀。"

于莉的笑容僵在脸上，这个郑有明长期在生意场上混，果然善于打太极加笑里藏刀。她心思转了转，小鱼儿抄袭段朝夕这事不好解决，左右都是公司作者，怎么做对公司的利益都有损害，她本来只想置之事外，远离这颗烫手山芋，却没想到郑有明这只老狐狸一口大锅甩过来。如果不想把这件事闹大，让段朝夕把微博删了，确实是最优的解决办法。而且自己刚来公司不久，脚跟都没站稳，更没必要得罪郑有明这种元老。她咬咬牙答应下来："郑总提醒得是，这事我马上就处理。"

挂了电话后，于莉查了一下之前汇总上来的选题记录，发现段朝夕的责编竟然是顾云岚。她看着顾云岚三个字，费神地揉了揉额角。

顾云岚和宋微微吃完饭回到办公室，一个同事提醒她："刚才总裁办来电话，于总让你去她办公室一趟。"

顾云岚本来就被传言是于总的人，听到这个消息，同事们纷纷对她投去复杂的眼神。她只诧异于总为何找自己，顾不上同事的反应，赶紧整理了一下仪容，快步走向总裁办公室。

到了于总办公室，这还是顾云岚第一次近距离私下和她相处。于总穿一件湖蓝色紧身 V 领针织半袖衫，勾勒出这个年纪少见的匀称身材，锁骨上是一条精致的金饰项链。顾云岚感到有些局促，倒是于总很随和地指着一旁的小沙发对她说："小顾，你坐啊。"

顾云岚坐下去，却无法放松，只能直直地挺着背，双手交叠在膝盖上。沙发比一般椅子要矮一些，挺背弯腿的姿势十分难受。

于总问："小顾，你来公司快三个月了吧？感觉怎么样，适应公司的工作节奏了吗？”

“嗯，适应了。都挺好的，谢谢于总关心。”

“这就好。小顾，我说话不喜欢绕圈子，今天找你来，是想问问段朝夕的事。你是她的责编，她在微博上指控小鱼儿抄袭，这件事你知道吗？”

顾云岚想起早晨方昊在电话中的嘱托，装傻道：“我也是上午看微博才知道的。”

“段朝夕是新作者，没有读者基础，现在得不到舆论支持，反而伤害的是自己在大众心中的形象。你叫她把微博删了吧，至于她指控抄袭的事，双方都是公司的作者，公司会秉公处理的，你放心。”

顾云岚眉头一挑，如果公司能秉公处理，这件事早解决了，就不会发生支开方昊这种事。她听出这是于总的托词，最主要的目的不过是让段朝夕删微博，但此刻也不适合硬碰硬，她便虚与委蛇道：“嗯，我会去跟段朝夕说说。”

“小顾，你这话言不由衷，我听出来了，但我有我的难处，”于总突然诚恳道，“我也是做内容出身的，深知抄袭这种行为之恶劣，但公司的事并不是我一个人就能决定的，你看，我才来公司大半年，很多大的决策上，说话不如郑总有分量，影视上的事，又要听王总的。”

于莉这话是真话，但她这样说，一是为了打破顾云岚的戒心，二是把矛头推向郑有明和王文浩。顾云岚没听出这层意思，只对于总产生了同情，觉得于总确实不容易，但要让作为受害者的段朝夕删微博，无论如何她也做不到。作为编辑，不就是要为作者争取权益吗？她的语气缓和下来：“我……我会尽量劝段朝夕的。”

“尽量劝”的潜台词就是——反正我尽力了，但段朝夕选择怎么做，是她的自由，我可没办法。顾云岚在心里打定主意，并不向段朝夕提起公司想让她主动删微博的决定。她不希望段朝夕产生公司在打压自己的想法。顾云岚走出于总的办公室，就当这事没发生过。

看着顾云岚出办公室的身影，于莉再次费神地揉了揉额角。

晚上下班后，照例是于莉的锻炼时间。

听说于总今天私下找了顾云岚，冯娜沉不住气了。为了接近于总，她放弃了陪孩子的时间，下班后特意留在健身房，跟着于总跑步。她没想到，于总会半途招来一个那么年轻的女孩栽培。

冯娜掐好时间到达健身房，于总正好换了运动装从更衣室出来。人力资源总监程鹏也殷勤地候在跑步机旁。于总看见冯娜，点头打过招呼，两人并排跑起来。

冯娜试探着问："于总，听说您今天找小顾了？您要有什么事，交给我办也可以。"

于莉微微一笑，并不正面回应，却问："冯娜啊，你跟小顾作为同事相处这些日子，觉得她是个怎样的人？"

冯娜心思一转，答道："是个很年轻的人。"

程鹏在一旁打趣："娜姐，你这话不是废话吗，谁都看得出来她比你年轻啊。"

这话让冯娜心底升起一股厌恶和更多的不服，但她没表露出来，只接着解释道："年轻人的意思就是，还有棱角，还有冲劲，但是也容易钻进死胡同，犯倔。"她停顿了一下，又刻意补充，"说起来，她跟方昊倒是一类人。"

"看看，我看上个人才招进公司，折腾半天，招了个方昊二号。她原来的大牌作者资源一个没带进来，倒是带进来一个被我们公司作者抄袭的受害者。"

冯娜琢磨着于总这话的意思，方昊二号，是夸顾云岚能力强，还是说她不是自己人？反正后面那一句听着不像夸人。她内心暗喜，连跑步的步伐都轻快了些。

程鹏也琢磨着于总话里的意思，他感到有一团光在自己混沌的脑海中渐渐变亮，对，一定就是这个意思了。他暗暗记下，决定这两天就着手处理这件事。

　　一天过去，段朝夕指控抄袭的微博并未删除，倒也未传播得更广。之前的转发本来就集中于小鱼儿的粉丝对段朝夕进行嘲讽，现在见她并未得到他人的支持，小鱼儿的粉丝也就偃旗息鼓了。

　　今天已经是周三了，《女吏》的开机仪式终究还是如期举行。这一颗投入平静湖面的石子，连一丝波纹都未激起，便沉入了湖底。那一声微弱的呐喊与指控，并没有被人听见。

　　微博上，书粉对演员阵容表示满意，演员的粉丝也纷纷转发开机仪式现场图片及各个主要角色的定妆照。

　　这是一场浩大的盛宴，没有涌动的暗流，没有波折，没有插曲。这是所有人都在庆祝的盛宴，快乐是他们的，不属于失声者。在没有人的角落，那个被抄袭的原作者，那个没有流量、没有粉丝的原作者，默默地看着这本应与自己相关，却又毫不相关的一切。

　　顾云岚安抚了一会儿段朝夕，但她知道这无济于事。看着微博上热热闹闹的场面，她的心情糟透了。

　　下午，顾云岚正在工作，运营中心的郑总再次光临原创小说编辑部的办公区，一来就问："段朝夕的责编呢？"

　　一看郑总的脸色就知道没好事，其他同事互相使眼色，顾云岚站起来："郑总，是我。"

　　郑有明看到是顾云岚，皱了皱眉，随后说："你跟我过来。"

　　坐对面的宋微微关切地用口型问顾云岚："怎么了？"

　　顾云岚摇摇头，悄声回道："待会儿跟你说。"

　　郑总几步走到茶水间，压低声音质问跟来的顾云岚："段朝夕怎么回事，那条微博怎么还在那儿挂着？看看那些转发和评论都怎么说她，不嫌丢人？"

　　因为之前郑总就表露出袒护小鱼儿，一切以影视项目为重的态度，加上昨天于总的话，顾云岚对郑总已经没什么好印象，应付道："郑总，这件事，段朝夕本来就是受害者，我认为她选择怎样做是她的自由，公司不应该强迫她……"

"哪有什么自由！"郑总打断顾云岚，"要想当成名作家，要当公众人物，就要对自己的言行负责，知道吗？她现在做的事于己不利，同时也损害了我们公司的形象，如果不听从公司的安排，我们可以随时终止与她的合作，我们又不是做新人扶植的慈善机构，但《女吏》这个项目不仅不能停，而且是一点儿岔子都不能出！"

"反正已经开机了，不是挺好的吗？"顾云岚心灰意冷地回答。

"你这话什么态度？"

"郑总，您也看见了，段朝夕只是一个无人在意的小透明作者罢了，她维护自己的权利，却不被人重视，发出的声音不被大众听到，反遭人诬蔑。段朝夕已经很可怜了，公司不支持她也就算了，现在连她发声的权利都要剥夺，公司这样做难道就有利于公司形象吗？既然已经决定要出版她的作品，公司就应该尊重每一个合作的作者，不管对方是新人还是大神。您也无法保证今天的新人不会成为以后的大神吧？如果以后段朝夕不再是如今的弱势地位，她又怎么看我们公司，怎么看公司如今的做法？"

顾云岚语气平缓，却句句掷地有声。郑有明被怼得脸上表情变幻不定，最后只道："好，好。年轻人张口理念闭口理想，我告诉你，公司运作不是只要正义就可以。正义不一定正确，正确不一定有利！"

"关于公司要怎样运作，我的确不懂那么多。所以我只是员工，您才是副总。"

郑有明从鼻子里狠狠地"哼"了一声，拂袖而去。

其实郑有明并非心胸狭隘之人，之前方昊也不知和他就业务的事争吵过多少回。郑有明脾气火爆，但并不斤斤计较，此次他之所以如此生气，是因为他以为顾云岚是于莉的人。顾云岚敢这么明目张胆地顶撞自己，难不成是于莉在公然挑衅自己的地位？昨天就跟于莉说了，让她找责编跟作者沟通，这么简单的一件事却过了二十四小时都毫无进展，这分明就是于莉在跟自己打太极！

好在今天的开机仪式十分顺利，前方的工作人员发回消息，现场粉丝热情度很高，可以预见《女吏》这个项目将为公司进军影视行业打出一个优秀的开局。浏览着微信里收到的现场照片，郑有明稍微舒心了一些。

顾云岚回到工位上，微信上收到宋微微发来好奇的表情。她本来打算跟宋微微说这件事，却发现不知从何说起，不如先让宋微微读读两本原著，看她如何判断。

与此同时，郑有明在公司过道上遇到程鹏。郑有明正在气头上，叫住程鹏挖苦道："你帮于总新招的那个顾云岚，很可以啊。"

程鹏暗自叫冤，这误会可不能再传了。他一看周围还有好几个员工在竖着耳朵听这边的动静，赶紧摆手，脸上堆笑着解释道："郑总，您这是哪儿的话，我招员工都是帮公司招，怎么能说是专门帮于总招的呢？别说您了，于总对顾云岚的工作也很不满，昨天她还跟我说这事儿呢，我今天把手续都准备好了，明天就找那个顾云岚谈。她胜任不了工作，三个月的试用期也快结束了，公司决定与她解约。"

这回轮到郑有明吃惊了，难道顾云岚还真不是于莉的人，于莉这么急着与她撇清关系？他不予置评："那是你们内容中心的人事问题，于总有她的决定权，我就不多管闲事了。"

第二天上午，顾云岚刚到公司就被叫到人事部。程鹏说："顾云岚，你来公司这么久了，下周就满三个月了吧？"

顾云岚点头，她以为要办理转正手续，却没想到程鹏拿出一张离职表格："你做事的热情大家有目共睹，但是，"他干笑两声，"经过试用期的考察，可能你的思路和想法并不适合我们公司。我个人建议啊，你选择一家更契合自己的公司，或许能得到更好的发展。我们就不留你了。"

"嗯？"这是没通过试用期的意思？因为抄袭的事？顾云岚一时

感到十分诧异，旋即意识到自己不应该流露出这种情绪。从父亲向母亲提出离婚的那一刻起，她就明白了一个道理，被抛弃者不应乞怜，甚至连一丝可怜、失落、伤心的神情也不应该露出来，因为那是弱者的选择，装作不在意，才是被抛弃者保留最后尊严的姿态。何况这只是一份工作而已……这样的公司，不留也罢。

顾云岚整理了一下表情，淡然地接过表格说："好。"

程鹏没料到顾云岚会这么痛快，之前准备的一大堆说辞咽了回去，只交代了几句表格里的几处名目该如何填写，随后道："今天内能完成工作交接吗？能完成的话，离职日期就填今天吧。"

顾云岚想了想，目前手上自己在乎的项目仅两个而已。一个是世间无欢的那套书，虽然付出了许多心血，但这个项目交出去谁都想抢，想必不会做得太差，这倒不至于担心；另一个项目是段朝夕的作品，已经和公司签了出版合约，无法再毁约带去别的公司做，可自己走了的话，还有人会用心去做段朝夕的书吗？

想到这里，顾云岚感到有些棘手，不过既然被下了逐客令，也没办法了，之后再做打算吧。她脑海中浮现出方昊的样子，如果交给方昊，他会认真做段朝夕的书吗？虽说一开始他没同意这个选题，但最后点头同意的也是他。比起其他同事，他至少……啊，对了。顾云岚想起这周刚来的宋微微。交给宋微微做也行吧？至于其他一些琐事，自己都不算第一责任人，跟负责人打下招呼，同步一下自己这边的进度就可以了。

她应道："没问题，今天下班前可以完成交接。"

"好，那你忙去吧。"

方昊在四川那边，上午刚与发行的同事一起，与一家西南地区最大的分销书商签了合约。虽说自己是临时被派来的，但还真来对了。对方问了很多关于书目产品的细节问题，发行的同事答不上来，方昊则详细地向对方介绍了公司近期打算推出的原创项目，正是这些项目引起了对方的兴趣，最终才很快地达成了合作意向。

事情办完后，午饭时他被发行的同事邀去聚餐，算是个小型庆功宴。因为方昊和发行部打交道较多，几个同事间也还算熟络，他便没有拒绝。

席间，大家聊起公司这两天的八卦。

一个同事问他："方昊，你们部门是不是有个新来的，叫……叫顾什么的女孩？"

"是有。"

"你知道吗，她这两天都成公司的红人了。听说她是于总点名招来的？她仗着于总的势，昨天当面怼了我们郑总，把郑总气得直接去找程鹏质问。你知道程鹏是于莉的跟班儿吧？哈哈……"这个同事像是酒喝多了，脸色通红，说话口无遮拦。但大家正聊到兴头上，又都是熟人，光顾着起哄，没人觉得这些出格的话有什么不妥。

方昊一声不吭，只是皱着眉。

对方接着说："结果你猜怎么着？结果程鹏来了个弃卒保车，一口否认那个顾什么是于总的人，不惜当面跟郑总说正要把顾开掉。啧啧啧，现在的年轻人啊，不知天高地厚，自以为有于总担保，逮谁怼谁，也不想想，她算老几，郑总是她能怼的人吗？人家于总可不想为了她跟郑总撕破脸，转头说扔就扔……"

方昊放下筷子，说："她不是你们想的那样。"

"啥？方昊，我没听错吧，你在帮她说话？"

"我去一下洗手间。"

方昊拿着手机起身离席，边走边拨打顾云岚的电话，过了好一会儿对方才接起来，却是不紧不慢又满心疑惑的一声："喂？方总？"

这个女孩，除了替自己的作者争取权益时会面红耳赤地与他争辩，其他时候永远这么无所谓吗！方昊心里着急，劈头就问："顾云岚，我听说他们要辞退你，怎么回事？"

"那个……也没什么大不了的，已经不重要了。"

"是因为段朝夕的事吗？他们想让段朝夕删微博，你不肯，是不是？不是跟你说了，让你拖着，不要跟他们正面冲突。为什么不去找无欢帮段朝夕转发？无欢转发了，舆论闹大了，这就不是删不删微博的事了，也脱离了你的控制，他们就算知道是你也无可奈何。为什么不照我说的做？"

"这是我的事。而且……方总，有件事我说了很多遍，每次您都选择性忽略。我再跟您强调一次，我跟世间无欢真的不熟，至少没有熟到我可以轻松开口请他帮忙转发与工作无关的微博那种程度……向一个不熟的人开口请求帮助，我做不到。"

方昊愣了一下，觉得有什么在自己心中炸开。他定定神，说："好，我知道了，是我不对，明明我跟他更熟。这件事我来办，我去找他帮忙。顾云岚，你先不要走，等我回去！"

"啊？"

"我现在马上处理这件事。"

没等顾云岚回答，方昊匆匆挂了电话，转而拨通程鹏的电话号码。程鹏嬉皮笑脸的模样如在眼前，他的声音顺着手机信号传来："方总，这还是午休时间啊，您找我什么事？"

"我记得，辞退一个员工，按流程，需要部门负责人签字。"

"哟，我怎么看不懂了，您这是替……顾云岚求情来了？方总，不会吧？"

"这事按流程走，等我回去再说。"

"方总，您忙啊，这就不劳烦您了。表都填好了，她明天就不来了。"

"程鹏，你是想趁我不在，帮我解散部门吗？"方昊知道跟程鹏这样的人打哈哈没用，他加重语气，"你们没有权力辞退她，她是我的人！"

下午，顾云岚完成了工作交接，离职审批表和离职证明也都办妥。六点是平日正常下班时间，同事们正三三两两地离开。顾云岚打包着办公桌上的个人物品，宋微微帮她打下手，不无惋惜地说："刚跟你认识两天，你就要走了。"

顾云岚有些尴尬地笑笑，嘱咐道："段朝夕那本书有什么问题，可以随时问我，之后的书封文案我也可以帮着一起想。"

"好啦，你放心。"宋微微说，"我会代替你照顾好她的。"

两人默默地收拾着东西。窗外是个好天气，晚霞散发出金粉色的光，给办公区内镀上一层温柔的颜色。就在此时，一个人影风尘仆仆地冲进来，顾云岚完全没想过这个人影会跟自己有什么关系，毕竟，自己跟整个公司都没有关系了。直到这个人影在顾云岚面前站定，过去好几秒，顾云岚才反应过来——是来找我的？

顾云岚抬起头，看见方昊微微愠怒的脸。他这时不是应该在四川吗？

"咦？你怎么回来了？"

方昊拖着行李箱，努力平复因快速奔跑而急促的呼吸，指着她打包的物品："收拾东西干什么？不是让你等我回来再说吗？"

"我……"

宋微微站在两人的侧面，此时的方昊跟当初面试自己时那个冷静得有些淡漠的男子判若两人。她挥挥手小声招呼："嗨……"

方昊看了她一眼，颔首算是打过招呼，随即收回眼神，继续盯着顾云岚："离职表找我签字了吗？"

"没……"

"跟我过来！"

顾云岚的手腕被方昊拽住，直到出了办公室才松开。方昊自己大步走在前面，顾云岚小跑着跟上去。进了电梯，他摁下数字10，电梯缓缓上升。

这层是总裁办所在，顾云岚以为方昊要带着自己去找于总或郑总对峙，心下一阵忐忑。"方总，那个……没必要跟他们争了。没什么的。"

方昊不理会她，出了电梯，却没往总裁办那边走，而是打开了一扇不起眼的小侧门。顾云岚眼前是一道步行梯，走上去后，竟然到了屋顶的露台，这是从写字楼凸出的一块楼层区域，露台上有草坪，摆放着藤编的椅子和白色铁艺小桌。

顾云岚随方昊走到露台的边缘，手肘撑在齐胸高的防护围墙上，双手托住脸，看着天边那些晚霞。见方昊并不说话，顾云岚道："方总，世间无欢的那套书，我还没跟人交接。我想着交给谁都不太合适，听说您之前跟他颇有渊源，我想的是等您回来后问问您的意思……我要离职的事，也还没跟他说。等确定了交接的人选，我再告诉他。"

夏日傍晚的风吹过发际，在耳边呼呼响着。顾云岚过了好一会儿，才听见身旁的方昊说："不用跟他说了，后续工作你接着做。可以不走吗？"

"诶？"顾云岚没想到方昊会这样说。或者说，她已经隐隐感到方昊会挽留自己，但她没想到向来不善言辞的方昊会这样直接、坦诚地请自己留下来。公司高层对待抄袭的消极态度令顾云岚感到不爽，何况还是他们先下的逐客令。虽说冷静下来想想，确实舍不得这里高出业内平均水平的工资，但……顾云岚叹了口气："留下来，又能怎样呢？"

"我知道这件事你受了委屈，你对公司失望。如果你对我也失望，不愿意再为公司效力，我尊重你的选择，但若只是赌气，我想，或许有更好的解决办法。顾云岚，我认可你是一名优秀的编辑，我希望你留下来，继续负责段朝夕的新书。你不是想证明给所有人看，你的眼光没有错吗？关于抄袭这件事，也只有继续留下来，才能第一时间掌握事态发展，从而设法寻找转机。你完全能胜任目前的工作，你坚持的原则、独具的选稿眼光，也是我们部门不可或缺的。以上是我作为部门负责人的表态。"

"方总，我……"顾云岚属于那种人，如果对方不讲理，她能怼得对方毫无还击之力，可如果对方跟她讲心里话，她反而不知道该怎么说了。

"你看，"方昊指了指远方，"北京这么大，要留下来扎根很难。可是，你还是选择了这座城市。公司有不好之处，但如果你还想做编辑，不要放弃这座城市里最大的舞台，好吗？"

晚霞正渐渐暗下去，灯亮了。街道后面还是街道，高楼后面还是高楼，车辆像城市的血液，在纵横交错的公路中流淌着。顾云岚做出了选择，她轻轻"嗯"了一声："我知道了。啊，对了，方总，您这次出差不是应该周末才回来的吗？那个……谢谢。"

方昊看了看顾云岚："不是专门为了你的事回来的，只是那边的工作提前完成了而已。"

"噢。"

"还有，转发微博的事我已经跟无欢联系过了。你还没来得及看吧？他已经转发了。"

"啊？"顾云岚赶紧掏出手机打开微博。世间无欢是下午四点转发的，这才过了两个多小时，他那条转发微博的转发量竟然已破千，而且舆论风向迅速转为支持段朝夕。顾云岚不得不暗暗佩服世间无欢在写作圈的影响力。未读的微信消息里，有段朝夕发来的，她满心的不敢相信："小岚姐，你看见了吗？那个网文大神世间无欢竟突然转了我的微博啊！"

"好了，回去吧。明天见。"方昊故意加重了"明天见"三个字的语气。

顾云岚明白方昊的意思，明天见，就说明自己不会走了。她挥挥手："明天见。"

目送顾云岚离去的身影，方昊松了口气。他不知道自己的话那个女孩听进去了多少，也不知道那个女孩答应留下是因为不好意思拒绝，还是真心被自己说动。他不擅长安慰人，这还是他作为上司，第一次正儿八经地找下属谈心。

　　方昊抬起手腕看了看表，听说于莉每天下班后会在健身房锻炼一个小时，现在过去找她，时间应该差不多。方昊最后看了一眼远处的天空，墨蓝的云朵飘在暖色的落日余光里。他转身离开露台，坐电梯前往健身房所在的楼层。

　　于莉果然还在跑步机上。

　　方昊倚在门口等待着。等了一会儿，于莉结束了锻炼。

　　于莉转身看到方昊时微微一愣，她从未见方昊来过健身房。她朝方昊点点头算是打招呼，结果方昊径直走来说："于总，耽误您几分钟，我有事找您谈。"

　　今天白天，于莉在顾云岚拿着离职审批表来找自己签字时感到十分意外，她随口问了句顾云岚为何离职，那女孩眼神中竟闪过一丝嘲讽，随后笑了笑，只说是个人原因。

　　于莉很快反应过来是怎么回事，一定又是程鹏自作聪明了。在顾云岚看来，让她离职是高层的意思，自己却还问她离职原因，也太过假惺惺了。不过既然事已至此，于莉也懒得解释，顾云岚那种又硬又倔的性格，留下来也没有太大意义，于是便在审批表上签了字。

　　等顾云岚走后，于莉打电话臭骂了程鹏一顿。程鹏是忠心，但也过分殷勤了，还蠢，实在令人不适。他那个人没什么能力，无非就是爱帮领导张罗，自己把他提上来，这个决定是对是错？

　　于莉想起，来久时之前，自己已经是一家小文化公司的执行总裁。那家公司的规模虽不及久时的十分之一，但全公司上下无一人不对自己心服口服，哪怕只是表面上。在四十岁的年纪来到久时文化传媒集团这种势力错综复杂之地，妄图找到自己的位置，让人生更上一个台阶，这个决定又是对是错呢？

　　与方昊接触的这些日子，于莉已经摸清了他的性格。他那个人不站队，郑总对他有知遇之恩，他是感激，但在具体事情上，他只论对错，自己没必要把他完全当成郑总那边的势力，不如趁这个机会缓和一下关系。

想到这些，于莉冲方昊客气地一笑："难得见你有事找我。不过我现在得稍微收拾一下，你去办公室等我吧。"

收拾一下？方昊这才意识到自己的唐突，赶紧应承下来。

在总裁办大厅坐了接近半小时，于莉终于回来了。她冲了凉，换了休闲便服，也没再化妆，跟平日的样子不太一样。

方昊起身，直入主题："于总，只是一件小事，很快能说完。关于顾云岚离职，我希望公司能再考虑考虑，现在部门缺人手，她各方面都能胜任。"

"你去找郑总说过这事儿了吗？"

"找郑总？"方昊不明所以。

"可不是我让她离职的。听说昨天她顶撞了郑总，把郑总气得不轻。我这边嘛，我一开始不知道情况，以为是她主动离职，所以没为难她，在离职表上签了字。既然她不是主动想离职，我当然和你一样，很希望她能留下。"

方昊张了张嘴，一时竟不知道说什么好。他本以为要说服高层留下顾云岚还需再费一番唇舌，没想到在于莉这里竟完全没受到阻碍。

于莉看了看方昊的样子，笑道："好了，我这边没问题。我们内容中心的人事问题也不需要再请示郑总了吧？不过顾云岚那女孩是个宁为玉碎不为瓦全的性格，把她劝回来这事儿就交给你了。"

方昊点头："放心。"

事情终于解决，方昊这才感到疲惫。这两天都在与合作方商谈，中午得知顾云岚被公司劝退后，他立刻订了机票直奔机场，到现在，他已像陀螺般连轴转了好几个小时。

因为出差，车没开来公司，方昊乘坐出租车回家，整个人靠在后座上，闭目休养。此时手机响了。方昊拿起一看，一脸无奈，来电的是世间无欢，那家伙一定是找自己邀功来了。可毕竟刚求了他帮忙，方昊只得硬着头皮接起电话。

果然没猜错，电话一接通，那边就传来扬扬得意的声音："方昊，怎么样，这点儿小事，兄弟一出马，立即摆平！我当对面是个什么大神，一个三十万粉丝的作者也敢操纵粉丝控评？在我面前，不堪一击。"

方昊应和着："是是是，知道你有几百万真粉，那个小鱼儿跟你不在一个段位，你对她那简直是降维打击。"

"方昊，你怎么变油滑了？"

"这不是顺着你的话说嘛！"

"不。你以前从来不这样。"

"是吗？我不记得了。"

"你今天这么说话，是因为这是你第一次求我。就算前阵子你来我家，让我把《乱世之子》拿给你们久时出，说到底，也只是互相利用的商业行为。你们版税照付，招牌又比春光大，我拿给你们出又没损失，但今天，是你第一次真正开口求我帮忙。你知道我微博接一条广告多少钱吗？那些广告商一开价至少就是十万起步，就这，我还不乐意给他们发广告呢。"

"那谢谢你了。帮我转发这条微博你要收多少钱？开个价吧。"

"别呀，我不是这意思。"无欢换上八卦的语气，"之前你说要上飞机了，急急忙忙的，我没来得及问。我这越想越不对，说吧，那个段朝夕是你什么人？为了帮她，你方昊居然愿意求人？"

方昊找无欢帮忙转发微博时，并没说段朝夕是顾云岚的作者。他从头到尾没提顾云岚的名字，说不上为什么，他宁愿自己欠无欢的人情，也不希望无欢认为这事是在帮顾云岚。方昊说："你别乱猜，段朝夕是我们公司作者，她被不公正对待，我当然要帮她。"

"怎么，小鱼儿就不是你们公司作者了？"

"正因为公司站在小鱼儿那边，我才希望也有人能帮段朝夕这样的小作者发声。"

无欢失望地"啧"了一声："你怎么老那么正经啊，说起大道理来一套一套的。没意思，挂了挂了。"

　　放下手机，方昊觉得脑袋有些混乱。稳定的情绪，冷静的头脑，这些一直是自己引以为傲的特质。他从不是一个会冲动行事的人，正如无欢所说，他也从不会开口求人。可今天，冲动地买机票，不仅求了无欢，还去求了于莉……就是为了顾云岚吗？

　　想到这些，方昊感到连平日里波澜不惊的心也变得慌张起来，他很快安慰自己，并不是的，做这些是出于正义，出于责任。他在顾云岚身上看到一些正渐渐从自己身上消失的东西，所谓的还在闪耀光芒的理想，他想去保护那些东西罢了。这么想着，方昊慌乱的心重新平静下来。对，他讨厌这种失控的、不确定的感觉。

　　方昊恢复了面无表情的样子。他倚在靠背上，静静地看着车窗外一盏盏划过的路灯。一切都要尽在掌握才好。

CHAPTER 3
陷 落

01

　　在舆论场，能得到意见领袖的支持，就胜利了一半。世间无欢这种级别的大神作家公开表态支持段朝夕后，吃瓜群众纷纷同情起这个名不见经传的作者，而小鱼儿的粉丝罔顾事实的言论则显得可气又可笑。

　　顾云岚在去公司的地铁上，段朝夕一扫低落的情绪，发来消息，和她分享着一些网友的评论截图。顾云岚告诉她："还有一件事。昨天我不是说要离职，把你交给一个叫宋微微的编辑负责吗？那个……我又不走了。所以还会继续当你的责编，一起加油吧！"

　　到了公司，同事也都陆续来了。他们看到本已在昨天办好离职手续的顾云岚又坐在了工位上，无不侧目。冯娜"哼"了一声没理会，何纬八卦地凑上前："怎么，不走了？"顾云岚笑了笑算是默认。

　　这时方昊来了，大家赶紧回到自己的工位上。顾云岚本想跟方总示意，她还记得昨天傍晚天台上的那句"明天见"，可方昊看见自己后，目光只是短暂地停留了一瞬便移开了，面无表情地进了办公室。

　　喊，什么嘛，还是这么冷漠啊。顾云岚收回心思，开始着手处理一天的工作。她皱眉琢磨着，无欢帮了这么大的忙，自己一声不吭的，显得有点儿太没情商了。她不知道方昊没跟无欢提起她，只觉得自己于情于理都应该向无欢道谢。可不知为何，顾云岚有些惧怕和无欢接触。并不是讨厌或者不喜欢，而是他有种完全凌驾于人之上的气场，自己在他面前就像站在聚光灯下，暴露无遗，一览无余。

顾云岚硬着头皮打开微信对话框，对无欢说："段朝夕的事，谢谢你了。"

本以为上午十点，无欢这样的夜间写作型网络作家还在睡觉，没想到对方很快打来电话："怎么感谢我？"

顾云岚感到一阵头皮发麻："那个……对了，前天《乱世之子》的书号已经下来了，二校老师特别给力，校对得超快，现在稿子到了三校老师手里，她说两个月内可以做完。封面设计师前几天出了一版方案，说下周会再出两个方案，到时我都发给你，我们一起敲定一下。所有时间节点都没出错，相信可以赶上电视剧开播的时间同步上市……"

"啧，停停停。"无欢轻笑几声，"不是这些。这些算是感谢？它们难道不是你分内的工作吗？"

"我……"

"顾老师，上次说想请你吃饭，你可是一点儿情面都不留地拒绝了。如果要感谢我，不如赏光一次吧。"

"这个……"

"又想找借口拒绝？我要问问方昊，他给你安排的工作很多吗？连跟作者吃顿饭的时间都没有？"

"不是。那个，无欢老师，这次谢谢你帮忙，"顾云岚眼见无法拒绝，那至少不能完全掉进他的节奏里，"为了表示感谢，我请你吧。"

无欢又笑了："你怎么老这么严肃？我可不会让女孩子请吃饭。这样，叫上肖遥和他女朋友，他女朋友叫什么小楼的，跟你很要好吧？一起来我家，咱们搞个 party（聚会），就这么定了啊。"停顿了一下，无欢又意味深长地补充道，"对了，再叫上方昊。"

"诶？"

"就定在这个周日，后天。明天我让我家阿姨准备准备。午饭前来啊，待会儿发定位给你。我去通知其他人了，你正好跟小楼一起过来，到时候见。"

没来得及回复，通话已被挂断，顾云岚看着手机，陷入沉思。又一次掉进了无欢的节奏里，为什么总是被他牵着走呢？这种失控的感觉令她感到不安，好在到时有小楼陪着。她看着窗外，在心底默默长出了一口气。

那边厢，方昊的手机响了。看到来电话的人，他不由得露出嫌弃的表情："喂，什么事？"

"后天来我家，搞个 party。"

"你知道我对热闹的场合不感兴趣。不去。"

"你不先问问都有谁？顾云岚也来。"

"嗯？"方昊满心疑虑，顾云岚为什么要去无欢家？她是那种喜欢搞派对玩闹的女孩吗？可他又不好问，只得嘴硬地说："她去就去，关我什么事。"

"方昊，这话是你自己说的，到时候别不认啊。"

"你什么意思？"

"我说你为什么来求我，原来不是为了那个叫段什么的小作者，是为了顾云岚吧？你让我帮忙时，还故意隐去了顾云岚这个中间环节。你真的对顾云岚没什么想法吗？"

"这些都是你的猜测罢了，我没这么说过。非常遗憾，并不是你想的那样。"

"不是这样更好。"

"你想怎样？"

"这你就管不着了。"无欢再次问道，"后天你真不来？"

本来听说顾云岚要去，再加上无欢暧昧的态度，方昊有些担心。可一开始拒绝得太干脆了，此刻答应，反而更坐实自己好像是为了顾云岚才去的。方昊不耐烦地道："不去。好了，我现在在工作，没工夫跟你闲聊，你有空就多赶赶稿吧，再见。"

"嘿，那我挂了。你要是来我家，随时欢迎。"

顾云岚正在为参加 party 的事苦恼着，小鱼儿的责编小桃来了。前两天，小桃在横店忙着《女吏》开机仪式的事，听说昨晚深夜才回到北京，因此今天来公司比较晚。

小桃连包都没放下，径直走到顾云岚面前，举起手机，停留在世间无欢转发段朝夕指控小鱼儿抄袭的那条微博的页面，质问道："顾云岚，认识大神作家了不起？公司所有人为小鱼儿的项目付出了多少努力，你新来的，没亲眼看到，难道也想不到？孵化一个到开机阶段的项目有多难，你不是第一天入行，不会不知道吧？自己的小糊咖作者胡乱指控，见没有舆论支持，又找来大神作家帮着引导舆论，就你特厉害，你认识大神？你非要把项目搅黄不可？"

小桃平时虽然常有怨言，但也只是背后吐槽，并不是一个敢当面跟人吵嘴的人。她今天的举动出乎所有人的意料，估计也是气坏了。

顾云岚一愣，很快本能地组织语言反击："我没有任何要为难大家的意思，我的初衷也不是把项目搅黄。反抄袭是每个内容产业从业者的底线，我只是不想违背这个底线罢了。"

"就你有底线？《女吏》的原著你看了？哪句话抄了，你现在就指出来。"

"你也不是第一天入行，没必要揣着明白装糊涂。现在还有那种原句照搬的低端抄袭吗？倒是你，有没有看过段朝夕那本《失落的果实》？如果看过，我想，你不会看不出来《女吏》完全照搬了其故事创意、角色设计，甚至是剧情主线。"

"没看过。那种首印几千册都卖不完的糊咖作者的书，有几个人看过？要不是世间无欢出来凑热闹，谁会关注这件事？"

其他同事都在暗暗围观，他们没看过段朝夕那本书，不好下判断。令人意想不到的是，刚来的宋微微站了出来。

她拿着一本书走过来，双手递给小桃："小桃姐姐，书在这儿，你没看过的话，还是看一下吧。"

顾云岚瞥了一眼，书正是自己前天借给她的那本《失落的果实》。

小桃没料到宋微微这个举动，下意识地接过书，才察觉到这个动作令自己气势大减。她问："怎么，你看过了？"

宋微微点头："看过了。而且，我个人认为，小鱼儿的确抄了。"

小桃瞪着她，一时不知该如何回嘴。顾云岚感激地往后拉了拉宋微微，自己往前迈出一步，盯住小桃："现在书也给你了，与其揪着我让世间无欢转发微博是不是做错了这种无关紧要的事，自己看看指控者的作品，判断是不是真的抄了，不是更好？"

三人正陷入僵持，有同事叫道："哎，别吵了，快看，公司官方微博发公告了。"

小桃最终没拿走那本书，而是把书扔在了顾云岚的办公桌上，随后回到了自己工位。顾云岚也没在意，小声对宋微微说了谢谢，急忙点开了公司的官方微博。

这则公告无非是声明公司刚知道这件事，并且非常重视，会马上成立工作组调查。若有抄袭，绝不姑息；但若没有抄袭，则不会放弃对造谣者的追责。

虽不是理想的处理结果，但世间无欢的转发至少逼得一直想低调处理的公司出来表态了。不管怎样，算是一个阶段性的胜利。

连一些之前并未把此事放在心上的同事，也在微信上偷偷地向顾云岚借段朝夕的那本书看。

连顾云岚自己都不曾察觉，除了冯娜、小桃这样的少数几人外，那些一开始以为她是走于总后门入职而排斥她的同事，正在慢慢接纳她。毕竟，大部分选择做编辑的人，都是因为真心热爱这个行业，而这个行业中不可逾越的底线是所有热爱出版事业者共同坚守的，一旦对底线达成共识，相同的热爱便让彼此间没什么隔阂了。

　　下午，顾云岚的转正考核评定结果出来了。本来昨天还要离职，今天就已经通过了试用期，正式成为久时文化传媒集团的一员。

　　看着转正通知邮件，顾云岚想起方昊昨天在天台上的样子。自己的能力被对方认可了吗？她偷偷看了一眼此刻办公室里的方昊。其实他整张脸都被电脑屏幕挡着，完全看不见他。可不知怎的，顾云岚感到心跳的节拍突然乱了一下。

　　方昊平时总是冷冷淡淡的，又自以为是，但遇到不自信的作者，竟然可以笑容满面地说出鼓励的话，员工遭受不公正对待，竟然也会冲回来挽留。他到底是个怎样的人啊？见到他都是在工作场合，其实一起工作了这么久，却对他的个人生活完全不了解。三十岁的男人应该结婚了吧？或者有女朋友吗？好像没听同事提到过。

　　这些念头快速地闪过顾云岚的脑海。对于后天的 party，她竟然有些隐隐的期待。无欢说了，会叫上方昊一起去的吧？

　　这一波三折的一周总算到头了。

　　周日上午，肖遥开车到顾云岚所在的小区，接她和小楼一起去无欢家。肖遥和无欢住一个小区，小楼让肖遥别来接了，她俩自己坐出租车过去，但肖遥非要来接小楼。

　　小楼和肖遥刚刚确立关系不久，目前正处于热恋中。

　　顾云岚坐在后座，看着坐在前面的肖遥和小楼。小楼今天出门前挑了很久的衣服，最后穿了一条露肩的连衣长裙。此刻阳光落在这两个人的发梢，再从小楼的头发滑落到她好看的肩膀上。肖遥左手握着方向盘，右手与小楼握在一起。

　　肖遥打趣说："顾老师，我得感谢你从艺文出版社辞职，把我转交给小楼负责。要不我可找不到这么好的女朋友。"

　　小楼作势打他："说什么呢你！"

　　"我实话实说啊，顾老师是我的贵人，给我出书，让我当上畅销书作家，还让我找着女朋友，走向人生巅峰。顾老师，我发自内心地感谢你。"

"那是，我家岚岚最好了。"小楼回头，肉麻地冲顾云岚说。

"真感谢，就好好对小楼吧。你要是欺负小楼，我可不原谅你。"

"听见没？你不许欺负我。"

"知道了知道了，我哪儿敢啊。"

看着他们，顾云岚心里升起一丝落寞。虽然平时一心放在工作上，休息时间也被追剧追文追番看电影填满，充实的精神生活让她不太在意是否有另一半这件事。可一想到小楼有了肖遥，以后自己怕是得独自去看电影了，喜欢的作品也再难有好友同时分享，难免还是被他人的幸福微微刺痛了一下。

不对。如果没有动心的人，是不会出现这种感觉的。没有动心的人，只会觉得一个人逍遥自在快活死了，他人的幸福根本不会变为刺痛自己的锋芒；只因为心动了，才会更贪心，想要有更进一步的关系，想要成为彼此的陪伴。这些欲念未满，才觉得他人的幸福太耀眼。所以，是对那个人……动心了吗？顾云岚被自己的想法吓了一跳。

这些想法让顾云岚感到忐忑不安，可也让她的心仿佛从冬眠中苏醒。事实上，今天出门前她也挑了很久的衣服，最后却穿了最简单的白 T 恤和及膝 A 字裙。她涂了口红，却是最不显眼的色号。她明明上心了，在意了，却要装出一副很随意的样子。

肖遥倒车进车库。

无欢的家到了。

当然不能空手去别人家做客。顾云岚拎着一只精致的果篮，肖遥和小楼算一份，由肖遥准备了一支白葡萄酒。

无欢来开门时，右手正举着菜刀，身上穿着一套墨蓝色真丝居家服，脖子上还挂着一条围裙。

"你举着菜刀干吗？"肖遥白了他一眼。两人很熟了，没怎么客套。

"这你就不知道了，今天让你尝尝哥的手艺。"

"哟，自己做饭呢？"

"那是。"

"厉害了啊。"肖遥将手中的酒递上去，"没带别的，这是我跟我女朋友的一点儿心意，威尔马特酒庄98年的香槟，待会儿喝。"

"哟，不错啊。"无欢左手接过酒，握在手里欣赏了几秒，之后放在玄关的鞋柜上，将局促地站在门外的顾云岚迎进屋，接过她手里的果篮，"顾老师，你赏光来就来，还带东西干吗？"

顾云岚不好意思地笑笑，在无欢的引导下换好鞋进屋，目光四处找寻一番——这个户型的餐厅和客厅一目了然，但，那个人不在这里。还没来吗？

无欢举起菜刀回了厨房："你们先在客厅待一会儿，稍等啊，饭菜马上就好。"

顾云岚觉得让主人一个人忙里忙外不太合适，说："需要人打下手吗？我们帮你吧。"

无欢转头，挑眉盯着她，鬼知道他脑子里在想什么，他竟一扬嘴角说："四个人都在厨房太挤了，来一个人帮我就行。"

"我……"肖遥刚开口，无欢瞪了他一眼，他好像秒懂了无欢的想法，口气一转，"我最不会干厨房的活儿了，就不凑这个热闹了。"

顾云岚发现，自己竟做个了圈套把自己套住了。提议要帮忙的人是她，现在不能再罢工了，而肖遥已经退出了帮忙的人选，那总不可能让小楼去帮忙，自己跟肖遥在客厅坐着吧？她在心底暗暗骂自己笨蛋，却只得对无欢说："那我来帮你吧。"

无欢露出得逞的笑容。

厨房里，无欢炒菜的动作十分熟练，顾云岚感到有些意外，却不好开口问。

无欢见她不说话，自顾自地说道："昨天本来让阿姨准备了火锅的食材，肥牛卷、羊肉卷、毛肚、黄喉、土豆、藕，还有火锅底料，都备好了。不过我今天上午突然兴起，觉得光吃火锅不尽兴，你好不容易来一次，得让你尝尝我做的菜。"

"你做菜还挺像样的。"

"什么叫像样啊，我这是实打实的手艺，不是虚的，你待会儿尝了就知道了。"

"怎么，想改行做厨师？"

"那不行。我还得写小说，你还得当我的责编。"

顾云岚绕开话题："对了，阿姨呢？"

"小时工，没住家里，她每天下午来收拾三个小时。"

"她准备的火锅怎么办？"

"吃啊。我就做了两个菜，今天高兴，都吃。"

顾云岚找到开溜的机会："那我去把电磁炉摆餐桌上，先把锅底准备好。"

"等会儿。"无欢递给顾云岚两个土豆，"涮着吃的，还没削皮切片呢。你在水池里削就行，水池下面装垃圾处理器了。"

顾云岚无奈地照无欢说的做，默默地站在水池旁削土豆。

无欢偷偷看她，见她面无表情不说话，又忍不住提起话头："我刚上大学时就开始写小说了，那时候写的小说没几个人看，但我还是写得津津有味。室友嫌我每晚敲字太吵，我就搬出来自己住，租了学校旁边的一套小公寓。那时也没外卖，我就开始自己学做饭。我发现我很喜欢做菜，做菜和写小说是一样的，用你的经验，你的创造力，你的想象力，做出一个东西。这个东西里有没有感情呢？如果用心去做，无论是食客还是读者，一定会感受到的。现在忙了，自己做得少了，但偶尔做一次，还是很享受这种创造的过程。"

"刚上大学就写小说了吗？我记得你之前的采访里有说过，你的第一部小说《思华年》爆红之时，刚好是你大学毕业的时候。"

"那是我换了世间无欢这个笔名后写的第一部小说。大学时还用过很多其他笔名，只是都没红而已。"

　　"这样啊。"顾云岚点点头。原来，即使像世间无欢这种看上去成名很早的大神，也并不是一开始就顺风顺水一炮而红的。这个事实，让顾云岚对段朝夕多了些信心。只要好好经营，用心去写，才华一定不会被埋没的吧。

　　"顾老师，你平时都喜欢做什么？"

　　"别老叫我顾老师了。"顾云岚笑了。

　　本以为无欢会坚持，没想到他像有预谋似的很快改口："那就叫你小云吧。"

　　"啊？"顾云岚有些吃惊，从没有人这么叫过她。

　　"只是觉得这个称呼很适合你。"无欢侧过头，目光落在顾云岚的脸上，"有时看你就像天上的浮云，实际上很远，却看着很近。"

　　"别四处看，"顾云岚低头盯着手里的土豆，"看你的锅，锅快煳了。"

　　"煳不了，我收汁呢。你还没回答我，平时你都喜欢做什么？"

　　"追喜欢的作者出的新文，看剧，国产剧、日剧、韩剧、美剧都看，动漫也看一些。不喜欢出门，如果出门，一般是去电影院、剧院、音乐厅。说白了，就是书影音三件套。我这个人很无聊吧？"

　　无欢斜睨着她："嗯，是挺无聊的。"

　　"可是，说是我的个人爱好也好，说是为了工作也好，反正我们这些内容行业从业者，不多看看其他的作品，根本不行。只有多看，多了解这个时代优秀的、流行的内容产品长什么样子，才能知道一个内容产品最重要的是什么。当然，我这么说也不是要拔高我自己的爱好，反正我就是喜欢嘛。看好的作品是一种享受，恰巧对工作也有帮助，你们觉得无聊就无聊吧。"

　　无欢扑哧一声笑出声："你看你，又较真了，我说无聊是逗你玩的。其实你的精神世界很丰富，自己从来不会感到无聊，你是那种独处就能感到快乐的人。"汁收干了，无欢端起锅，将菜盛进精美的盘子里，"但如果有一个和你有共同语言的人，陪你宅在家里做这些无聊的事，你会更快乐的。"

顾云岚脸上一烫，将削好的土豆拿到砧板旁："我切土豆了。"

无欢没再说别的，他端着菜去了餐厅，又拿出电磁炉，煮上火锅汤底，招呼客厅里那两个人："快来快来，准备开吃了。"

四人分坐在餐桌两侧，顾云岚只得跟无欢坐在一边。四套餐具，四只高脚杯。没有第五个人。肖遥开了香槟，给每个人倒上。顾云岚平常不怎么喝酒，但这种场合下也没拒绝。

无欢烧了一份大虾，色泽红亮；清蒸了一条石斑鱼，鲜香扑鼻。肖遥感慨道："可以啊，无欢，我认识你好几年，还是第一次吃上你做的菜。这是沾了顾老师的光啊！"

顾云岚有些尴尬地笑笑，此刻她的心思却不在这上面。她掏出手机，打开微信，找到那个人，在对话框中输入："今天在忙什么事吗？"想了想，又删掉，重新键入："今天在无欢家聚餐，他本来说你要来的……"再删掉，换了种更随意的问法："今天你不来无欢家了吗？"

顾云岚心一横，摁下发送键。信息刚发出去，就听无欢在一旁嗔怨："怎么一坐下就玩手机啊，这不行，今天我们得玩个游戏。来来来，都把手机交出来，放这儿。谁想碰手机，得先干一杯。"

小楼不知道顾云岚的小心思，很快赞同道："是呀，肖遥平时就老爱玩手机，今天不许玩了哦！"说着，她把自己的手机交了出去，又从肖遥的裤兜里掏出他的手机交给无欢。顾云岚没办法，只得照做。

无欢烧菜的手艺确实不错，可因为惦记着那个人的回复，顾云岚一直心不在焉、食之无味。离顾云岚发送信息大概过了十分钟，放在一旁的手机响起收到消息的提示音，是他回复了吗？可又不能看，顾云岚只感到百爪挠心。

这种感觉就像自己好不容易鼓起勇气往前迈了一步，前方的路却突然塌陷了，自己跌入万丈深渊。如此煎熬了快一小时，饭局进入尾声，其间手机响了好几次。顾云岚实在无法再忍耐更久了，她将高脚杯推到无欢面前："给我倒酒吧。"

无欢一愣："嗯？"

"我要看手机。"

顾云岚的样子让无欢感到有些诧异，他不知道到底是什么事还是什么人，让顾云岚非看手机不可。他感到嫉妒，这种挫败感令他执行了游戏规则，但心软又让他只给顾云岚倒了半杯。他看这个女孩一眼就知道，她是不会喝酒的那种人。他把酒递给顾云岚："你想好了啊。"

顾云岚二话不说，端起酒杯一饮而尽。

其实之前在吃饭的过程中，大家断断续续地碰杯，顾云岚已经喝了有大半杯了。香槟的度数不高，但此刻又快速地喝掉半杯酒，顾云岚的头一下子变得沉沉的。她晕乎乎地拿起手机，赶紧翻看微信记录。

顾云岚发出那条信息后，过了十分钟，那个人回复："你现在在无欢家吗？"又过了半小时，那个人发来信息："我有事，不去了。"

虽然不是语音，但这短短的六个字透出那个人冷漠得波澜不惊的表情和不带一丝情感的声音。好像当头一盆冷水从顾云岚头顶浇下来，酒醒了大半。是她越界了。是她想得太多。怎么会去问他来不来？有什么资格去问呢？和他连很熟的朋友都不算。

顾云岚将心里那道打开了一条缝的门，重新小心翼翼地关上了。

今天没什么事，可方昊总觉得有什么事要发生一样。

午饭时，他收到顾云岚发来的一条没头没尾的信息："今天你不来无欢家了吗？"

方昊想去，但已经拒绝无欢的邀请了。他不知该如何回答，只好把手机放到一旁，继续吃饭。吃完饭，他决定先问问对方的情况："你现在在无欢家吗？"

方昊太了解无欢了，以前他也会约朋友到家里聚会，但通常是晚上，这次难道他破天荒地把时间定在了中午？

没想到消息发过去后便石沉大海，等了很久都没等到回复。方昊开始担心，只得放下架子给无欢打电话，没想到连无欢那个家伙也不接电话！肯定玩疯了吧！

想到这些，向来波澜不惊的方昊心里激起一阵风浪。他觉得这样的自己像个傻子，越想越气，便又给顾云岚发了消息，说有事不去了。

他本以为，彻底决定不去后，自己内心可以平静下来。吃完午饭，稍微休息一会儿，他应该像往常的每个周末那样，去游泳，泡在水里，让自己清醒清醒。可事与愿违，那边还是没有回复，无欢还是不接电话，他变得更加担心。

该不会是出什么事了吧？

两点，他该去游泳了。方昊强迫自己不要再想这些，带上泳具出了门。但走到楼下，他又折返回屋，顾云岚是自己的下属，无欢不仅是自己的朋友，还是公司签下来的重磅作者。不管怎样，大白天的，两人同时联系不上，很不正常。自己作为部门负责人，应该去看看。

对，应该去看看。

一旦找到了去无欢家的理由，方昊如释重负。他带上一本历史资料作为掩饰，开上车直奔无欢家。

02

饭局结束，顾云岚和小楼从无欢家回到出租屋。

小楼一直问顾云岚："无欢对你有意思，是个木头也看出来了。你有没有考虑……"

才喝了一杯多香槟酒，就感觉醉得厉害，顾云岚晕乎乎地摇头。

小楼有点儿奇怪："他又帅又有才华，还有钱，天哪，我不信会有女孩不动心。"

"对啊……他各方面都无可挑剔，所以我才跟他玩不起。"顾云岚一边用冷水洗脸，一边说，"他的好感太廉价了，我怀疑他对每一个接触的女性都这样。他看上我什么？闹着好玩而已吧……"

"是吗？明明我觉得是他挖空心思想多和你接触，但你一直拒人千里之外。岚岚，遇到合适的人要把握住机会哦！"

"知道了。"

顾云岚呆了一下，大脑迟钝地想着，无欢是完美恋人吗？或许吧——除了危险。而她不允许自己和一个危险的人谈恋爱，完美本身就是一种危险。她不会喜欢无欢，不是因为他不值得喜欢，而是，她对危险是敏感的。她从一开始就没想过自己会有喜欢他的可能，就像她没想过一只飞蛾要扑火，一个雪人要爱上夏天。

可是……顾云岚摇摇头，将这种还未萌芽的想法甩出脑海。那种灰姑娘的梦，留给别人去做就好了。

两个女孩各自抱着笔记本电脑上网，小楼突然叫道："岚岚，你快上微博，有人爆世间无欢的料。"

顾云岚看了一眼那篇爆料的标题，酒醒了一半。她迅速浏览了所有相关微博，小楼在一旁后怕地说："这要是真的，无欢这人也太可怕了，还好你没对他动心。"

果然很危险。顾云岚叹了口气，不过正因为没对他抱太多期许，反倒觉得这个消息没太出乎意料。顾云岚说："别瞎操心了，我不会喜欢他的。我还没傻到去喜欢一个完全不是对手的人的地步。比起这个，我更担心我的项目。"

"你的项目？"

"嗯，世间无欢那部小说还有两个月就要上市，同名电视剧也要播出了，如果此刻影响了口碑就麻烦了。我们公司预付了小一百万的版税啊。"顾云岚边说边截屏了几张微博图发给方昊，又给无欢打了个电话。

方昊到无欢家已经下午三点了。

他在门禁上拨通无欢的房号，本以为不会有人接，没想到无欢很快就接了起来。

"方昊？你怎么来了？"无欢打开门禁，"快上来吧。"

听到无欢无所谓的声音，方昊一肚子火。自己怎么会担心他出事！方昊上了楼，无欢站在门口等他。还好有准备，方昊拿出事先准备好的历史资料："你之前说写小说需要查一些宋朝的民俗，我今天整理书柜，刚好发现了这本书，应该对你很有参考价值，就送过来了。"

"你说一声，我去取啊。怎么还亲自跑一趟，快进屋吧。"

方昊进了门，把书放在无欢家的玄关处，瞥了眼室内，餐桌上一片狼藉，还没收拾。客厅没人。他试探着问："你不是说今天要搞party吗？"

"搞了啊，已经结束了，他们回家了。不过没事儿，你来了，咱俩还可以继续搞个后半场，酒有的是。"

"我还有事，先走了。倒是你，怎么白天搞起party了？不像你的风格啊。"

无欢轻轻一笑："你不了解顾云岚吗？如果邀请她晚上到家里做客，她会来？"

方昊从这句话里听出了挑衅的意味。他警觉地看向无欢，两个男人的视线在空中交汇了一瞬，互相读懂了对方眼神的意思，却又互相装作没有读懂。方昊正要说些什么，无欢的手机响了。

无欢一看来电话的人是顾云岚，心中窃喜，指了指手机屏向方昊示意。

方昊黑着脸："我先走了。"

无欢接通电话，电话那头的顾云岚声音还带着几分醉意，但已经换成了工作语气。她说："无欢老师，您快上微博看一看……目前微博上出现了大量对您很不利的言论，这都是因为您帮了段朝夕才闹成现在这样的。您放心，我现在先调查一下情况，之后会和您一起想办法解决这件事。先挂了，回头聊。"

方昊刚坐电梯下到一楼，一出电梯，就收到了好几条微信消息。消息是顾云岚发来的，他赶紧打开，是几张微博截图。

第一张图一打开，方昊就感到大事不妙。这是一篇微博长文，标题是：世间无欢这种人品的作家，说的话你们也信？看看他以前做过的事吧，睡粉，实锤！

方昊伤神地皱起眉头，五年前那件不愿再想起的事涌上脑海。也正是因为那件事，他最终从天下文学网辞职，进入了久时文化传媒集团，并与世间无欢渐行渐远，几年几乎不再联络。

当然不是睡粉那么不堪，但事情远比这复杂。方昊扫了一眼这篇爆料文，虽有些夸大其词，但也不能完全说是编造，这正是此事最难办的地方。人们乐于看到高台上的人坠下，有五分真实便足以令群众狂欢，当事人越想辩驳，反而越令自己深陷其中，最终成为八卦大戏的一部分，如舞台上的一个丑角。世间无欢此刻已被置于这种境地，方昊迅速在脑海中过了一遍能想到的处理方式，无论怎样做却好像都是错的。

毕竟连方昊自己都认为，无欢在当年那件事中确实理亏。

只是因为过去五年无人提起罢了，但这事无论何时提起，都是一颗核弹，何况还是这个关口：两个月后，世间无欢的作品《乱世之子》改编的同名电视剧即将在几家电视台和视频网站同步联播，原著小说则由久时文化传媒集团策划，与电视剧同步出版上市。

想到这些，方昊不得不折返回来，重新上楼，回到了无欢家中。

"网上的议论看到了？"一进屋，方昊开门见山地问。

无欢把手指插进头发中抓了几下："怕什么，等他们说去吧，说两天就散了。"

"许博强！"方昊一肚子火，一时脱口叫了无欢的本名，抓起他的衣领，"不要摆出一副无所谓的样子，这不是你一个人的事。你的合作方，买了版权投拍这部剧的机构，买了成片要播出的电视台和视频平台，包括我们久时，预付了你高额版税要出版这部作品的公司。如果因为舆论影响，引起观众的反感，而导致这个项目失败，你对得起谁？就不说别人，你知道顾云岚为了能让你这部书赶着时间上市，校对书稿每天晚上加班到十点吗？别以为我看不出来，你不是整日对她献殷勤吗？她为了你的作品付出那么多，你就不心疼她？还是说，你对她和你对以前那些女孩一样，只是不负责任地随便示好，让她们上钩，以此证明自己的魅力？是不是觉得风流倜傥到处留情很有成就感？幼稚！"

　　无欢觉得自己的本名太普通，在小说圈子里大家也都是以笔名相交，他的本名平时很少有人提起，此时被方昊一叫，有种被打回原形的感觉。他一时不忿，自己取得了今天这样的成就，虽说早期的确有方昊的功劳，但方昊凭什么一副师长的样子对自己进行审判？他出手与方昊扭打到一起："我对顾云岚怎么想，用不着你来管！"

　　"你离她远点儿！"方昊大吼，"她跟你玩不起。"

　　"啧。心疼了，看不下去了？那你自己出手啊。比起你这种不愿承认自己内心情感的人，我倒觉得我坦诚得很。"无欢挑衅地看着方昊，"我就是对她感兴趣，就是想接近她。"

　　"我不同意。"方昊逼视着无欢，一字一顿说，"这并不是出于我对她有什么想法，我不会像你那样，在没有完全想清楚、不确定的情况下，就先把对方当猎物，捕获了再说。不要打她的主意，告诉你吧，我不想再给你收拾烂摊子，五年前是第一次，也是唯一一次。以后你要搞什么烂事，别让我知道，只要让我知道了，我就要阻止。"

　　"我怎么了？你仔仔细细地从头想想那件事，我有做错什么吗？"

　　"你没做错什么。"方昊松开钳住无欢的手，整理了一下自己的衣服，"但你别忘了，唐甜自杀的时候，谁送她去的医院？最后陪了她半个月劝解她打消自杀念头的人是谁？而那段时间，你这个孙子躲到哪儿去了？"

听到唐甜的名字，无欢眼中的光黯淡了一些。"我不躲着，事情更没法了结。"他疲惫地起身，从酒柜里拿出一支新的红酒，给自己和方昊各倒了一杯，然后他举起自己手中的酒，"方昊，五年了，那件事之后，我知道你对我很失望，一直没找到机会正式跟你道谢，或者说，道歉。酒我喝了。"

方昊叹了口气："还有唐甜的联系方式吗？"

"有个电话号码，五年没打过了，不知道还能不能打通。"

"再说吧。"方昊感到一阵心烦，闷头喝起酒来。如果是那个五年前的电话号，那他也有。过了一会儿，他说："这次你要是不帮段朝夕说话，把舆论炒起来，也不会有人在这时候要提起你那些事。说到底，是我让你掺和段朝夕那事的，算我的，咱俩扯平了。"

无欢有几分醉意了，他笑了笑，用鼻子哼了一声："方昊，你别什么事都往自己身上揽。这事我不是帮你，也不是帮段朝夕，我是帮小云，我自己愿意的，不需要她的感谢，也不需要她为现在发生的事负责。我做过的事，自己扛就是了。"

听到"小云"这个称呼，方昊咬了咬牙，一阵闷气窝在心里发不出来。

两人无言地对饮了一会儿。无欢的手机响了，是电视剧制片人打来的。无欢想按掉，方昊瞪他："快接。"

接通后，对面有些为难地说："无欢老师，今天网上闹得有点儿大哈……哎呀，男人嘛，都懂的。事儿不算是个事儿，就是爆出来有点儿难听，咱们那项目……"

无欢借着酒劲打断对方，也像是刻意说给方昊听："你把我想成什么人了？我是有过几个女朋友，谈过几段恋爱，但我并不是你们想的那种人。"

"哎，是，你不是那种人。"对方加重语气，"你就说，帖子里说的那些事，你做没做过？睡完粉，把人家甩了，搞得人家小姑娘哭哭啼啼地要自杀？”

　　无欢沉默了一会儿，最后决定不解释：“随你们怎么想。”说完就挂了电话。

　　“怎么不跟人说清楚？”方昊恼火地问。

　　“现在还说得清吗？”无欢整个人坐在地毯上，靠着沙发，“你别操心了，我对自己的行为负责，这件事我来想办法。”

　　顾云岚冲了个凉，脑子里的酒劲儿终于下去了些。她开始仔细分析，这个料到底是谁爆出来的？

　　小楼问：“这些料到底是真是假？”

　　“我也不知道，但我听公司的同事提到过。”顾云岚一下想起之前一个细节，公司里的小桃和冯娜因为不满自己可以做世间无欢的责编，曾在背后阴阳怪气地讽刺他的生活作风，其中就提到过“睡粉”。五年前她还未毕业，不了解当时的传闻，但毫无疑问的是：小桃和冯娜听说过这件事。

　　“他们怎么说的？”

　　“没说具体的，只是她们也提到世间无欢曾经‘睡粉’，可见这件事并不是只有少数人知道，当年听说过的人应该不少。”

　　小楼帮着分析：“既然是很多人都知道的事，这么多年都没人提起，却在这个关口被爆料，是有人要故意搞他吧？”

　　顾云岚点头：“我也这么想，这绝对不是巧合。而且，爆料人的原话是，‘世间无欢这种人品的作家说的话你们也信？’他爆料是为了证明世间无欢行为放浪形骸，因此他的言论不值得信任。自从无欢站了段朝夕，舆论就转为支持段朝夕了，这个爆料一出来，既伤害了世间无欢的声誉，也伤了让他用自己声誉为其背书的段朝夕。说到底，最终受益方是小鱼儿。为了洗白自己抄袭，不去讨论文本，而是爆出别人更大的八卦，这个操作真让人大开眼界。”

　　“那你觉得……背后这样做的人是谁呢？是小鱼儿自己吗？”

"从她之前的行为看，只是操纵粉丝控评，手段十分浅显，这回不像是她。何况，世间无欢是天下文学网的招牌大神之一，他这个项目牵扯天下文学网，还有天下文学网背后制作这部电视剧的互联网巨头极光集团旗下的极光视频，反而我们久时只是出书，损失算是最小的了。小鱼儿自己也是网文写手出身，虽然不是天下文学网的大神级作者，但她一直走影视改编的路子，得罪世间无欢，得罪极光集团，对她有什么好处？"

"所以，是一个能在这场舆论中获益的机构做的……"小楼抱着抱枕，费解地思索着。她刚入行，还不太了解各机构之间复杂的关系，不禁感慨："啊，这就是小说圈的腥风血雨吗？"

"如果能搞明白是谁做的，或许可以直接对始作俑者出手，与对方谈判。如果不知道是谁在背后爆料，那就先搞明白这份爆料的真假吧，如果是假的，找到当事人澄清也是个办法。"

"无欢现在自己站出来澄清，有谁会信呢？"

"不是让无欢澄清，而是让这个爆料中的另一个主角……"

小楼立刻明白了顾云岚的意思："对哦！"

"当然，要先确定无欢到底有没有做过这件事。"顾云岚脑海中浮现出无欢轻浮的笑容。其实爆料中说的事，她几乎相信了，他那样的人做出这种事，很有可能吧？

顾云岚在等方昊的消息。在一时着急而冲动地向无欢打包票自己会解决这件事后，她醒悟过来，这件事与她还隔着好多层。有网站，有影视公司，也有久时文化传媒集团，甚至还有无欢自己。鉴于无欢对她的态度，这种两性关系的爆料，她无法越俎代庖去做更多。作为责编，她通知了作者，向自己的上司汇报了，她的责任也就到此为止了。她现在需要上司的指令，告诉她下一步该怎么做。

方昊的电话傍晚才打过来："你说的微博上的那个事，我已经跟无欢谈过了。"

"好的。"好奇心最终战胜了理智，顾云岚没忍住，问道，"那些传言，是真的吗？"

对方沉默了一会儿："你还是问无欢吧，如果他愿意告诉你的话。"

"啊，不、不了。"顾云岚慌忙拒绝，"那是他的私事，我没必要了解太多。"

不知怎的，方昊的声音听上去轻快了些："这件事牵涉太多方，应该会有专门的公关人员去处理，"他停顿了一下又道，"你这一周辛苦了，早点儿休息吧。"

心脏扑通跳了一下，好像之前没在跳似的。但是，说起辛苦，上周临时被派去出差又临时跑回来的方昊不是更辛苦吗？就当今天中午的酒劲还没消退吧。顾云岚一咬嘴唇，攥着手机小声说："你也辛苦了。你也……注意休息。"

"啊？"好像没料到她会说出这句话，对面发出一声诧异的低吟。随后那个声音说："我知道了。明天见。"

这仿佛是一句有魔力的暗号。顾云岚说："明天见。"

03

第二天，顾云岚早早到了公司，同事还没来，方昊已经在办公室里工作了。

顾云岚刚坐下，宋微微也到了。她手里拎着一个精致的透明糕点袋，里面装着蛋糕卷。她看见顾云岚时明显愣了一下："你这么早就来了？"

"嗯，是啊。"

宋微微想了想，将手中的袋子递给顾云岚："我周末自己在家烤的，要不要尝尝？"

顾云岚抱歉地摆摆手："刚吃过早饭，现在吃不下。"

　　宋微微好像并未因被拒绝而失落，反而像松了口气，有些刻意地嘀咕着："啊，那怎么办呢，没有防腐剂，放不了两天，不赶紧吃掉就坏了……"她瞥了瞥方昊办公室，"咦，昊哥也来了吗？那……"她拎着袋子去了方昊那儿。

　　这样拙劣的演技，顾云岚一眼就看穿了，她的脑海空白了一瞬。

　　办公室里的对话隐隐约约传来。

　　"昊哥，你吃早饭了吗？"

　　"啊？我一般不吃。"

　　"不吃早饭对身体不好哦。那个，这是我自己烤的蛋糕，带来给同事尝尝……这是给你的……"

　　"哦，你放这儿吧。"

　　宋微微像完成了什么大任务一般，雀跃地从办公室走出来，见顾云岚正看向这边，不好意思地冲顾云岚笑了笑。

　　顾云岚也只得挤出一个难看的笑容回应，心底却像被绑上石头一般，重重地沉入谷底。

　　网上，关于世间无欢的言论被大面积删帖，应该是专门的公关方出动了。可删帖好像起了反效果，反而更坐实了爆料文中所说的情况，一时间，各种截图到处流传。

　　顾云岚收到无欢发来的消息："我下午会去久时。"顾云岚的心情不太好，想着你来不来跟我有什么关系，于是没有回复。

　　下午三点，无欢到公司了。他应该是来公司与公关部开紧急会议的，方昊也去了。去开会之前，方昊问顾云岚要不要旁听，应该与微博爆料的事有关，顾云岚以手头上有急事要处理推托了。

　　快下班时，他们开完了会。方昊前脚回办公室，无欢后脚就来了原创部的办公区，他径直走到顾云岚的工位旁："小云，我有话跟你说。"

　　顾云岚尴尬地抬头，只见无欢双眼通红地看着自己。她看了看其他同事，他们显然也被无欢对她的称呼搞蒙了，都在偷偷地往这边瞥，旁边的何纬更是一脸嗅到八卦的兴奋。她为难地说："无欢老师，那个……"

本来是要拒绝的，但无欢的表情实在有些吓人，顾云岚很怕他冲动之下又做出什么奇怪的举动导致同事误会，只得小声说："你跟我过来。"

顾云岚站起身，看了一眼办公室里的方昊，他盯着电脑，好像完全没察觉到这边发生的事。她有些心虚地猫着身子出了办公区，带世间无欢去了楼梯间。

要下雨了吗？楼道里有点儿暗，从楼梯间高高的窗户望出去，只见大片的黑云压在楼顶。

无欢站到顾云岚面前，居高临下地看着她，问："你是不是也觉得网上说的那些是真的？"

顾云岚后退两步，与他拉开距离："无欢老师，目前微博上的事已经超出我能力负责的范围了，听说影视公司那边有专门的公关人员，我们久时公关部的同事也会配合做出相应的……"

"你一定要每次都用这种公事公办的语气跟我说话吗？"

"我……"

"其他人怎么想我不管，我只问你，你是不是也觉得网上说的事是真的，所以你躲着我？"

"那些是您的私事，真的也好，假的也罢……我没有精力去分辨，"顾云岚停顿了一下又加重语气补充，"也没有兴趣。"

昏暗的楼道被一道闪电照亮，紧接着便是轰隆隆的雷声。雨快要来了。

顾云岚本以为自己这句话会将无欢激怒，她已经做好被无欢劈头盖脸地一顿咆哮的准备了。没想到，短暂的沉默后，无欢却无所谓地轻声笑了。"没有兴趣吗？责编老师，工作上的事，只要不感兴趣就不做吗？你这样很失职哦。"

这次换顾云岚被激怒了，她气恼地瞪着无欢："我失职？"

"自己负责的作者陷入舆论危机，你不用管吗？如果舆论危机导致书卖不掉，你不用负责吗？版税可都预付了。还是说，你对自己的作者还要搞区别对待？那个段朝夕的事你就很上心，到了我这里，就没精力、没兴趣了？"无欢俯身平视顾云岚的双眼，"我记得昨天有人还说会跟我一起想办法解决这件事，变心变得真快呀，不会是方昊让你别管的吧？"

最后一句话像是抓住了顾云岚的把柄，她脸上一红，一时竟哑口无言。虽然清楚地知道无欢这么说是为了激将自己，但他说的其实也没错。责编与作者是一条战壕的战友，出了问题，责编不可能抛下作者不管的。

可这么快就被说服，也太没面子了，顾云岚徒劳而心虚地否认道："不是。跟方昊没关系，就算我失职吧。"

无欢没理会她的否认，刚才还一副轻浮的语气，一下又变得正经起来："小云老师，我正式向您交代——我没有做过任何欺骗他人感情的事。五年前，我与当时是我粉丝的一个叫唐甜的女孩在一起过，决定与她交往完全是出于真心，但因为性格不合，感情很快消磨殆尽，出于认真负责的态度，察觉自己不再爱她后，我便提出了分手。没想到，她那时年纪小，容易冲动，直接买了安眠药，以此作为威胁。这件事在五年前确实暗中流传了不少版本，但并不是他们说的那样。"

先是密集而急促的滴答声，没过几秒钟，滴答声连成哗哗的一片，雨水如瓢泼般落了下来。窗户上的水流成了线，看不见外面了。

顾云岚心中变得焦灼不安。为什么呢，为什么要告诉我这些？有必要跟我解释得这么详细吗？这个一百分危险的人物为什么要盯着我不放呢？她越想越不安，勉强冲着无欢点点头："哦……是这样啊。我知道了。"

无欢居然伸出食指指节刮了刮她的鼻子："小云，我全部向您坦白了，您作为责编，要对我负责到底哦。"

"我会想办法的。那个……"顾云岚拿出手机看了看时间，"下班了，我要回家了。先走了啊。"说完，她去拉楼梯间的门，几乎是落荒而逃。

"喂，这么大的雨。"无欢在身后喊。

顾云岚假装没听见，跑回办公区关电脑、收拾东西。

今天几乎没有同事留下来加班，在暴雨降下之前人就都走光了，只有方昊还在办公室，还有宋微微。

顾云岚看见这两个人，心里敏感地刺痛了一下，却向宋微微寒暄道："怎么还不走？"

宋微微耸耸肩："嘿，忘带伞了。"

顾云岚怕无欢追过来，不敢逗留太久，又莫名地因为这两个人同时留在办公室而有些气急败坏，便没再多问，背上包直奔电梯间。

电梯停在高楼层，正慢慢地往下运行。这一楼层四下已经没有无欢的身影，他应该走了。顾云岚松了一口气，心里却被另一种说不清的郁闷情绪缓缓捏紧。顾云岚的脑海里浮现出方昊和宋微微两人留在办公室的情景。为什么只有他们两人留下来呢？

电梯门开了，顾云岚走进去，转身正要按关门键，一个人快步闪身进来。待看清来人是方昊后，顾云岚愣在原地。她低头盯着自己脚尖，在内心数着秒。一，二，三，四，五。电梯里安静得出奇，今天的电梯怎么这么慢？直到对面那个人往这边走了两步，伸出修长的手指把楼层数的"1"按亮，顾云岚才意识到自己居然忘记按了。

"他跟你说什么了吗？"方昊好似随口一问。

"他？"

方昊看了看一脸无辜的顾云岚，转开视线说："世间无欢啊。"

"哦。就……跟我说了一下当年到底怎么回事。毕竟，我是责编嘛，他觉得我应该了解情况……"后面这句解释是不是太多余，太欲盖弥彰了？

"嗯。"方昊点点头。

电梯里又沉默下来。到二楼时，方昊突然低声感慨："今天好大的雨啊。"

"是啊。"

"我有伞。"他拎了拎手中一把黑色的直骨伞，"一直在办公室里放着，总是会派上用场。"

"嗯。"

到一楼了。电梯停稳，电梯门缓缓向两边滑开。

方昊说："你是去地铁站吧？我也去地铁站，你没伞的话……"

"诶？"顾云岚没想过会接到这种突如其来的邀请。她没有拒绝，没有拒绝，就意味着默认了：一起撑伞过去吧。

顾云岚低头与方昊并排走着。穿过大堂，出了写字楼的旋转玻璃门，雨声真切地迎面扑来。方昊唰地撑开伞。而当他们正要步入雨中时，顾云岚看到，就在台阶下的缓冲区，一辆保时捷停在那里。不偏不倚地，副驾的门正对着她。

车窗摇下来，无欢坐在车里扶着方向盘，朝这边探着身子说："小云，你怎么下来得这么慢啊，我取车出来都等你半天了。雨这么大，我送你回家吧。"

随后，无欢看到了一旁的方昊："哟，方总，今天雨这么大，你没开车吗？"

方昊咬了咬牙，皱起眉头。

顾云岚看了看车里的无欢，又看了看身旁的方昊，正挖空心思想着该找什么理由拒绝无欢显得更自然时，宋微微的声音在身后响起："咦？你们在这儿呀。"

顾云岚一下子想通了，拒绝一个人而接受另一个人很难，但如果两个人同时都拒绝，就容易多了。她从来不是会让自己落到狼狈淋雨境地的人。她总是有准备的。

她朝车里的无欢说："不用了，去地铁站很近的。"接着打开包，拿出折叠伞，抱歉地朝方昊笑了笑，"方总，我有伞了。"说完，顾云岚撑起自己的伞，一头扎进雨中。

方昊看着顾云岚雨中的身影越来越远，直至消失在夜色里。他转过视线，愠怒地盯着车里那个嬉皮笑脸的男人。

宋微微凑到方昊身旁，为难地说："昊哥，我忘带伞了……"

无欢有些幸灾乐祸地看着方昊，说："得，本来说送你回家的，既然有美女陪你，我就先走啦。"说完，他摇上车窗，绝尘而去。

方昊看了看宋微微，干脆将伞塞到她手中："伞给你吧。"之后重新进入了写字楼，留下愣在原地的宋微微。

方昊其实今天开了车的，他只是觉得顾云岚那样的女孩，应该不会轻易接受搭乘一名异性的车回家，才装作要去地铁站的样子。此刻他很生气，是气无欢吗？不，应该是气自己。怎么搞的，竟会挖空心思做这些毫无意义的举动，太无聊了。他下到地库，取了车，一肚子烦闷地驶进这场盛夏的雨中。

这场雨下得如此猛烈，雨点打在挡风玻璃上砸得噼啪作响，而有什么东西，正像这场暴雨般，砸穿了他封冻的心，如此具有侵略性地袭来。

转眼又到周五，关于世间无欢的那些八卦并未消失，反而愈演愈烈。

编辑们私下闲聊。何纬在公关部有相熟的好友，打听到了内情，说电视剧的主要制片方极光视频和久时文化传媒集团高层集体向世间无欢施压，要求他这段时间保持沉默，一切交给公关处理，同时还让他别再插手段朝夕和小鱼儿的抄袭之争。

世间无欢与制片方的合同条款中有明确规定，若因作者个人原因对项目造成影响，制片方保留追责的权利。这件事是世间无欢理亏，再憋屈也只能往肚子里吞。他的微博果然好几天没再更新了。

倘若公关真能让这次舆论危机平稳渡过也就算了，事实上，公关的那些手段并未奏效。删帖、给爆料者隔空发律师函、装作知情人士澄清实情、找水军控评……饶是用了这么多办法，爆料者仍旧掌握着节奏，每当舆论稍微出现转向苗头，此人就放出一些新的物证。

比如世间无欢当年与那个女粉丝的合照，女粉丝自杀之前写给世间无欢的信，等等。

这些八卦连续几天都保持着热度，天知道这人手里还掌握了多少物料。眼看电视剧还有一个多月就要播出了，此时的情形，没办法用冷处理的方式等舆论自行冷却。

顾云岚本想置身事外，可无欢那天的话到底还是令她产生了动摇。私情上怯于与无欢接触，并不是工作上作为责编，在这种时候不帮作者解决问题的理由。若真想公事公办，光明正大地帮自己的作者想办法才是对的。躲着，反而证明心中不够坦然。

想通这点后，顾云岚去了方昊办公室。"方总，世间无欢的事，我还有一个办法。"

方昊正在看一份纸质书稿，他放下笔，有些意外地抬头看顾云岚，不假思索地说："不是已经交给专门的团队去公关了吗？"

说完，方昊才意识到这话不对。下属有心为一件事出力、负责，自己向来是鼓励的，何况顾云岚作为责编，本就该参与这次的公关工作，是自己私心一直不太愿意让她插手无欢的事罢了。

"呃，"方昊改口，"你如果有什么新的建议，欢迎提出来。"

"目前所有的澄清之所以无效，是因为公关方发表的澄清声明，是站在世间无欢的角度。而在这次的八卦爆料中，世间无欢是强势方，是施害者。从大众心理上说，没有人听得进一个施害者的狡辩。可是，如果让八卦的另一名主角，作为弱势方的那位所谓的'被睡'的粉丝发表澄清呢？有没有可能联系到她，让她澄清当时的情况？毕竟她当年与世间无欢是正常恋爱，现在被污蔑成这种形象，于她而言也是一种名誉上的损害。"

　　方昊越听眉头皱得越紧。顾云岚向来心思缜密，怎么此刻竟提出这么天真的方案？

　　五年前，唐甜是大三学生，她的家庭条件很好，但因为从小缺少父母陪伴，心理极度脆弱。无欢提出分手后，唐甜竟吞掉半瓶安眠药。无欢不敢再与她接触，怕越不干脆越难断掉，方昊不得已只能自己出面，送她去急救。

　　等唐甜康复了，方昊又像用人一样陪着唐甜旅行了半个月，好说歹说，终于让她接受了与无欢分手的现实。对于方昊这种不擅与他人交际的人来说，这段经历简直给他留下了心理阴影。

　　而且，还有一件他从未跟人提过的事——其实唐甜差点儿对他产生移情。有了无欢的教训，他没敢果断拒绝，只能逐步淡化处理。前后拖了有三四个月，才算彻底与唐甜断了联系。

　　想起这些不堪回首的往事，方昊捏了捏眉心，对顾云岚说："你怎么能确定对方愿意帮无欢澄清？如果无欢告诉了你事情的前因后果，你就应该知道，那是个万事爱走极端、钻牛角尖的女孩，她的情绪也不稳定，再让她掺和进来，说不定相当于我们自己绑了个定时炸弹在身上，指不定什么时候就炸了。"

　　"不是帮世间无欢澄清，是帮她自己澄清。"

　　方昊不知该作何回答，他既不想因为自己的原因浇灭顾云岚的热情，又实在不想同意顾云岚这个天真的提案。

　　顾云岚看出方昊的为难："方总，请她出面澄清的事交给我去做。您之前应该与她有过接触吧？您只用引荐一下，告诉她我会去拜访她就行了……"

　　"哪有那么简单？"方昊极少遇到想要逃避的棘手情况，无论多大的困难，他总是迎难而上。而与唐甜接触，是难得令他根本不敢直面的事。他只觉得背脊阵阵发凉，主动联系唐甜？这种事他绝对不想做！

"方总，不管难不难，我们总得试试吧？您看现在的情况，常规公关方案搞不定了啊。"顾云岚不懂方昊为什么逃避，她有些着急地说。

方昊突然想到一个主意，对了，自己不便拒绝顾云岚的提议，那就找无欢出面拒绝好了。无欢才是最不愿意联系唐甜的人啊！方昊说："这样吧，无欢与唐甜分手后，两人再没联系过，现在突然要联系女方，还是应该问问当事人的意思，毕竟这是他的私事。"

顾云岚同意了方昊这个说法。

方昊像抓住了救星，赶紧打电话给无欢。为了显示自己没有遮掩，还特意开了免提。他把顾云岚的方案对无欢说了。本以为无欢会一口拒绝，没想到过了一会儿，无欢竟说："这样也好。"

"啊？你说什么？"方昊不敢相信自己的耳朵，"你觉得现在联系唐甜没问题？"之后他才意识到自己反应过激，不自在地看了看站在一旁的顾云岚。顾云岚摆摆手，示意他专心与无欢通话。

无欢说："五年了，这事总归没有了结。如果这次能联系上唐甜，彻底把话说开，这不挺好的？"

"你能说得这么轻松，"方昊急道，"不会又想着要我去帮你联系她吧？"

"我没这么想。"无欢说，"我已经决定为自己的行为负责，我会自己联系她的。"

听无欢这么说，方昊刚松了一口气，却听得顾云岚在一旁补充道："不行。无欢老师，请您不要擅自联系她。如果是您去联系她，我怕会令沟通更不顺利，之后的事更难办。这件事就交给我们。您只需要把她的联系方式告诉我们就可以了。"

方昊简直要被气死，却不能有所表露，只感到一阵头疼击穿前额。

电话那头，无欢沉思了半晌，最终没再坚持："那好。拜访她要带的礼物，我这边出钱。她的电话号，我稍后发过去。哎，对了，她的电话号，方昊，你也有吧？"

方昊黑着脸答道："有。"

方昊本想磨蹭到今天下班后再打。可顾云岚竟没有要离开的意思，而是站在办公桌旁，一脸"你怎么还不拨号"的表情。

方昊实在没辙，稍微深呼吸一下，在脑海中组织了一下语言，便拨了电话。他甚至在内心祈祷，这个多年未联系的号码最好已经弃用了。

电话响了十几声仍未接通，就在方昊要挂掉的一瞬，那边接起了。熟悉的声音传来，清脆而不谙世事的一声："喂？"

"啊，呃，那个，"本来组织好语言的，舌头却不由自主打结，"请问，是唐甜吗？"

那边发出扑哧一声笑。"方昊哥，是我呀！"

对方竟然知道是他，这让方昊措手不及。但转念一想，自己这些年也从未换过手机号，只要唐甜没有删除联系人信息，她当然能够知道。方昊尴尬地笑了两声："最近还好吗？"

方昊越想越郁闷。这又不是自己的前女友，明明是无欢欠的债，怎么自己要在这儿胆战心惊地还？

"我去年结婚啦，本来还想给你发请帖呢！但一想，你那么忙，之前也对你多有打扰，最后就没邀请你。你不怪我吧？"

"啊——那挺好的。恭喜恭喜。"这句恭喜倒是真心的。她能结婚，找到自己的幸福，说明她对之前的事已经放下了。

唐甜又东拉西扯了几句，方昊决定尽快进入正题，问道："最近网上的事，你看到了吗？"

"嗯？什么事？"

"就是微博上……有人提到你和无欢的过往。与事实多有出入，不太好听。"

"哦。是吗？说什么了？我平时不上微博的。"

顾云岚在一旁拼命指自己，让方昊提起自己。

"这样，我们这边有专门负责此事的女同事，她与你面谈或许能说得更清楚。不知你什么时候有时间？方便吗？"

"方便呀。嗯，明天是周末了吧？周末不行，我跟老公说好要到周边自驾游。你们周一来家里找我好了，我搬了新家，待会儿发地址给你。"

唐甜答应得比想象中干脆，方昊赶紧说："好的，那就周一。"

唐甜又问："方昊哥，你也来吗？"

"我……"

"一起来吧！我好久没和你见面了。"

方昊一副被噎住的表情，不得已只能"唔"了一声算是答应。

一开始完全没往这方面想的顾云岚终于看明白了，并不是方昊没想过这种显而易见的方案，而是他根本就在害怕与逃避跟那个女孩接触。不知为什么，她产生了一种恶作剧般的快感。

顾云岚向来认为恶作剧是种幼稚又浪费时间的行为。可此时此刻，她开始有一点儿小小的兴奋。

——噢，你这么冷静、沉着、自以为是的人，也有搞不定的事吗？

——向来觉得自己胜券在握、好像一切都胸有成竹的你，也有认怂的时候吗？

她突然很想看方昊战战兢兢的样子，因而开始无比期待下周一了。

04

周一下午，方昊开车带顾云岚从公司出发，却不是去唐甜给的地址。

"方总，我们这是去……"

"先去取礼物。"

"噢。"

　　决定要去拜访唐甜后，顾云岚就开始思索带什么礼物合适。她列了候选清单给方昊看，方昊却说礼物由他来准备，毕竟他与唐甜有过接触。

　　顾云岚很好奇方昊到底准备了什么。她甚至有点儿担心——这个男人到底懂不懂如何给女孩挑礼物啊？带着忐忑不安的心情，她总算见到了方昊准备的礼物，是一套茶具。

　　虽说给年轻女孩送茶具有点儿奇怪……但转念一想，唐甜提到自己结婚了，也搬了新家。那给新婚又乔迁新居的女孩送茶具……好吧，姑且能接受。

　　取了茶具后，方昊一边开车一边说："你告诉无欢，这套茶具五万八，让他直接转账给李北。"

　　顾云岚怀疑自己听错了："五万八？"

　　她知道唐甜的家庭条件不错，既看不上也不会用普通物件，在之前列的礼物清单中，她所选的物品也都是五千以内的价位。这一下把价格提高了十倍，果然是贫穷限制了想象力。

　　"别替无欢心疼钱了，这钱对他不痛不痒。"

　　"我知道……但也太……"

　　"他总该付出点儿什么吧，自己做的事，最后却总是麻烦别人帮他收拾。难道他什么代价都不用付出吗？"

　　方昊难得这么怨念地喋喋不休，顾云岚瞥了一眼后视镜中方昊的表情，心下好笑，原来他还在为这事愤愤不平啊。"好吧，那我告诉他。嗯，转账给李北？"

　　李北是公司的另一位作者，方昊负责的。

　　"嗯。他正在学制陶，拜了国内一位顶级的陶瓷艺术家为师。这位名家制作的陶瓷器具，有钱也很难买到。这次就是靠李北的关系，拿下了这套大师亲手打造的茶具。"

　　听说是大师打造，顾云岚这才有了兴趣仔细欣赏。

　　方昊介绍道："这套茶具的制作灵感来源于九寨沟，几只茶盏颜色由蓝至绿深浅不一，盛上绿茶后随意一摆，就像一个个小型的天然湖泊。"

听到解说，顾云岚方看出这些杯盏的匠心独运。之前只觉得它们晶莹剔透，现在更觉得其清新自然又巧夺天工，的确很适合送给年轻女孩。

唐甜家到了，在一个联排别墅小区内。小区外围被起伏的草坡和绿植遮得严严实实。方昊停了车，在门卫处登记了访客信息，沿着蜿蜒的小径向内走了好几百米，终于到了唐甜给的门牌号前。

无欢也到了唐甜家附近，他在一家咖啡馆里等消息，以备不时之需。

顾云岚拎着茶具礼盒，跟方昊一起走上门前的台阶。她抬手正要摁门铃，方昊突然说："等一下。"

"怎么了？"

方昊的神色不太自然，他深深地吸了口气，喉结上下滚动，又理了理衣领。

正在此时，门却突然被打开了。开门的女子和顾云岚差不多高，两人迎面撞上，对视着。开门的女子长得甜美可爱，留着精致打理、发梢微微向外翻卷的齐肩发，穿一件朴素的宽肩带白色纯棉吊带长裙，披一条爱马仕经典款的橘色大方巾，整体清纯而不失性感。

顾云岚意识到这就是唐甜，露出标准的笑容，微微点点头："你好……"

准备好的自我介绍还没说出口，这名女子已经一把抓住方昊的胳膊，焦急地说道："方昊哥，你们可算来了。我家欢欢跑丢了，快帮我找呀！"

"啊？欢欢？"方昊没忍住，一下提高了音量。顾云岚看到方昊脸上的肌肉都抽动了几下。别说方昊了，连她听到这个名字，都不知该是哭是笑。

"哦，就是我家的狗……"唐甜也意识到这个名字很可疑，不好意思地捋了捋头发。

方昊控制着情绪："让物业帮忙找了吗？"

"找了，刚给我打电话说没找到。怎么办呀，我午睡起来它就不见了，一楼后院的门被打开了，都不知道是什么时候跑丢的。我家阿姨也出去找了，还没回来，打电话也不接……"

唐甜说着，眼见就要哭了。方昊愣在原地，顾云岚赶紧接过话："你别急，我们帮你找，啊。"

"太好了！"唐甜转而抓住顾云岚的手臂，"你一定要帮我找到啊。"

"它是什么品种，多大？"

"有这么大，"唐甜比画着，"是只哈士奇。"

"好，我们这就去帮你找，你等我们消息。"顾云岚递上手中的礼品盒，"第一次登门拜访，多有打扰。这是祝贺你新婚和乔迁新居的礼物。"

唐甜没心情看这份精心准备的价值不菲的礼物，随手接过去后放到一边。顾云岚拉了拉愣在旁边的方昊的衣角，小声说："快走啊，找狗去。"

两人穿过后院，出了小门，沿着小狗脚印消失的方向寻找。

找了快半个小时，还一无所获，方昊的脸色渐渐难看起来。他气呼呼地一边四处张望，一边小声念叨着："我还有一堆事没做，最近有三个新交上来的选题，我都没来得及看，本来打算今天见了唐甜，回去加班看完的。真不知道为什么要在周一下午满世界找一只叫欢欢的狗！"

顾云岚说："好好找吧，早点儿找到早点儿交差。这不是挺好的？现在是我们求她办事，送什么礼物都不如帮她解决这个燃眉之急来得好使。今天把欢欢找到了，后面的事就好办了。"

"你说得容易，这么大的小区，上哪儿找一只狗啊？再说了，万一它已经跑到小区外面了，就更找不着了。"

"先找找看吧。家养的狗不会随便跑太远，只要在这个高档小区里，我想也不会遇到那种专门偷狗的狗贩子。我估计是藏在哪个树丛里出不来了。"

方昊头大地四下一看："树丛？这个小区外围全是树丛，就是找到天黑，也很难把所有树丛都搜寻一遍。"

顾云岚调笑道："方总，平时很难听到你有这么多牢骚。工作上有什么问题，你不总是举重若轻地就解决了吗？"

"那是工作上的事。"

"现在我们在做的也是工作的一部分啊。"

"我不这么认为，这完全是在浪费时间。"

"那你觉得编辑应该做什么呢？坐在办公室里指点作者？"

"顾云岚！"方昊终于忍无可忍，"你最近是怎么回事，因为我留下了你，你就认为部门缺不了你这个人，开始有恃无恐了吗？我一直以为你是个明事理、遇事拎得清的，你是觉得看到我做这些事很好玩？"

"我……"顾云岚觉得理亏。她也不知道自己怎么了，因为看到方昊露出软弱的一面，反而觉得他从高高在上的神坛上跌下来，自己不知不觉中把他当成了一个平等的对象，说起话来也失了分寸。可顾云岚又不愿退步认错，只支吾着说："我没觉得好玩。"

"我从没说过编辑要傲慢地对待作者，但同时，编辑也不是低声下气地为作者当牛做马的。合作从来都是相互的，既然是共同为了创作出好的作品、生产出好的内容而努力，就不要去做一些不三不四的事，给别人的工作添乱！这就是我不喜欢无欢的地方，也是我五年前与他决裂的原因。"

"不能说是不三不四吧？恋爱后，发现自己不喜欢对方了，提出分手总比一直拖着强……"

"你在帮他说话？你如果觉得这样的我很可笑，觉得像无欢那样游戏人间、万事无所谓的态度才显得洒脱，我只能尊重你的想法，但也请你尊重我的观点，不要像看笑话一样看我吧？"

顾云岚本来还觉得是自己不对，有点儿心虚，但听到方昊这几句话，顿时心里升起一股火："我什么时候赞同他的态度了？这是你的过度解读，请你不要随便猜测别人的想法。"

两人各自窝火，不再说话，默默地快步搜寻。

又找了一会儿，顾云岚注意到不远处的灌木丛中，一只狗头正一动不动地镶嵌在里面，老实说，还真挺不容易发现的。要不是自己长期做编校挑错字，练就了一双火眼金睛，一晃眼也许就错过了。

顾云岚正跟方昊赌气，不想主动跟他说话，于是自己走到那边，试探着叫了一声："欢欢？"

那只狗头无法大幅度转动，却热情地汪汪叫了两声。要去那片灌木丛，得穿过一片带刺的树藤丛。

顾云岚闷头就往里冲。方昊在后面喊："喂，你干吗？找物业来啊。"

顾云岚负气地说："别叫物业了，我去。受点儿伤，待会儿更容易说服唐甜。"

方昊气急，将她往后一拽："别胡闹了！你去什么去，我去吧。"

没等顾云岚反应过来，方昊已经一头扎进了树丛。

等方昊抱着狗出来，他胳膊上多了好几道口子。顾云岚看着都感觉疼，但又不好表示关心。

两人把狗送回唐甜家，唐甜一个劲地道谢。坐到沙发上后，唐甜注意到方昊身上的伤，一下大惊失色："方昊哥，你怎么了？"

"没事。"方昊黑着脸回答。

顾云岚戳了下方昊后背，赶紧帮他邀功："欢欢跑进了一片树丛，那树丛有刺，它出不来。还是方总进去抱它出来的。"

"你这还流血呢，得尽快包扎一下啊！"唐甜小跑着去了杂物间。

一阵翻箱倒柜的声音后，唐甜拿着酒精、棉签和一把剪刀出来了。她不容方昊分说，用棉签蘸了酒精给他消毒伤口，随后取下自己的披肩，二话不说用剪刀剪成一条一条。

还没意识到唐甜要做什么，顾云岚和方昊就被她剪爱马仕披肩的行为震惊了，思维有点儿跟不上。唐甜拿起丝巾就要往方昊的伤口上缠，方昊下意识地直往后躲。

唐甜说："没找着纱布，这么大口子，创可贴也粘不上，用这个代替一下，你别介意啊。"

方昊其实有点儿轻度洁癖，他本能地排斥这条在别人身上披过的丝巾往自己伤口上缠，可眼下躲无可躲，他只能生无可恋地任唐甜摆布。顾云岚正幸灾乐祸着，也没帮他解围。

等伤口包好，唐甜终于想起两人的来意："对了，你们这次来，是要说什么世间无欢的事来着？"

"啊，是这样的。"顾云岚找出微博上的帖子，等唐甜看完后说，"之前你和世间无欢是正常恋爱，现在却被诬蔑成这样……我不知道你还生不生他的气，但这些网络谣言对他、对你，或者是对涉及这个项目的各个公司而言，都产生了很大的影响。我们真的很希望你能出面澄清一下当时的情况，但如果你选择沉默，我也可以理解你的选择。"

唐甜没有马上回答，过了一会儿，她说："我生他什么气呀，那时年纪小闹着玩罢了。说吧，我要怎么澄清？"

唐甜的态度让顾云岚放下心来。她打开手机里准备好的文案发给唐甜："这是我准备好的声明，你看看有没有什么不合适的地方。没问题的话，在你常用的社交网络平台上发布一下就可以了。"

唐甜看完文案，点头说好。

就在顾云岚和方昊认为总算完成了这个棘手的任务，站起身准备告辞之时，唐甜突然随口问道："今天无欢没来吗？"

顾云岚和方昊对视了一下，摸不准唐甜这么问的用意，一时不知该如何回答。

唐甜看见他们的表情，笑了笑："别紧张。我只是觉得，要是来了，不如趁这个机会把五年前的事了结了。"

方昊早就如此希望了。这两个人令他感到心力交瘁，最好这件事就在今天彻底画上句号。方昊点头："嗯，他是来了，但他怕你生气，现在在附近一家咖啡馆里。"

"叫他过来吧。这会儿也不早了，我让阿姨准备准备，你们留下吃了晚饭再走，好不好？"

"啊？"方昊想也没想就赶紧拒绝，"我们就不吃晚饭了，公司里还有工作。我帮你叫无欢过来，你俩好好聊聊……"

"哎呀！"唐甜娇嗔地道，"方昊哥你这么多年果然一点儿没变，还是个钢铁直男。你有没有想过，我老公回家看见我跟另一名男性在家里吃饭，有多尴尬？你俩留下吧，就当是朋友聚会。"

"我们……"方昊还想找个理由推托，后背又被顾云岚狠狠地戳了一下。

顾云岚接过话："我们是怕打扰你太长时间。既然你希望我们在场，一起帮你和无欢把话说开，我们就不客气了。"

"是呀，这样才好。"唐甜上前挽住顾云岚的胳膊，"走吧，带你看看我的家。"

顾云岚被唐甜拉走了。方昊在客厅给无欢打电话，那边很快接起来："怎么样？"

"挺好。就是她让你过来吃晚饭。"

"啊？"无欢惊讶得手机差点儿掉了，"这……还是不要了吧？你们没帮我推掉吗？"

"世间无欢！你最好给我十分钟内出现在这里。你知道，我的耐心不太好。我的忍耐是有限度的！你以为我是因为谁才一下午都在做这些浪费时间的事？"

"是是是，是我的错，你消消气。你挑礼物太狠了，我知道你是故意的，我不是啥都没说，立刻给李北转账了吗？话说，你们怎么在她家待了这么长时间？"

方昊只觉得胳膊上的伤口隐隐作痛，丝巾上淡淡的香水味更令他感到烦躁："你还好意思问？快点儿过来！"

"哎，是，我这就来。"

唐甜住的豪宅有三层，七个房间，每个房间都专门布置过，可以看出花了很多心思。一楼后院是一个小花园，二楼三楼有露台，里面种植着各种精心修剪过的植物。

等顾云岚跟随唐甜参观完下楼，就看到方昊正手足无措地站在门口，指着门外说："那个，无欢到了。要让他进来吗？"

"进来呀，干吗不给他开门？"唐甜扑哧一声笑出声，大大方方地上前开门让无欢进屋，反而显得无欢和方昊过于别扭了。

这是无欢五年来第一次与唐甜接触，分手之后，他们再也没联系过。进了屋，无欢局促地走到沙发旁站定，脸上挤出一个难得收敛的笑容："你……挺好的吧？"

问完之后，无欢不由自主地偷偷看了一眼顾云岚的脸色，只见顾云岚一脸的漫不经心。

无欢的小动作被唐甜尽收眼底，她回答道："挺好啊，托你的福。不，托你和方昊哥的福。"

方昊一副"关我什么事"的表情。

这时，阿姨从厨房出来，告诉大家今晚煎了牛排，很快就能做好，请大家到餐厅就座。

四人去了餐厅，分坐在餐桌两侧。顾云岚觉得这个场景有点儿熟悉——前不久，她去无欢家聚餐，也是这样四人分坐在餐桌两侧。不同的是，那一次尴尬的是自己，这一次自己则只是一个看热闹的局外人。她乐得当吃瓜群众，悠哉地看着对面那两名如坐针毡的男士，心下想着，唐甜真是厉害，居然能让两名不可一世的男子如惊弓之鸟般怕成这样。

阿姨将牛排端上桌，现成的法棍在烤箱中稍微加了下热，还烧了西红柿浓汤，拌了牛油果蔬菜沙拉。阿姨客气地道："临时准备的，比较简单，各位别嫌弃，请慢用。"说完，她离开了餐厅。

唐甜开了一瓶红酒，给自己倒上。鉴于无欢和方昊都开了车，她并未劝他们喝酒。她端起酒杯，轻轻晃着："无欢，这些年，又谈过不少女朋友吧？让我猜猜……五个？"

"没有，没有。"无欢赶紧摆手，解释道，"不是你想的那样。"

"我想的那样，是哪样？"

无欢支吾着说不出来，又用余光去看顾云岚。见她抿着嘴偷笑，一脸兴奋看戏的样子，他更觉一阵胸闷。他讨来酒杯："来来，你一个人喝酒无聊，今天我陪你喝，之前的事就别提了。"

经过这一下午的折腾，方昊本来已经快要憋出内伤了，可见到向来爱逞强的无欢难得吃瘪，他只觉得一股闷气总算出了，心情一百八十度地好转。同时，他发现，唐甜已经不是五年前那个天真的女孩。虽然她表面上还是那么不谙世事，可与之前那个像跟屁虫般热情追随着无欢的小粉丝相比，今天是她在控场。所有人都落入了她的节奏。

方昊的脑海中闪过一个可怕的念头：如果她有意为难无欢，他们是她的对手吗？

唐甜又语气一变："好啦。我恨过你，讨厌过你，我曾经想尽一切办法，只想听到你说自己错了。但你当年没认过错，我想，现在也不会认错。因为，你并没有错。当我想明白这一点，我就已经放下了。"

无欢愣了一下，低声说："谢谢。"

"是我错了。一直没机会向你道歉，这次答应帮你澄清当年的事实，就算是道歉吧。"

这话怎么听怎么像反话，心不在焉的顾云岚吓了一跳，赶紧说："发表声明的事的确是难为你了，如果你不愿意，我们可以再想别的办法。"

"我愿意的，不帮这个忙才显得我耿耿于怀呢。"唐甜轻飘飘地看着无欢，若无其事地说，"我真的觉得自己错了。强迫一个并不喜欢自己的人喜欢自己，大错特错吧？我曾经太以自我为中心，才会认为我喜欢的，都必须要喜欢我才行。其实对方很困扰吧？"

这话听起来别有深意。在座的几人品出话中的含义之前，唐甜已经岔开话题，聊起了别的。

一顿饭好不容易吃完，唐甜送几人出了小区。方昊和顾云岚先去取车走了，无欢叫了代驾，还得等几分钟。

看着方昊和顾云岚离去的背影，唐甜突然对无欢说："你知道吗，我的父母在生意场上打拼了半辈子，我老公也是生意场上的人。这些年我或许别的没学会，但总归学会了察言观色。"

"嗯？啊。"无欢不知道唐甜为什么提这个。

"你喜欢那个女孩吧？你很在意她的反应。"

微醺的无欢立即警觉起来："你想做什么？"

"别紧张啊，你知道的，我不是坏女人，我才不会去干坏事呢。但我很贪玩，总想搞点儿有意思的事。"

"你别动她。"

"你想到哪儿去了，我挺喜欢她的，干吗动她？不会吧，无欢，我在你心里就是这样的人？还是说，你太担心她了？"

"那你要怎样？"

"方昊跟她挺配的，我看他俩也互相有意思。哎，就帮帮那两个死木头吧！至于你，好不容易感受一次爱而不得的感觉，作为作家，体验一下也很不错啊！"

无欢看着她，却无从反驳她说的每一句话。他又想起今天自己是来与唐甜和解的，酒也喝了，笑也赔了，不至于现在跟人闹僵。他一点点儿松开眉头："你愿意帮他们是你的事，我愿意怎么做是我的事。"

　　唐甜笑了几声，指着一个骑电动滑板车过来的年轻人说："你看，是不是你叫的代驾到了？"

　　顾云岚坐在后排。方昊驾车，平稳地行驶在灯火璀璨的路上。

　　方昊不再喋喋不休，他恢复了平日的状态，沉默而冷静地扶着方向盘，顾云岚则自己玩着手机。车上没有播放方昊平日常听的音乐，只是随便调了一个新闻类的交通电台。他总是这样，在任何人面前都难以敞开心扉。

　　冷不丁地，方昊冒出一句："别回公司了，这个点了，我直接送你回家吧。"

　　"啊？我的包还在公司……"

　　"那先去公司拿了包再送你回家。"

　　"你……如果不顺路的话，就不用麻烦了……"

　　"地址告诉我。"

　　"噢。"

　　之后又陷入沉默。

　　过了一会儿，方昊说："其实，找唐甜出面澄清的方案太冒险了。我也是后来才意识到这个问题。之前我因为个人原因，关注点在别的地方，没有仔细考虑到这个方案的不合理处，是我的失误，抱歉。"

　　"嗯，怪我没有仔细了解唐甜这个人，就想当然地提出了这个方案。现在回想一下确实有很多不妥……但愿她那儿不要出什么状况。"

　　"她倒没什么坏心，只是很难预测她的行为。"

　　正聊着，方昊的手机响了。因为连着车载蓝牙音响，顾云岚从中控屏看到了来电话的人，正是唐甜。

　　方昊不习惯当着他人的面接听电话，一阵忙乱地想关掉蓝牙。顾云岚怕有什么变故，催促道："方总，快接吧，看看她怎么说。"

　　若要再回避顾云岚，倒显得自己跟唐甜之间有什么似的。方昊接通了电话，唐甜的声音一下从音响中蹦出来："方昊哥，我刚看到你们给我带的礼物。是张景老师的作品呀，太喜欢了！谢谢！"

"你喜欢就好。是无欢出钱买的，他一开始怕你不收，就让我们转交。这些年他其实一直不太敢面对你，今天你们说开了，我替你们高兴。"

唐甜没接话，说道："嘻，别说他了。方昊哥，我看出来了，你是不是喜欢今天一起来的那个女孩？"

顾云岚本来正低头看自己的手机，这句话像一道闪电般将她击中，令她从头顶麻到脚尖。她愣在后排，却竖起了耳朵，万分期待却又害怕听到方昊的回答。

方昊卡壳了一会儿才故作轻松地说："哪有，你别闹了。"

顾云岚提着的心一点点儿放下来，却像是秋天凋零的树叶，虽然落地了，却也枯萎了、碎裂了。顾云岚没听清他们后面说了什么。

挂掉电话后，方昊也没解释刚才那个话题。两个人都装作无事发生，一路再未说话。

到了公司，顾云岚取了包，对方昊说："我还是坐地铁回家吧。"然后，她根本没给方昊反应的时间，像一个逃离案发现场的小偷般，拎着包就跑了。

05

唐甜发布了澄清声明，过了几日，网上对世间无欢不利的舆论逐渐散去。

同时，又有好几位在写手圈颇有地位和人气的作者表态支持段朝夕，一时间，小鱼儿抄袭一事在网民心中几乎已成定论。

十几天后，无论是抄袭还是睡粉事件，网上几乎不再有人讨论了。

一辆墨青色 Jeep 驶入久时文化传媒集团所在的写字楼地库。倒车停稳后，车内的中年男子拿出手机拨了个号，对面很快接通。他对着手机说："现在三个副总都在公司吗？"

得到肯定的答复后，他说："让他们现在马上去总裁办小会议室。我马上上来。"

这名中年男子声音儒雅，即使是下达命令，也仅是用不徐不疾的语气说出来，温和中又有着不容置喙的力量。他留着短寸，发际线保持得不错，可是有少半头发都白了；一身黑色休闲防风夹克，搭配运动裤和运动鞋。虽然个子不算高，但身材匀称，身姿也很挺拔。

他搭电梯直接上到久时文化传媒集团总裁办所在的楼层，大步走向会议室。有年轻的同事见到他，都恭敬地问候道："陈总好。"

等他走进会议室，三名副总已坐在里面等待开会了。

"真当我是甩手掌柜？出了抄袭这么大的事，也没人通报我啊。"中年男子一边入座，一边说道。

这便是久时的创始人陈舒陈总了。久时由他于十三年前一手创立，并亲自经营成为业界巨头。只因他去年查出大病，手术后逐渐放手了具体事务，开始当一个闲云野鹤、周游世界的人，但每个季度他都会听取几名副总汇报公司的事项，并在大方向上做出指示。

陈舒不怒自威，发出质问后，三名副总都沉默着。

郑有明最先沉不住气，说道："陈总，不是不通报你，知道你最近在欧洲玩，不想打扰你的雅兴。这件事说小不小，说大也不大。再说，这不已经解决了吗？告诉你不是惹你心烦，给你添乱嘛。"

"解决了？解决到什么程度了，说来听听。"陈舒往椅子上一靠。

于莉和王文浩还是保持沉默，又是郑有明抢了话："这件事对公司的声誉有损，我们肯定是在网上公关，让网上那些乱七八糟的流言不声不响地消失。《女吏》是我们进军影视业的第一个重头项目，绝对不能出半点儿岔子！"

"哦。那网上那些流言不声不响地消失了吗？我怎么看着，最后网民心里都认定《女吏》抄袭了啊？"

郑有明的脸和脖子一红："公司第一时间就发表了声明，目前这事儿不也没人提了嘛……"

陈舒瞥了眼郑有明。十几年前，郑有明便是自己的合伙人，这人虽不懂内容创作，但擅长谈生意，又有一股拼劲，可以说集团发展至今，离不了他的付出。陈舒试图给郑有明留些面子，没再当面拆台，只转而问另一人："于莉，你们内容中心怎么看？"

于莉没想到陈总会点自己的名，微微一怔，很快答道："做内容的企业，在抄袭这一涉及原则底线的事情上，绝不该抱有姑息和侥幸的态度。但这次事件情况相对特殊，因指控与被指控者双方都是公司合作的作者，而且在究竟是否抄袭的衡量上，还有一定争议……我们部门负责内容，主要的关注点还是在抄袭鉴定上。这一点我们做得不够好，迟迟没有拿出有足够说服力的鉴定报告，以至于影响了其他部门的后续工作。我待会儿就安排下去，务必今天给出鉴定意见。至于整件事，毕竟牵涉最大的是影视项目，我想王总自有他的考量。"

影视中心负责人王文浩听到于莉把皮球踢给自己，内心暗暗不忿。好个于莉，先是自认为无关痛痒的小错，再把锅一甩，比起郑有明，这个女人实在不好对付！他皮笑肉不笑地诉苦道："这个项目已是箭在弦上，不得不发。前期我们影视中心为这个项目几乎付出了全部的人力物力，目前景也搭了，道具也做了，导演、演员都到位了，到了这个份上，只能按部就班地推进。这时说这是一部抄袭之作，我们影视中心实在无法承受这种无妄之灾。这种事还是要靠内容中心一开始就把好关才行啊。"

陈舒这一两个月都待在北欧，修身养性，没怎么上网。前天收到一封匿名邮件说小鱼儿抄袭的事，他上网一查，发现此事一个月前就闹得满城风雨，还把世间无欢也牵扯了进来，当即买机票回国。

段朝夕已经在网上放出《失落的果实》全文阅读。在飞机上，陈舒读完了此文，又再次浏览了小鱼儿的《女吏》。对于是否抄袭，他已经有了自己的判断。

他没指望这几个人能拿出与自己想的一样的解决方案，毕竟他们没那个胆子和魄力把这种方案提出来，这种方案压根儿就不在他们的候选里。可他也有些恼火，这几个人以为现在网上没人说了，这件事就过去了？这算什么解决方案，几个副总居然集体装死，没人想着来询问自己。

郑有明倒是一心为集团着想，可那个大老粗实在对内容既不懂也不敏感。而于莉和王文浩，无非是为自身谋利，企图来一个成熟的集团找一个自己的位置罢了，这无可厚非。可如果自己真的想彻底放手，集团到底交给谁才放心呢？

陈舒心底暗暗叹口气，他没提自己专程改变行程赶回国一事，只说："两部小说我都看了，虽然不是法律定义的抄袭，但我们作为领头的内容集团，只有在这种模糊地带做好表率，才能屹立在领头的位置。今天我们纵容这种行为，赔上的是明天的口碑。长期来看，得不偿失。这种行为，我绝不会因为考虑到沉没成本而选择姑息。我们集团的态度是：退出该影视项目，做撤资处理，能撤回多少算多少。好了，各位去安排后续的相关工作吧。"

"啊？"郑有明怀疑自己听错了，"不是，陈总，我说，何必呢？"

于莉和王文浩也各自心惊，但他们不像郑有明那样明显地表现在脸上。

"你们不用震惊。我把公司做到今天这么大，靠的就是尊重原创，尊重每一位作者的努力。因此得到了一批作者的信任，继而得到了读者，以及所有合作方的信任。好了，散会。"

陈舒起身离开，留下会议室里哑口无言的三人。

几位副总，主要是影视中心的王文浩，开始陷入与《女吏》制片方谈判撤资的拉锯战，却迟迟没有进展。

又是一日，无欢和肖遥打球时，肖遥提到，他突然想起自己在派出所有相熟的朋友。初次造谣的账号转发上万，只要无欢作为当事人到派出所登记要求调查,便可以通过公安系统查询造谣者的真实身份。

过了这么久,无欢本来懒得深究此事,但想到这次的事件似乎并不是针对自己,本质上是因为自己替顾云岚与段朝夕声讨抄袭者,才陷入舆论风暴。那么背后做这件事的人,是否是顾云岚职场上的阻碍?倘若如此,那么此人的真实身份便很有意思了。于是他同意了肖遥的提议。

肖遥那边消息的很灵通,才下午,他就给无欢发来了消息:"造谣的那个账号是用一个手机号的副卡申请的,主卡持有者叫陶妮,你认识不?"

"不认识。"无欢干脆地回答。说实话,他对是谁根本不感兴趣,他唯一担心的就是这个人会暗中对顾云岚使坏。

"那现在怎么整?"

"撤案,就说我不追究了。别搞得人家网上发个帖子还得去派出所拘留几天,犯不着。我自己知道怎么弄。"

"行,就依你。"

挂了肖遥的电话,无欢打给方昊,直接问:"你们部门有没有一个叫陶妮的?"

"你又想干什么?"

"方昊,你别老戴有色眼镜看我嘛,我又不干坏事,你就告诉我有没有?"

"是我们部门的,她平时署名小桃,同事也都这么称呼她。陶妮是她的本名,一般不这么叫她。"

"知道了。"

无欢更确定了自己的猜想:造谣者本来就是冲着段朝夕和顾云岚去的,现在证实了她和顾云岚是同部门的同事,那便更坐实她是个会给顾云岚在职场使绊子的角色了。

这件事本来可以交给方昊处理,但鬼知道方昊那种义正词严的人会用什么方法。对付心术不正的人,就要用些特殊的手段。何况,无欢还不想被方昊抢了在顾云岚面前的风头。

上次唐甜的话在他心里埋下了种子。难道自己就不会认真喜欢一个人吗？难道真心付出只能换回爱而不得吗？他不信。

顾云岚有种特别而又疏离的气质，他被她的这种气质吸引。一开始也仅仅是被吸引而已，但唐甜的话刺激了他，现在，他觉得这种感觉有点儿像是"爱"了。他要向自己证明这一点。

于是，挂了方昊的电话后，无欢又打给了郑有明。他和郑有明不熟，还是上次去久时与公关团队开会，才认识的这位运营中心副总。无欢看出郑有明是个急性子，一点就着那种。

电话接通了。面对世间无欢这种级别的作家，即使是副总也表现出殷勤的态度。

郑有明显然没料到世间无欢会给自己来电话，笑出的一脸褶子几乎能顺着电话信号怼到另一方脸上，"哎哟，大作家老师给我打电话，难得难得。上次喝酒没喝痛快，下次继续喝。无欢老师有什么吩咐？"

无欢故意拿着架子："这次关于我的舆论公关，还是靠贵司一名叫顾云岚的编辑完成的。啊，对，她也是我的责编。不知后续你们有没有查过造谣的人是谁？"

"小顾这个孩子确实不错……"郑有明顺着无欢的话夸赞道，但他心里觉得有点儿莫名其妙，是那个跟吃了炮仗一样不知天高地厚的年轻女孩，解决了这次整个公关团队都没解决的危机？

"我是问，你们查造谣的人了吗？"

"这个嘛，查是要查，就是需要点儿时间，老师你多多包涵，多多理解。"

"需要时间？都过了一个多月了，这时间也太久了点儿吧？"

郑有明只能赔笑。

无欢不打算再跟他多说废话："我已经知道是谁了。"

"谁？"

"郑总，我对贵司的行为很疑惑啊。我是不是哪里得罪了贵司？"

"无欢老师，瞧这话说的，我怎么听不懂了？"

"非要我说明白吗？造谣的人，是贵司的员工啊。"

"哎哟，这话可不能乱说。咱们双方有深度合作，我司员工乱造谣，能有什么好处？"

"这我就不知道了。"

"无欢老师，你别误会。你确定这个人是我司员工？你告诉我名字，我这两天就处理。"

无欢的脸上浮起一抹坏笑。"原创部的，陶妮。"

此时，久时文化传媒集团原创小说编辑部内，顾云岚完成了世间无欢的五卷本架空历史巨著《乱世之子》的最终校稿核红¹。排版人员正好有空，很快将核红后发现的问题改好了。在太阳落山之前，这部近 200 万字的书稿终于达到了清样状态。

美编也完成了封面设计定稿，顾云岚最后一次检查封面文案。确认没问题后，她长长地舒了口气，总算赶在八月初完成了这部书稿！

同名电视剧将在八月下旬开播，到时差不多应该可以印好并向全国铺货了。

四月接到的任务，满打满算仅用了四个月的时间，便做完了一部五卷本书稿的编辑工作，顾云岚的心里满是成就感。

这是编辑最幸福的时刻之一，通常称为"下厂前夜"。所有的工作完成，还可以在黄昏时不紧不慢地回家。明天一早，就把凝聚了作者和自己心血的书稿样片发给印厂。等印厂返回打样检查后，前期的案头工作便告一段落了。

顾云岚心情畅快地下班回家。在出了地铁到小区之间的路段上，她还在一家肉铺买了牛腩。回家用高压锅压一压，加上西红柿，晚上

1　核红，是指检查前次校样用色笔批改之处，是否在后次校样上改正，并校正其未改或错改之处的校对工作。

就可以吃西红柿炖牛腩了，明早还可以用剩下的牛肉汤做个捞面。

她正在厨房里忙活着，小楼也回来了。

小楼叫着"真香"扑进厨房，一边帮顾云岚打下手，一边随口说："你知道了吗，肖遥找派出所的熟人查出造谣无欢的那个人是谁了。"

"查出来了？怎么没人告诉我啊？"

"肖遥知道后立刻就告诉无欢了，他没告诉你？"

"他又不用什么事都告诉我，"顾云岚脸上一红，"这件事他觉得跟我无关，所以没跟我说呗。对了，造谣的人是谁啊？"

"叫陶什么……好像是陶妮。"

"是她？"

"你认识？"

"我同事。"顾云岚恢复了平静的语气，"不过也挺好理解的，她是小鱼儿的责编，想通过抹黑无欢替自己的作者洗白吧。"

"但她这个行为损害到公司的利益了吧？要不要跟你们那个方昊总监说一声？"

"不用了。"顾云岚将焯过水的牛肉和两个新鲜西红柿一起放入电压力锅，咔嗒一声合紧锅盖，选择好程序，"我自己会处理的。"

第二天早晨，顾云岚早早就到了公司。等小桃来了后，她给小桃发了条信息："去茶水间吧，请你喝咖啡。"

小桃收到信息后，疑惑地看向顾云岚。顾云岚点点头，自己先起身朝茶水间去了。

小桃随后跟了进来。

茶水间的咖啡有免费的，也有付费的。付费的是咖啡公司安装在这里的全自动现磨咖啡机，比免费的咖啡口感好上一些。顾云岚问小桃："喝什么？美式，还是拿铁？"

"都行。"

顾云岚扫码买了两杯拿铁，递给小桃一杯，等小桃接过去后才说：

"发世间无欢'睡粉'那个帖子的人，是你吧。"

她的语气就像问"你今早吃了油条吧"一样自然。小桃勉强地笑了笑："你凭什么说是我？"

"派出所的朋友查到了账号的注册信息，你该不会说是有人盗了你的小号发的吧？"

小桃的脸唰的一下白了，但她还是嘴硬道："你的朋友还挺多，派出所也有朋友啊！"

顾云岚没理会小桃的揶揄："做了就是做了，既然敢发那种帖子，也没必要害怕被人揭穿吧？"

小桃双手捧着咖啡沉默不语。

顾云岚继续说："你为自己的作者这样做，从立场上来说，我挺佩服你的，可以说是至死不渝地替自己的作者出头了。只是如果是我，要做什么就明着来，不会偷偷搞这些手段。关于世间无欢舆论的这件事已经过去很久，也解决了，我今天不是找你兴师问罪的，只是希望你知道，不要总以为在背后搞小动作，别人不会知道。咱们今天就算把话说开了，我会替你保密，不会向公司第三个人透露造谣者是你，也请你以后不要再针对我了，好吧？"

小桃已经听到风声，昨天上午陈总回公司了，陈总的意思好像是要放弃保小鱼儿，绝不纵容抄袭行为。她作为小鱼儿的责编，本身就已经难辞其咎，如果再让公司高层知道，自己竟然为了包庇小鱼儿的抄袭行为而去造谣抹黑世间无欢——这位公司新合作的、最重要的大神级作家——并造成了极其负面的影响，这种主观故意的行为，免不了要吃不了兜着走，公司内应该不会再有自己的立足之地。

面对顾云岚强势的态度，小桃只得小声地撇清自己："那个帖子也不是我主动发的，是冯娜姐说……"

顾云岚早就看出来，冯娜看起来经常和小桃一起行动，但说白了，小桃不过是被冯娜当枪使罢了。发这个帖子的后果，就是小鱼儿和世间无欢两败俱伤，这两名公司最重要的作者都出问题了，冯娜手里的作者就可以得到公司的资源倾斜，从而出头。

她知道小桃在害怕什么，稍微缓和了态度，强调道："不必跟我解释了。我说过，不会再让公司第三个人知道这件事，也绝不会去上司面前揭发你。这件事到此为止。"

"好……好的。"小桃低着头，最后又不情愿地补了句"谢谢"。

解决完此事，顾云岚回到工位。今天本来应该尽早与编务和美编一起，将排好版的《乱世之子》的定稿发送给印厂，但印厂对接的工作人员上午有事外出了，只能推迟到下午再发。

这似乎只是一点儿小小的波折。

陶妮是方昊的直系下属，听世间无欢指出造谣者是她后，郑有明本来可以找与自己更熟的方昊处理此事，但他还是找了于莉。

郑有明知道于莉向来看不起自己，但那又怎样，最后捅篓子的还不是你于莉管辖范围内的人？这是个奚落于莉的机会，郑有明可不想放过。他一大早就抱着茶杯去了于莉的办公室，自作主张地坐到会客用的沙发上，呷了一口，先是寒暄："于总啊，想不到陈总那么决绝，居然要撤资。唉，这些日子我们夹在中间可太难办了。我都不知道失眠多少天了。"

于莉这些日子也为撤资的事头疼不已，但她不想跟郑有明套近乎，只道："撤资的事，主要是王总在跟制片方交涉，他才头大。咱俩算什么，就别在这儿抱怨了。"

"还好牵扯出来的世间无欢的事解决了，把我们运营中心的公关团队忙得够呛啊。"

"你们公关团队？我怎么听说最后是我们原创部的小顾解决的？"

郑有明本想卖个苦，再趁机说是于莉的人捅出的篓子，结果自讨没趣，碰了一鼻子灰。他讽刺道："于总，你们内容中心真是人才辈出。"

"郑总，您过奖了。"

"我昨天刚知道个事，你猜怎么着？"

"怎么着？"

"想不到造谣世间无欢的帖子，居然是公司内部员工发的。"

"是吗？"于莉表面不动声色，心中已猜到三分。郑有明话中有话，显然这个造谣的人是自己这边的。

"我刚知道时也很惊讶。你说这人安的什么心？"

"不知道。"

"于总，你可别两耳不闻窗外事，什么都不知道。该好好管管下面的人了，帖子是你们原创部的陶妮发的。"

于莉总算抬起眼睛看了郑有明一眼，说道："多谢郑总提醒。"

"抓紧处理吧，那个世间无欢好像很不高兴，不要影响公司与他的合作。"

送走郑有明，于莉盘算起来。陈总对于抄袭的态度已经很明朗，小桃作为小鱼儿的责编，本来已经有一定过失，她再去造谣世间无欢，算是有意损害公司和合作方的利益。无论如何，此次不罚她是说不过去了。

可她又不愿出面当这个恶人，于是她拟好了惩罚措施，让方昊去跟小桃沟通。

接到于总安排的任务，方昊才明白昨天无欢打那个电话是什么意思。他给无欢拨过去，有些气恼地说："无欢，你查出谁是发帖造谣你的人，想整治她，我可以理解，不发表意见，但你昨天直接跟我说就行了，绕这么大一圈干什么？"

无欢轻笑几声："方昊，你觉得我犯得着为这点儿事处心积虑地绕着圈子整一个女人吗？"

"那你想干什么？"

"你现在怎么婆婆妈妈的管这么多？"

方昊咬咬牙，一时无言以对。他心里知道无欢为什么这样做，只是他在刻意逃避那个想法。

　　"不过，告诉你我的目的也无妨，"无欢却毫不掩饰地将自己的目的说了出来，语气中带着挑衅，"为了顾云岚。那个陶妮，平时没少给小云使绊吧？她是小鱼儿的责编吧？我是犯不着跟陶妮过不去，但既然她是小云的阻碍，我就不能任她胡来。"

　　"无欢，你是不是觉得搞这些动作，显得自己高高在上、运筹帷幄，显得特别厉害？"

　　"那你呢？如果昨天我直接把这件事告诉你，你又会为顾云岚做什么？"

　　"员工违规，根据公司的规定，该怎么处理就怎么处理，我会秉公处理，但并不是为了谁这么做。你以为你是谁？"

　　"这话该我问你。方昊，你嘴上说着这些义正词严的话，心里又是怎么想的？我不像你，总是逃避自己的内心。你是我的什么人，又是顾云岚的什么人？为什么一涉及她，你的反应就这么大？现在我明确地告诉你，我要追求她，你也要管？"

　　方昊眉头紧锁，他正欲反驳，又意识到如果自己着急反驳，倒正应了无欢的话。于是他停顿了一下，恢复成淡漠的语气："我当然管不着，但你最好不要再给我惹出一堆麻烦事，我不会再管了。"

　　无欢说道："放心吧，这次我是认真的。我不会了。"

　　挂了电话，方昊一肚子闷气，说不上来自己在气什么。他坐在办公室里，朝外面的办公区望去，可以看见顾云岚正盯着电脑，在键盘上噼里啪啦地敲字。真的很在意她吗？因为家庭关系，方昊一直不太理解"爱"的感觉。从小父母就各忙各的，永远不在家，他谈过几次短暂的恋爱，最后都因为对方抱怨自己"根本不会爱一个人，像在和木头谈恋爱"而分手。

　　曾经有个女孩提出分手时问他："你是坨冰吗？捂都捂不热，只会捂没了。"

　　二十五岁后，随着工作进入上升期，越来越忙，方昊没再谈过恋爱，甚至没再喜欢上一个人。又因为无欢和唐甜那段恋情，他更确定了一点：不要随意开始恋爱关系。一定要万般确定自己爱上了对方，才可以开始。

但到底什么是"爱"？怎样才算爱上了对方？方昊不知道，也没想过。他只是习惯性地否认自己的感觉罢了。

看了看表，已经快到午饭时间，处理工作要紧。方昊驱散脑海里这些莫名其妙的想法，起身走出办公室来到小桃身旁，对她说："你来一下。"

小桃从方昊办公室出来时，大部分同事都吃饭去了。只剩零星的两三个人在工位上吃外卖，还有人戴着耳机在看视频。一切本来是很熟悉的场景，却让她产生了陌生感。她感到自己正被这个集团迅速抛弃，这里不再有自己的容身之所。

小桃又害怕又生气。早上，顾云岚还信誓旦旦地对自己说不会跟公司其他人提那件事，想不到转头上司就知道了，连处罚决定都下来了！冯娜姐果然没看走眼，那个顾云岚就是个两面三刀的坏女人。都怪自己太傻了，竟然相信她说的话。

小桃满腹心事地往茶水间走，路过排版人员的工位时，她意外地发现对方没锁电脑屏幕。而电脑屏幕上显示的，正是世间无欢那部《乱世之子》的灌版定稿源文件。

排版的工位在一个不起眼的角落，小桃瞥了一眼其他人，见没人注意到这里，便鬼使神差地在文件上进行了几下操作。随后，小桃抱着一种破罐子破摔的心态，竟产生了一丝报复的快感，若无其事地离开了案发现场。

下午，印厂对接的工作人员回到岗位了，顾云岚和美编、排版一起，将封面和内文发了过去。

忙完后，顾云岚打开工作邮箱收取新的投稿。正在看稿，邮箱跳出新邮件提示。点开一看，竟是一封由人事部向公司内部全员发送的通报批评。

　　全体员工好。

　　内容中心－原创小说部策划编辑陶妮，做出严重损害公司及合作伙伴形象及利益的行为，按公司员工手册第三章第七条，现对陶妮进行通报批评，并将其职级降为助理编辑，不再有单独署名策划编辑的权利；同时，根据职级薪资，陶妮从本月起降薪 20%。

　　希望大家引以为戒。

　　附件－《久时文化传媒集团员工手册（最新版）》

　　其他同事显然也收到了邮件，但碍于当事人就在这里，大家只偷偷交换眼神，并未说话。

　　顾云岚知道，自己一定被小桃误解了。其实她在找小桃谈话前已经想过了，无欢知道造谣者是谁后，以他的性格，一定不会轻易放过这人。只是她本来以为无欢会用更歪门的路子，就像上次他和肖遥帮小楼赶跑那个纠缠的投稿中年男子一样，他可能会设法吓唬吓唬小桃，但不会造成实质伤害。因此她没去管，反正这是无欢的事。但没想到，无欢竟直接通过公司高层对小桃下达了处罚，这既像他的作风，又不像他的作风……

　　就在顾云岚心烦意乱之时，无欢打来了电话。她头疼地接起来："喂？"

　　"我在你们楼下，下来喝杯咖啡呗。"

　　"啊？"

　　"你不是说今天我的书就下厂了吗，庆祝庆祝。"

　　"是下厂了……不过也不用专门庆祝吧？现在是工作时间。"

　　"那我去办公室找你。"

　　"不、不用了！"上次无欢到办公室找自己的情景还历历在目，顾云岚赶紧拒绝，无奈地说，"还是我下楼吧。"

按照公司规定，离开工位一小时以上，需向上级说明理由。之前一段朝夕来公司，顾云岚没有报备便出去接待她，被方昊挑了刺。这次，顾云岚按规定给方昊发了条信息说明情况："世间无欢来公司了，我到楼下的咖啡店接待他。"

在办公室收到信息的方昊心情很复杂，但顾云岚并不知道这一点。她只想尽快把无欢打发走，不要让同事看见说闲话，因此没等方昊回消息，她就快步去了楼下。只见无欢站在大厅里，手里抱着一束……大麦。

见到顾云岚，无欢递上手里的大麦，说："祝我们的书大卖。"

这是无欢的策略，他知道送花过于暧昧，顾云岚不会接受。他不打算给顾云岚任何拒绝的机会。

面对无欢的做法，顾云岚无计可施。她哭笑不得，只能接过大麦捧在怀中，有些尴尬地应道："嗯……无欢老师，你的书一定会大卖的。"

两人分坐在咖啡桌两侧，顾云岚低头搅拌着咖啡，拉花一点点儿溶解、变形。无欢说："我刚接到郑总的消息，他说公司已经处罚了那个陶妮。"

顾云岚点点头："是你要求公司这样做的？"

无欢打量着顾云岚的表情："怎么，你觉得这样不好吗？"

"她造谣的对象是你，你想怎么做都可以，这样做也没违背什么公序良俗。只是我有点儿吃惊，觉得不像是你的风格……就像那种，嗯，报告老师的解决办法？你上学时不是那种喜欢打小报告的学生吧？"

"啧。"无欢托着下巴，微微仰头，暧昧地半眯着眼睛看顾云岚。他总这样，而他说话语气中的暧昧，更是让顾云岚无处躲藏："仔细揣摩过我的人设？"

顾云岚开始后悔自己刚才的多话。面对无欢，就应该只说工作上的事，任何多余的话都会引发他的戏谑，真是太让人难堪了。顾云岚说："我只是随便说说。今天如果没有别的事的话，我先回去忙工作了。"

无欢今天本来是来向顾云岚邀功的，可他此刻发现，顾云岚不是那种能坦然接受他人给予的女孩。他决定不说出自己是为了她才找郑总处罚陶妮的真相。无欢伸了个懒腰，故作无谓地说："算啦算啦，既然你今天很忙，就不打扰你啦。本来还打算告诉你一个秘密的，不过，看来你也没时间听，就让秘密烂在我肚子里吧。"

顾云岚隐约感到了无欢想说什么。她决定让这场尴尬的见面到此结束，站起身叫来服务员："结账，记在久时。"说完她签了单，也没拿那束大麦，公事公办地对无欢说，"无欢老师，辛苦您今天专程来公司一趟。放心吧，您的书已经下印厂了，不会有什么问题。我回去工作了，您慢走。"

顾云岚说完，转身离去，却差点儿撞上正走过来的方昊。

"方总？"顾云岚疑惑地问，"您来这儿……"

"你前几天不是给我发了一份新选题吗？我找不到那个文件了，来叫你再发我一份。"

顾云岚觉得有点儿疑惑，这种事在微信上给自己留言就行了，有这么急吗，犯得着专程来叫自己发给他？但她还是低着头说："好的，我回办公室立刻就发。"

顾云岚所没看见的，是面前的方昊与身后的无欢两个男人，正充满火药味地互相对视着。

无欢没理会方昊，轻轻地哼了一声，手插在裤兜里，走了。

下班时，顾云岚本来想找小桃解释一下，但又怀疑此时的小桃到底听不听得进去自己解释，解释有没有用。正犹豫中，只见小桃接了个电话，走了出去。

等了好几分钟，也不见小桃回来，顾云岚打消了找她解释的念头，收拾好东西就回家了。

　　小桃接到的电话，对方先是确认了她的身份，又问她现在说话方不方便。小桃走到楼梯间，告诉对方："现在方便了，您请说。"

　　"您好，我们是春光工作室。"

　　正心灰意冷的小桃听着对方的话，眉头渐渐皱起，又舒展开来。

06

　　新一周的周一，方昊刚到公司打开电脑，一封来自小鱼儿的新邮件提示便跳了出来。

　　小鱼儿在邮件中表示，自己身陷抄袭风波，公司不仅不帮助解决，反而认定自己存在抄袭行为。鉴于公司主观上认为作者存在过错且不再履行正面宣传行为，根据签约合同的条款，双方已经失去合作意向，现进行协商解约，双方均无须支付违约金。

　　合同里约定，在任何一方存在过失或失职的情况下，另一方有权提出协商解约，并无须支付违约金。

　　依目前的事实来看，过失方是小鱼儿，公司有权对其进行解约处置。想不到她反客为主，并不承认自己的过失，只用话术诡辩为是公司"主观认为作者存在过错"，把"不再履行正面宣传行为"归为公司的失职，从而提出解约。

　　方昊认为小鱼儿是听到了陈总要撤资《女吏》电视剧的风声，欲以"解约"为要挟。她的确是公司重点作者，公司这两年在她身上投入了很多资源。可如今，她的抄袭行为就是一颗定时炸弹，即使现在不爆，未来也必然是一个负面因素。这样的作者，不合作也罢。

　　他将小鱼儿的邮件原文转发给于莉，并附上了自己的处理意见。

　　于莉第二天才回复，邮件中只有"同意"二字。

　　方昊开始与小鱼儿沟通解约细则，没想到小鱼儿得寸进尺，不仅要求从即日起解除人身合约，还要求解除所有已经在久时文化传媒集团出版的作品的版权合约。

作者与机构的合约一般分为人身合约和作品合约两种。作品合约，是将单部作品或指定的几部作品的版权授权给机构代理；人身合约，则意味着在合约存续期间，该作者创作的所有作品均由机构代理，同时，每部作品也会分别签署作品合约。

举例来说，比如一个作者与某机构签署了五年的人身合约，他在合约存续期第四年创作的作品，按约定是由机构代理，而这部作品又按常规操作签署了五年的代理出版合约，则即使下一年作者与机构解除了人身合约，机构仍继续拥有这部作品四年的代理权。

小鱼儿提出的要求，说白了，就是她不仅不再是久时签约作者，以后不会再合作；她曾经在久时出版运作的作品，即使未到期限，也要一并解约，久时不再拥有这些作品的代理权。

这些要求非常过分，意味着久时在她身上投入的成本全部沉没。可方昊并不打算受她要挟。一个写作者，水平怎样另说，如果心术不正，方昊是无论如何也不会与其合作的。当然，他也不会轻易同意她的要求。

按照合同，若因一方存在严重过失而使合同不得不终止，严重过失方须赔偿违约金。方昊打定主意，支持段朝夕提起抄袭诉讼。一旦法律判决下来，小鱼儿的严重过失就成了板上钉钉之事。他态度强硬地回复了小鱼儿的邮件："人身合约和作品合约一并解约，可以，但这并不属于双方协商解约的情况；鉴于作者的严重过失，公司将要求作者赔偿违约金。"

方昊将这份邮件也抄送了于莉。本以为于莉会有什么意见，没想到于莉什么都没说。

小鱼儿则同样态度强硬地回复："行，法庭上见。"

方昊觉得很不对劲。以他对小鱼儿的了解，她擅长诡辩，但并不是一个强势的人，看她对解约的态度坚决，似乎不是要挟那么简单。

可在此时与久时解约，甚至不惜说出没有转圜余地的话，对她又有什么好处？

——除非是找到了下家。

想到这些，方昊觉得此事不宜操之过急，他决定先放一放，冷处理几天。

而就在此时，小桃拿着一张 A4 纸走进了办公室。她将 A4 纸递到方昊面前，说："方总，我打算……辞职了。"

小桃被降职降薪，辞职也在情理之中，可她于此刻提出辞职，让情势变得更为复杂。方昊脑子里转过一个念头：难道小桃辞职，与小鱼儿要求解约，是同一家机构在背后操作？

方昊接过小桃递来的辞呈，扫了一眼，没什么特别的，是从网上下载的模板。他只点点头道："我知道了。你这几天做好工作交接，在办公系统上下载离职审批表填好，去人事部办一下手续吧。"

下午快下班时，郑有明满脸堆笑地来到了方昊办公室。

方昊一抬头，就看到郑总笑出一脸褶子的圆脸。他知道每当郑总这个样子，就是有事相求了。

上次因为对小鱼儿抄袭的处置意见相左，两人吵架以后，还没有过私下交流。不过郑总为人直率，又放得下身段。他既然主动找上门，方昊也不再拿捏，起身礼貌地问道："郑总，您怎么来了，有什么事吗？"

"怎么，没事就不能来找你了？有空吗？我们发行部跟你们内容部好久没沟通了，咱俩一起吃个饭，我也了解了解你们原创部新项目的动态。"

方昊放下手里的工作："行。不过，您如果想了解内容中心的动态，于总比我更清楚一些。"

"嘻，不找她，"郑有明摆摆手，"跟她说话费劲。你小子别跟我打官腔，什么运营中心内容中心的，我不习惯。还是像以前那样，我就管发行，有什么事，直接找你编辑部问，方便。"

"走吧。"

两人出了公司，到饭馆点上几道菜，又叫了小酒。郑有明一边自顾自地喝着，一边唉声叹气。

方昊知道他有话要说，但故意不问。

果然，郑有明忍不住，自己说了出来："你是不知道，这几天，我们这几个副总，个个都不好过呀。"

"怎么了？"

"你小子别一本正经地装不知情。你难道没听说，陈总要求对《女吏》那个项目撤资？"

"听说了啊，基本上公司员工都听说了吧。"

"那你就别跟我端着了。我知道，之前我想压着抄袭的事，没听你的，你现在正幸灾乐祸，是不是？"

"郑总，我哪儿敢啊。"

"还说不敢，你心里就那么想的。我向你道歉，行不行？咱俩还跟以前一样，你还叫我老郑。"

"行吧。"

郑有明其实很喜欢方昊。当年他把这个年轻人挖到公司，他能力出众，又不钻研权术，对于自己这种不懂业务的领导而言，这样的下属是最得力的助手。郑有明甚至一直打心底把方昊当成晚辈，有心放手让他在内容这一块上施展自己的才能。谁知集团后来搞了个三权分立，生生成立了内容中心，又空降了个分管副总。这个变动，令郑有明与方昊之间的配合变得尴尬起来。

见方昊的态度不冷不热，郑有明也不生气，只继续诉苦道："一开始，还是影视中心的王文浩在跟制片方交涉，对方态度强硬，不肯妥协。这些天，我和于莉也不得不配合参与，各种交涉会来来去去开了好几场，一开就是一整天，开到晚上九十点钟，对方就是不松口。唉！"

　　怪不得这两天小鱼儿要求解约的事于莉没发表意见，原来是正焦头烂额呢，没心思管。方昊大致了解了情况，但还是说："老郑，您几位高层都搞不定的事，给我说，又指望我能出什么主意？"

　　"方昊，你适可而止啊。我都跟你道歉了，你还摆谱？"

　　方昊无奈地摇摇头："那您跟我说说现在的具体情况？"

　　"我们投的五千万，按合同，是分三次打款。电视剧项目立项时是一次，开机一次，杀青一次。立项时打的款最多，百分之五十，两千五百万。目前给出去的就是这笔。开机该打的第二笔款，百分之三十，前阵子就该付了，但我们一直拖着没给。多云影视那边一口咬定，是我们提供的原著 IP 有问题，我们久时是过错方。因此之前已经付的那两千五百万，不可能退回；如果我们要退出这个项目，不再付之后的尾款，也需要按合同支付相应的违约金。照他们的说法，一来一去，我们将损失接近三千万，那差不多是一个季度的利润了。"

　　"这事陈总什么态度？"

　　"他？他说得痛快，什么不计损失都要撤资，能撤回多少算多少。等真正告诉他三千万白白打了水漂，响儿都没一个，凭空蒸发了，他能让我们好过？"

　　"他都说了不计损失，说明他是痛下决心要与抄袭项目撇清关系，钱都给出去了，真的撤不回来，也没办法吧，他会理解你们的。"

　　"方昊！话是这么说，但你怎么又不想想，如果能以最小的损失撤资，追回已经付出的资金，这可是大功一件。我看那个于莉也不怎么行，你要是有办法解决这件事，我跟陈总说说，以后内容中心副总的位置就是你的。不怕跟你说句掏心话，我就愿意跟你合作。"

　　方昊知道郑有明盯着的是陈总彻底放手后空出的总裁之位，他理解郑有明的盘算，但还是说："副总的位置我不感兴趣，我不喜欢也不擅长管理，只想做原创内容而已。"

　　"是是是，以后你想做什么做什么。"

　　"您就这么相信我有办法？"

郑有明嘿嘿笑着："抄袭那事刚出来时，你不是绕过公司所有高层，去找多云影视的负责人谈过吗？当时他们有没有什么漏洞？"

"您记得还挺清楚。"见老郑心急火燎的样子，方昊感到之前跟他赌的那口气出得差不多了，终于恢复了严肃的表情，"行，我试试。下次谈判我跟着去吧，是什么时候？"

"明天下午。"

第二天，刚过下午两点，方昊就被郑有明叫去了总裁办会议室。

会议室里的人除三位副总外，还有一位影视中心的项目主管、一位运营中心发行经理。方昊知道，这几个人就是这些日子与多云影视打交道的阵容了。见到方昊走进会议室，于莉微微吃了一惊，但很快笑道："方昊，你来了，过来坐。"

方昊明白，影视中心和运营中心都来了中层，显然是王总和郑总信任的人。唯有内容中心的于莉独自撑着，虽然现在他来了，却是被郑总叫来的，于莉脸上挂不住，只得装作跟自己有所默契的样子。他以为该一起出发前往多云影视公司洽谈了，没想到听了其他人几句话才知道，这只是一个洽谈前的内部会议，用来商议对策。

今天晚饭，多云影视将宴请久时的相关人员，说是"这些天谈好几次了，大家都辛苦了，别伤了和气，好好吃顿饭"。

谁都知道这是场鸿门宴。但如何拿出有用的对策，不要把这事拖成烂账，尽可能多地收回投资，于所有人而言都是个难题。

方昊没有发言，只是听其他人说着情况，情况与昨天老郑跟他说的差不多。在其他人商量策略时，方昊保持着沉默。

此时，印厂工作人员李姐正将《乱世之子》的打样送到原创部办公区。

几乎每次都是李姐送打样来。顾云岚在久时的时间不长，还没怎么与李姐说过话，而冯娜跟李姐很熟了。见李姐带着打样进来，冯娜迎了上去。

"哟，李姐，这次送来的哪本书啊？"

"《乱世之子》，五卷本，全在这儿了。"

"真沉。"冯娜接过书，"行，你给我吧，我拿去给方总看看，下班前返给你，你先去公司休息区歇着啊。"小桃告诉了冯娜自己对这书做了手脚的事，冯娜知道这是一套有问题的书。在两人的算计中，本来指望顾云岚检查打样时，看不出那些隐蔽的错误，而今天方昊居然不在，真是如有神助。

"好嘞。"

这是送打样的惯例，李姐并没多想，把书交给冯娜后，熟门熟路地去了休息区。

而这一切，坐在办公室靠里侧的顾云岚，并没听见。她今天来例假，身体极不舒服。她虚弱地在工位上处理一些日常工作，额头上冒着冷汗。

打样，是指一部书完成所有的编校、排版流程后，在大批量印刷前，印厂先印出的一本样品。这本样品会送至编辑手里，完成最后一遍检查。

一般而言，检查打样不会再逐字检查内文，仅看看封面颜色是否有色差、内文排版有没有明显的印刷错误，再快速翻一遍，看看目录、页码、标题有没有错误。通常半小时内就可以查看完一本书的打样。

按照久时文化传媒集团原创部的流程，所有打样送来后，先交由总监方昊手中，他会进行印前把关，先检查一遍。之后再由他派发给责任编辑、美术编辑及其他相关编辑检查。完成这一流程需要一两个小时。李姐总是等着他们检查完后，再把打样拿回印厂。

今天的书是五卷本，料想比平常所花的时间要多。因此，即使编辑迟迟没有送打样过来，李姐也乐得偷个懒，坐在休息区玩手机，并没去催。

直至夕阳西斜，眼见着要耽误自己下班了，李姐才去编辑部问冯娜："怎么，打样还没看完吗？"

冯娜客套道："我放到方总办公室了，之后就忙自己的事儿了。我去帮您问问啊。"

她装模作样地去了方昊办公室，出来一脸抱歉地跟李姐说："不好意思，方总今天好像不在。"

李姐面露难色："这都五点过了，我送书回印厂还得一小时。要是再拖，今天就送不回去了。"

"抱歉抱歉……我这就打电话问问方总，您再给我们一点儿时间。"

李姐看了眼时间："五点半之前必须给我。到了六点半，印厂就没人了。"

只有一刻钟就五点半了，这点儿时间，就算把书给到顾云岚，料想她也看不出什么。冯娜暗暗得意，不紧不慢地拨通了方昊的手机。

方昊正坐在车里，奔赴多云影视的晚宴。想必免不了喝酒，公司派了车。

方昊接起冯娜的来电，问道："什么事？"

"印厂的李姐送《乱世之子》的打样来了。您不在公司吗？"

"放我桌上，我晚点儿回公司看。对了，先拿给顾云岚看看。"

"李姐还等着呢，说是今天务必送回印厂。"

方昊想了想，自己今晚怕是十点前都回不去。顾云岚向来细心，只要她检查了，应该不会有纰漏。于是便说："那就直接让顾云岚看吧。她看完就交给李姐。"

"好的。"

方昊的心思全在待会儿的晚宴上。他一直在思考着自己的对策，他手里有一张十分有利的底牌，但要什么时候亮出来，他还没想好。这张底牌，他没对任何人提起过。接二连三发生的事令他相信，公司内部有人暗通其他机构，因此竞争对手才会对久时的动向了如指掌。

这张底牌越少人知道越好，只需在适当的时机打出来，令多云影视措手不及、无可辩驳。

夏日夕阳穿过高楼的间隙和树木照进车窗，方昊脸上明暗交织。他皱着眉，眼神中透出冰冷的杀气。没人知道他在想什么。

冯娜从方昊办公桌上拿起《乱世之子》的打样，徐徐走到顾云岚工位前："小顾，书的打样送来了，你看看？这是印厂的李姐，她急着赶回去，麻烦你看快点儿，五点半之前给她。"

顾云岚接过书："五点半之前？只有十分钟了啊。"

李姐只关心自己能不能按时下班，在一旁帮腔说："哎呀，下印厂前已经检查过那么多遍了，不会有大问题的，你就翻翻，很快的。"

"那我尽快。"顾云岚知道再多费唇舌也没用，只好拿起书加紧检查。还在艺文出版社时她就有个习惯，即使是看打样，也要每页都翻一遍，进行一次粗读。因此她检查一本打样的时间比常人都长一些，差不多要一个小时。

肚子疼得她直打冷战。顾云岚隐忍着，先是看了封面、目录，这些都没问题。正要翻内文，李姐又催道："五点半了，你看完没啊？"

"等等，马上。"顾云岚头也不抬，左手捧书，右手飞快地翻页，双眼上下扫视。

哪怕她的速度已快到了极限，但要翻完总共近 2000 页的五卷本，一时半会儿也结束不了。李姐看出来了，再次催促道："你是新来的编辑吧？哪有一页一页检查打样的。你放心，我们跟久时合作这么多年，每次检查打样都很快的，从没出过什么问题。"

"嗯……"顾云岚其实没听到李姐在说什么，她现在一心只想快点儿看完，全神贯注地速读着打样的内容。

直到视线落在第一卷第十七章的结尾，顾云岚停了下来，仿佛正在演奏一曲高难度、快节奏的弦乐，而一根弦突然断了，断掉的弦在脑海中振动，嗡嗡声一下炸遍全身。怎么会出现这种问题？

打样上，这一章的最后一句话只显示了一半，换行后的最后几个字没有了。

这部书保留了小说在网络上连载的分章方式，每一章仅有三四千字。排版时，章与章之间并不是连续的，而是一章结束后，新的一章另起一页。章节结束的地方刚好填满这一页，但最后一句话的最后几个字因超过了版面，被"吞掉"了。

整部小说有五百多章，这个问题是个例，还是普遍存在？五百多章全部检查一遍要花多长时间？导致这个问题的原因是什么？

顾云岚不自觉地捏起拳头，快速起身跑到排版员身旁："排版老师，麻烦查一查《乱世之子》的灌版定稿。"

排版人员正在电脑上排版另一本书，程序运行导致电脑的响应速度极慢。排版人员看了她一眼："哎，你脸怎么这么白？"对方有些为难，"小顾，等一会儿行不行？你看现在，我手头这本书刚排到一半，要是再开一个文件，我怕死机，又得从头来了。等我灌完这本帮你看看？"

顾云岚一跺脚，跑到纸质文件归档书架前，强忍着腹痛，搬出之前打印的三校稿，与打样的内容进行比对。

三校稿上，这一章的结尾并没有缺行，可见这是新出现的问题。顾云岚仔细地检查过这一章后，找出了导致这一问题的原因——

这一章的正文中，不知为何多了几个空行。无欢在写这部书时，本来就有转换场景时空一行的习惯，因此那多出来的几个空行在速读时并不容易发现。这些多出来的空行，刚好把最后一句话"顶"出了版面。又因为新一章要另起一页的排版方式，顶出去的那一行无法在新一章的页面上显示，便不声不响地消失了。

顾云岚又翻回第一章与原文比对，第一章中竟然也有多出的空行，只是因为最后一页只排了一半这一章便结束了，多出来的空行并未将内容"顶"出去，这才没被发现。

她心里一慌。

　　这意味着，不仅五百多章要全部检查一遍，甚至每一个带空行的大段也要检查一遍；而发生这样的情况，显然不是疏忽可以解释的，这一定是有人在故意使坏，那么，这个人还有没有改其他内容？比如删掉一些段落……那岂不是，全部内容，需要重新过一次校对？

　　顾云岚从没遇到过这样的情况，不由自主地打了个寒战。她深吸了一口气，在内心对自己说：稳住，不要慌。

　　李姐看到她的异样，问："怎么了，有问题？"

　　顾云岚来不及解释，只能争取时间："老师，能不能缓几天？这个问题一时解决不了，我们需要点儿时间重新检查一遍内文。您放心，等检查好后，我把打样送到印厂，不用麻烦您再跑一趟。"

　　"几天？"

　　顾云岚想了想，咬着牙说："三天。"

　　三天已经是最快了。

　　"三天？不行！印厂为了印这套书，这一周都把机器空出来了。你这往后推三天，我们这一个月的印刷计划都要被打乱！本来打算今晚就连夜开机印书的，这都已经耽搁了。"

　　顾云岚绝望地看了看四周，却碰见冯娜似笑非笑的一副看戏的眼神。她内心的倔强瞬间被点燃，几乎不要命地说："那我今晚上就看。明天一早，印厂上班前，一定给您送到印厂！"

　　李姐也看出顾云岚连嘴唇都是白的。她没好意思再逼迫顾云岚，同意道："那行，明早就拿来啊。我们是九点上班，地址待会儿发给你。"

　　"好。"

　　顾云岚定了定神，开始从第一页起核对这部书。

　　多云影视宴请晚宴的地方到了。方昊走在一行人的最后。

　　这是一家装潢华贵的中餐厅，服务员将他们引向一个包间。

　　推开门一看，里面是一张能坐二十个人的圆桌。对方来了八个人，已经分别落座。他们站起身，将久时来的六个人迎到座位，脸上带着笑容，却藏不住眼底的寒光。最引人注目的是，转桌上除了几盘凉菜，中间竟然放了十二瓶五粮液。

方昊不动声色地坐了下来。

方昊平常很少喝酒，对白酒了解不多。他定神看了看，桌上的五粮液每瓶是 500 毫升，52 度。每人面前摆着的酒杯并非平时宴会上盛白酒的高脚小杯，而是目测每杯一两的那种大杯子。

他跟发行部的同事比较熟，与发行经理高烨也有过接触。高烨是集团里出了名能喝的人，酒量在三斤左右。老郑这些年跑生意，酒没少喝，喝两斤不成问题。影视中心的王总及那名项目主管，想必酒量也不会太差。

"这位小兄弟，怎么有点儿面生？前几次没见过啊。"多云那边的一个人问。

老郑先站起来："忘了给您介绍，这是方昊，我们原创部的内容总监，原创内容相关的事让他也听听，出出主意。"

"原来是方总监，年轻有为啊，待会儿要多跟你喝几杯。"

"哪里哪里，他是过来学习的。"

方昊起身给对面几个人递上自己的名片，嘴里只说了几声"幸会"，没再多说别的。他决定先不要惹人注意，等时机成熟，可递到最后一个人面前时，那人没接。

那人说："方总监，咱俩不是第一次见了，还走形式啊？"

方昊抬头，看到是多云影视的策划总监林宇辰。他笑着收回名片："原来是林总监，抱歉。"

老郑笑了几声："别光盯着我们方昊了。你们今天也来了几个生面孔啊，怎么，不介绍介绍？"

对面一个戴眼镜的中年男子说话了："是，也该给你们介绍一下。这位，赵胜，我们的制片主任，这些日子一直在剧组，今天专程赶回来的。这位，秦律师，我们公司的法律顾问。"

这名中年男子说话时，脸上带着似笑非笑的表情，语气毫无起伏，却给人一种压迫感。高烨坐在方昊身旁，凑在他耳边小声说道："这人就是多云影视的副总，也是《女吏》项目的总制片。"

方昊点头表示知道了。

高烨又小声说："你放心，郑总吩咐过了，今天来的酒，我帮你挡。你专心办好你该做的事。"

方昊心里一热，眼里的寒意则又冷了一分。

久时文化传媒集团，原创部办公区。

下班的时间到了，同事们三三两两地走了。

顾云岚正抓紧每一秒，核对着手中的打样。

宋微微走的时候问顾云岚："今天怎么回事啊，打样出问题了？用不用我帮你？"

顾云岚向来不习惯麻烦别人，而且她也不放心其他人做。她摇摇头："不用了，我可以的。"

宋微微见顾云岚认真的样子，不好再说话打扰她，便走了。

顾云岚估算过时间。她在 word 文档中进行了统计，全文共 24000 个段落。为了找出多加的空行，以及有可能被删掉的段落，她需要将打样与原文逐段核对。按每两秒比对一个段落计算，共需要 48000 秒，也就是 13.33 个小时。她是从下午六点开始逐段核对工作的，到明天早上八点，有 14 个小时，留一个小时打车去印刷厂，来得及。她像一台机器一样，不吃饭也不喝水，只有手、眼、脑在飞速地运转着。

顾云岚完全没察觉，就在落地窗外，太阳没入地平线下，天黑了，路灯亮了。街上的车多了又少了，热闹了又安静了。变幻的街景与她一动不动的身影形成鲜明的对比，不知不觉竟然已经过了四个小时。

饭局的前半段，没人谈与项目有关的话题，只是聊着一些业内的逸闻趣事。但在互相灌酒上的较劲，已经到了一触即发的地步。

高烨履行了诺言，敬过来的酒，他帮方昊挡了绝大部分。但在这种场合下，滴酒不沾是不可能的。两个多小时过去，方昊喝了有三杯的量，三杯，也就是三两。

方昊是个自律的人，他从未喝醉过。现在他感觉自己的意识还很清醒，他活动了一下手指，动作也并未变迟缓，但即使在这个冷气充足的包厢里，他的身上还是开始微微发热，沁出一层薄汗。

在过去经历过的那些场合中，方昊还从没一次喝下过超过三两的高度白酒。他根据自己目前的状态做出了判断：在把问题解决之前，最多还可以再喝一杯。趁着思绪还未被酒精影响，该尽快进入正题了。

郑有明和王文浩喝的量也差不多了。方昊观察着他们。郑有明脸上通红，话多起来。王文浩的眼神开始有点儿发直了。于莉则全程扮演一位优雅女士，不说话，别人敬酒，她只抿一口，也不对大家谈论的话题发表意见。方昊知道，这种场合她只求自保，她可不愿意出头。高烨和那个影视项目主管应该还能再喝一些。

多云影视那边几个人的状态和久时这边差不多。秦律师和于莉扮演的角色一致——端着，油盐不进。倒是总制片身旁那个美女值得注意，她起码喝了一斤酒下肚，竟面不改色。高烨说，那个人是多云影视的公关经理，知道她能喝，没想到这么能喝。

桌上的十二瓶酒还剩两瓶。久时这边的几人交换了一下眼神：应该开始了。

郑有明清了清嗓子："哎呀，今天真是谢谢款待。酒足饭饱了，我有话就直说了。我们久时和你们多云啊，以后还有的是合作机会，但最近我们资金有点儿周转不开，《女吏》那个项目，我们就不参与了。撤资协议，劳烦你们签一下。互相理解，互相理解。"

制片主任把筷子拍到碗上，发出"啪"的一声："郑总这是什么话，酒还没喝完呢，怎么叫酒足饭饱？"

郑有明给高烨使了个眼神。高烨站起来："各位老板，今天谈正事要紧，别喝醉了，耽误正事。要是嫌没喝尽兴，我代各位老板喝。这次撤资的要求是我们久时提出的，但《女吏》是个好项目，我们撤资了，是我们没福气赚这个钱，想跟投的机构排着队，不耽误你们项目。为了表示我们的诚意和歉意，这瓶酒我先干为敬。"

说完，高烨直接抄起一整瓶酒，对着瓶口吹了下去。不出三分钟，一瓶酒被喝得一滴不剩。高烨倒握着酒瓶："这是敬酒，久时是国内最大的内容运营机构，大家彼此留个面子。"

本以为能给多云一个下马威，没想到总制片身旁的美女站起身："哎哟，敬酒我们可吃不起。两笔尾款你们如果不打了，我们也拿你们没办法。但投出去的资泼出去的水，投给项目的钱花都花了，哪有再撤走的？这瓶酒我还了。"说完，美女照高烨的样子，拎起桌上最后一瓶酒，喝得干干净净。

制片主任说："酒有的是，别客气。"他击掌招来服务生吩咐道，"再来一箱。"

灌酒越演越烈，正事却没有进展，多云影视就是不松口。

方昊一直没说话。高烨在吹了一整瓶白酒后，又帮方昊挡掉了好几杯。他问方昊："你到底有没有办法？我快不行了，你怎么还稳着？"

"快了。"方昊手揣进裤兜，握紧兜里的录音笔，悄声说，"他们给自己的陷阱，快要挖好了。"

夜里十一点，顾云岚接到小楼的电话。"岚岚，你怎么还不回家？今天又加班吗？也太晚了吧。"

顾云岚感到自己在燃烧，短时间内迸发出炽烈的能量，但之后就会熄灭成灰烬的那种。还好有朋友关心，有人在等自己回家。这是北京这座陌生的城市里，唯一的温暖吧？

顾云岚扭了扭脖子，活动了几下肩膀："你先睡吧，我今天恐怕得在公司通宵了。"

"不会吧，是你们那个什么方总要求加班的？这不是剥削人吗？"

"不是他，是我自己责编的书出了问题。别担心，没事的。"

"岚岚，你的声音怎么这么虚弱？"

"我真没事，你快睡吧。你要真心疼我，现在就别打扰我了。这个事明早前一定要做完的。"

"好吧，你自己悠着点儿啊。"小楼想了想，"你是不是没吃晚饭？我知道你公司地址，这就给你订个外卖，待会儿记得吃。"

"嗯。"

挂了电话，顾云岚看向窗外。方昊今天去哪儿了呢？他为什么不在？要是他在，说不定就能跟印厂多争取一些时间了。

顾云岚内心轻叹一声，揉揉眼睛，继续工作。要想赶在明早前做完，一秒钟都不能耽搁。

饭局已经持续了五个小时，大家都很疲惫了，语气渐渐不那么客气。

王文浩说："是，你们有丰富的电视剧出品经验，但我也是影视行业出身的，当谁不懂规矩，好欺负呢？我也在影视圈混十几年了，从没听过不允许撤资的道理。我们按合同来，最多就是赔违约金。你们如果非要吃罚酒，那就走仲裁吧。"

制片主任赵胜笑了："王总，您说这话脸不红，不害臊？今天我把话撂这儿了，久时要是单纯的电视剧投资方，现在想要撤资，只要把违约金赔了，我二话不说，但你们不是啊！《女吏》这IP可是你们的，当时求着我们买IP，求着我们拍，求着我们合作，你们说了多少漂亮话，您不记得了？现在网上一点儿捕风捉影的污蔑，你们就不想玩了。说难听点儿，这是想白嫖不负责吗？你们搞清楚，如果真有问题，出问题的是你们的IP，我们没要求你们赔款，已经很仁至义尽了吧？"

这就是谈判一直没有进展的原因。说到底，出问题的IP是久时的，对方不要求久时担责就不错了，现在久时还想撤资。因此，久时的人去跟多云的人谈判时，自己心里都是虚的，生怕激怒了对方，被他们反将一军。

此时，多云影视把这话摊在了台面上，这是久时最怕听到的，几名副总一时无言以对，不知该如何反驳。

一直沉默的方昊开口了。他身体前倾，冷冷的目光盯住赵胜："赵主任，您说的话很有道理。不过，我有几个问题想向您请教一下。"

众人几乎忘了方昊的存在。他开口后，不只是多云的人，连久时的人也微微一愣。

赵胜斜眼看向方昊："有什么问题，你说。"

"电视剧投资方，因为对项目失去信心或因项目出现问题而撤资，并不是什么罕见的操作吧？"

"对。但没有客观理由的撤资，是要按合同赔违约金的。"

"我翻看了合作合同，在项目出现问题的情况下投资方撤资，无须赔偿违约金。"

"是，我说过了，你们如果单纯只是投资方，现在撤资，我们二话不说。但项目到底有没有出问题，不是网上吵几句就能作数的。就算有问题，导致项目出问题的过错方，还要承担更多赔偿责任。"

"好，我知道了，谢谢。"方昊重新往后靠回椅背，右手搭在餐桌上，缓缓地说道，"我仔细看了合同，也咨询了我司的法律顾问。在《女吏》这个项目上，我们并不是直接拿 IP 入股电视剧的摄制，合同也是前后签的两份。简单来说，意味着我们合作了两次，而不是一次。第一次合作是两年前，我们久时作为 IP 代理方，将《女吏》的影视剧摄制权以五百万人民币的价格转授给多云影视；第二次合作是一年前，多云影视是《女吏》电视剧项目的主导方，久时则以五千万资金跟投入股。虽然两次合作的主体都是久时与贵司，但并不代表可以把这两次合作混为一谈。"

赵胜问："你什么意思？"

"我的意思就是，"方昊嘴角往上一勾，"现在，按第二份合同条款，作为单纯投资方的久时，认为项目有问题，诉求零违约金撤资。"

郑有明吃了一惊，赶紧给方昊使眼色。现在能撤资就谢天谢地了，还想零违约金？方昊怕不是疯了。

多云影视的几个人都笑了。本来还以为久时今天新来的这个年轻人有什么过人之处，原来是个不明状况的门外汉。那名戴黑框眼镜的副总、总制片笑着说："年轻人胆子大，挺有想法。照你所说，项目有问题，我们就假定项目真有问题，这个责任，你们怎么说？"

"按第一份合同条款，我司作为 IP 代理方，应在责任范围内保证 IP 不出问题。但无论是约定俗成还是我司与作者的合同中，都明确指出，抄袭方面，作者文责自负。出于道义，IP 授权合同是贵司与我司签订的，我司会尽量协助贵司解决 IP 的抄袭问题。当然，我司也会向作者追责。"

总制片还是一副皮笑肉不笑的表情："那你说说，你们打算如何协助我们解决 IP 抄袭的问题？"

"很遗憾。"

是时候打出那张牌了。方昊起身，从挂衣架上取下提包，掏出里面的 iPad，打开一张照片，递给多云影视的人传阅。

这是一张邮件的截图。

待多云的几人都看了后，方昊说道："在项目开机前，我司于发现《女吏》涉嫌抄袭的第一时间，履行了告知义务，也提供了解决方案，但贵司明确回复，不需要。"他看向对方的策划总监林宇辰，问道，"林总监，是这样的吧？"

林宇辰想起，前阵子，方昊是来找过自己，说《女吏》涉嫌抄袭。当时他觉得方昊过于刻板，不懂得变通，几句话把他打发了。结果方昊非要往自己邮箱发邮件说明情况，自己没回，他又连发了三封。没办法，自己只能随便回复了一句："知道了，这事我们自己解决。"

在场的人之前都没听说过邮件的事。多云影视的总制片和制片主任齐齐看向林宇辰。林宇辰小声说："得了得了，别看我，我当时就是随便那么一回。"

一直端着不说话的秦律师开口了："你是说，你的邮件，是发给林宇辰的？"

"是。"

秦律师轻蔑地一笑，说："私人邮件往来，不能作为公对公履行告知义务的联络方式。你的邮件是无效的。"

方昊拿出合同复印件："我当时查过合同，合同上写明了双方的联系邮箱，通过合同规定的邮箱进行联络，属于有效告知。林总监作为项目总策划，他的工作邮箱正是合同上留的多云影视的联系邮箱，而我进行告知使用的邮箱，也是合同上写的这个。"

方昊给林宇辰发邮件时，多留了个心眼。合同上留的久时文化传媒集团的联系邮箱，是专门新申请的一个项目专用邮箱。这种邮箱通常没人使用，还保留着初始密码，而公司邮箱的初始密码都是统一的，方昊一试就登录上去了。

多云影视的人本来觉得胜券在握，却没想到久时这边还有这么一手。

方昊看了看他们，总结道："现在，我重申我司的诉求：作为影视投资方，我司要求对问题项目撤资；作为 IP 授权方，在发现 IP 有问题时，我司已经履行告知义务，因贵司拒绝我方提供协助，现在我司不对抄袭问题承担责任。撤资协议已由我司法务拟好，今天带来了，各位如果没什么疑问的话，就签字吧。"

多云影视的总制片用眼神询问秦律师的意见，秦律师摇摇头。他当下心里有数，知道就算仲裁，目前的情况也是对久时有利的。

在多云看来，其实，这个项目所谓的问题，无非是网上那点儿抄袭风波。这些年原著涉嫌抄袭的电视剧多了去了，该火的剧照样火。按《女吏》这个 IP 的流量，以及目前的演员阵容，久时撤资退出才是愚蠢的。多云本来只是想多讹久时一点儿违约金，不过今天话已经说到这个分上，要撤就撤吧，到时电视剧火了可别后悔。

就是不能便宜了那个叫方昊的年轻人。这种不知天高地厚的年轻人，缺点儿教训。

这么想着，总制片说道："可以啊。"

郑有明以为自己喝太多听错了："您说什么？"

"要撤资，可以啊。但有两个条件。"

"什么条件？"

"第一，撤资以后，久时文化与这个项目不再有任何关系。即使你们是 IP 提供方，我们也不会在片头片尾的任何合作伙伴名单中打上你们集团的名字。"

陈总要求的不就是和这个项目撇清关系嘛。只要能把钱撤回来，什么都好说。郑有明赶紧点头："可以。

"第二，"总制片看向方昊，"谈成这么重要的一件事，小兄弟的能力不错啊，我欣赏。就是酒量差点儿，男人嘛，怎么能老让别人帮自己挡酒？大功一件，回去你们陈总免不了奖励你，今晚该喝的酒喝了，别偷懒。"说着，他示意服务员开了一瓶五粮液，放在转桌上转到方昊面前，"你把这瓶酒喝了，协议我马上签。"

高烨伸手去拿酒："我喝。只要是我们久时的人喝，谁喝都一样。"

"哎，你别动。"林宇辰帮腔，"这酒是我们总制片敬方昊的，别驳面子啊。"

方昊瞥了眼高烨，他知道高烨已经到极限了。他看了看表，十一点半。他不想再多费唇舌了，只希望快点儿结束任务。他直直地看着对面那个戴眼镜的男人，确认道："是不是我把酒喝了，你就签撤资协议？"

总制片的脸上仍然挂着一成不变的微笑："我向来说话算话。"

"好。"

方昊站起身，拎起酒瓶，深呼吸几次后，开始将酒往自己嘴里灌去。酒精的刺激令他的舌头、口腔、喉咙都开始灼烧，那些来不及吞下去的酒顺着嘴角流下，打湿了衣领。他一直相信，能力是职场的通行证，没有不得不喝的酒。可现在竟也身不由己地喝了……

方昊听无欢说过，一个不酗酒的人，如果一次性喝下大量的酒，只要一口气撑住，可以保持半个小时的清醒。他已经感到头脑发沉，胃像被点燃了一般。但他还是强撑着，终于喝完了最后一滴。

方昊晃了晃酒瓶，红着眼睛说："我……喝完了……请你……签字吧。"

"好，好。年轻人，有意思！"总制片哈哈笑了几声，没再废话，大笔一挥在协议上签了字。

一切结束后，方昊跌跌撞撞地跑向卫生间抠喉咙，尽可能多地把刚才喝的酒吐掉。

吐出去不少，可头仍然很重，整个人晕乎乎的。方昊用冷水洗了脸，等他整理好出来，多云影视的人已经走了。老郑拍拍他的肩："你今天辛苦了，让司机送你回家吧。"

公司只派了两台车，大家回家都不顺路，没法让司机送每个人回去。方昊摆摆手："我还好，我自己叫车吧。"

方昊打开打车 App，手机上的字都是跳动着的，他费了好大劲才叫上车。坐进车里后，他摇下车窗，任猛烈的夜风吹在脸上，呆呆地看着窗外。

从久时所在的写字楼前开过时，方昊猛地发现，原创部办公区的灯竟然还亮着。他混乱的脑海中想起了什么……下午，冯娜打电话说，《乱世之子》的打样来了，自己让拿给顾云岚看……

方昊叫道："等等。师傅，等等，掉头。掉头！"

07

已经过十二点了，小楼帮忙点的外卖倒是送到了，但顾云岚没时间吃，放在一旁又冷掉了。

全神贯注的顾云岚，被电梯停在这层楼时发出的叮咚声吓得打了个激灵。她直起身子，警觉地看向办公区外。

走廊上，竟响起了一阵拖沓的脚步声。

顾云岚被吓到了，她不知道有谁会这么晚来公司。她捏着手机，大气都不敢出，整个人紧张得像只小猫一样弓起了身子。

脚步声渐渐接近，直到办公区的灯光照亮了来者。

看清对方后，两个人同时愣住了。

那个人与平日判若两人。他双眼通红，身上散发着酒气，整个人歪歪斜斜，蹒跚地走到顾云岚面前，问道：“这都几点了，你怎么还在这儿？”

顾云岚弓着的身子放松下来，这时才察觉到，自己的体力与脑力已经严重透支。她整个人又困又饿，加上例假带来的腹痛，几乎下一秒就要虚脱。委屈涌上心头，她嘴一瘪，鼻子一酸，两颗泪珠滑过脸庞。“方总，你怎么现在才来，你下午去哪里了啊？”

“问你呢，为什么没回去？”

平日像只刺猬的顾云岚此刻完全暴露了自己的脆弱。她哭着说：“《乱世之子》的打样出问题了，被人动了手脚，我现在得从头核对一遍，明早之前就得看完，还要送去印厂……”

刺猬为什么会有刺呢？因为它们本身是非常柔软的动物。只有浑身披刺，把自己伪装得凶一点儿，才能看似不怕伤害。可其实，每一只刺猬，都很容易受伤。当一只刺猬愿意在某个人面前暴露自己没有刺的样子，那她应该是爱上那个人了吧。

方昊问：“出什么问题了？”他的声音竟比平时温柔很多。是自己的错觉吗？

顾云岚把情况说了一遍。

看到哭成泪人的顾云岚，方昊想到曾经的自己，天真的、热情的、固执的、坚持的。无所畏惧的外表下，却是伤痕累累的。不同的是，比起她，自己的盔甲早已如冰冻三尺，那么厚，那么坚不可摧。他身上脆弱的部分已经冻得像坚冰一样硬，没有什么可以伤害到他了。所以，他可以保护别人了。

一阵冲动，先于头脑的指令，身体自己行动了。

方昊的两只手伸出去，捧着这个女孩的脸，手指一遍遍拭去她的眼泪。可她有那么多泪，怎么都擦不完。于是他搂住这个女孩，在她额头落下轻轻一吻，再收紧怀抱让她靠在自己胸前，一只手抚摸着她的头发。他嘴里坚定地说着："云岚，不要急，我帮你。"停顿了一下又说道，"以后，不管发生什么事，我都会帮你。"

结合前两天小鱼儿和小桃的情况，方昊已经大概知道是谁动的手脚。本来还想留点儿情面，但他此刻在心底做出了决定：立刻解约，立刻着手准备抄袭起诉！

顾云岚感到自己被一股坚强的力量拥住了。那个人的手像有魔法一般，每一次抚摸，都像一次过境的春天。她靠在那个人怀里抽泣着，他身上的酒味让她觉得更委屈了。她问："你干什么去了？喝……喝酒了吗？"

"你听说了吧，我们决定从《女吏》那个项目里撤资。今天去跟制片方谈判了，放心吧，都谈好了。现在我们集团与《女吏》没有关系了，我会全力支持段朝夕起诉。"

原来是这样。"他们同意撤资了啊？"

"对，同意了。"

"多云影视在业内挺有地位的，得罪他们真的好吗？万一以后还有什么项目要合作……"

"无视原作抄袭，觉得只要有流量就无所谓，不尊重内容的公司，不合作也罢。总还有爱惜羽毛的影视公司吧？不是所有影视公司都毫无底线吧？以后跟这样的影视公司合作就好了。"

顾云岚这才意识到自己居然扑在方昊的怀里。她定了定神，挣脱开："我……我不跟你说了。来不及了，我还得继续看打样。"

"现在检查完几本了？"

"两本……"

"笨蛋！"方昊说，"谁说要一次性把五本都看完才行？两本就够了，明天我先把这两本送去印厂，让他们先印前两本。我现在没法工作，等明天清醒了，我帮你一起看，后天再把后三本送过去。"

对哦。顾云岚觉得有点儿不好意思，自己光顾着着急了，怎么没想到这点？

方昊拍拍她的头："不许看了。"他看到旁边冷掉的外卖，知道顾云岚没吃饭，问道，"要吃东西吗？"

顾云岚摇头："已经不想吃了。"

"那就快睡觉！"

"哦……"顾云岚左右看看，睡哪里啊？

"别看了，我办公室有沙发，去睡吧。"

"那你呢……"

"我睡办公椅。你先去睡，我洗个澡。"因为家离公司不近，偶尔加班后就睡在公司，所以方昊准备了过夜要用的东西。

跟着方昊进了办公室，顾云岚有些不好意思地躺到沙发上。方昊拿了一条毯子，俯身盖在她身上。接着，方昊弯腰开柜子去拿洗浴用品，却整个人顺势滑倒在地。

顾云岚听见响动一看，发现方昊已经倒在地上，睡着了。

顾云岚试图把方昊扶到椅子上，可今天的她实在太虚弱了，试了好几次都失败了。最后没办法，她只好用那条毯子裹住方昊，又找了个枕头垫在他的头下，自己则拿了一件空调衫盖着，重新在沙发上躺好。

闭上眼睛，却怎么也睡不着。那个人的呼吸在身旁一起一伏地响着。那个人……

没有办法了。顾云岚叹了口气。没有办法了。她放弃了抵抗。天上的星辰，窗外的明灯，街边的树，夏夜的风，和那个人的一切，于这一刻，崩裂地塌陷着，跌落进她如旋涡般飞速沉沦的心里。

一夜心头如小鹿乱撞，天快亮时，顾云岚才睡着，睡得很浅。

方昊手机一响，顾云岚就醒了。

顾云岚看了看时间，七点钟，是闹铃。

手机振动了一会儿，方昊才醒过来，他费解地发现自己竟然睡在地上，浑身硌得生疼。他坐起身子，头痛令他倒吸了一口凉气，他看到了睡在沙发上的顾云岚，顿时吓得酒全醒了。

方昊脱口问出来："你……你怎么在这儿？"

顾云岚显然没想到方昊会这么问，她"啊"了一声。糟糕。方昊搓着额头，只记得撤资的事谈判成功了……昨晚后面发生了什么，完全想不起来了。

顾云岚试探着问："你……不记得昨晚的事了？"

方昊又吓了一跳："我……没做什么过分的举动吧？我们……"

顾云岚赶紧摆手："没有没有。"她红着脸解释，"我昨晚在检查打样，后来太晚了，你让我在这里休息，没别的……"

方昊放下心，稍微想起一点点儿："对，打样……"

"嗯。"顾云岚穿好鞋，"那，那我先去工作了。"

"去吧。"

离开办公室前，顾云岚忍不住又问了一句："方总，你真的……不记得昨晚的事了吗？"

方昊拧起眉头，胆战心惊地仔细回忆，可他真的想不起来了，只能有些尴尬地问："你是指什么？还有什么事？"

顾云岚脸上带着一丝生气的愤怒，她看着方昊，过了一会儿才重重地说："没了。"

"那你生什么气啊？"

"我没有。"顾云岚走出办公室，想起了什么，又折回来说道，"对了，我请会儿假，我要送书去印厂。"

"你别去了，我去吧。"

"那好。"顾云岚没客气，本来昨晚方昊就承诺过他去送书的，他全忘记了吗？顾云岚雀跃了一晚上的心渐渐冷却，失落扩散开来。

去印厂送书回来后，方昊看到顾云岚在座位上没精打采的样子，想起昨晚她似乎加班到很晚，便给她批了一天假，让她回家休息。《乱世之子》的后三本再缓一天给印厂也没关系。

顾云岚走后，方昊把小桃叫到了办公室。

方昊将离职审批表递给她："你的离职申请已经通过。接手工作的同事签字确认后，就可以正式离职了。"

小桃接过表，没说话，转身要走。

"等等。"方昊说。

小桃低头挪到办公桌旁。方昊问："《乱世之子》这套书，是你动的手脚吧？"

"反正您也没证据……"小桃小声嘀咕道。

"我查了排版电脑里的文档，最后修改时间，是那天中午我找你谈话，通知公司对你的处罚决定之后。中午办公室本来人就不多，时间点又这么刚好。别告诉我是巧合。"

"我不知道。"

"你不承认也没关系。"方昊冷冷地看着她，"跳槽去哪家公司？小鱼儿说要解约，也是要带作品去那家公司吧？"

小桃沉默不语。

"是春光工作室？"

要继续混出版圈，要出书，这件事大家迟早都会知道，小桃没再否认："您都知道了还问。"

方昊感慨道："好曲折的手段。有心思想这种手段，还不如好好做书。"

"我用什么手段了我？"

"我是说春光工作室，先是煽风点火，想看我们公司的作者小鱼儿和世间无欢内斗，两败俱伤，等看戏看得差不多了，又想摘走果实；

把小鱼儿抄袭的事闹大，给陈总通风报信，激怒陈总，让小鱼儿与我们解约，再把她签过去，白白抢走一个电视剧原著在手里。手段是很好，只是眼光不太行，明知是涉嫌抄袭的项目，只要有利可图，也像苍蝇一样扑上去。这就是春光的运作方式吗？"

"您说什么？"

"世间无欢的舆论危机解决后，形势对小鱼儿非常不利。这时网上又有好几个大 V 作家站出来支持段朝夕，直接导致小鱼儿无法再翻身，这也是陈总明确要求集团从《女吏》项目撤资的原因。当时我很奇怪，这几个大 V 作家像约好了似的，在一小时内相继转发。后来我发现，他们都在近一年与春光工作室有项目合作。把果子打烂打掉并不要紧，反正网友忘性大，等电视剧播出时，大家早就忘掉这是一颗坏果子了，春光轻松地将一个成熟的项目收入囊中……"方昊轻蔑地哼了一声，不再往下说，"小桃，既然你跳槽过去了，就好好做吧。只是别再这么傻，老被人利用。"

"方总，您说我傻，您不傻吗？"小桃有点儿生气，"你们都说《女吏》抄袭，您倒是说说看，哪一段、哪一句抄了？别以为我不懂，法律不保护故事创意的。何况，就算抄袭了，现在抄袭的作品多了去了，拍成电视剧播出后，照样收视率很高，项目也没少赚钱。有钱不赚才是傻子呢。"

"你可以坚持你的想法，祝你未来好运。对了，别忘了告诉小鱼儿，我同意她的所有解约诉求，解约合同我今天就让法务准备。同时，让她准备收抄袭起诉的律师函吧。"

顾云岚回家后躺在床上。太过分了，忘了算什么？可就算记得，又能证明什么呢？那个人并没有明确说"我喜欢你"之类的话。那个额头上的吻和拥抱，无非是上司看到下属被欺负，出于正义的同情而已。

等等，只是同情，会吻人家的额头吗？唉，酒喝多了嘛……

想起那个人平日里面无表情的脸。自负的、冷漠的、无动于衷的。一个念头在理智中被确定——

"他才不会喜欢我。"或者说，他根本就没有"喜欢"这种情感？不要再胡思乱想了。顾云岚整个人趴在床上，抱着枕头，强迫自己入眠。

休息了一天，第二天上班时，顾云岚发现编辑部的很多同事竟然很早就到了。

顾云岚平时到公司算早的，通常是她到了以后，其他同事才陆陆续续来。她叫住何纬问："今天怎么大家都来这么早啊？"

何纬一脸八卦的表情："你昨天不在，还没听说吧？"

"啥？"

"《女吏》项目撤资的事，全靠咱们方总跟影视公司谈判成功的。公司里都传开了。"

顾云岚装作刚听说的样子："哦，是吗？"

"哎，你的反应怎么这么冷淡？不觉得方总特别厉害吗？"

"嗯……这跟大家都来这么早有什么关系？"

"嘻，这就是你单身的原因。别的女孩都想着方昊好厉害，好帅，好迷人，"何纬浮夸地表演着女孩花痴的模样，"你呢，你只关心大家为什么来这么早。"

"所以是为什么？"

何纬一脸觉得顾云岚"没救了"的表情："今天还是方总生日，双喜临门，我们昨天约好了，今天都早点儿来，大家一起给他个惊喜。"

另一名编辑插话道："何纬，你别抢功劳啊，是某人想给他惊喜，什么大家，我们只是助攻而已。"

顾云岚心中一沉："某人？"

何纬示意顾云岚看向角落里一张堆放废弃纸稿的桌子。桌面被清理出了一片空处，上面摆着一只精致的蛋糕礼盒，宋微微抱着一束鲜花站在旁边。

　　宋微微毫不忸怩，大大方方地说："谢谢大家助攻，下午的奶茶我请了。"

　　这是什么时候的事？

　　顾云岚努力挤出一个勉强可以融入这个氛围的笑容："微微和方总？我怎么不知道？"

　　"你当然不知道了，你心里只有工作，只有你的作者。"

　　宋微微解释道："哎呀，还没成呢。我也还没有正式表白。"

　　同事起哄："表不表白有什么关系嘛！谁都看出来了，除了那个像木头一样的方昊，和这个只关心工作的顾云岚！"

　　埋伏在电梯口的同事冲进来报信："嘘，小声点儿，方总出电梯了。"

　　大家赶紧各就各位，簇拥到宋微微的身后。顾云岚站在人群之中，朝着众星拱月的宋微微看去。在挺拔的绿叶中盛放的白色玫瑰，映衬着女孩绯红的面颊，高雅，圣洁，纯美，清丽。

　　通过这些日子的接触，顾云岚了解到宋微微的身世。那是真正的天之骄女，宋微微的父亲是名牌大学中文系的教授，母亲是某银行行长，她从小在知书达理的家庭氛围中长大，与她相比，自己宛如那束玫瑰里的绿叶。不，连绿叶都不如。自己只是玫瑰茎上的一根刺罢了，别扭地挺立着，除了扎手，一无用处。

　　同事们都期待着宋微微能收获爱情。可是，顾云岚心里有一个声音在叫着："我也……我也喜欢他。我的喜欢不配被看见，不配被听到，不配得到祝福吗？"

　　这个声音越来越微弱，在宋微微将花递到走进办公区的方昊面前的那一瞬，停止了。

　　方昊愣了一下："这是干什么？"

　　"昊哥，听说撤资谈判全靠你才谈下来的，一定很不容易吧？你辛苦了。"

　　"啊？"方昊的脸上有些茫然，但他除了接过花，好像也没有别的选择。

宋微微把花交到方昊手里后，又转身去拿桌上的蛋糕。同事分站两侧，自动给她让出通路。宋微微捧着蛋糕回到方昊面前："还有，祝你生日快乐。"

是错觉吗？顾云岚觉得方昊的目光有一瞬间看向了自己。但很快又转开了。

方昊说："哦……大家费心了，谢谢。蛋糕放那儿，"方昊指了指一张空桌子，"大家分着吃了吧。"

"昊哥，别这么冷漠嘛，"同事再次起哄，"蛋糕是微微亲手做的。"

又有人补充："昨天下班后通宵做的。"

方昊看了看蛋糕："不用这么麻烦的，下次别做了。"他又补充，"还有，我没有过生日的习惯。不是什么大事，不用专门折腾。都回工位工作吧。"

宋微微赶紧将蛋糕放到桌子上，拿出一次性刀叉和小碟子，快速切了一小块端到方昊面前："做都做好了，尝尝？"

方昊最终还是接受了。他一只手抱花，另一只手端着这一小碟蛋糕，进了他的办公室。

大家围到宋微微身旁安慰道："别往心里去，昊哥就是个钢铁直男，他一直都这样的。"

宋微微点头："我知道。"

有人给宋微微出主意："对付这种钢铁直男，就得死缠烂打。以你的条件，谁禁得住你的猛攻啊！"

宋微微了然于心地说："我知道。"她笑了笑，"好啦，我没事，我知道他就是那样的，我不会放弃的。大家快吃蛋糕吧。"

同事哄抢着蛋糕，顾云岚像个局外人般站在一旁。宋微微专门切了一块端给顾云岚："你不吃吗？"

顾云岚接过去："谢谢。"她用小叉子将蛋糕一点点儿放进嘴里，做得很好，柔软、甜蜜。现在那个人也在办公室里，品尝着这样的蛋糕吗？这么想着，顾云岚心里感觉越来越苦涩。

顾云岚收了心，回到工位，打开《乱世之子》的后三本打样开始检查。前天晚上，那个人还说要帮忙一起核对的，看来也忘记了。忘了就算了吧，自己做吧，今天要核查完，然后送去印厂。明天要跟法务和段朝夕沟通，准备起诉小鱼儿的事情。段朝夕的《不乐园》那本书也该开始设计封面了。还有前阵子新报的一个选题通过了，要准备做一校……

顾云岚在工作计划本上一口气写下一大堆工作安排，工作多一点儿才没工夫胡思乱想。

快下班时，运营中心的同事找了过来。

"谁是顾云岚？"

"我是。"

"你就是世间无欢的《乱世之子》那套书的责编吧？"

顾云岚点头。

"现在说还有点儿早，不过早点儿告诉你，方便你做准备。下周五晚上起，《乱世之子》的同名电视剧就要上星播出了，书能同步上市不？"

"没问题，印刷厂已经开印了。印刷加铺货需要半个月左右。最多比电视剧开播晚一两天，书就能全面到货。"

"我们也跟上海、成都、长沙的几家书店谈好了，等九月份大学开学，学生都回来了，电视剧也播得差不多了，就动身去那几个城市巡签。"

"好。"顾云岚记录进工作计划本里。

"第一站是九月的第一个周六，在上海。"

"好的。"顾云岚一边记录一边问，"是让我通知作者吗？"

"什么通知作者，"运营中心的同事说，"作者巡签，责编全程陪同，这是我们公司的惯例。你以前带作者签售，不去现场啊？"

"啊？"刚才还心不在焉的顾云岚突然醒过神来，"我也要去？"

"对。周六上海，周日长沙，再下一个周末成都，你都要去，准备出差吧。"

"哦……好。"

自从打定主意只与无欢保持必要的工作联系后，无欢又发来过几次暧昧的消息，顾云岚都没有理会。本来打算就这么冷处理下去，却没想到下个月竟要和他一起去巡签。到时候要怎么办才好呢？

顾云岚盯着工作计划本，又想起今天上午宋微微和方昊的事，心绪不受控制地陷入烦乱。

CHAPTER 4
星 光

01

盼了好久，终于等到《乱世之子》电视剧开播。

这天是周五。出租屋里没装有线电视，顾云岚在等晚上十点钟视频网站更新。小楼买了一堆零食，陪顾云岚等着。

十点整，网站准时更新了前两集。两人一起开始看。

顾云岚两眼直直地盯着屏幕，小楼只好把零食递到她手旁。顾云岚也不看是什么东西，只管拿了往嘴里放。

小楼笑她："岚岚，看得这么认真呀？"

顾云岚挥手："别打岔。"

小楼捂着嘴偷笑，安静了一会儿，又忍不住说："以前看电视剧也没见你这样。"

"这是我责编的书第一次拍成电视剧啊。虽然小说是在网站上连载的，我不算第一手责编，不过好歹是我做的书嘛。"

"嘿嘿，我知道还有一个原因。"

"什么原因？"

"这是无欢写的呀。"

顾云岚终于回味过来小楼话里的意思："你想到哪儿去了。"

"岚岚，你跟无欢发展得怎么样了？"

"我跟他？没发展啊。"

"没有吗？"小楼的语气里充满了遗憾，"他挺好的。"

"我没觉得。"

"他知道我跟你关系好，经常来找肖遥和我打听你的事呢。他真的挺喜欢你的。"

"那你别什么都告诉他。"

"你真不喜欢他？"

"不喜欢。"

"哦……"

顾云岚这才回头，看到小楼心虚的样子："你跟他说什么了？"

"前段时间，他说给你发微信你都不回，就想来家里找你来着，就是你晚上没回来那天。我们这儿附近也没什么咖啡馆，他在街角那家麦当劳里等到很晚，后来快十二点了还没见你回来，我跟他说你还在公司，他就去公司找你了啊。"

"他那天去公司找过我？"

"啊？他没去？"

"呃……不聊他了，看电视。"顾云岚打住了这个话题，却暗自回忆着。

那天下午是收到了无欢发来的消息，说要带自己去吃一家好吃的新店，但既然已经决定不与他产生工作之外的接触，顾云岚照旧没有理会。说起来，好像也正是从那天起，无欢再没给自己发过与工作无关的消息。难道是因为他来公司后，看到什么了吗？

当时自己在方昊面前情绪有些失控，完全没注意到办公区外是不是有其他动静。无欢就是那时候来的吗？如果看到自己和方昊在一起，以他的性格，应该不会再纠缠了。

周一上班，同事们七嘴八舌地聊着电视剧开播后的数据。

"首播前两集平均收视率 1.28，第三四集涨到 1.36，第五六集涨到 1.44。"

"这成绩可以啊。"

"我觉得这个电视剧拍得挺好，演员的演技都在线，服装、化妆、道具也不差。剧情没有随便灌水，收视之后还会再涨吧。"

"快看，豆瓣开分了，目前打分的人数超过一万，分数 7.2。"

"过 7 分了？不错啊。"

正议论着，发行部的同事抬了一箱书过来："《乱世之子》的责编呢？样书来了。"

顾云岚举手："这儿呢。"

发行部的同事把箱子搬到顾云岚身旁："这是十套，五十本，编辑部先拿着。印厂下午会再运一千套样书过来，明天请无欢老师来一趟，把这一千套签了。"

坐对面的宋微微听到后咋舌："签一千套？"

顾云岚解释："对啊，顶级畅销作家都是签书签到手软。要赠送合作伙伴、给各个大号做转发赠书抽奖、在读者群做活动，光这些就得送出去上百套，我们自己的官方旗舰店还要留几百套签名本卖。"

发行部的同事在一旁补充道："要不是怕作家签得太累，还想让他们签更多，签一万本都行。"

何纬在一旁赞叹："首印是五万套吧？看现在电视剧的成绩，很快就要加印了。不愧是世间无欢，写的书很受男性读者的喜爱，又靠颜值圈牢了一大批女性读者粉丝，现在男频女频越分越细，这种男女通杀的作家真找不出第二个。"

另一名编辑说："太难得了，世间无欢已经很红了，这两年还一直在走上升势头。按他今年的人气，明年新发布的网络作家排行榜，他能进前三了吧？"

"嘿嘿，那是那是。"发行部的同事脸上喜笑颜开，于他们而言，这种书根本不愁发行，闭着眼睛数钱就行，最省事了。发行部的同事对顾云岚说："记得请无欢老师明天过来签书啊，我们先回去了。"

"放心，我通知他。"

　　发行部的同事走后，顾云岚编辑了一条公事公办的微信给无欢发过去。无欢并未像以往那样热情回应，只是跟顾云岚确认了时间，确定明天下午过来。

　　第二天下午，世间无欢来了。

　　于莉和方昊官方性地与无欢打过招呼后，便交由责编顾云岚引他去准备好的会议室。顾云岚走在前面说："无欢老师，您这边请。"

　　以往若是顾云岚做出这种生疏的姿态，无欢免不了要调笑她一番。可这次，他只是垂下眼睛瞥了瞥顾云岚，没说别的，同样礼貌地欠了欠身。

　　两人一路沉默地走到会议室。

　　一百箱书堆在会议室里，会议室被挤得只剩下一小片桌面，桌上摆着三支签字笔。无欢坐下后，两名发行部的同事负责拆箱子，把书一套套往外取。顾云岚则负责拆去书的塑封，递给无欢签名。

　　一名编辑拆塑封显然跟不上无欢签名的速度，发行部的同事给编辑部打电话，叫方昊再派个编辑来。

　　过了一会儿，宋微微来了。她跟顾云岚站到一起拆塑封，两人小声说着话。

　　顾云岚随口问："怎么是你来了？"

　　"我是编辑部的新人嘛，多干点儿打杂的活儿，其他编辑好像都有事要忙。而且我也想看看大神作家，主动请缨过来的。"

　　顾云岚点头。

　　宋微微又小声犯花痴："我还是第一次见到世间无欢老师，没想到本人这么帅，比照片还帅。"

　　顾云岚无奈地笑笑："怎么，动心了？"

　　"才没有呢。我说他帅，只是陈述事实。但相比起来，我还是喜欢昊哥那种类型的。"

　　这突如其来的坦诚像一根针，在顾云岚的心上扎了一下。她没注意到的是，无欢签名的笔也停顿了一下。

　　到下班时间，一千套书终于签完了。郑有明和方昊走进会议室。

　　郑总握住无欢的手："无欢老师，这次选择和我们久时合作，是我们久时的荣幸。多谢支持！多谢支持！我来汇报个好消息，还没开卖，网上预售销量已经破万了。"

　　无欢看了看顾云岚，说："久时有很专业的编辑，和你们合作也是我的荣幸。"

　　郑总以为他指的是方昊，接着说道："是，方昊年轻有为，听说你俩很早就有交情了。无欢老师，下一部作品还要签给我们久时出实体书，说好了啊。"

　　无欢笑了笑，没有解释。

　　郑总又说："签了这么多书，今天辛苦你了，要好好请你吃顿饭。走，车已经安排好了。"这种饭局一般责编会跟着，但郑有明看了眼顾云岚，想起自己被她怼的不愉快经历，便没有叫她，只说，"方昊跟我陪你。"

　　两名拆箱子的发行部同事和宋微微明白这是公司中高层宴请重要作家的饭局，轮不到自己出席。发行部同事跟郑总打了个招呼打算走了，宋微微也小声向方昊请示："昊哥，那你们去吃饭，我先走了哈。"方昊点点头表示知道了。

　　顾云岚说："我也走了。"

　　方昊"嗯"了一声，并未挽留。他心里本能地不愿意顾云岚和无欢过多接触。

　　几人正要退出会议室，无欢却说："大家都辛苦了，人多点儿热闹，一起去吃吧。"

　　郑有明以为无欢喜欢人多作陪，马上说："好好好，那大家都去，一辆车坐不下，我让公司再派一辆车。"

　　无欢说："不用了，我开车了，两位美女坐我的车一块儿走，吃饭的地址发给我。"

　　除了方昊，在场的几个男人全都会意地哈哈笑了。一个人说："无欢老师果然像传说中一样倜傥风流。"

　　郑总说："行行行，美女跟着你。方昊，你跟我们去挤一辆车。"

　　听到这样的安排，顾云岚、方昊和宋微微都满腹郁闷，可当着众人的面又不好说破，只得各怀心事地坐车去了。

　　顾云岚不明白无欢这样做的用意。她和宋微微坐在车的后座，无欢像没事发生一般，一边开车，一边兀自跟着音箱里的音乐哼唱。

　　顾云岚的心情越发低落。

　　过了一会儿，无欢从后视镜里盯着宋微微问："这位编辑还是第一次见，还不知道名字。"

　　宋微微报了自己的姓名。

　　无欢说："微微，很好听的名字。刚来的？"

　　"嗯，入职才两个多月。"

　　"不好意思啊，刚才签书时，你俩聊天，我听到了。"

　　"听到了？您听到什么了？"

　　"你喜欢方昊吧？"

　　宋微微抿嘴一笑，却又有些调皮地回答："对啊，无欢老师，听说您跟他挺熟的，认识好多年了。他喜欢什么样的女孩？您看我有机会吗？"

　　顾云岚坐在一旁生闷气。

　　无欢从后视镜瞥了顾云岚一眼，继续跟宋微微说："他啊，他那个人不太主动，他以前的女朋友，都是主动追他的。"

　　宋微微扑哧一声笑道："不会吧，他没追过女生啊？"

　　"据我所知，是的。"

　　"怪不得，我看他对我不冷不热的，还以为我没戏了呢，看来是他这个人本来就这样。嘿嘿，谢谢无欢老师，我知道了。"

　　无欢和宋微微一路聊着方昊的事，顾云岚完全插不上话，从始至终默默地坐在旁边听着。

　　顾云岚开始确定，无欢是故意的。无欢故意与宋微微聊这些给她听。可是，他到底又想做什么？顾云岚的心中感到一阵莫名的慌张。

　　吃饭的地方在王府中环四楼，方昊他们已经先到了，在商场门口等着。一行人往餐厅走，宋微微像跟屁虫一样跟在方昊身后。入座时，她主动坐到方昊的身旁。

　　整个饭局，无非是郑有明跟那两名发行部的同事不停地拍无欢的马屁，希望能跟他长期合作，其他时候就是大家聊一些无关痛痒的业内话题。

　　顾云岚兀自坐在不起眼的位置，安静地吃饭。她的左边是宋微微，右边是发行部的同事，她看见宋微微贴心地帮方昊盛汤，又像只小鸟般叽叽喳喳地告诉他什么菜好吃，什么菜不好吃。当端上来一份精致的点心时，她又一脸好奇地问方昊这是用什么做的。

　　可是，宋微微也没有只顾着方昊，她给方昊盛好汤后，又依次为大家盛好。她告诉方昊什么好吃之后，也会笑着转头对顾云岚说："真的很好吃，你快尝尝。"

　　宋微微明艳又天真，就像……顾云岚想起那天的那束白玫瑰。没有人不喜欢白玫瑰。宋微微既不令人妒忌，也不令人讨厌，只是，她好羡慕这样热情盛放的花。

　　世间无欢呢，他坐在对面的贵宾位置，全程跟人谈笑风生，却不主动找顾云岚搭话。他越是这样，越令顾云岚感到不安。

　　顾云岚就这样心里又酸楚又不安地煎熬着，好不容易饭局到了尾声。

　　方昊起身去洗手间，刚走出去，无欢也跟着出去了。

　　洗手间不在餐厅内，需要离开餐厅去商场的洗手间。王府中环的洗手间整洁宽敞，并有大量用于梳妆的隔间。

方昊洗手出来后，看见无欢站在一个隔间门口等着。他愣了一下，走了过去。无欢径直拦在他面前："我有话问你。"

"你又胡闹什么？"

无欢逼视着方昊："两个问题。"

方昊皱眉道："能别像个小孩一样吗？"

"第一个问题。方昊，你看不出那个女的喜欢你？"

"哪个女的？"

"别跟我装傻，就是跟在你身边嘘寒问暖那个。"

"所以呢？"

"为什么不拒绝？还是说，你喜欢她？"

方昊有点儿恼火："无欢，你发什么神经？我已经对她不做回应了，还要怎么做才算拒绝？把她辞退，让她从我身边消失？"

"这就是我和你不同的地方。我如果不喜欢一个人，绝不多拖一秒。说我变心快也好，说我绝情也罢，当什么滥好人？"

"滥好人？那你知不知道，既不明确表白，也不说明来意，只是莫名其妙地在人身边晃来晃去，让人连拒绝都无法拒绝，我也很困扰？"

"所以对于你们这种人而言，不表白，就没法拒绝，也没法正式在一起，对吗？"

"你到底想说什么？"

无欢突然有些邪气地笑了："在那天之后，今天以前，我本来以为你跟顾云岚在一起了。"

"什么那天以后？"

比起询问，无欢语气里更多的是肯定："你们没在一起。"

"我不知道你在说什么。"

"好，那第二个问题，我就当你否认了。"

"你能把话说清楚吗？"

其他人或许没注意，但今天的无欢在顾云岚看来很不对劲。特别是，顾云岚知道那天她和方昊在办公室的情形被无欢看见了，无欢会跟方昊说什么？她心里有种不好的预感，忐忑了很久，终于还是鼓起勇气，打算去看看。关心则乱，她本不该去的。经过男洗手间时，她毫无意外地听见了方昊和无欢的对话——

"你们没在一起。"

"我不知道你在说什么。"

"好，那第二个问题，我就当你否认了。"

"你能把话说清楚吗？"听到这里，顾云岚刚想走，却被无欢一眼发现了。

无欢走过来，有些用力地将顾云岚拽到方昊面前。只听无欢意有所指地说道："有人说，不明确表白，就没法拒绝，也没法同意，只会困扰。我不知道这样的人是怎么想的。既然如此，就帮这样的人把话说清楚吧。"

无欢半眯着眼睛看向顾云岚，眼神令人害怕。在小说的世界里，世间无欢操控他的角色，操控角色的情感，操控角色的命运。此刻，顾云岚觉得自己变成了世间无欢小说里的角色，他高高在上，如神一般碾压而来，自己的一切将被他碾得粉碎。

"你在说什么……"顾云岚心虚地小声问。

半晌后，无欢说道："顾云岚，方昊现在就在这里。他死不承认，你也死不承认吗？今天你跟他说清楚，你喜不喜欢他？"

如此轻如浮云的声音，却如一颗炸弹，在顾云岚和方昊两人心中同时炸响。顾云岚低下头不敢看方昊，一些画面走马灯般地在她慌张的脑海中转过。

什么时候开始的？

被辞退那天傍晚，方昊拖着行李箱风尘仆仆地赶来，站在自己面前，让自己不要走。金粉色的晚霞镀在这个男人脸上，他坚定的眼睛里，是正义与理想的倒影。

什么时候退缩的？

从唐甜家离开，方昊开车载自己回公司那个夜晚。街灯一盏盏从车窗外掠过，自己像坐上了南瓜马车的灰姑娘。唐甜的来电戳破了这个梦境。"你是不是喜欢她？""哪有，你别闹了。"

什么时候确认的？

发现书稿被人动手脚的那个深夜，方昊的到来，让表面上不甘示弱的自己暴露了内心的崩溃。他抱着自己说，不要急，我帮你。以后，我都帮你。向来孤身奋战的自己，好像突然有了战友。

什么时候放弃的？

耀眼的女孩抱着耀眼的白玫瑰递给方昊的那个早晨。如果自己是方昊，也会选宋微微吧？为什么要选自己这种又别扭又固执的白痴。

一根刺是不可以变软的。比起得不到，顾云岚更怕的是让人知道自己想要后，还是得不到。因为，得不到，只是自己一个人的心酸罢了，而后者，是一千个、一万个人，看到自己难堪。然而，然而还是抱着一点点儿希望。好像漆黑之中，还有一丝微弱的烛火那般……万一可以得到呢？

"无欢，你到底闹够了没有？"好像有一万年的沉默后，方昊开口了。

这就是他的回答吗？最后一丝烛火也熄灭了。也好，这样反而就无所畏惧了。顾云岚抬头，眼瞳里没有一丝光，她看着无欢说："他……"笑了笑，"只是我的上司罢了。"

得到这个回答后，无欢终于放过了他们。

"我知道了。"这么说着，无欢扬长而去。

第二天在公司，方昊有事找顾云岚，却有些不知该怎样面对。脑海里浮现出她昨天的样子——

"只是上司罢了。"方昊暗暗嘲笑自己，为什么会不敢面对呢？

像平常对待原创部的其他下属那样就可以了啊。

　　这么想着，方昊修长的手指快速在键盘上敲击，给顾云岚发去几个字："你来一下。"

　　没过一会儿，顾云岚来了。

　　"方总，您找我什么事？"

　　顾云岚脸上的表情风轻云淡，好像什么都没有。这副样子最好，免得产生什么误会。方昊放下心，说道："之前跟你说过，我们原创部会全力支持段朝夕的抄袭起诉。不过，因为她被抄袭的那本《失落的果实》是几年前艺文社出版的，与久时的关系不大，在这场官司中，久时找不到什么立场。这几天我拟了个方案，也跟于总那边汇报过了，现在决定把段朝夕签为我司签约作者。《失落的果实》市面上已经买不到了，你去跟艺文社沟通一下，让他们把版权放出来，我们公司出个再版。对了，你刚来公司时报的那个选题，她的《不乐园》做到什么阶段了？"

　　"三个校次都做完了，目前在封面设计阶段。书号应该快下来了，预计下个月底能上市。"

　　方昊说："我记得你说过，她前一段时间辞职了，正在全力写一部新作？"

　　"是的，她说再有一个月就能交稿。"

　　"很好。"方昊点头，"这样一来，她马上要出的《不乐园》，加上再版的《失落的果实》，还有即将交稿的新作，三部作品由我司短时间内连续推出，可以好好运作一下。既然成为我司的签约作者，我司也就有了帮她进行抄袭起诉的立场。签约这件事，你去问问她的想法。"

　　听到方昊说决定好好运作段朝夕的作品，顾云岚心中一阵暗喜，嘴上却不由自主地说："一开始不是还不愿意通过她的选题吗……怎么突然又想签约了？"

　　方昊皱眉，这个女孩怎么还是这么别扭？于是嘴上也不由自主地不饶人道："要怪也只能怪你之前在艺文社时，把她的作品运作得太差了。《失落的果实》居然只卖出 3000 册？你们到底怎么搞的？你做出的那几个畅销作家的书，完全是靠运气吗？"

"我……"顾云岚想不到会被方昊反唇相讥，可他说的没错。

方昊接着说："一开始不同意出她的书，是因为她的数据太差了。现在愿意签约，是因为看过她的作品后，发现完全可以打开销路。更何况，现在她可以实现三部作品接连发售。整个情况变了，对作者的策略也会改变，你还问我为什么？"

方昊自信地坐在椅子上，身体微微后倾靠在椅背上，一脸不可一世的表情，看上去很欠扁，却说着让人无法反驳的话。

顾云岚刚入职时的那种感觉又来了。这个上司，果！然！很！讨！厌！顾云岚赶紧截住方昊的话，说："是，我知道了。谢谢方总，我这就联系段朝夕。"说完她转身要走。

"等等。"方昊叫住顾云岚，语气缓和了些，"还有起诉的事没说完。我认识一个知识产权方面的律师，叫周琛，这些天我跟他聊了聊，有些证据可以先准备起来了，比如能证明段朝夕《失落的果实》写作时间早于《女吏》的证据，这个好说，艺文社的投稿邮箱里应该有记录；最好能找到小鱼儿在写《女吏》时，看过《失落的果实》的证据，这个比较难，不过我想，这本书卖得不多，看看能不能找到购买记录？段朝夕签进我们公司后，这次诉讼费就用由公司支付。不过周琛建议，因为《女吏》那部作品跟我们久时也有挺多牵扯，所以公司明面上最好不要掺和进去，段朝夕起诉小鱼儿，个人对个人就行。好了，你忙去吧。"

"好。"顾云岚退出了办公室。

方昊松了口气。这样就对了，他不知道该怎么处理亲密关系，所以，像普通的上司和下属那样……就可以了。

一切又恢复了最初的样子。像回到原点，也像从来没有开始过。不如说，本来就没有开始过。顾云岚投入到忙碌的工作之中。

　　段朝夕听到久时文化传媒集团愿意跟她签约的事，受到很大的鼓舞。顾云岚帮她争取了合理的签约权利，双方达成了接下来五年的合作合同；同时，她接受方昊的引荐，委托周琛律师当自己的诉讼代理人，作为原告，向小鱼儿提起正式起诉。

　　顾云岚联系艺文出版社，一是希望对方放出《失落的果实》的版权，二是请求对方提供一些证据，比如投稿邮箱收到这部书稿的时间、这部书的销售记录，等等。没想到艺文社本着多一事不如少一事的原则，嘴上答应，却无实质动作。小楼知道后，说这些事包在她身上。

　　段朝夕的新书《不乐园》拿到了书号，编辑工作进入收尾阶段，这个周末就该忙世间无欢巡签的事了。顾云岚决定等忙完巡签后，《不乐园》就下印厂。

　　出发前一天，行政部的同事拿着出差行程单来找顾云岚确认。

　　"周五，也就是明天，早上十点三十的航班。八点三十以前自行到机场集合，打车去机场的票可以留着报销。入住的酒店是……这次的作家规格比较高，酒店蛮好的，是上海书城附近的那家万豪。世间无欢老师住一间，宣传部的一个女生和你住一间，发行部另外两名男同事住一间。确认没问题在这里签字。"

　　顾云岚把行程单从头到尾翻了几遍，问道："方总不用去吗？他应该是最熟悉无欢老师的人啊。还有，无欢老师这种咖位的作家签售，又安排了很多家重量级的媒体采访，内容总监不去……真的可以吗？"

　　"你不知道？"行政同事解释，"本来方总是要陪同的。但这个周末刚好遇上国际书展，不是说你们有好几个原创项目打算打进英文市场？方总明天就飞伦敦了。"

　　"啊？"

　　"你放心吧，无欢老师是个很好说话的人，不会在意这些的。这次本来要给他订头等舱，结果他知道后连说不用，说跟你们一起坐经济舱就行。"

　　"啊？"顾云岚的脸色变得比哭还难看，"那最后，给他订的是经济舱？"

"对啊。他说反正飞上海很快，就两个小时，没必要太浪费。"

"哦……"顾云岚机械地在行程单上签了字。

前阵子太忙，又下意识地以为方昊会一起去，完全没仔细想陪无欢去巡签会发生什么。又或者，还好方昊不去，要不然更不知道会发生什么。总之，现在，顾云岚的心里只有一个声音——

完了。

02

早晨七点，顾云岚拖着行李箱刚走出单元门，就看到无欢从花坛后面冒出来。

"等你好久了。"

顾云岚被吓一跳："你怎么在这儿？"

"一起去机场啊。"说着，无欢去接顾云岚手里的行李。

顾云岚紧紧地抓住行李箱的拖杆，没有松手的意思："我都叫车了，车快到了。"

无欢没再抢，放了手："所以，捎我一起啊，我们不是同路吗？"

顾云岚忍住脾气，走在前面。无欢紧随其后。到了路边，网约车已经到了。司机帮两人把行李放进后备厢。无欢去坐了副驾驶座，顾云岚则坐在后面。

顾云岚自顾自地玩着手机，暗自决定只要无欢不说话，她就绝不先开口提起任何话题。

司机是个地道老北京，开车上路还没三分钟，嘴就闲不住了："哟，我看你俩这是要出去旅游？哪儿去啊？"

无欢答道："上海。"

顾云岚解释："不是旅游……"

　　还没说完，话就被司机师傅抢了过去："上海？上海可以啊，我〇六年去过，逛什么东方明珠、黄浦江。人家都说东方明珠高，我看也就是个塔；黄浦江不错，咱北京就缺点儿水系。对了，这两年听说你们年轻人爱去什么迪士尼乐园，对吧？小情侣去，合适。"

　　顾云岚说："师傅，我们是去出差。"

　　司机从后视镜里打量了她几眼，问无欢："小伙子，陪女朋友去出差？"

　　无欢没说话，像是默认一般。顾云岚较真地纠正："我们是同事。"

　　"怎么？真不是情侣？嘻，瞧我这眼神。我瞧着你们从一个小区出来，就以为是情侣了。对不住啊。"

　　顾云岚戴上耳机："师傅，不好意思，今天起太早了，想睡一会儿。"

　　"哎，您睡。"

　　耳机里的音乐覆盖了外界的声音，隐隐还能听到司机在跟无欢狂侃，顾云岚没有理会。

　　到了机场，两人到自助值机柜台上选座位取票，无欢不由分说地选了与顾云岚挨着的座位。顾云岚想拒绝，可非要分开坐好像也找不到合适的借口，只好装作随意的样子。

　　过了安检后，无欢问她："没吃早饭吧？"

　　本来是没吃的，但为了不接受无欢接下来的邀请，饿着肚子的顾云岚说："吃过了。"

　　无欢狐疑地看着她："我没吃，陪我吃吧。"

　　"我……"

　　"反正坐在候机大厅也是坐着。"

　　"哦。"

　　顾云岚跟无欢走进一家餐厅，面对面地坐下。无欢叫来服务员点了单，等早餐端上来，却是两份。

　　"我说我吃过了。"

"我不习惯别人看着我吃。你就算吃过了，也再吃点儿，吃吧。"

顾云岚埋头，小口吃着面前的食物，如坐针毡。

等快吃完了，无欢放下餐具，手里捧着柠檬红茶，身子前倾向顾云岚这边，突然真诚地说："云岚老师，有句话一直想跟你说——对不起。"

不是"顾老师"，不是"小云"，也不是其他什么奇奇怪怪的称呼。没有说轻浮的话，没有用戏谑的语气。顾云岚一时怀疑自己听错了："嗯？"

"之前在你面前太随性了，可能吓到你了。其实你不用这么怕我的。希望你可以忘掉对我的印象，重新认识我一次。"

顾云岚想到无欢曾经的所作所为，心里生气，说道："无欢老师，我对您没什么刻板印象，也不存在要重新认识一次的必要。作为责编，我会对作为作者的您负责，完成分内的工作。至于工作以外的事……"

"云岚老师，你不喜欢我的作品吗？"

顾云岚记起读无欢的小说时，数度为他笔下的角色动容，在他的故事里，小人物在乱世之中永葆初心，以微弱的力量去对抗强大的对手。顾云岚承认道："我很喜欢。如果一个编辑不喜欢责编的作品，就做不好这本书。"

"所以，让你负责我的作品，并不是强行安排给你的任务。你是真的喜欢，对吧？"

"嗯。"

"既然是喜欢的作品和喜欢的作者，你可不可以像……对段朝夕那样对我？"

这算什么要求啊？顾云岚无奈地说："无欢老师，您是大神级的作家啊，千万人追捧，所有网站、图书公司、出版社、书商，无不把您当座上宾。您随便开一本新书，几百万读者便蜂拥而至。我呢？我只是一个小小的编辑，谈不上为您雪中送炭；做的这一点儿微不足道的编辑工作，甚至都谈不上为您的作品锦上添花。您的书，不管是给我们久时出，还是给别家出，不管是让我当责编，还是让其他人当责编，都是一样畅销，我只是不值一提的一个环节。段朝夕则是泥石中的璞玉，她在等待我的发掘和打磨，等待一个强有力的公司帮她进行商业运作，让她这块玉摆上有观众的展台。这怎么能一样呢？"

"可是，其他人把我当座上宾，无非是看到我身上的商业价值。读者追捧我，无非是把我当偶像崇拜，等他们年纪大些，读了内涵更深的作品，只会回过头踩我一脚，唾弃自己曾经的幼稚。我不在意这些，我只在意你……你能不能像对待自己最爱的作者那样，对待我？只因为我很强大，你就不花心思在我的身上了。这不公平。"

广播里传来播音："前往上海的旅客请注意，您乘坐 CA1531 次航班现在开始登机，请带好您的随身物品，出示登机牌，由 4 号登机口登机。祝您旅途愉快，谢谢。"

顾云岚回避了无欢的问题，指指外面："该去登机了。"

在登机口与运营中心的三名同事会合后，大家进入机舱。无欢坐到顾云岚的旁边，他个子高，长腿蜷曲在狭小的空间里，看起来十分难受。

飞机起飞，扎入云海。

看到无欢无处安放的腿，顾云岚随口说："干吗不坐头等舱啊？"

问出口她就后悔了，无欢肯定又会回答一些让人难堪的话，可无欢却一本正经地说："签售会的具体流程我们还没对过，趁现在过一遍吧。"

"噢，好。"顾云岚赶紧拿出笔记本电脑，打开签售会的策划案，"到上海后，下午发行部的同事会去布置展场。活动于明天下午两点开始。先是一场读者见面交流活动，大概一个小时。之后是签售，根据网络上的投票情况看，预计到场的读者会超过一千人，签售可能会持续两三个小时。之后是媒体采访，结束后，书城总经理以及上海那边的一个书商邀请您参加晚宴。"

"知道了。"

顾云岚打开另一个文件："这是跟媒体确认过的采访问题，您可以先看看。"

飞机进入平稳飞行阶段，无欢正要看文件，这时，一个女孩拿着个本子走到这一排，试探着问："你好，请问你是不是最近在播的那个剧……《乱世之子》的原著作者？"

无欢一笑："啊，是我。"

女孩有些激动："我超喜欢这部剧的。最近还买了原著小说打算看呢！能不能请你帮我签个名？"

"好的。"无欢接过她手里的本子和笔，翻开一页，认真地签下自己的名字。

女孩在一旁有些语无伦次地说："之前看过你照片来着，刚上飞机我就觉得你有点儿像，但没好意思问。我就坐在后排，听到你们在聊签售的事，我想肯定是你了。"

无欢将签好名字的本子递给女孩："谢谢你的喜欢。"

女孩又问："能合张影吗？"

得到无欢的许可后，她回座位翻出一台微单。顾云岚主动说："我帮你们拍吧。"

合影之后，女孩终于满意地离开了。

无欢转头对顾云岚说："我们继续看问题吧。"

顾云岚一时没反应过来："什么问题？"

"采访的问题啊。怎么，傻了？没见过这样的我？"

"哦。"顾云岚避而不答，把笔记本电脑塞到无欢面前。从第一次与无欢接触开始，他便是个毫无距离感的人，顾云岚只把他当玩世不恭的纨绔子弟，对他做得最多的事就是拒绝。事实上，他是离人万里、高高在上的偶像，更是日更万字的大神，得到如今的成就并不是靠脸。

就好像有一天，你突然发现，身上甩不掉的那张狗皮膏药，竟是多少人无法触及的东西。就好像，你本来以为他是盛夏烈日，让人藏无可藏，可他又是冬夜初雪，温柔却高冷。

无欢扫了文档一眼，都是一些常规问题，没有出格的。他伸了个懒腰，拿出自己的电脑摆在小桌板上："好啦，流程确认没问题了，我要赶稿了。云岚老师，你睡会儿吧。"

说完，他盯着显示器上的文档，眉峰微蹙，完全进入了他的小说世界。他的手指开始在键盘上飞快地敲击，一个音节一个音节地码出笔下人物的命运。那些角色就是如此被创造出来的。

作家就是这样吧，无论看起来多么风光，都要耐得住最深的孤独，长时间对着电脑独处，一个字一个字地写出自己的作品，就好比孤身一人一块砖一块砖地堆砌出长城。两个错位的形象，终于在这一刻合二为一了。

顾云岚闭着眼，思考着无欢刚才的话。

因为他是强者，所以就不用花心思吗？反正他的书怎么做都能畅销，所以按部就班地做出来就行了吗？编辑最理想的状态当然是对所有作者一视同仁。可编辑到底是人，总归有自己的个人喜好。自己的确是喜欢无欢的作品的，那到底能不能做到，像之前的事都没发生过那样，平常地对待作为作者的无欢呢？

如果能保持正常的编辑和作者的关系，当然最好了。可无欢那个人总让人猜不透他的所作所为。他今天这副做派到底是什么用意？

她又想起了方昊。方昊现在正在飞往伦敦的飞机上吧？

昨天，听说宋微微给他准备了长途飞行礼包，有颈枕、发热眼罩、毯子、保湿喷雾，不知道还有什么东西，反正有的没的一大堆，懒得管了。是自己当着他的面亲口承认没有喜欢过他的，他只是上司，趁早放弃总归要容易一点儿。

顾云岚长长地叹了口气。

到了上海，无欢继续在酒店赶稿，顾云岚跟同事们一起去书城布置签售的展台。忙完这一切已经快七点了，他们回酒店打算叫上无欢一起去吃晚饭。

无欢说吃个简餐就可以了，不要耽搁太久。随便吃了点儿东西，他又回房赶稿了，直到顾云岚睡觉都没再出现。

顾云岚本来担心一起出差，他会做出什么不可预知的事，没想到完全是多虑了。或许他登机之前说的话是真心的，那么自己当然不应该再心存芥蒂。

03

周六，上海书城。

下午两点才正式开始的活动，还不到一点，书城内便排起了长长的队伍。顾云岚对世间无欢的人气深感惊叹。

她交代书店工作人员，见面会的场地只能容纳三百人，待会儿凭购书小票，按排队次序放人进来；又去找主持人沟通，鉴于人数过多，怕不能入场的读者心急，见面会得压缩时间，从原有的一小时改为四十分钟，之后尽快进入签售环节，尽量保证排在后面的读者也能得到签名。

上下打点完后，还有一刻钟活动便开始了。队伍有增无减，甚至延伸至书店外的街道上。排在前面的读者陆续入场就座，狂热的粉丝举着灯牌和大幅应援海报。

顾云岚最后一遍确认现场的道具，见到发行部的同事，随口问道："书都备好了吧？备了多少货？"她本来以为这只是个例行公事的问题。

没想到发行部的同事说："备好了，五百套呢。"

"什么？"顾云岚望了一眼队伍，"只有五百套？光现在排队的人就超过一千人了！"

"又不是每个人都会买，有的人只是来凑热闹而已。五卷本，一套就接近三百块钱，学生哪会那么有钱？放心吧，够了。"

顾云岚急道："之前在网上公布活动预告时，根据预报名人数，就估计会有一千名读者来现场，这个数据还是你们部门给出的，我以为准备一千套书是起码的。"

"那你们编辑部也没人跟我们说过这次要准备那么多啊。"发行部的同事手一摊，无所谓地说。

顾云岚被他的态度惹火了，但还是压住心里的怒气道："好吧，怪我们之前没沟通。"抱怨不能解决问题，顾云岚想了想，"活动现场的事交给我，你们现在马上联系上海其他书店调货，确保至少有一千套货源。加急运到活动现场！"

发行部的同事一脸的不情愿："我们联系试试。不过，根据我们的经验，五百套足够了，不用这么紧张。"

顾云岚看了看手机时间，活动马上就要开始。她知道，如果把发行部的同事惹急了，他们更不会去调货了，只好软下语气来乞求道："这事怪我之前没跟你们说清楚，给你们添麻烦了。拜托，一定去问问其他书店的货源。"

见她这样的态度，发行部的同事点头："行行行，我们去问问。"

虽然还是不放心，但也只能如此了。顾云岚向他们道了谢，快步穿过工作通道，去休息间叫无欢上场。

顾云岚正焦急地在通道上小步奔跑，尽头休息间的门打开了。无欢从门中走出来。

顾云岚微微一怔，好帅的男人。这一点，她之前是知道的。却只是理性地知道，从没像今天这样，感性地感受到。

世间无欢俯下身，跟在他身旁的造型师最后一遍帮他整理发型和领带。之后，他重新站直身子。合身的西装令他显得更为挺拔，平日不加修饰随意扎成个髻的额发，此刻经过精心的打理，带着恰到好处的弧度梳到脸颊两侧，露出额头、眉峰、眼睛、鼻梁、嘴唇，五官的每个部分都如此俊朗。

无欢的嘴角扬起一个弧度："云岚老师，你来了？"

顾云岚定定神道："准备好了吧？该上场了。"

无欢比了个 OK 的手势："没问题。"

他信步穿过通道，踏上见面会的舞台，刚一露面，场下的尖叫声如山呼海啸般爆发了。无欢双手合十，朝观众鞠了一躬，之后走到准备好的椅子前坐下。

顾云岚站在舞台下的旁侧，关注着会场上的情况。公司一起来的负责宣传的女孩，此刻正举着相机扎在媒体记者堆中，拍个不停。

主持人是书店请来的。她开口道："非常高兴今天能请到世间无欢老师，和我们分享他小说创作中的故事。我看大家热情都非常高啊，能不能大声地说出来，你们最喜欢的无欢老师的作品，是哪一部？"

台下又此起彼伏地尖叫起来。六成女生，四成男生，从十几岁到二三十岁的都有。

"那我们问问无欢老师，您自己最满意最喜欢的作品，是哪一部？"

粉丝们安静下来，等待着世间无欢的答案。无欢答道："我希望是下一部。我希望每写一部新作品，都比上一部更好，更令自己满意。"

"看来无欢老师是一位对自己要求很高的作家哈。所以您下一部作品已经有构思了吗？"

"今年刚开的一个新坑，目前已经快一百万字了。不知道大家有没有看……"

还没说完，台下就有粉丝喊道："看了！"

无欢朝那个粉丝的方向笑了笑："看了是吗？看了的很乖。还没看的，可以入坑了。"这个回答引得女粉丝又是一阵尖叫。

顾云岚心里感到有些无奈，为什么要用"乖"这种暧昧的字眼？

死性不改。

主持人又问："还是在天下文学网上连载吗？我们知道您的《乱世之子》这部作品，与久时文化合作出了实体书，也就是我们今天待会儿要签售的作品，之后的作品还会继续跟久时合作出实体书吗？"

无欢侧头，视线在角落里的顾云岚身上停留了一秒，就像一朵粉色的浮云飘过来了一秒。"我会和喜欢的编辑合作。《乱世之子》的图书责编是一个很负责的人，如果是她的话，我想还会继续合作的。"

又开始了……顾云岚有些尴尬地掏出手机摆弄着，现场情况挺好的，应该暂时不需要她。她给发行部的同事打去电话悄声问："怎么样，其他书店的库存有多少？调货了吗？"

"这事真的不好办，"发行部的同事推诿着，"上海这么大，存货太分散了，这里几十套，那里几十套的。如果要再调五百套过来，需要从至少十家书店调货，而每五十套就是十箱书，都需要至少一辆面包运送，真的没法弄。"

顾云岚想了想："能设计一条路线吗？我现在联系搬家公司，不用找十辆面包车，直接找一辆货厢，按路线经过所有有库存的书店，把存货一一运过来。一辆车就可以了。"

"不是，我说，现场不是还有五百套书吗？真的不用这么折腾，五百套卖完再说，没买到的读者，我们回北京后再给他们发货嘛，大不了发签名版。"

"读者千里迢迢赶过来，就是想在现场让喜欢的作家在书上签名啊……如果你们实在不方便，能不能把有库存的书店名录发给我，我来设计路线，我来联系搬家公司。你们跟书店打声招呼，后续我来对接，行吗？"

发行部的同事不情愿地回答："行吧行吧。"

顾云岚不放心地跑去后台，发行部的同事正坐着休息。他们其实已经忙了一天，五百套书的拆箱完全是体力活，他们的 T 恤后背还留有汗水浸透的痕迹。

"你们辛苦了，"顾云岚柔声道，"就耽误你们一小会儿，给我一下书店名录，后面的事我来做。"

见顾云岚态度如此，发行部的同事也不好再推托。

拿到书店名录，顾云岚在地图上标出它们的位置，又联系搬家公司派车。隔着展板，虽然看不见会场的情形，却可以听见声音。世间无欢妙语连珠，引得观众连连发笑。主持人对谈结束后，进入读者自由提问环节。顾云岚刚挂掉与一家书店负责人沟通的电话，只听见一名女读者娇声问道："无欢老师，你喜欢什么样的女孩啊，你看我可以吗？"

无欢没有像之前那些问题那样立即回答，而是停顿了一下才说："抱歉，这是私人问题。"明明是他自己摆出那副暧昧的态度的，活该。顾云岚有点儿没好气。无欢总是对自己的魅力太自以为是，他需要一些意料外的状况。

女孩不依不饶，轻浮地调笑道："听说你会跟粉丝谈恋爱——不想谈恋爱那么麻烦的话，睡一下也可以的。"台下响起一群女孩的笑声。接着，所有人都联想起之前的八卦，哄笑起来。

顾云岚以前带的作者从没有过这么疯狂的女粉丝，当然，她也没带过这么帅、人气这么高的作者，因此她没有应对过这种场面。虽然心里生气，但出了乱子她不能不管。这个问题不知道无欢应不应付得了，顾云岚只得暂时放下手中的事，气恼地从后台走出去看现场的情况。这个无欢，就不能让人省点儿心？

只见提问的女生一脸笑眯眯地望着无欢，她长得不算传统意义上的美女，但身材火辣，有一张现在流行的那种"高级脸"。她周围的其他女生举着应援灯牌、海报，凑在她的身旁，同样一脸笑眯眯地看着无欢。

台上的主持人已经蒙了，拿着话筒不知该怎么接话。顾云岚一时也没有想出好的主意。

无欢倒是毫无愧色,脸上仍保持着微笑,颇有风度地拿起话筒说:"谢谢这位姑娘的抬爱。不好意思,我只是个写小说的,卖艺不卖身。"台下再次哄笑起来,这次是被世间无欢举重若轻的诙谐回答逗笑的。

见无欢能够游刃有余地处理各种意外情况,顾云岚提着的心放下来。也对,无欢才是那个见惯各种场面的人啊,不用自己操心。

顾云岚重新回到后台,继续沟通调货的事。还没坐下,书店的工作人员小跑过来,急道:"还能调货吗?备货已经售罄了。后面还排着几百个读者没买到。"

听到这话,两名发行部的同事面面相觑,给自己找台阶:"无欢老师人气太火爆了,真没想到能卖得这么火……"

顾云岚早料到会是这个情况。她没理会发行部的同事,只对书店的人说:"放心,货车已经出发,从几家书店取货后过来,最快一个半小时就能到。"

见面会结束,签售正式开始。

顾云岚走到无欢的身边,小声跟他说了备书库存不足的情况,请他前面签慢一些,等后续货源抵达。无欢看到她脸上急得通红,额发也被汗浸湿了,知道她为了调货一定在忙着周旋,有些心疼地说:"知道了。"

排在前面的读者见到无欢对顾云岚的态度,一脸暧昧地打量顾云岚。

顾云岚勉强冲读者点了点头,之后跑去后台,继续四处联系。她需要确保货车每到一家书店前,这家书店已经把货准备好,立即就能搬到车上。只有如此,才能在预计的时间内赶上。为此,她前后打了几十个电话,沟通到口干舌燥。

而她一心只想将书尽快运到这里,浑然不觉得累。

终于,货在预计的时间内送到了。顾云岚跟着发行部的同事、书店工作人员一起,前前后后地跑着,把书一箱箱地往书店里搬。一箱书几十斤重，顾云岚身板瘦削却一声不吭，毫无怨言地跟人抬书。

签售的队伍一点点儿前进，书一套一套地不断售出，无欢熟练而礼貌地不停签名。终于，队伍快到末尾，而新调来的货再一次售空。

长时间的等待令排在最后的几十人精疲力竭。此时被告知没有书了，无法如愿让作者亲笔签名，无疑是火上浇油，他们的怒气一点即燃。

书店工作人员无可奈何，只能不断地道歉。发行部的同事站出来，劝解这几十人少安毋躁，只要留下地址，他们回北京后就给大家快递发出签名版的书。他们原以为这个解决方案会得到认可，本来他们一开始也是这样想的。

没想到有人喊道："我缺的是签名版吗？你们官方旗舰店本来不定期就会放出签名版，我想要签名版，直接网上买不就行了？犯得着大老远从外地跑来这儿？"

有人应和着："就是啊！我上午专程坐高铁赶来的，本来就比本地人时间紧、来得晚，排在队伍后面，参加不了前面的读者见面会我也忍了，现在突然告诉我连书都买不到？"

"这是你们工作的失职，你们办签售，严重低估了世间无欢的人气，连足够的书都没准备好！"

发行部的同事忙了一天，心里也觉得窝火，这个时候顾云岚也不知道哪儿去了。他们强忍着心中的不爽，解释道："大家理解理解，今天卖出去一千套书，一套书五本，就是五千本书。这么多书，全是我们在这几个小时里忙上忙下搬来搬去，拆箱、拆封，才卖给大家的。我们也很累……现在实在是没货了，我们也是尽力想办法给大家协调解决……"

"别卖惨了，办签售不就是这样吗？别家都是能备多少书就备多少，只有多的没有少的，卖得越多越好。你们却只备这么一点儿，这不是影响我们世间无欢作品的销量吗？"

这时，刚才不知哪儿去的顾云岚喘着气，手里捏着一沓卡片跑了进来。她只扫视了一眼，就明白了现场的状况。她早料到了，她刚才出去，就是为这个状况准备的。

　　她站到签售台上，深深地鞠了一躬："抱歉，这次没有准备足够的图书，是我们久时的失误，真的很对不起。既对不起作者无欢老师，也对不起来参与签售的你们。"见她态度诚恳，排队的人群安静下来，想听听看她怎么说。

　　"我理解大家的心情，在发现图书可能不够之后，我就在想，大家远远地来参加签售，是为了什么呢？我也有十分喜欢的作家，上学时也曾省出零花钱，风尘仆仆地去参加他们的签售会。我们喜欢那些作品，想见到创作出这样作品的人是什么样子，想亲自到他面前，表达对他的支持与喜欢。这是我们因为喜欢一个故事，而情不自禁想要做的事，这种感情不应该被辜负，不是一本冷冰冰的、邮寄过去的签名书能消解的。"

　　这段话引起了共鸣，那些没能买到书的读者频频点头。

　　"我们的世间无欢老师是实力与偶像并存的作家。作品代表了他的实力，而偶像方面……"顾云岚举起手里的卡片，"我刚才去打印店打印了他的照片。"

　　无欢听到这句话，明白过来顾云岚想做什么。他差点儿一口血喷出来。他当然知道自己是偶像，是会在人群中闪耀发光的那种，可这是他的自信与自恋，他绝不允许任何人把他归入偶像派。他的作品不比任何一个实力写手差，偶像，是他对自我的认同，但从别人口中说出来，像是侮辱。

　　可他看见顾云岚累得双颊绯红的模样，又不忍心跟她生气，更无法在这个场合下表达自己的不满，只能保持一脸僵硬的微笑。

　　顾云岚擅作主张做了这个决定，却连看都没看他一眼，宣布道："没买到书的读者每人来领一张无欢老师的照片，待会儿无欢老师会在照片上签名。之后大家在我这里登记一下地址，签名书后续也会邮寄给大家。"

顾云岚说完了，才回头询问地看向无辜坐着的无欢："可以吗？"

无欢感觉自己像被架进炉子里的烤鸭，却只能笑着说："没问题。"

滞留的读者接受了这个解决方案，所有人自觉排成一列，顾云岚给他们每人发了照片。

负责宣传的同事突然来催道："已经过六点了，媒体已经在休息室等了快一小时了。无欢老师，这边尽快结束啊，要过去接受采访了。"

无欢点头："我知道了。"

人群里又是一阵焦急的骚动。无欢安慰道："放心，会给大家签完我再过去。"

顾云岚赶紧应承："无欢老师时间很紧张，给大家签完后他还要去接受媒体采访。后续的事我这边负责处理，要留地址的朋友待会儿到我这儿登记。"

签完照片，无欢跟着宣传部的同事离席。顾云岚则还留在签售现场，做一些收尾工作。

差不多又是半个小时，这边的事终于忙完了。她急忙赶去休息室。

轻轻推开休息室的门，只见六七家媒体正举着话筒围在无欢的四周。之前的采访应该还算顺利，无欢正神情自若，从容地回答着媒体提问。

"无欢老师，《乱世之子》收官收视率破了 2.5，它的成功，给大男主剧的改编提供了很好的思路。但现在很多人说，这部剧的成功，编剧的功劳最大，很多剧粉甚至不知道这部小说的原著作者是谁，这个问题您怎么看？"

"很感谢编剧老师，他做了很多工作，保留了原著中我最想表达的内容，同时又对一些不符合电视剧表达习惯的细节进行了改编。电视剧不是小说，小说一个人写就可以了，电视剧的成功，是每一个环节每一个人共同努力的结果——啊，这里说的每一个环节，应该也包括原著写得不算坏吧？"

听到这个提问时，顾云岚稍微皱了皱眉。不是因为这个提问有一点儿冒犯，而是因为，这个提问并不在之前与媒体沟通过的采访提纲里。

无欢的回答仍旧滴水不漏，既肯定了编剧的贡献，又没有被提问者带进沟里。面对这个问题，无论是顺着回答承认自己不如编剧，还是自夸原著本来就写得好，都不合适。无欢用一个轻巧的反问，把提问中的冒犯挡了回去。

这名记者又问道："在刚才的读者见面会中，您说希望每写一部新作品，都比上一部更好，更令自己满意。可事实上，目前对您作品的主流风评，都认为您的出道之作《思华年》便是顶峰，之后的作品虽也得到粉丝追捧，但大部分是基于他们对您个人魅力的崇拜，却再没有一部作品能超越处女作的影响力。您自己认同这个评价吗？"

顾云岚注意到，向来自信从容的无欢，在听到这个问题时，不易察觉地露出了一刹那发怔的表情。这个瞬间，她完全理解了无欢作为写作者的身份。他可以应对花边八卦，可以对各种真真假假的传言一笑了之，但这种对作者的努力视而不见的质疑，彻底冒犯了一名凭借一部部作品说话、近十年来笔耕不辍的写作者。

无欢低了一下头，重新抬起头时，双目牢牢地盯着那名记者："谁说没有作品超越《思华年》的影响力？目前《乱世之子》的数据不就已经超过它了吗？"

糟糕！顾云岚在心底惊呼一声。无欢的阵脚乱了，掉进了这名记者的陷阱里。

果然，记者追问道："这是不是正说明了，全靠编剧的能力，您的这部《乱世之子》才能成功呢？要不是电视剧热播，它的数据比《思华年》差远了。"

不知道是这名记者莽撞，还是收了对家的钱，专门来黑无欢的？

顾云岚焦急地寻思对策，只见负责宣传的同事上前，伸手推开那一排凑在无欢面前的话筒："各位记者朋友，麻烦按照沟通过的采访提纲提问，这题超纲了。"

那名记者义正词严地道："难道采访所有名人，都要按照事先准备好的问题提问？那不如直接把标准答案文档发给我们，我们发通稿就好了。搞什么现场采访走过场？还是说，无欢老师拒绝回答这个问题？"

宣传部的同事还要再挡，无欢往前一步，示意她退后。

"《思华年》并不是我的第一部作品。"他说道。

记者群中发出一阵惊讶的喧哗。

"在《思华年》走红以前，我已经写了很久。"

顾云岚想起去无欢家做客时，他给自己说过的经历。

"我大学时，就开始写作了。除了上课之外——对，还包括逃课的时间，我基本都在写作。那四年我写了五百万字，一共三部作品。第一部没火，换笔名写第二部，也没火，换笔名写第三部，还是没火。但我还是坚持到第四部，也就是你们刚才提到的《思华年》，换了世间无欢这个笔名。"

人群变得安静下来。

"这事是我第一次公开提起，大家也不用费心思去网上搜我以前的笔名和作品。总之，我的作品有没有一部比一部更好？我是这样要求自己的，也是这样做的。至于做没做到，我不在意外界怎么看，对得起自己就可以了。"

在场的人陷入短暂的沉默。在这片沉默之中，从角落传出一个女孩不大但坚定的声音："有做到的。"

记者们回头，看见一个清清冷冷的女孩。她不是第一眼能被注意到的那种类型，但当所有人看到她时，都很难不发现她身上散发的独特气质——被汗浸湿的额发还贴在鬓角，为了方便干活，头发随意地束在后脑勺，素净的小脸上，却是毫不让步、绝不动摇的神情。面对着她的方向站立的无欢，抬起视线，越过挡在面前的记者们，看见了站在门边的顾云岚。

"有做到的。"顾云岚再次坚决地强调，同时迈开步子，向记者们走过去。

世间无欢，一个不可一世的男人，一个少年成名、意气风发的男人，一个随心所欲、不拘一格的男人，哪怕早已把顾云岚当成猎物，但这一刻，看着顾云岚一步步走向自己，他认输了。

他不是猎人。她也不是猎物。他只是一个爱上了一个人的男人。而她是寒夜的篝火，是迎浪的扁舟，是春日惊雷，是雨夜飓风。

"各位好，我是《乱世之子》这套书的策划编辑。作为无欢老师的责编，我看过他所有的作品。同时，我也是策划过多部超过十万量级畅销书的资深编辑。我想，他的作品好不好，我有发言权。"顾云岚看向那个刁难的记者，"针对您刚才的问题，我可以谈一谈我的见解。"

那名记者继续提问："即使《思华年》并非无欢老师的处女作，但根据数据，我们是否可以认为，无欢老师在走红后便安于现状，无法再自我突破？"

显然，这人一开始语出惊人的提问还能吸引其他人的注意，但现在大家已经觉得他是在胡搅蛮缠，并不放在心上了。但抱着看热闹的心态，所有人还是想听听顾云岚的回答。

"一部作品的好坏，是完全由数据决定的吗？"顾云岚反问道，"《思华年》是一部彻底的爽文，男主角一路金手指开挂，读者的情绪很快被调动到高潮，这样的爽文，本身就有更大的基本盘。而无欢老师在靠这部作品走红后，并没有继续炮制爽文的套路。随着他的成长，他在作品中加入了更多自己对世界的思考和理念。虽然男主角开挂是男频文绕不过的一点，但他笔下的主角，越来越不是无脑开挂，所有外界助力的出现，在前文都有铺垫，或在后文有解释。小说的细节越来越严谨，结构越来越周密。这导致小说基调变得更为深沉，因而失去了更广大的基本盘，却收获了不少高端读者。这叫越写越差吗？

曾有人诟病无欢老师的作品里，女性角色塑造得过于脸谱化和功能化。可是在他最近新开始连载的这部作品里，已经出现了非常立体的女性角色，这部作品有在尝试不再靠金手指男主稳住男性读者，而是希望通过两性平等关系的塑造，争取到女性读者对作品的认可。这叫越写越差吗？如果说他作品的数据仍然有所下降，这要怪我们运营方没有将无欢老师的作品运作好。这一点，我可以保证，我作为编辑，会尽最大努力制作无欢老师的作品，我们久时文化传媒集团，会调动所有资源，保证无欢老师的作品被所有应该看到的人看到。"

顾云岚一口气说了这么多，她并不是本次采访的主角，但没有记者打断她。

宣传部的同事见机下了逐客令："好了，今天的采访就到这里，谢谢大家，辛苦了。"

记者散去，书城的工作人员敲门进来："无欢老师，您这边的采访结束了吧？我们王总给您准备的庆功晚宴已经摆好了，车在楼下等您。久时来的几位老师也一起去吧。"

无欢点点头："久等了，我们这就过去。"

出席宴席的人，除了世间无欢和包括顾云岚在内的组织本次签售的四名久时的员工，还有《乱世之子》首发网站——天下文学网的内容主编、书城总经理王总及另一名书城高管、上海片区图书总经销商齐总和他的两名副手。都是有头有脸的人物，这种场合，久时的几名员工像是陪衬。

本来也应该是陪衬，除了业内著名的编辑，大部分年轻编辑和工作人员在陪同作家出席饭局时，更像是作家的助理。饭局上的大人物们是不会把小编辑放在眼里的。

而这次饭局上，世间无欢这个大神作家对这名叫顾云岚的编辑表现出的超乎寻常的尊重，令大人物们感到费解。

见世间无欢这个态度，他们也不好怠慢了顾云岚，一口一个"云岚老师"地叫着。

顾云岚有些不适应地听大人物们恭维自己，之后又与他们交换了微信。

这种场合，男人们本来是要互相灌酒的，可因为无欢一改平日的不羁，竟端庄地照顾到在场女性的情绪，所以大家只是小酌到微醺，无欢还帮顾云岚把酒都挡了回去。

饭局结束得比预计的要早。无欢拒绝了王总送他回酒店的要求："时间还早，酒店离得也不远，我想散步回去。"

久时来的几名员工犹豫道："那我们……"

"麻烦王总送他们回酒店。"

"放心，交给我。"

顾云岚跟着他们要走。

无欢喊道："云岚老师，我还有事要跟你商量。一起走回去吧？"

结合之前饭局上无欢对顾云岚的态度，一行人一副"懂了"的神情，不等顾云岚答应，就迅速散去。

大街上也做不了什么，何况顾云岚也有话想对无欢说。

她有些无奈地叫无欢："走吧。"

两人并排走在上海夜晚的街道上。

顾云岚先开口说："对不起。"

无欢不明白，甚至心中一惊："为什么？"毕竟喜欢的女孩说出"对不起"三个字实在太可怕了。

"我不该打印你的照片让你签名的。"

无欢松了一口气："哦，这个啊，我已经没放在心上了。"

"当时只是情急之下想到的主意，但完全没去想，你其实从没在社交网络上晒过照片，也从不会随书附赠照片什么的。你并不想别人因为你的外貌关注你，是我考虑不周到，抱歉。"

"那算你欠我一个人情？"

见顾云岚露出皱眉的表情，无欢赶紧说："不过，采访时说的那段话，也谢谢你。就算扯平了吧。"

"那也没什么。"顾云岚低头看着脚下，小声说，"你不是说，希望我像对待自己的作者那样对你吗？作为责编，替自己的作者说话、解围，都是分内的工作。如果是段朝夕，我会那样做的。所以是你也……也一样。"

这不就是自己提出的要求吗？可无欢再清楚不过，那甚至不是一个退而求其次的诉求，它本身就是一个以退为进的诉求。顾云岚突然坦然地答应了，可他的心里为什么感觉如此失落呢？可他又能说什么呢？能言善辩的世间无欢，此刻找不到话说了，他像第一次陷入热恋的男生那样，只能笨拙地点头说："我知道了。"

见无欢没有耍无赖也没有纠缠，顾云岚心里感到无比轻松。放下了心理负担的她，继续站在编辑的立场，鼓励作者道："我今天说的那段话，都是我发自内心那么认为的，并不只是为了应付记者。无欢老师，我是真的觉得你每一部作品都有精进，加上热播电视剧的加持，你接下来的成绩一定可以再上一个台阶。我们一起努力吧。加油哦！"

无欢心里又感到一阵震颤。他很想抱住她，就像一个寒冷的人想离一团明亮的火焰近一些，可他只能把手插在裤兜里。

路途太短，酒店很快就到了。两人各自回房。

04

此时，远在伦敦参加国际书展的方昊，看到了媒体放出的世间无欢的签售及群访视频。

一想到是顾云岚陪无欢去签售，方昊心里就有种说不出来的不舒服，可顾云岚作为责编，陪作者去签售是理所当然的事，他不知道这种不舒服的感觉从何而来。这两天，他一直想打电话问一下情况，可顾云岚明明已经在工作群里详细汇报了签售过程……现在，他终于有了说服自己打电话的理由。

方昊找了一个僻静处，深吸一口气，拨通了顾云岚的电话。

顾云岚刚开始洗澡，没接到方昊的电话。

方昊看了看时间，二十分钟后，他有一场论坛要参与。他等了五分钟，又给顾云岚拨过去，没想到还是没人接。

方昊来回踱着步，心中焦虑难安，实在没办法，只好给无欢拨过去。没想到无欢也不接电话。这一幕似曾相识，好像一两个月前发生过。那两个人又一起不接电话失联了！

方昊快要急疯了，顿时觉得喉咙被领带勒得透不过气来，只好上手松了松。又等了几分钟，他再次拨给顾云岚——没人接。他又拨给无欢，响了很久后，无欢终于接了。

"喂？什么事？"无欢气定神闲的声音令他欠扁的样子浮现在方昊的脑海。

"怎么这么久才接电话？"

"你怎么跟吃了炸药似的？赶稿啊，你知道，我赶稿习惯手机开静音。"

方昊稍微停顿了一下，这才想起自己打电话的缘由："今天群访的视频我看了。"

"视频这么快就出来了？"无欢玩笑道，"方总，有什么指示？"

"那个……回答得挺好的。"方昊装作不经意地提到，"顾云岚最后那段话说得也不错。你们今晚的饭局结束了？她人呢？"

这拙劣的演技被无欢一眼识破。正要回答，无欢却突然起意想捉弄一下方昊——不，不是捉弄，是你们自己亲口对我承认，对对方没有感觉的，我还不想输……我还没输。这个念头在无欢的脑海中一转，他改口说："小云吗？她在我这儿。"

方昊明显被这个回答噎住了，他停顿了挺长一段时间，才说：

"是吗？"

"你找她什么事？"

"没什么事。只是说一下那个视频。不用……叫她了。"

方昊挂了电话，站在原地，愣了足足有一分钟。随后，他去洗手间整理好领带，去了论坛会场。

这是一个与欧美出版商探讨中国流行小说在欧美文化输出的论坛，方昊作为论坛嘉宾，需全程用英语与其他嘉宾交流。

论坛即将开始，他正要将手机调为静音，顾云岚的电话回了过来。

顾云岚洗完澡，看到手机里有三个方昊的未接来电。她担心方昊有什么急事，赶紧回拨过去："方总，您找我有事？"

方昊只说："没事了，已经解决了。"

对方听上去很生气的样子，顾云岚解释道："刚才在洗澡，手机放外面了……"

她完全不知道，"在洗澡"这三个字，和无欢之前给出的信息，被方昊脑补成了什么。她只听到方昊的声音变成从未有过的冰冷。连最开始，自己作为于莉特招空降到方昊部门的员工，方昊跟自己说话时也未曾如此冰冷过。

方昊说："我有事要忙，先不说了。"然后，他好像连一秒钟都不想再多等，迅速挂断了电话。

顾云岚握着手机，不明白自己又做错了什么。

第二天，一行人赶早班飞机从上海飞去长沙。长沙的签售活动没出什么问题，按部就班地完成了。

周一回北京，顾云岚调休一天。

小楼晚上回家时带回一个好消息，艺文出版社同意放出段朝夕《失落的果实》的版权。

这本书当时本来就不是签的全版权代理，艺文社那边只签了五年的简体中文出版权而已。这个五年之约还有两年到期，不过现在既然图书已滞销，艺文社也没有加印的打算，作者提出解约申请后，小楼再从中周旋敦促进度，倒没费多大力气就把版权拿了出来。

周二，顾云岚回公司上班，听说方昊是昨夜的航班回的国，今天在家里倒时差。

周三，方昊回公司。

《不乐园》的 CIP 数据已经拿到，封面设计也定稿了。加上再版《失落的果实》的选题申请，顾云岚拿着两份文件，去向方昊报告。

"方总，没问题的话，《不乐园》这本书我打算下周一下印厂。等间无欢这个周末成都的签售结束后，我就全力配合运营部，忙《不乐园》后续宣传的事……"

"不必了。"

"啊？"顾云岚心中一惊。《不乐园》是她来久时之后提交的第一个选题，当时的无人支持及难堪，她至今还印象深刻。好不容易才通过的选题，临下厂了，方昊莫名其妙地说"不必了"是什么意思？

方昊却说道："你现在就可以开始全力准备《不乐园》的后续宣传文案。"

"哦，好的。"

方昊又继续说道："我是说，这个周末成都的签售，你不必去了。我去就可以了。"

"啊？"顾云岚又是一惊。虽说对她而言，不去也不是什么大事……但为什么临时改变工作安排？

"我前天就跟行政部打过招呼了，行程他们已经定好了。"

"哦，好的。"

见顾云岚一脸"随便吧，都行"的表情，方昊一腔牢骚发不出来，只能气呼呼地敲了敲办公桌："文件放这儿，封面待会儿电脑上发原图给我看。"

"好。"顾云岚放下文件转身要走。

方昊终于还是忍不住，叫道："对了，等等。"

顾云岚回过头："还有什么事吗？"

"那个，随便问问……"方昊支吾着问道，"你和无欢……在一起了吗？"

"啊？"就这么一会儿，顾云岚已经被方昊的话接连震惊了三次。他到底在说什么？

见顾云岚没否认，一股莫名的火气在方昊心头乱窜，他嘴上不由自主地说道："注意别影响工作。"

顾云岚心中一酸。明明是你先跟宋微微不清不楚的，怎么现在还来无端地猜测我？她说："方总，我个人的感情状况与工作无关，按理是不需要向您汇报的。不过看您有所误解，我觉得还是有必要澄清一下。我不知道您从哪儿得来的消息？太无聊了吧。"

这话是否认吗？方昊心里一喜。可这喜悦还来不及扩散，转而被另一种气恼填满——没在一起为什么要在无欢的房间里洗澡？这么想着，方昊一厢情愿地认为还不如在一起的好。他嘴里嘀咕着："编辑跟作者谈恋爱像什么话？"

"您有在听我说话吗？且不说我们没在一起，就算在一起又怎么了？编辑怎么不能跟作者谈恋爱，李银河还跟王小波谈恋爱呢！"

"编辑跟作者谈恋爱，还能对自己其他的作者一视同仁吗？在分配资源时，不会有所倾斜吗？"

见方昊误解自己与无欢的关系，顾云岚起初是很生气的，但现在，她隐隐又有点儿窃喜，方昊这么在意，这么失常，是因为……因为他在意我吗？正这么想着，却瞥见方昊办公室的窗台上，放着一只精致的玻璃花瓶，花瓶里，几枝白玫瑰怒放着。

以前从没有过的。方昊办公室的窗台上，以前没有花瓶和花的！

短时间内情绪的剧烈变化，令顾云岚无所适从，她只能摆出自己最有安全感的姿态——习惯性地用语言当武器，把自己的每一句话当成刀子，一刀刀地扎在对方的心上，扎在对方最痛的地方。

顾云岚说："我就是对无欢的态度太差了，太不上心了。这些天我已经想通了，不管他是大神也好，小作者也罢，我不能区别对待，我要像对段朝夕一样对他。"

"你……"

"那些花很好看吧。"

"你说什么？什么花？"

顾云岚指了指窗台。

方昊看过去，露出费解的神情。

"上司跟下属谈恋爱像什么话？"顾云岚学着方昊的语气说。这句话真是伤敌一千自损八百，如果还对方昊与自己在一起抱有期待……不也是上司和下属谈恋爱吗？但是，算了。没有这种期待了。不要想了。顾云岚这种将自己严密防护的人太容易退却。对方进三步，她进一步；对方退一步，她就跑了。

"什么上司跟下属谈恋爱，"方昊语无伦次地辩解，"我都不知道那东西是什么时候摆在那儿的。我……我出差好几天，今天刚回办公室。我怎么知道它们会在哪里？你要喜欢觉得好看，就拿去摆在你桌上吧。"

"我不觉得好看。我不喜欢！"

说完这句话，顾云岚自己都觉得戾气太重。宋微微做错了什么？方昊做错了什么？自己是谁？有什么资格生气？有什么资格发表意见？有什么资格觉得好不好看，喜不喜欢？

她赶紧道歉："对不起。"

"喂，我……"

"不要再聊与工作无关的事了吧。"

方昊没说话。

"我去把封面发给您。"顾云岚转身出了办公室。

　　周六，按照改变的行程安排，方昊亲自陪无欢去成都签售，这是在外地巡签的最后一站。

　　遇到航空公司升舱，本来在经济舱的方昊升到了商务舱，刚好和无欢坐在一起。

　　飞机开始爬坡，离地面越来越远。无欢看了一眼面无表情地坐在旁边捧着一本书看的方昊，故意问："为什么不让小云一起来了？"

　　方昊瞥了他一眼，没接话。

　　"不会吧，方昊，这么小气？"无欢撑着脸，"就因为我告诉你她在我房间，你就不让她跟我去签售了？滥用职权啊。"

　　被人说中心思，方昊的表情不太自然。

　　无欢笑了："我随便一说你就信啊。"

　　"你什么意思？"

　　"方昊，你不是自认为，自己才是了解顾云岚的人吗？凭你对她的了解，你觉得她会在我的房间里？"

　　意识到自己上当了，方昊面子上过不去，故作轻巧地说："我只是没想到你那么无聊而已。"

　　"我就是这么无聊。你不是第一天认识我吧？"

　　"无欢，你放过我，行吗？我就是开不起玩笑，不喜欢开这种玩笑。你大可以跟喜欢玩的人去开。"

　　"放过你？"无欢靠到椅背上，"我已经放过你了。我完全可以不告诉你我那天是开玩笑的。我知道我那么说，你会误解，会胡思乱想，会自己生闷气，然后就莫名其妙地放弃了。这虽然不是我故意使的手段，但也不够磊落，我没必要这么做。所以今天特地跟你澄清，顾云岚那天没有在我的房间里。"

　　原来是自己想多了……方昊觉得心里一松，却又重新一紧。在感情方面的事上，他还没见无欢如此严肃过。无欢原本就爱捉弄人，这样一个玩笑对他而言，根本没什么大不了的，而他竟然时隔一周还特地澄清。这样的无欢有些令人害怕……自己在怕什么？在怕一个变得认真的猎人吗？

方昊难得地开口请求："那你可不可以，也放过顾云岚？"

"不可以。"无欢坚定地拒绝道。

方昊咬了咬牙："玩弄她，很有成就感吗？"

"玩弄？"无欢冷笑一声，"方昊，你自诩了解她吗？你若真了解她，就不会因为我随口一个玩笑而方寸大乱。我只知道，如果是我，只要认定了她，便不会对她有一丝一毫的怀疑，我比你了解她多了。她坚强、倔强、认真，不愿意攀缘附会，把自己伪装得张牙舞爪，但那只是对伤痕累累的内心的一种保护。如果我和她在一起，我绝不会让她再有一点儿不安，任何时候都不会让她陷入情绪的泥淖，只要她高兴就可以笑，难过就可以哭，不用再在外面装出坚强的样子。如果你认为这是玩弄，我认。"

方昊捏了捏拳头。

"你自己就是一块冰。一块冰是捂不热一颗冷掉的心的。不是我不适合她，是你不适合她。"无欢说。

这句话像一记重锤，锤在方昊心中空旷的广场，响起绕梁的回音。不知道怎么表达关心的自己，不明白怎么处理亲密关系的自己，没有激烈情感只会淡然面对一切的自己，不会和人谈恋爱的自己。以及连喜欢是什么，到底喜不喜欢她，都搞不清楚的自己。

"不说话，是因为反驳不了吧？"无欢向方昊宣布，"她不是任何人的附属物，我们都没资格帮她做决定。但是，顾云岚，我会尽一切所能去争取。"

05

《不乐园》下印厂的这天，连轴转了好几天的顾云岚终于迎来了一个还算清闲的下午。

　　她在微信上把好消息发给了段朝夕，趁机又问她新作写得如何了，能不能按时交稿。

　　段朝夕签约久时后很受鼓舞，虽也经历了几次痛苦的卡文，但总归还是顺利突破了瓶颈。她说："放心，下周就可以写完。"

　　顾云岚帮她规划着："嗯，等我这边看完初稿给出意见，你那边大概还需要一个月时间修改调整。我正好趁这段时间把再版的《失落的果实》一校做了。这本书已经出版过，校对起来很快，我觉得制作周期可以压缩得很短，争取明年春节后就上市。新作的话，放在六七月上市……这样的话，从现在出版《不乐园》起，你可以每三个月出一本书。明年一定会大爆发的！"

　　段朝夕回道："好的好的。小岚姐，我现在就回去继续赶稿。"

　　顾云岚在日程本上记录下了这几个时间点。然后，她又打开邮箱看稿子。顾云岚在几个著名的写手论坛都发了征稿函，留了自己的邮箱。自由来稿的质量参差不齐，大部分在出版水准之下，但看稿子让她内心感到平静。而从一堆自由来稿中，淘出那百分之一的好作品，是一个编辑的高光时刻。那种发现宝藏的激动心情，无论做过多少本畅销书，是永远不会磨灭的。因此，尽管看自由来稿比起主动找成名写手约稿而言效率低很多，但她仍然没放弃这个获取稿子的渠道。

　　正看着，营销部的魏明打来电话："今天我们找几家营销号发布了消息，就是段朝夕起诉小鱼儿的事。你让段朝夕也转一下。"

　　顾云岚没明白："两周前就起诉了，当时公司官方微博也发布了公告。怎么现在要找营销号散播这个消息啊？"

　　"当时处理得比较低调，关注的人也不多。现在段朝夕的书要上市了，这是我们设计的运作方案。"

　　顾云岚恍然大悟："是说，想重提抄袭事件，让段朝夕的新书蹭这个热点去宣发？这种具体的宣传策略，为什么没事先跟我商量？"

　　"有什么问题吗？"

　　"当然了。"顾云岚不快，"抄袭就是抄袭，如果把它当成宣发新书的热点，反而会让人怀疑我们起诉抄袭的目的。这样会有人说，我们是为了卖书而去炒作，既把起诉抄袭本身变得不纯粹，就算有人因此买了段朝夕的书，也不是因为作品本身，又把作品也变得不纯粹了……"

魏明道："哎，是是是，你说的也有道理。但我们也很难办呀。你看，上面要我们出营销方案，这个段朝夕……她又没数据，又没影响力，小说也没在网上发过，在互联网世界就是查无此人，我们能出什么方案？就剩下她被小鱼儿抄袭过这一个热点可以蹭了。"

营销人员不看作品，不管作品内容，只从作品之外的因素去找宣传点，是大部分图书公司的通病。顾云岚叹了一口气："我会根据小说内容，整理出一些宣传点的。抄袭这件事，既然已经起诉了，就等最后开庭审判的结果吧，现在还是不要再提了。"

"那营销号已经发出去的消息怎么办？"

"冷处理吧。"

魏明倒无所谓："那行吧，这事我不管了。你记得整理小说内容里的宣传点给我啊，我好交新的营销方案。"这等于是把自己的工作甩给顾云岚做，他反正乐得轻松，只要能交出方案，怎么着都一样。

顾云岚没有计较这些，一口答应下来。对于一部作品，它最想表达的是什么，它最值得被关注的是什么，没有人会比作者本人和责任编辑更清楚。把这件事揽到自己身上，她不觉得是负担，反而认为这是她必须做的。

《不乐园》如期上市，段朝夕的新作《速朽》也交稿了。

按常规宣传手段，运营部的同事找了微博上几个读书博主进行转发抽奖赠书。

针对顾云岚列出的内容亮点，公司官方公众号专门发文推送，并且连续半个月每天摘录一条发微博。

顾云岚约了几篇书评，在传统媒体及网络平台上发表。

　　一本新书的销售周期大概是这样：上市后一个月，看是否能够冲进几家电商的新书榜；上市后三个月，看销量能否持续发酵，传播渠道是否扩散，有没有打破固有读者圈层。基本上，黄金售卖期也就这三个月，如果三个月都无声无息，半年内还可以抢救一下，看能不能遇上某个社会话题或被什么榜单推荐。如果半年都打不开销路，基本就进入滞销期了。

　　而宣传最集中的阶段，也是上市的头一个月。几乎所有出版方都把一本书上市的头一个月，或者再加上之前一个月的预宣传，作为重中之重。这一个月赢了，这本书的销售就成功了90%；这一个月输了，后续则更难打开销路。

　　这本书的首印只有8000册，哪怕段朝夕现在已经被久时签约，但她毕竟还不能算头部作者，公司投入的资源有限。

　　到十月底，《不乐园》上市头一个月的销售结束。很多销售数据还没来得及反馈，但公司目前发出去了5000册书，没有经销商要求补货。从网站数据看，销量不容乐观，估计三个月后会有一半左右的退货。

　　按目前的情况，虽不至于像上一部在艺文出版社出的《失落的果实》只卖出3000册那么惨淡，但应该也仅是一本最后卖出6000到8000册，刚刚保本的书而已。

　　这周例会结束，冯娜一边走出会议室一边故意说："当初早说了这个选题不行，非要做。"她转头看向顾云岚，一副猫哭耗子的语气，"小顾，这半年白忙活了，有做这本书的精力，干点儿别的多好。"

　　事实面前，顾云岚没底气，只能尴尬地笑了笑。

　　冯娜不依不饶地说："你之前在艺文社不是做了好几本畅销书吗？怎么到久时就不行了。"

　　"现在说失败还为时过早。何况，"顾云岚反问，"只做成名作者的书，的确没什么风险。但为了规避失败，就永远不做新人的书了吗？冯娜姐，你不愿意承担这个风险，无可厚非，但不至于来嘲笑承担了这个风险的我吧。"

"所以书卖不好，还是你做得对？哎呀，拿着全公司资源去捧一个怎么也红不了的作者，还这么理直气壮，我是看不懂。不过手里有世间无欢这么个大腿抱着，做再多不赚钱的选题，也不愁年终奖。我们是羡慕不来。"

顾云岚脸憋得通红，却不知该怎么回嘴。其他同事打圆场："算了算了，当编辑久了，谁手里没几本滞销书啊。"

这话虽然是宽慰她，却更戳中了顾云岚的痛处。这一个月来，她也很焦虑，明明到了制度更灵活的民营出版集团，明明用上了许多以前在艺文社没有的宣传手段，比如久时的自媒体矩阵辐射的粉丝量是艺文社的十倍不止。本以为只要有了这样的平台，就一定能把段朝夕的作品推出去，可看着销售数据怎么都不涨，她不知道是哪里出了问题。

顾云岚脸上的神情黯淡了，她艰难地向打圆场的同事笑了笑，兀自抱着笔记本回到工位。

方昊看见顾云岚落寞的身影，不禁想起她刚来时提交《不乐园》这部作品选题的情景。那时的她，一副天不怕地不怕的样子，自信地跟自己叫板，说不管怎样，这本书一定要做出来。

那些情景仿如昨日，当时既气恼于这个女孩不知天高地厚，又触动于她愿意为新人争取。如今想到这些，心中的某一处竟不可思议地变得柔软。

有个好消息，本打算等最终确定了再告诉顾云岚的。方昊本不是个爱提前声张的人，但见顾云岚此刻蔫掉的模样，便觉得无论如何，也要立即跟她讲。

方昊打开顾云岚的微信对话框，敲下一行字："到我办公室来一下。"转而觉得这里不适合，鬼使神差地删掉这行字，重新改成："有件事想跟你聊一聊，去一楼的咖啡店吧。"又补充了一句，"就现在。"

　　一楼那家咖啡店本就基本上被久时承包了。除了会客，内部人员有什么重要事情需要专注地沟通时，也会选择去那里，所以这个邀请并不算太突兀。

　　方昊看不见顾云岚收到消息的表情，但她很快回复了——噢，好的。

　　不知怎的，明明只是找下属谈个话，方昊这个上司却莫名紧张起来。

　　顾云岚收拾了一下桌面，正准备下楼。只见郑总气势汹汹地冲进原创部办公区，点名道："顾云岚，你跟我过来！"说完他便冲进方昊的办公室，顾云岚也只得跟进去。

　　郑总开门见山地问："你们知道，今年截至目前，上市首月卖得最差的一本书是什么不？"

　　顾云岚和方昊没接茬，郑总接着说："顾云岚，就是你编辑的那本《不乐园》！"

　　方昊说："郑总，要是内容不好、编校出了问题，该训编辑。卖得不好，该训你们运营的人啊，怎么还来训上我的编辑了？再说，每年不总有一个垫底的嘛，以前也没见您发这么大火。"

　　"你以为我没训那帮营销编辑？刚才的周会上，负责这本书的魏明被我骂了个狗血淋头。"郑有明说到激动处，抄起桌上的水杯要喝，这才发现是方昊的，放回原处不耐烦地道，"赶紧给我倒杯水。"

　　方昊拿了个纸杯，从饮水机里接了水递到郑总手上。郑总喝了一口，又接着说："我才知道，魏明当时做了营销方案，是你顾云岚不同意。顾云岚，你是不是对我们运营中心有意见，总跟我们对着干？方昊，你看看你手下这帮编辑都什么人，一个个都反了！"

　　改营销方案的事方昊并不知情，他用询问的眼神看向顾云岚。

　　顾云岚知道郑总一直看自己不顺眼，现在又让他挑到错处，但此时态度也不好太强硬，解释道："郑总，书卖得不好，我认。至于营销方案的事，我确实不认同当时魏明提出的蹭抄袭事件的热点，蹭好了，别人关注作者也不是因为作品，蹭得不好，说不定有人以为抄袭是我们为了卖书碰瓷。"

方昊从顾云岚的话里知道了大概情况，替她解围道："郑总，您消消气。她说的不是没道理，如果是我，也不会认可魏明的方案。"

"你什么你，是你就不会错了？"

"您放心，"方昊向郑总保证，"这不是刚上市一个月吗？不会一直如此的。这个作者明年会爆发，到时说不定还要加印呢。"

郑有明将信将疑地看着方昊。可方昊既然如此承诺了，他也不好再说什么。毕竟方昊是他挖来的人，方昊的能力他清楚。

郑有明撂下话："明年要再卖不好，别以为我管不了你。还有，"郑有明看看顾云岚，"编辑好好编内容就行，少管怎么卖的事！陈总听财报，又不用你们去汇报！"说完，他一口喝光纸杯里的水，狠狠地把纸杯扔进垃圾桶，气呼呼地走了。

等郑总走远了，顾云岚问方昊："您刚才说……段朝夕明年会爆发？"

"被郑总训了，不委屈吗？"

顾云岚已经不在意郑有明说了什么，何况，她可以理解郑有明的立场。她现在的关注点，完全被方昊的那句话吸引："您那么说，是为了哄郑总，还是真的那么认为？"

"我什么时候说自己没把握的话？"方昊说。

顾云岚的眼睛亮了亮。一直以来，她孤军奋战，没有过可以把后方全部交给对方，还能完全放心，而对方可以比她做得更好的战友。但她现在连"真的吗"都不用问，因为她相信是真的。

"好了，你先去咖啡店等我，我收拾收拾就下去。"

"您喝什么？"

"美式。"

顾云岚的心中仿佛吹过春风十里，而那些桃花又都憋着，不敢大大方方地盛开。她内心在欢呼雀跃，双腿却矜持地迈步，一副若无其事的样子搭电梯到了一楼。

点单后，她找了咖啡店中一个角落处坐下。

没多一会儿，方昊来了。他坐到顾云岚对面的座位上，提起话头："冯娜今天说的，你别放在心上。"

外面是透过大片落地窗照进来的阳光，而这个角落是太阳照不到的暗处，仿佛于喧嚣的尘世之中，两人躲进一个隐蔽的空间，一些平日被压制的情绪逐渐放大。

"她和郑总说的都没错，《不乐园》确实卖得不好……"顾云岚不太好意思地笑了笑，"你一开始本来是不同意这个选题的。"

"知道后来我为什么又同意了吗？"

"不知道。"

"其实我对这个项目的看法没有改变，只是因为拿到了无欢的选题，确信今年的码洋任务有了保底，才决定放任你做一本不赚钱的书。"

"……好吧。"顾云岚低下头，她没想到是这个答案。当时她确实也奇怪，一直态度坚决否定这个选题的方昊，怎么又同意了。她还以为是方昊看过了小说文本，或者自己说服了方昊，却没想到是因为这个。所以段朝夕，真的是自己判断失误？她注定红不了，得不到市场的青睐吗？

方昊问："这样就被打击到了？"

"你从来没对这个项目抱过希望。哪怕我说，段朝夕是我这么多年来，见到的写女性心思最细腻的作者；哪怕我说，段朝夕塑造的女性群像，目前国内没有几个作家能做到像她这么出色……你还是从来没对这个项目抱过希望？"

"能把一个我完全不抱希望的项目做到保本，不是已经很出色了吗？"

"嗯？"顾云岚本来还沉浸在自我怀疑之中，听到方昊话锋一转，一时感到有些茫然。

"已经做得很好了。你付出的努力，我都看到了。"方昊肯定地点了点头，"而且，我完全认同你对段朝夕的评价。但是，就像你之前在无欢的群访里说的那句话一样，一部作品的好坏，不是只由数据决定的。现在销售数据不好，也不能否认你做了一部出色的作品。再说了，情况不是变了吗？之前是单单一部作品，现在她会陆续再出两本书。一个作者每出一本新书，都会一定程度地带动旧作的销量。作者是需要积累的，一部作品或许不行，但接连出版三部高质量的作品，我相信是可以的。"

顾云岚感到鼻子发酸。为什么啊，为什么要对我说这种鼓励的话？为什么眼神那么温柔？她仿佛身处一个旋涡，被一股无法抗拒的力量拉着，朝着海底下沉。她突然不想懂事，不想明理，只想任性地想到什么就说什么，于是发自内心地抱怨道："但我还是很不开心。明明是一部好作品，明明花了力气推广，为什么就是卖不动？明年的事到底也是明年了……要是一上市就立即畅销，不是更好吗？"

"这个时代的市场就是如此。人们被碎片化阅读分散了注意力，被更多的娱乐项目挤占了阅读时间。畅销书的出现，内容好只是一个方面，有时更多的是靠运气。"

"明明是好内容，却等不来运气……会甘心吗？"

"不甘心又如何？我入行比你久一些，见了太多最终没被人注意到的金子。编辑好不容易把金子淘出来，可现在的出版市场泥沙俱下，这块金子很快又再次被掩埋在泥石之中。这样的事经历过太多次，我也学会了看作品之外的因素来判断一个项目。但你让我很感动，你始终是相信内容的，这很好，不要改。内容之外的事，我帮你想办法。"

"我……"不知道该说什么，是表达感谢，还是什么都不用说，听着他这种不经意的承诺就好呢？

"还有个好消息没告诉你。"

"诶？"

"现在还没最终确定，不过也八九不离十了。知道曾仪导演吗？"

"知道啊！"顾云岚面露喜色，"他拍的那两部电影我都很喜欢。"

"他一直在做女性成长题材的电影，处女作就非常惊艳，以这种小体量题材博到 5 亿票房，女主角还拿到了当年的影后。第二部更是斩获 8 亿票房。是这三年来成绩最亮眼的新人导演之一。"

"你是说……"

方昊点头道："他在找下一部电影的原著小说。当然，仍然是聚焦女性成长这个主题。"

"这个主题段朝夕最擅长了！"涉及自己的事需要矜持，一旦涉及作者，顾云岚就完全不顾矜持了，她几乎要欢呼出声，"他看上段朝夕的作品了吗？哪一部？"

"就是她上个月交稿的那部新作。说来也巧，你刚把文档发给我，没两天，影视部王总就问我有没有这类作品，说曾仪导演找到他让他推荐一下，所以你看，只要坚持写下去，就会有机会的。"

"可是，那只是初稿，还有几个地方要修改。"顾云岚语无伦次，"不过都是小问题，改动不大……"

"听说曾仪导演看完段朝夕的那部作品非常喜欢，上周，影视部已经在跟他商谈 IP 授权的细节了，估计这两天就会出详细意向。本来是打算出了结果再告诉你，再通知作者的。"

"嗯，我先不说，等合同细节谈好，我再去问段朝夕的意见。"

顾云岚一扫近日的愁色。向来不愿袒露内心的她，此刻满脸毫不掩饰地写着高兴。

当顾云岚的作者真的很幸福吧。方昊这么想，却不知怎的心里有些发酸，忍不住泼冷水道："别高兴太早，这事还不是完全确定的。"

顾云岚却不介意："没事，不管最后成不成，有希望就会有动力。"

看来这个女孩已经摆脱自我怀疑了，方昊放下了心。可那股酸意，却在心里扩散开来。

06

转眼临近年末，各行各业都开始举办年终盛典。

内容产业方面，由极光集团主办的年度 IP 盛典，今年已是第六届。前五届的成功举办逐步奠定了"极光·年度 IP 盛典"这一品牌的地位，它每年所颁发的奖项，正成为内容产业的一个权威发布及风向标。

极光集团是国内互联网集团几大巨头之一，在内容产业方面，自身成立了影业、游戏、动漫、视频网站等分支机构，几年前更是全资收购了国内最大的网络小说发布平台——天下文学网。也就是说，极光布局了内容产业的全生态链，能得到它颁发的奖项，是对作品商业价值的一次全方位提升。

之前在艺文社工作时，顾云岚每年也会关注这场盛会，但因为艺文社本身商业化程度不高，还是属于传统文学出版机构，因此几乎与这类盛会绝缘。顾云岚未曾真正参与其中，也未想过自己有参与其中的可能性。直到这天，她收到一份快递，打开后赫然发现竟是一封邀请函。

邀请函经过专门设计，暗蓝底色上是烫金的纹路，庄重、典雅。函中写道：本年度，暨第六届极光·年度 IP 盛典诚邀顾云岚女士作为产业嘉宾出席。

举办的日期是年底最后一个周日。

坐在旁边的何纬瞥见顾云岚手中的函件，悄声道："哎哟，云岚，可以啊，你这是嘉宾啊。"

顾云岚不太清楚状况："当嘉宾很难吗？"她本来以为只要能去的人都被称作"嘉宾"。

"当然了。"何纬眉飞色舞地道，"这个盛典我们久时每年都会组团去围观，但能当嘉宾的人少之又少，我们编辑大部分是作为观众，也就看看别人颁奖，就这还得托关系，要不是久时的名头每年能拿到一些名额，内场是进不去的。别小看坐在内场的观众，不是从业人员就是作家，多余的票也是分给各家粉丝团，要报名抽奖才能抽中的，普通人根本进不去。"

"那这嘉宾跟普通观众有啥区别啊？"

"区别大了。嘉宾里有明星，有获奖者，有行业翘楚。坐前排，固定座位，座位上有名字，入场时还要走红毯。普通观众，就是观众，捧场、鼓掌、喝彩呗。"

"啊，走红毯？"顾云岚大吃一惊。

"啧，"何纬挤了挤眼睛，"到时打扮打扮，别被某些人比下去。"

"某些人？"

"你想啊，小鱼儿那部剧，大制作，拍了半年，前几天不是刚杀青？我听说已经被两家一线卫视预定了,极光视频也买了同步网播权。这次盛典，她是不是势必要出场？"

顾云岚恍然大悟："对哦。"她心虚地看看四周，见暂时还没同事注意到自己，尤其是冯娜，赶紧把邀请函收好，压低声音跟何纬说，"以前咱们集团嘉宾都有谁？"

"陈总倒是每年都是嘉宾。影视部的王总去年好像也是嘉宾？我们于总今年刚来公司，之前没关注她，有没有作为嘉宾出席过我不清楚。昊哥前年当过嘉宾，那年他的一个作者得了奖。去年不是。今年就不知道了。"

"都是他们？那我……"顾云岚摊手看看自己，"我凭什么能当嘉宾啊？"

何纬想了想："因为世间无欢吧。天下文学网的大神作家，《乱世之子》电视剧就是极光视频自己投资自制的，他的下一部剧还是给极光集团，他就是极光集团的'亲儿子'啊！你做了他的书的责编，鸡犬升天。"

世间无欢吗？意识到是因为他，顾云岚愣了一下，甚至没注意何纬的用词。

签售到现在过去三个月了。这期间，无欢有时会与她讨论小说的问题，在她努力宣传段朝夕的新书时，无欢也帮她转发过微博——不过因为目标读者群重合度低，他的转发并没起太大的作用。

无欢好像真的信守了承诺，与她保持着作者与责编的关系，不再时不时用各种借口到她眼前晃荡，不再有事没事约她吃饭，不再戏谑地让她难堪。可是……

可是，无欢虽然不再声张，却还是有意无意地靠自己的影响力为顾云岚做事，顾云岚还是敏感地察觉到了这种关系的不对等，她并不能为无欢带去任何提升。而她自己呢？一个小小的编辑，因为世间无欢，成为行业年度盛典的嘉宾，说是鸡犬升天也没错。何况，主办方怎么会注意到自己这样一个小小的编辑，从而专门邀请？会不会是无欢特意要求的呢？

他还是……没有放弃吗？

无论如何，自己成了嘉宾，传出去都容易招同事嫉妒，顾云岚决定低调处理，到时就跟组团当观众的同事们混一起，假装自己也是观众好了。她故作随意地跟何纬说："说不定是弄错了，我还是第一次参加这种高大上的活动，这不还有两周吗？到时再说吧。"

忙着段朝夕的几部书稿，顾云岚加了会儿班。下班时，刚好与方昊同乘一部电梯。方昊随口问："邀请函收到了吗？"

顾云岚意识到，方昊也知道这件事。当然了，他是上司，理所应当知道。她点点头。

两人一时找不到话，在电梯中沉默着。楼层数字渐次递减，像一个倒计时。5，4，3，2。顾云岚终于还是忍不住，问道："我能当嘉宾，是因为……因为无欢吗？"

倒计时并不会停止，数字终于还是变成了"1"。"叮"的一声，电梯门朝两侧滑开，没等到回答，顾云岚踌躇着不知该不该走。

方昊开口："我送你回……呃，去地铁站吧。"

顾云岚还来不及靠理智做出决定，嘴上已经答应："好。"说完，她又后悔自己答应得太快。

电梯门重新关上，下降到地下车库。方昊没有回答之前那个问题，而是说："段朝夕也应该接到邀请函了，她告诉你了吗？"

"啊，是吗？"顾云岚感到有些惊喜，转而奇怪，"为什么她也是嘉宾呢？"她记起来，"和曾仪导演那个项目有关？"

上个月，在方昊给顾云岚透露消息后一周，段朝夕的作品《速朽》与曾仪导演的影视工作室正式签署了电影改编权授权协议。

方昊点头："这个项目极光影业投资了，是他们明年的重点项目之一。"

"那太好了。"顾云岚由衷地感到高兴。

方昊打开车门，顾云岚坐进后座。方昊启动车子，慢慢驶出地库。他从后视镜看了看顾云岚，说："你既然是《乱世之子》图书的责编，也是一手带出了段朝夕的编辑，你因为他们而被作为嘉宾邀请，不是再正常不过吗？"

方昊的这个回答，并未能解开顾云岚的心结。顾云岚问的本意是——我是因为靠世间无欢的关系才被邀请的吗？方昊的回答中，仅说顾云岚因为是世间无欢的责编而被邀请，虽然本质上也是靠无欢的关系，但两个含义中微妙的区别，对顾云岚而言，完全不同。

像是看出顾云岚的心事，方昊补充道："我的意思是，你完全够资格，不管是不是因为无欢。所以，不用太在意了。"

顾云岚一直靠自己的努力走到现在，她不希望自己的能力被其他因素掩盖。听方昊这么说，她稍微放下了心："我知道了。"

这个时间点，道路畅通无阻，到地铁站不过几百米距离，两三分钟便抵达了。顾云岚又偷偷看了一眼方昊。他修长的手指搭在方向盘上，连指节弯曲的弧度都那么迷人。后视镜里，他双眼平视前方，专注、心无旁骛。她抿了抿嘴唇，推开车门，低声说："谢谢。"又补充了一句，"明天见。"这是她认定的，她与方昊之间的暗号，也是她能说出口的，最暧昧的话语了。

方昊回头，快速地点头致意后，又重新转头看向前方。同样一句"明天见"，被冬夜的寒风载着，轻飘飘地飘来。

回到家，小楼冲上来迎接。顾云岚问："什么事啊？这么兴奋。"

小楼说："你知道极光集团的年度 IP 盛典吗？"

"当然知道。别提了，今天一天都在跟人聊盛典的事。"

"怎么了？"

"我莫名其妙地收到了嘉宾的邀请函。"

"哇！你是嘉宾吗？肖遥也被邀请了。"

"哦？恭喜他了，听说作者被邀请的话，一般都是有奖拿的。"

"我也要去。我……从他的粉丝后援会拿到了一个观众名额……"

顾云岚哭笑不得："你也太跌份了吧？"

"老肖的事业嘛！我要好好支持。不管是作为他的编辑，还是作为他的女朋友。"

老实说，顾云岚有点儿羡慕小楼，自己什么时候能像小楼这么坦诚就好了。不过，知道那场盛典小楼也会去，是今天最好的消息。

顾云岚故意问："只支持他，那你不支持我吗？"

"支持啊！"小楼拿出手机，"给你当职粉，我现在就下单定一个专属于你的灯牌，到时你和老肖的，我一手举一个。"

顾云岚正色说："不开玩笑，那天真的形势严峻，需要你帮我。"

小楼答应："无条件帮你。"

顾云岚安心地笑了。

一场超大的盛会，要面对小鱼儿，要面对公司内的同事，冯娜大概率会去，要面对当晚耀眼得令人心虚的无欢，还要保护好作为新人的段朝夕，毕竟，在小鱼儿抄袭这件事上，段朝夕才是火力的中心。本来以为要一个人出战的，现在至少有最好的朋友陪着了。

还有……顾云岚在心底悄悄想了一个名字。

还有他陪着吧。

07

　　极光盛典在北京 CBD 建国门附近的一家豪华酒店举办。久时文化传媒集团的工作人员里，仅总裁陈舒、内容副总裁于莉、影视副总裁王文浩、内容总监方昊和高级策划编辑顾云岚是嘉宾。

　　主办方给所有嘉宾安排了一场盛典正式开始前的预热下午茶及冷餐会，邀请大家于当天下午三点到酒店的咖啡厅参与。

　　这场 pre-party（预热活动）的到场者无不是内容行业精英，是个极佳的社交场合。

　　顾云岚本来打定主意与同事们混在一起，装作普通观众，不参与嘉宾活动，却又担心段朝夕独自赴会应付不来。段朝夕是个极内向的人，面对伶俐的小鱼儿，势必占不到上风。

　　正犹豫着到底去不去，段朝夕先来了电。段朝夕本着多一事不如少一事的原则，想着还是别与小鱼儿照面的好。她从外地过来，打算待在主办方统一订的酒店客房内，直到盛典开始后直接去会场。

　　两人一拍即合，共同决定不去参加下午茶了。不过段朝夕作为新人作者，在红毯仪式上露个面还是很有必要的。顾云岚想，自己就别走红毯了，到时段朝夕走红毯时，站在场外帮她声援就行。

　　顾云岚跟方昊报备了此事。方昊表示理解，并未多说什么。

　　盛典当日，红毯仪式将于傍晚六点正式开始，同事们约好五点钟到酒店大堂会合。

　　顾云岚把自己收到的邀请函和嘉宾卡借给了小楼，让小楼陪着肖遥去参加下午茶。她则一个午觉直接睡到了三点半，还是被无欢的来电吵醒的。

　　顾云岚揭开眼罩，从被子中伸出手抓来手机，看见来电显示是世间无欢，稍微皱了皱眉。

　　那边，无欢问："云岚老师，下午茶开始了，你还没到吗？需不需要我去接你？"

　　顾云岚说："我不去了。"

　　无欢没想到顾云岚是这个答案，他停顿了一下，才有些惊讶地问："今晚都不来了？"

　　"哦，不是。"顾云岚解释，"只是不去下午茶了。"

　　那边明显松了口气："那你到了告诉我，我去接你入场。"

　　顾云岚婉拒道："你今天是主角，应该很忙吧。不必特意管我，我自己可以的。"

　　"不用跟我这么客气。"

　　顾云岚看了眼时间："我要收拾收拾准备出门了，到时再说吧。真的，你忙你的。挂了啊。"

　　无欢说："待会儿见。"

　　挂掉电话，顾云岚起床洗澡，穿了件还算得体的烟灰色羊毛衫，配上黑色牛仔裤和小踝靴，套上从头裹到脚的羽绒服，出发了。

　　酒店的咖啡厅内，绯色窗帘半开半闭，阳光影影绰绰照进来，渲染出温暖的色调。一字排开的冷餐桌上，整齐摆放着一座座精致的点心塔。吧台后面，调酒师与咖啡师现场制作着饮品，由服务生传送给需要的宾客。

　　全国内容行业的顶级人物在此汇聚一堂。

　　世间无欢身穿靛蓝色西服套装，在翻领上别致地装饰了一枚纯银錾刻的羽毛造型胸针，配一条夜空色星辰碎纹领带。他的头发梳向右侧，几缕发丝慵懒地坠在右颊；左脸则干净爽利地一览无余，凸显出左耳上点缀的一枚十字耳坠。

　　无欢端着一杯特调鸡尾酒，与几位极光视频的高层攀谈着。在此过程中，不断有人上前与他打招呼，其实是借机在极光视频高层面前混个脸熟。无欢游刃有余地周旋其中，几乎是全场最引人注目的焦点。

小鱼儿在作者圈的风评不好，没什么朋友，但她特别会来事。今天的她盘了头发，化了浓妆，穿一袭银色亮片露背修身连衣长裙，裙身是包臀收摆高开衩的款式，她像一条人鱼般在会场里穿梭。虽然不受作者待见，但她仍主动上前与各机构来的从业大佬搭话，一时间倒也如鱼得水。

方昊穿一身传统的黑色西装，领带也是黑色的。虽然色彩上并不出挑，但因裁剪得体，更显得稳重利落。他与一位中年男子坐在人少处的一个卡座上低声谈论着什么。这名中年男子不常在这类场合露面，没人知道他是谁。方昊作为多年从业者，这个会场上认识他的人倒挺多，但此刻有更多更值得社交的人选，方昊并不是那些人的首要选择。因此没有人来打扰他们，甚至没有人注意到他们。

事实上，中年男子是极光集团资本中心副总裁，方昊心中有一个计划，他正一步步地推进。他虽不爱热闹场合，也不喜欢社交，但身在职场多年的他明白，有些事，不愿意做，也得做。有些机会不会主动降临，而是要靠自己争取。

因此，当顾云岚跟自己说她不想来这场茶会时，他理解地认可了。但是，她不愿意做的事，他来做。

谈完正事，中年男子先行离席了。方昊则独自继续坐在原处，在手机上记录刚才谈话的要点。

无欢那边也差不多了。此时，他正被一帮大胆的女作者围在中间调笑。这帮女作者古灵精怪得很，她们倒不是对无欢有什么想法，只是知道不少无欢的绯闻，又同在网上写作相熟多年，不免拿他开涮。

正聊着，小鱼儿扭着步子朝这边走来。她取了一块点心，看了这些人一眼，又转身离去了。

"看看，小鱼儿今天打扮得挺讲究。我看她是拼了命想站在无欢身边不输气场。"她们的言语中满是对小鱼儿的鄙视。

无欢说："就她？得了吧。我为什么要让她站我身边？"

"听说了吗？今年她要拿最佳女作家。"

获奖名单一般不提前公布，而是在颁奖典礼上现场开封。但如果跟极光的工作人员相熟，总会得到点儿小道消息。年度最佳男作家和最佳女作家是每年分量最重的两个奖项，今年的男作家毫无悬念地非世间无欢莫属，但没想到，小鱼儿竟然也要拿这个奖。

无欢心里如吃下苍蝇一般难受，他的脸色有些难看："这消息可不可靠？"

"你跟极光的人不是熟吗？去问问啊。"

无欢一直没有打听获奖名单的习惯，以他的身份，犯不着打听这些。正琢磨着是不是要找个人问问，女作者们已经岔开了话题。

有人上手摩挲无欢衣领上的胸针："看着像羽毛笔，挺别致的，哪儿买的？"

"啧啧啧，你的品位和那些直男天壤之别，我一直有个想法，你不会是姐妹吧？"

"这耳环也好看，哪儿买的？"

无欢无奈地摆摆手："你们饶了我吧。"

这一摆手，她们又发现了他手上的腕表："啊，蓝水鬼！今年版权又卖了多少钱？"

无欢应付不暇，找了个借口溜到人少的地方图清静，却一眼瞥见了卡座里的方昊。

无欢坐到方昊的身旁："一个人在这儿做什么？"

方昊瞥他一眼："你又来这儿做什么？"

无欢用眼神示意那边的那群美女作者们。方昊当然领教过她们的厉害，点了点头。

她们看见无欢和方昊坐在一起，都笑得浮想联翩，交头接耳地叽叽喳喳。无欢以手抚额，生无可恋地仰头靠在卡座的椅背上，问方昊："你在她们心中的地位真是无可撼动。知道她们刚才怎么说你吗？"

方昊"哼"了一声，没搭话，继续在手机上打字。

无欢道："她们说，你才是成熟女性的最爱。我这种人啊，只配有小女生喜欢。"

"她们随便说说罢了。"

"不，"无欢伸出食指摆了摆，"我觉得她们说得没错。你看她们只调戏我，明明都喜欢你，却不敢来跟你开玩笑。方昊，你教教我，怎么吸引成熟女性？"

方昊捏住他食指，指了指上面那个指环："首先，把这个摘了。"又指了指无欢耳上的耳坠，"这也摘了。"

"喊，直男。"无欢学着太太们的语气。过了一会儿，又说："顾云岚虽然不是小女生，但也不是成熟女性吧。"

方昊收起手机，问道："作为嘉宾邀请她，是你跟极光的人提的吗？"

无欢承认："是。"

"我就知道。"方昊毫不意外。

"既然知道，你作为上司，不帮她拒绝我的好意——或者说不怀好意吗？"

"参加这种大型活动是她的机会。只要不是不择手段得来的机会，我没有理由替她做决定。"

"你说起道理来总是一套一套的。"

"但没料到她最后自己决定不来，不是吗？"方昊难得地反唇相讥了一句。

无欢没有在意："我做我愿意做的事就好。"

"别让她知道是你帮她要来嘉宾名额的。"

"还用你说。"

两个男人互相看了一眼，又都移开了视线。

　　方昊没想到的是，于莉手捧一杯咖啡，主动找来这里。她先是跟无欢客套了一番，让他下一部作品一定要继续交给久时出版实体书，转而对方昊说："能不能聊聊？"

　　无欢见状，起身找肖遥和小楼去了，留下方昊和于莉在卡座上。

　　"你知道吗，空降的领导特别难当。"于莉示弱。

　　方昊笑着"嗯"了一声，不知道于莉什么意思。

　　"他们都说你是郑总的人，我为了培养自己的势力，又特地招了顾云岚。人们乐于看戏，却不顾事实。你看，你并不是谁的人，你只是一个有能力的年轻人。顾云岚也不是我的人，她也只是一个有能力的年轻人罢了。有能力的人不屑于站队，只做自己觉得对的事。"

　　于莉本身并不热衷于职场斗争，她是个聪明的女人，之前所做的一切，只是初来乍到一个新地方，想要稳住脚跟而已。现在她已经看清形势，给方昊发挥的空间，让他信任自己就可以了。两人之间原本也没什么真正的矛盾，只是排外是人的本性。于莉想借这个机会，让方昊彻底对自己放下芥蒂。

　　方昊领情："之前的工作上，您几乎是给我一路绿灯，我的提案您基本不会驳回，多谢于总关照。"

　　于莉笑了："红毯上有伴了吗？"

　　方昊脑海里闪过顾云岚的样子，但她说过自己不来走红毯了。方昊摇摇头。

　　于莉抛出橄榄枝："那咱俩搭个伴？"

　　女上司主动发出邀请，方昊没有理由拒绝，他应承下来。

　　五点整，顾云岚下了地铁，穿着羽绒服疾步往酒店赶去。

　　北京的十二月，此时太阳已经落山，地平线上还隐约有点儿亮光，但被鳞次栉比的高楼分割得支离破碎。

　　干冷的寒风吹得顾云岚的头发显得毛糙而凌乱，她跟着旋转门进了酒店大堂，才终于觉得暖和了些。只见步行梯前铺上了长长的红毯，红毯两侧放了围栏，围栏后面，举着镜头的媒体、举着应援灯牌的各家粉丝已经围得水泄不通。

明亮的聚光灯打在红毯上，打在红毯尽头的签到展板上。今天来现场的除了作者，还有几部极光视频大制作电视剧的演员。两位国内一线明星将要到场。

顾云岚给段朝夕打电话："我到了，你下楼吧。我在大堂等你。"

顾云岚刚挂了电话，只见何纬从人群中挤出来，一脸恨铁不成钢的样子跑到她面前。

"云岚，你怎么这个样子就来了？不是说了，让你好好打扮，别被小鱼儿比下去吗？"

"我……我能算什么嘉宾啊，就不走红毯了，算了吧。"

何纬仿佛自己不能走红毯，捶胸顿足地遗憾着。

段朝夕与顾云岚碰了头。她稍微打扮了一下，穿了白衬衣和英伦风的格纹短裙。这身打扮放在日常会觉得不错，但要放在红毯上，未免黯然失色。顾云岚此刻理解了何纬的心情，她也暗暗替段朝夕思索着，要怎样才能在红毯上争取到一个镜头？

何纬不知道段朝夕是嘉宾要走红毯的事，倒没有太在意，只告诉她们，大堂后面开辟了一处休息间，久时的同事都在那边。两人跟着何纬去了休息间。

顾云岚跟小楼约好的，自己到了后要告诉小楼。她给小楼发了条微信，说自己已经在大堂这边的一个休息室候场了。

小楼说，茶会那边也差不多了，她马上来找顾云岚。

顾云岚不知道的是，同在休息间的冯娜，也唯恐天下不乱地给小桃发去了一条信息："段朝夕来了。"

冯娜算准了，同样在外候场的小桃，会把这个消息告诉茶会中的小鱼儿。

顾云岚看了一圈在场的同事，疑惑地问："宋微微没来？"

“她啊，”何纬八卦地说，“在红毯两边排着呢。”

“挤在那儿干什么？”

“等着看咱们昊哥呗。”

顾云岚失神了一瞬，这时，小楼挽着肖遥走进休息间，无欢跟在他俩的身后。无欢一进屋，便如黑夜中闯入的一束火花，耀眼地照亮了四周，女编辑群中发出一阵低呼。

顾云岚看到无欢，数日不见，哪怕在网上谈论工作时不觉得有什么，但一见到他本人，便本能地感到他像一团灼热的火焰那样烧向自己。终于还是躲不过去。她在心底默念：平常心对待，像对待其他作者那样，像对段朝夕那样，不去逢迎，但也不要故意冷落，态度自然一点儿，再自然一点儿。

可顾云岚脸上到底还是只能挤出一个不自然的微笑，朝着无欢点头打招呼。

无欢完全无视了其他人，径直走向顾云岚：“云岚老师，我……”

话还没来得及说，门口传来一阵轻笑，一个女生的声音说：“哟，都在这儿呢，好久不见啊。”

所有人循声看去，是小鱼儿和小桃。一个是前签约作者，一个是前同事，虽然她们已跳槽到新东家，但大家面子上还是要过得去。其他人与她们寒暄了几句，只有顾云岚和段朝夕，以及无欢、小楼和肖遥，脸色铁青地站在一旁。

小鱼儿蹬着十五厘米的红色高跟鞋，连衣裙上的银色亮片在灯光下如鳞甲一般。她盛气凌人走到段朝夕面前，俯视因没穿高跟鞋而比她矮了大半个头的段朝夕：“这位是谁？之前从没见过啊。”她看向其他编辑问，“你们新来的实习生？”摆明了明知故问。

段朝夕脸憋得通红。顾云岚走上前一步，微笑着说：“是你抄袭过的段朝夕啊。怎么，认得作品，认不得作者本人？”

“我说怎么不认识，原来是那个来碰瓷我，想红想疯了的小作者。”小鱼儿上下打量了段朝夕几眼，“好不容易得到入场的机会吧？哎，也好，见见世面。不是说我抄你吗？可惜啊，最后笑着站在台上的人是我，而你只能在观众席看着。"

看来她还不知道段朝夕也是嘉宾的事。顾云岚说："你怎么肯定她只能当观众？"

小鱼儿斜睨顾云岚一眼："这又是谁？我好像没在跟你说话吧。"

小桃告诉她："是段朝夕的责编。"

"哦，我当是谁呢。自己带的作者不红，想方设法地帮着作者上蹿下跳，一个小编辑而已。"

见其他人面露愠色，小鱼儿见好就收，傲慢地说道："哎，我要去准备红毯仪式和待会儿的领奖了。先走一步。"

说完，她转身出去了。

见此情形，无欢俯在顾云岚耳边悄声说："我有点儿事，失陪一会儿。待会儿等我。"

顾云岚心里只盘算着怎么反击小鱼儿，没太在意无欢的话，只"哦"了一声。

无欢走出休息间，马上给自己在极光的熟人打了个电话："跟你打听个事，今年最佳女作家，是不是小鱼儿？"

"哥，你打听这个干什么？"

"就说是不是？"

"是啊，哥，怎么了？"

"你别管了。"无欢挂了电话，朝着晚会筹备室走去。

休息间里，何纬和小楼围在顾云岚和段朝夕两旁，对口相声般义愤填膺地说着："看看，看看，她那样子，这还能忍？"

"不能忍。"

"别低调了，走红毯啊，艳压她！"

"压！"

"这身恐怕衣服不行。"

"怕什么，SKP 那么近，马上去买！"

"对，买！"

顾云岚本来也替段朝夕着急，她心底认同了何纬和小楼的提议，看着段朝夕，试探地问："要不，就去买一身？"

段朝夕看了看时间，五点半了："来不及了吧，红毯六点就开始了。"

何纬说："六点开始，又不是六点结束。八点才结束呢，在那之前赶到都可以。"

段朝夕犹豫着："我不太习惯这种……"她求救地看向顾云岚，"小岚姐，你可以陪我吗？"

"啊，我？"顾云岚本来已经忘了自己也是嘉宾的事。

小楼说："岚岚，你怕什么啊，我们给你撑腰。你是正儿八经被邀请的，怎么不能走红毯？走，你跟段朝夕一起。"

"SKP 的衣服很贵吧……"

"千金难买你高兴，千金难买不受气！"何纬怂恿着，"顾云岚，你想一想，《乱世之子》现在实销回款的数据是不是已经 6 万多套了？一套定价 288，这码洋就是小两千万。年终奖可是 1% 的码洋提成啊。小二十万到手，现在不花，什么时候花？"他又转向段朝夕，"你也刚卖了版权，虽然不像那些大神动不动就卖几百上千万，但几十万也实打实地到手了，是不是？买啊！"

小楼说："别再磨蹭了。岚岚，实在不行，我买，算我买的，借给你俩今天穿，行不？咱们现在就去买！我说了，今天要无条件地支持你。现在可不能看着你受气。"

顾云岚虽不愿高调行事，但面对别人的挑衅，她也不甘退缩。她看出段朝夕其实已经心动，只是不好意思独自一人招摇行事。顾云岚拉起段朝夕的手："好，今天我陪你走。买！"

小楼让肖遥留在现场随时汇报情况，自己则和何纬一起，带着顾云岚和段朝夕直奔 SKP 商场。

何纬之前做过几年时尚杂志编辑，经验丰富。他一眼相中橱窗里一套真丝材质的白色休闲西装，对顾云岚说："就它了，试试。不瞒你说，我给人挑衣服，从不用试第二套。"

顾云岚本来还怕何纬和小楼两人给自己挑什么低胸露背礼服，对于何纬目前的提议，她毫不犹豫就接受了。甚至，她曾想象过自己穿这种套装的样子。在她的想象里，自己在三十岁时应该是一名成功的职业女性，在出席某些重要场合时，便应该有这样一身质地高级、细节考究的简洁职业装。现在只不过是提前拥有它，提前穿上它，提前出席重要的场合而已。

导购给顾云岚搭配了一件黑色吊带打底，她进试衣间，换上了这身衣服。当她从试衣间走出来时，何纬难掩得意地在一旁说了句"perfect（完美）"，小楼和段朝夕忍不住"哇"了一声。

"待会儿去买鞋。你这一身，不用配太高的高跟鞋，一双五厘米的就可以了。"

"哦……"

何纬又看了看段朝夕，段朝夕的个子不高，是娇小型身材。何纬说："你的话，白衬衣配高腰短裙很好，但现在这身太学生气了。"

一行人快步在商场中行走，何纬双眼雷达般扫视过橱窗及店内陈列的服饰，终于，他在一条祖母绿的及膝裙前停下。他驻足凝视了几秒，在同一家店内找出一件垂坠感上佳的白色衬衫，请导购取来合适的尺码，递给段朝夕换上。

段朝夕试穿之后给人耳目一新的感觉。虽然都是白衬衫，但这一件与段朝夕原来穿的那件完全不同。它不是今天的主角，但奠定了高级的质感，并凸显出了那条裙子；丝绒质地，轻盈的大裙摆，做了复古的百褶造型，如夏日森林。

"要配银色的十厘米高跟鞋。这样你和云岚一起走红毯时，不会有太大的身高差。"

顾云岚和段朝夕买了何纬指定的高跟鞋款式。她们已经很满意了，以为这样就够了。何纬看了看时间，刚六点过。他运筹帷幄道："不够，妆面要跟上。而且都穿成这样了，头发不做造型怎么行？"

"啊？"

"别啊了，抓紧时间，快跟我走！"

他带着顾云岚和段朝夕到了商场一层的一家彩妆专柜，对相熟的柜姐说："李姐，这两人是我朋友，帮她们试个全妆，不用太浓。"

"行。"李姐招呼来另一名柜姐，两人分别给顾云岚和段朝夕上妆。她看上去跟何纬很熟，玩笑道："不买点儿东西，帮我们冲冲销售额？"

小楼抢着道："正好我粉底快用完了，你们家热卖的这个眼影盘和正红色口红也一直想入。你先给她俩试妆，我买。"

顾云岚在心底对小楼道了声谢。她已经放弃抵抗，彻底豁出去任人摆布。段朝夕看上去也是如此。

化好妆，两人又被何纬拉去五楼的一家发廊。对于造型上的建议，小楼全程插不上话，只能跟在后面负责拎包加赞美。看样子，这家发廊何纬也经常光顾，一进去他便与发型师招呼道："Kevin，Amy 两位老师麻烦了，快，用最快的速度给她俩头发做个造型。不用洗了，直接做。"

顾云岚和段朝夕被按到椅子上坐下。发型师问："想做什么样的？"

何纬替她俩答道："慵懒中带着知性，看似随意却别出心裁。不要太夸张，但一定要精致，体现出当代独立女性自信的光辉。而且要快！"

这么抽象的描述，谁能听懂啊？顾云岚正想着怎么补充，发型师却比了个 OK 的手势，说："懂了。"

三十分钟后，顾云岚的女式大背头完成了，与她一身白色职业西装搭配起来，浑身散发着逼人的英气。段朝夕的头发本身泛着自然黄色，发型师给她做了欧式复古辫发，更与她那条祖母绿丝绒裙相得益彰。

何纬再次陷入自我陶醉："完美，太完美了。"

"七点过了……"小楼提醒道，"肖遥发信息说，红毯那边工作人员在催场了，他已经被抓壮丁入场了，没法在外面等我们了。"

"那我们快过去吧。"

"嗯。"小楼点头，"我叫车了，它在商场外等我们了。"

顾云岚疑惑："这么近还叫车？"

何纬说："还是小楼周到，当然得叫了！看看你俩这身造型，走路过去，还不全给风吹坏了？走吧，快上车。"

一行人下楼，看见停在商场外的 S 级奔驰。顾云岚不由得深吸了一口凉气。

小楼看见顾云岚的表情，赶紧说："抱歉，这是网上能约到的最高级的车了……四个人坐是有点儿挤，凑合坐吧。"

"我不是嫌它挤，我是说……"

段朝夕接过话："这也太夸张了吧？"

"你俩别临阵退缩啊。现在你俩就是我们久时的面子，想想小鱼儿那劲头，想想春光工作室到处抢作者的卑鄙手段！"何纬说，"我喜欢的一句话是，要玩就玩个大的。"他打开车门，让女士们坐进后座，自己再坐到副驾。

顾云岚恍如梦游一般，乘车直奔会场。

当顾云岚他们冲去 SKP 时，无欢去了盛典筹备室。他一进屋，只见几个工作人员坐在椅子上吃盒饭，自己要找的人并不在其中。

无欢问道："你们邓总呢？"

邓青云，极光集团文娱中心文学总监，极光·年度 IP 盛典总导演，是个出了名雷厉风行杀伐决断的女人。工作人员回答："邓总啊，这个时候肯定已经去导播室了，怎么可能还在这儿。"

"导播室在哪儿？"

"就在盛典那个会场隔壁。"

"好。"

马上就六点了，导播室里全员就位，掌管机位的导演全神贯注地盯着监视器。目前，极光视频上的直播通道已经开启，摄像机正对红毯。红毯主持人在测试话筒，并与现场粉丝互动。

邓青云对着麦克风说："红毯现场工作人员，赶紧确保第一批走红毯的嘉宾就位。"耳返中收到肯定答复后，她点了点头，站到监视器后面，同样目不转睛地盯着。

无欢突兀地闯入这个空间，走到邓青云身旁："邓总，不好意思，打扰一下。"

邓青云侧头看见他，眉头一皱："你来这儿做什么？"

"看您挺忙，我就不绕弯子直说了。我听说今年的最佳女作家是小鱼儿。如果不是最好，但如果是，希望您郑重考虑一下，收回这个奖项。"

邓青云不敢置信地上下看了无欢几眼："你知道自己在说什么吗？"

"我很清楚。"

"无欢，我记得你不是一个爱管闲事的人。奖项颁给谁，经过了组委会、评委和集团高层的层层讨论。你如果没别的事，就去准备走红毯吧。我这边很忙。"

"邓总，"无欢加重语气，"如果你们不收回这个奖项，我不敢保证自己今晚会做什么。"他指了指监视器强调道，"这是现场直播。"

邓青云笑了："你在威胁我？威胁极光集团？别闹了，你现在好好回去，我当你这些话都没说过。"

"我不是威胁，是恳求。"

"你知道的，这种大型活动，一环扣一环，箭在弦上了，没有用的。"邓青云看看表，对其他工作人员宣布，"倒计时 1 分钟。"

所有人进入最后的准备阶段，无欢识趣地退到一旁。倒计时结束后，红毯仪式准时开始了。第一位嘉宾从红毯入场，是一名从业者，他踏着红毯，从酒店进门处横穿大堂，再一步步迈上步行梯，最后在步行梯尽头平台的展板前站定，接过礼仪小姐递来的笔，签下名字。因为咖位不够，主持人只简短介绍地了他两句，镜头很快切到下一位嘉宾身上。

等走红毯的流程进入正轨，无欢再次上前对邓青云说："我知道，我不算什么。写网文的作者千万个，今天没了我，明天也可以推出别人。而极光集团呢？资本，霸主，龙头，王者。我没想过要蚍蜉撼树，螳臂当车，没想过有资格拿自己当筹码与极光谈判，但是，我是在恳求您。邓总，考虑一下吧。"

无欢难得摆出如此低的姿态，邓青云看着他："为什么？"

顾云岚委屈的样子划过脑海。但是，不仅仅为此。

无欢一字一顿道："我不愿意。所有辛辛苦苦原创的写作者不愿意，所有还想捍卫内容产业的从业者不愿意。"

"已经晚了，你走吧。"

"邓总，我虽不是威胁，但是——我不是在恳求极光的同意，而是在恳求极光做出选择。小鱼儿与极光集团没有任何关系，她的那部电视剧也不是极光集团投资的。你们现在给她颁奖，无非是两个原因，一是平衡舆论，体现盛典的公正性，证明并不是所有获奖者都是极光系的人；二是她那部电视剧，阵容尤为豪华，听说极光视频已经买了版权，明年要开播，可是……一部抄袭作品而已，极光不是还有很多优质的自制剧吗？而我呢，我所有版权都在极光手里。如果要选，为什么不选我？我现在明确表态，如果今天奖颁给她，我将从极光撤出一切版权，不惜任何代价。"

无欢直直逼视着邓青云，而邓青云也看着他，半晌后低声呵斥道："幼稚。"

"我等您的决定。"说完，无欢找了个椅子坐下。他不打算走了，在他们改主意以前。如果他们不改主意，他就一直坐在这儿，不出席今晚的任何活动。

　　反正顾云岚也不参加红毯。一个人走，或者随便跟谁走，有什么意思？热热闹闹的盛典有什么意思，得奖有什么意思？鲜花、掌声、名利，有什么意思？

　　了然无趣。

08

　　方昊并不知道休息间发生的风波。他只以为，顾云岚会在盛典开始前再来，然后跟同事们一起随着观众入场。今晚不需要特别关照她。

　　方昊明白自己算不得什么明星，红毯也轮不到自己压轴上场。因此他听从工作人员调度，六点半就去入场了。于莉挽着他的胳膊，与他并肩走着。

　　主持人说道："啊，现在红毯上的是……久时文化传媒集团，内容中心副总裁于莉女士，原创小说部内容总监方昊先生。"

　　红毯的一侧，数名原创部的同事堆在那里。宋微微举着方昊的灯牌站在中间，大家一起喊着："昊哥加油！"看清他身边是谁后，又补充道，"于总加油！"

　　比起其他真正粉丝团的豪华应援，他们这帮外行的应援水平显得有些滑稽。方昊心里觉得十分尴尬，只想快点儿走完这段漫长的路。

　　于莉说："你部门的人，挺喜欢你的啊。"

　　"在一起待久了，熟悉了。只要不是尸位素餐，应该也不至于被下属讨厌。"

　　"你这话是故意说给我听的吗？"

　　"您多心了。"

　　"不是多心。我懂你的意思。"

　　哎，不对。方昊回头看了看。那群同事里，为什么只能看见宋微微站在最醒目的位置，顾云岚呢？她没跟同事们在一起吗？

无欢在椅子上坐得无聊，掏出手机，看见好几个肖遥的未接来电。他给肖遥发信息问："顾云岚呢？小鱼儿后来没为难她吧？"

谁知肖遥一个电话打来："你哪儿呢？"

"别管我在哪儿了。"

"不是，我这已经入场了，你还没走红毯吧？赶紧去找顾云岚啊，她也要走！"

"她也要走？"

"她跟段朝夕不是被小鱼儿气得不行吗，气不过，又让人一撺掇，杠上了。"

"她现在在哪儿？"

"去商场买衣服了，还没回来。应该快回了。"

"怎么不早跟我说！"

"想跟你说啊，给你打电话，你不是没接吗？"

"好了好了，我知道了，我这就去找她。"

无欢起身，犹豫地看了邓青云几眼，没说什么，开门要走。

邓青云在身后问："不等我的答案了吗？"

"随便吧。我的决定已经告诉您了，怎么选择，在您。"说完，他大步离去，一边往入场处走，一边给顾云岚拨去电话。

顾云岚坐在车里，手机突然响了，是无欢打过来的，她接也不是，不接也不是。接起来，无欢一定要问自己在哪儿，要如何回答呢？

算了吧。顾云岚心一横，装作没听见，给手机开了静音。

无欢锲而不舍地又连打了好几个电话，在这过程中，轿车抵达了目的地，滑入酒店门口停下，司机说："到了。"

车门打开，顾云岚坐在最右边。她伸出腿，高跟鞋先踩到地面。

顾云岚下车后一抬头，只见无欢在酒店门外的寒风中站着，正焦急地拿着手机，等待一个永远不会接通的电话。

看见对方，两人都是一愣。顾云岚眼中闪过退却的神色，无欢的眼中却落入了星光。

无欢迎上前。他的身后还跟着个催场的工作人员，工作人员追在后面道："无欢老师，快进去吧，你看里面，粉丝们都等着呢。"

"马上就去。"无欢回头对工作人员说。

段朝夕、小楼、何纬也都下了车。他们站在顾云岚的身后，看见了站在顾云岚面前的世间无欢。

这个光耀夺目的男人看着顾云岚，眼中只有顾云岚，他朝顾云岚微微俯身，伸出右手说："云岚老师，可以邀请你，跟我一起吗？"

顾云岚正思索着该如何拒绝才好，却见那只伸到自己面前的手臂，被另一个人挽住了。

众人目瞪口呆，只见小鱼儿不知从哪儿钻出来，竟抢先一步站到了无欢的身旁。

除了那两位还未到场，而且被保镖严防死守的一线明星外，世间无欢是今晚最耀眼的焦点。无数摄像机对着他，跟他一起走红毯，就能得到更多的曝光。这是大好的机会！小鱼儿可不会放过这个机会。何况，心底再讨厌对方，也没有一个男人会当众驳一个女人的面子吧？

小鱼儿笑着对无欢说："咱俩一起走，不是挺合适吗？"

酒店门外，还有几名候场的作者，一些没能挤进内场的粉丝也拥堵在酒店门口。众目睽睽之下，所有人如被架在火上，任何一个举动都有无数双眼睛盯着，明天就会变成网上的谈资。

这种情形下，小鱼儿坚信，就是演戏，世间无欢也得跟自己把这出戏演完。她算计得很好，但她算错了一个地方：她不了解无欢。他愿意的事，刀山火海也去，他不愿的事，可不管面子上好不好看。

无欢看着她冷笑着问："合适？哪里合适？"

小鱼儿朱唇轻启，一脸标致的假笑，用只有无欢能听到的音量轻声回答："最佳男作家和最佳女作家。相爱相杀，你瞎凑热闹说我抄袭，我暗使手段爆你八卦。这个 CP（情侣档）怎么样？"

"不好意思，我和你不熟。"无欢将小鱼儿挽住自己的那只手腕拿了下去，"我已经有伴了。"

小鱼儿杵在原地："谁？"

无欢重新回到顾云岚的面前，再次伸出手："这位女士，很荣幸邀请你。"

车里几人下车时，小鱼儿并未正眼看他们，她以为是刚赶来的十八线演员和她们的经纪人。现在她才错愕地发现，眼前人竟然是段朝夕和顾云岚。

她问道："怎么是你们？"

何纬嬉笑着问她："惊不惊喜，意不意外？"

小鱼儿的后槽牙都要咬碎了，却不知该如何回击，脸上红一阵白一阵。

而顾云岚面对无欢的邀请，一时进退维谷。本来是不愿和他一起走，产生这种暧昧的纠葛的，但是，无欢是拆了小鱼儿的台转而来邀请她的，这种情况下，怎么可能再拒绝他，让他颜面扫地？

只是，方昊……在哪儿？他能看到红毯这边的情况吧？自己明明告诉了他不来走红毯，现在却穿成这样和无欢一起走。他看到的话，会怎么想？会误会吗？

怎么办。怎么办？

等等。

等等！

一道光闪过顾云岚的脑海。无欢刚才朝这边伸出手时，只说了"这位女士"，没有指名道姓。对不起，这是我唯一的选择，只能如此了。对不起！

段朝夕本来就站在顾云岚身旁，从旁人的角度，并看不出无欢的邀请是向顾云岚发出的，还是向段朝夕发出的。而且，让段朝夕和世间无欢一起走红毯，是她这个新人作者，在公众面前首次出场的最佳方式。

顾云岚将段朝夕推上前一步，说："无欢老师邀请你了，快去啊。"

"哈？"

段朝夕疑惑地看向顾云岚，顾云岚朝她使了个眼色。之后，她又祈求地看向无欢：帮我这次吧，我不是故意要利用你，可现在这个情况，我不得已……

无欢宠溺地苦笑了一下。他本来就知道，以顾云岚的心性，愿意与自己走红毯的机会微乎其微，可他还是自杀式地朝顾云岚发出了邀请。该庆幸吗？本来什么机会都不会有的，现在至少有机会帮她一下。

无欢用行动做出了回答：好。

他拉起愣在原地呆若木鸡的段朝夕，将她的手放到自己的胳膊上挽住。两人缓缓走进酒店内。

段朝夕的心跳都快要停止了。聚光灯、摄像头、尖叫声，这些她从未得到过一丝一毫的东西，突然之间从天而降，疾风骤雨般朝她涌来。

段朝夕小心翼翼地对无欢小声解释："我知道你邀请的是小岚姐，我不是故意抢上来的。我……"

无欢说："我明白。我没怪你，放松点儿，自然些。"

主持人说道："现在走上红毯的，是万众瞩目、期待已久的天下文学网大神作家、热播剧《乱世之子》的原著作者世间无欢先生。在此我们要恭喜世间无欢先生，根据最新返回的数据，《乱世之子》在极光视频上的播放量已经突破了120亿！和他一起的是……"主持人停顿了一下，似乎在等耳返里的工作人员给他查信息，过了好一会儿才说，"是新锐实力女作家，段朝夕女士。"

红毯两侧的人群中发出阵阵疑问。

"段朝夕？"

"段朝夕写过什么？"

"她是谁？"

段朝夕想逃跑。

无欢看出她的怯懦，对她说："不要怀疑自己，你既然是嘉宾，现在出现在这里就没什么奇怪的，顾云岚说你担得起，你就担得起。抬起头，小鱼儿还在后面看着。"

对，那个抄袭了自己的人还在后面看着。段朝夕感觉如芒在背，但还是努力昂首挺胸。那些掌声与鲜花虽然不是为了自己，但她第一次这么近距离地感受到。

原来当大神作家是这种滋味。原来被读者簇拥是这种滋味。原来被喜欢、被看到，是这种滋味。

她深知，自己不会成为世间无欢这种站在山巅的作家，这些狂热的崇拜也无所谓，但看自己小说的人，有世间无欢的十分之一就好了。不，百分之一就好。

只要知道自己的小说还有那么一群人在读，而不是无声无息地在市场上消失，如沉进深海无人问津，就足够了。

方昊入场后，按主办方的安排坐到位子上，于莉的座位正好在他旁边。会场的大屏幕在同步直播红毯，看着红毯上走过的作者，两人有一搭没一搭地聊着。直到他们看见世间无欢和段朝夕一起走过来。

于莉有些诧异："段朝夕和世间无欢一起走？两人相差太悬殊了。你们为了捧段朝夕，真舍得下本钱。既然能安排世间无欢带我们的作者，公司的签约作者里，不是有比段朝夕更重点的吗？"

方昊心里一冷，强装不在意地说："他俩一起走，不是我安排的。"

"哦？"

方昊愣愣地看着屏幕上，无欢面带微笑，在粉丝的欢呼声中不急不缓地走到台阶上的展板前站定。闪光灯对着他咔咔闪烁。主持人拉着他采访："无欢老师，请留步。我们能看到啊，今天现场您的读者真是非常之多，有没有什么想对大家说的？"

"谢谢大家对我的支持，也请大家多关注有实力的新作者。"

　　"无欢老师好像意有所指，"主持人顺着问，"那能不能给我们提一提，您觉得值得关注的新作者有哪些？"

　　"比如……"无欢再次产生了那个想法——自己是段朝夕就好了，没有人比段朝夕更令顾云岚上心了，既然要帮她们，就帮到底吧。他说："我身边这位，大家可以去看她的作品。"

　　大屏幕里，世间无欢与明星无异。方昊冷眼看着，他的每一个举动、每一句话，都在帮段朝夕。方昊明白，无欢当然不是为了段朝夕，能让他心甘情愿这样做的……顾云岚还是去请他帮忙了吗？

　　为什么要请无欢帮忙？明明告诉她了，内容之外的事，要怎么捧红一个作者，要怎么得到市场认可，他会帮她想办法。他能做到的，他做了很多，说服久时签下段朝夕，要连出段朝夕三部作品，找了最好的版权律师帮段朝夕打起诉小鱼儿抄袭的官司，撮合最合适的导演买了段朝夕作品的电影改编权。已是万箭齐发成功在望了，只要再等一段时间。

　　为什么不等自己，要去请无欢帮忙，急不可耐地让段朝夕在这种场合出风头？

　　刚有了一丝热度的心，到底还是一点点儿冷了回去。

　　听到无欢的回答后，镜头终于从他脸上移开，对准了段朝夕。主持人问："那就请段女士跟我们谈谈您的作品？"

　　段朝夕定了定神，声音微微发抖，有些惊慌失措地说："呃……我……我刚出了一本书，叫《不乐园》。之前还写过一本《失落的果实》……"刚说到这里，镜头一切，变成红毯两侧观众的画面，段朝夕的声音听不到了。

　　邓青云在导播室盯着直播。

　　世间无欢那个人她多少有些了解，玩世不恭，行事不拘一格。之前他还说要守在这里等自己改主意，却不知怎么突然又跑了出去。

　　不是要罢走红毯吗？当监视器中出现世间无欢的身影时，邓青云便格外注意。

邓青云看清了和他一起走红毯的那个人——段朝夕？

邓青云问工作人员："这个段朝夕不是个彻头彻尾的新人吗？世间无欢怎么会去邀请她走红毯？她什么来头，马上给我查一下。"

很快，工作人员查询后回话："段朝夕曾指控小鱼儿抄袭她的作品。当时微博上闹过一阵子，世间无欢帮她转发过指控抄袭的微博。"

"前脚让我不要颁奖给小鱼儿，后脚就去找指控小鱼儿抄袭的小作者走红毯。世间无欢这是要做什么，要来砸我们的场子？今晚盯住他，别让他闹出乱子。"

"知道了。"话刚说完，只见无欢竟然把主持人采访的话头引向了段朝夕，段朝夕张口没两句就提到了她说被小鱼儿抄袭的那部作品。

邓青云赶紧喊："切镜头，快切镜头！"惊出一身冷汗。

极光视频上，这场直播的在线收看人数已经超过千万，差点儿被世间无欢搞砸了！指不定他今晚还要做什么。

邓青云终于开始仔细思考世间无欢的话。她不喜欢被威胁的感觉，但她也并不是听不进去道理。

目送无欢和段朝夕走上红毯，顾云岚松了口气。

顾云岚回头问小楼和何纬："观众席入口在哪儿？我们进去吧。"

"你不走红毯了？"

"本来就是陪段朝夕，她跟世间无欢一起走了，我一个人走什么啊。"

何纬捂着心口："哎哟，太浪费你这个造型了。浪费造型也就罢了，你这是糟蹋我的心血，我的完美设计，我的完美作品……"

话还没说完，不知从哪儿冒出来一位完全没搞清状况的催场员，招呼被晾在一旁的小鱼儿："小鱼儿老师，您怎么还不入场？"他又看了看顾云岚这边的几人问，"还有没入场的嘉宾吗？"

何纬指着顾云岚抢着说道："她，她也是嘉宾。"

催场员把小鱼儿和顾云岚拉到一起："小鱼儿老师，还有这位……这位老师，除了最后两个明星没来，没入场的就剩你俩了，快进去吧。"

两人根本没想过会被拉到一起，互相诧异地看了对方一眼。小鱼儿最先从诧异中回过神，她一笑："对呀，这位老师，就剩咱俩了。一起吧，我带你进去。"

小鱼儿在世间无欢那里吃瘪后，本来就在思考回击的方式。没想到回击的方式被送到了自己手里。就凭顾云岚这样一个名不见经传的年轻编辑，没有粉丝，没人认识，从没参与过这样的大型活动，让她在旁边陪衬自己的人气，不正是打击她的最好方式？

顾云岚本来不愿与小鱼儿起正面冲突，可面对小鱼儿轻视自己的姿态，她笑了笑说："你带我进去吗？那麻烦你了。"

见顾云岚迎战，何纬激动得暗暗挥拳，小楼立即从包里掏出一个发光头箍，打开光源戴在头上，是一个蓝色的"岚"字。两人一边往红毯两侧的粉丝群里挤，何纬一边哭笑不得地问小楼："你怎么连这个都准备了？"

"她是我最好的朋友啊，我跟她说过，会给她应援的。本来说要定灯牌，不过我还要给男朋友举灯牌，两只手举不过来，就把岚岚的灯牌换成了头箍……这样可以同时出现，都不耽误。"

两人挤到了人群最前面，看见红毯那一头，顾云岚和小鱼儿并排缓缓走来。

顾云岚和小鱼儿之间保持着半米的距离。

小鱼儿作为今晚获奖的热门人选，吸引了不少媒体关注。镜头对着她拍摄，而这个距离，刚好可以在拍特写时，让顾云岚成为虚化的背景。

不得不说，小鱼儿的粉丝也不少。那些粉丝聚在一起，举着横幅，整齐地喊她的名字。小鱼儿面带微笑，迈着婀娜的步伐，不时朝两旁挥手致意。

　　顾云岚全程面无表情地走在一旁。好矫情的做派，好虚伪的笑容。一个靠剽窃他人成果而获得如今一切的人，配得上"写作者"三个字吗？

　　主持人介绍："现在走上红毯的，是人气非常高的女频作家小鱼儿。她的作品《女吏》已经改编成电视剧，前些日子剧组刚杀青，目前正进入紧锣密鼓的后期制作阶段，有望在明年内播出，大家可以期待一下。和她一起走的是……"主持人停顿了一下才接着说道，"是久时文化传媒集团的高级策划编辑，顾云岚。"

　　面对这悬殊的介绍，小鱼儿十分受用，她侧头看了一眼顾云岚："别板着个脸做姿态了，反正也没人认识你。觉得自己很正义吗？"

　　"我不需要人认识，只是做自己认为对的事。"

　　"知道段朝夕输在哪里吗？"

　　"你怎么确定最后是她输？"

　　"别嘴硬了。告诉你啊，不红就是原罪。不红就是错的，不红就是没人看。任她怎么挣扎，没有人听到她的呼喊。"

　　"会有人听到的。"

　　"我不知道你们怎么混上的嘉宾，靠世间无欢的关系吗？真不知道他看上段朝夕什么。可惜啊，段朝夕新出的那本书，世间无欢也带不红，不要以为抱上世间无欢的大腿就可以目中无人了。"

　　这句话戳中了顾云岚的自尊心。她眉头微蹙了一下，辩解道："段朝夕从来没想要靠谁，作家说到底还是靠作品说话。"

　　"靠作品？那就更可笑了。她迄今为止出的那两本书，销量加一起有《女吏》的零头多吗？"

　　今晚的小鱼儿趾高气扬，看来她对获奖志在必得。现实果真还是如此吗？不管是不是抄袭，只要有流量就有一切。而那些默默写作的人，却那么难才能出头，或者最终也没有出头。

　　顾云岚心中有一瞬的黯然，然后她突然看见，在两侧的人群里，有一个小小的蓝色的"岚"字探头探脑，视线再往下移，只见是头上顶着这个字的小楼，她双眼切切地看向自己，用口型说："加油啊。"再往旁边看，何纬也拼命朝自己挥手。再往他俩身后看，原创部的同事们都站在那里，一起给自己打气。只有冯娜抱着双臂，表情复杂地站在一旁。

顾云岚鼻子一酸。即使现实如此，不是还有这么多人，守护着原创的光吗？她不再在意小鱼儿说了什么，更自信地昂首走向前方。

现在笑吧，今天的笑声，将是你明天的哭声；不择手段地往上爬吧，无论爬得多高，都将是你明天跌落的高崖；沉浸于此刻的欢呼吧，这些拥趸的喝彩，将是你明天的挽歌。

小鱼儿见顾云岚不说话，得意地问："怎么，没话说了？"

顾云岚反问："这么急于用语言获得精神上的胜利，是害怕官司开庭后没机会了吗？"目前，起诉方正在收集证据，也委托了专业人士进行抄袭鉴定。这是个复杂的工程，因此还要等一段时间官司才会开庭。

两人此时已走到红毯尽头的展板前。小鱼儿不屑地"哼"了一声："尽管告，我等着。"转头又换上一脸笑容，在展板前站定，心机地露出高开衩裙子下的大腿，搔首弄姿地面对媒体拍照的镜头。

顾云岚冷眼站在一旁，却不知自己今天这身造型非常适合冷酷的表情，看上去又飒又大气。

世间无欢的粉丝们先认出了顾云岚，大家悄悄传着："这个小姐姐不就是上次签售时，帮无欢说话的那个编辑吗？"

人群里冒出一句呼声："小姐姐好帅啊，想嫁！"

这个人叫得非常大声，引发一阵起哄。小鱼儿接过主持人递过来的话筒，朝那个方向笑着说："谢谢。"

那个声音又喊道："不是说你，是说你旁边那个小姐姐！"这次人群哄笑起来。

小鱼儿眉头一皱，气得直想翻白眼，但因为有摄像机对着，只好保持尴尬的微笑。

　　主持人打圆场："不好意思，不好意思，是我递错话筒了。对了，小鱼儿女士，我们这边为您准备了几个问题。我们都很想知道……"

　　顾云岚见进入采访小鱼儿的环节，跟工作人员小声打了个招呼："我先进去了。"说完便转身走进一旁的会场入口通道。小鱼儿则将话筒端到嘴边，侧头聆听，准备回答。

　　谁知主持人话说了一半，耳返里好像收到什么指令，捂着耳机听了几秒钟，临时改口说："实在抱歉，刚接到后台工作人员提示，因为时间关系，不得已只能跳过采访这个环节。请您入场就座。"

　　就这红毯上的短短几分钟，小鱼儿脸上的表情风云变幻。她咬了咬牙，将话筒还给工作人员，面带怒色地转身而去。

　　顾云岚进了场，只见嘉宾区在前面几排，和后面的观众席是隔开的。工作人员引导她去了她的座位，是在嘉宾区靠后的侧面，和段朝夕挨在一起。

　　段朝夕已经落座了，她面带愧色："小岚姐，你怎么跟小鱼儿走了红毯？对不起，本来世间无欢是邀请的你……"

　　顾云岚同样带着歉意："让他带你走也是我临时想出来的，没问过你们的意愿就自作主张了。"是不是该去向无欢道谢，或者，道个歉？顾云岚总觉得欠下了他什么，心里不舒服，四下看看，问道："世间无欢人呢？"

　　"当然是坐在前面啊。"段朝夕指了指第二排中间的位置。

　　对啊，忘记他的身份了。无欢周围坐的都是重要人物，这个场合去找他不太合适。顾云岚在心底叹息一声，想着等散场后再找他解释一下。她问段朝夕："刚才跟小鱼儿一起走红毯，我没输吧？"

　　段朝夕笑着说："当然没输，我在手机视频上看了弹幕，都夸你好看呢。就是你俩太别扭了，一个全程假笑，一个全程冷脸，本来是一起走红毯，却隔得那么远，还边走边说话，一看你们的表情就知道互相没说什么好话。全国的观众可都看到了。不过后面是怎么回事？

怎么说要采访，突然又取消了？"

"不是说是时间关系吗？"

除了小鱼儿自己不爽之外，取消采访这个小插曲并没引起太多人注意。那两位压轴的一线明星紧接着便到了，走红毯入了场，一切准备就绪。

只有无欢意识到，这是邓青云想稳住自己，给自己释放的信号。

作为今晚的绝对主角之一，小鱼儿本来应该有大量镜头。采访也花不了几分钟，时间不够只是个借口而已。极光集团没有理由为了小鱼儿放弃自己，他们现在还没下定决心答应自己的诉求，只是出于资本的面子，资本不喜欢不听话的人。既然邓青云给了信号，自己当然也要给她搭好台阶，这样这件事就十拿九稳了。

无欢给邓青云发去一条信息："嘿，邓总果然够痛快，我就知道您最后会选我的，毕竟极光集团是真正想做好内容的公司。以后公司有什么需要，我一定站在公司这边。"

邓青云没有立即回复。

坐在嘉宾席另一处的方昊，见到顾云岚最后跟小鱼儿走了红毯，料到她是被小鱼儿刁难了。他拿出手机，想给顾云岚发些安慰的话，可见到她在红毯上并不露怯，最后反倒让小鱼儿下不来台，他又觉得顾云岚似乎并不需要自己事后的安慰。

自己真的能帮到她吗？是不是就算没有自己，她也能妥善地处理好一切？几行字打了又删，删了又打。终于还是全部删去，他将手机收了起来。

09

全场的灯光熄灭，大屏幕上的红毯外景灯光也熄灭了。当大屏幕重新亮起，是一段"极光·年度 IP 盛典"的开场 VCR（视频），主持人走上舞台，宣布颁奖典礼正式开始。

几名领导致开场辞后，便正式进入颁奖流程。先从不那么重量级的奖项颁起，顾云岚和段朝夕觉得跟自己关系不大，两人小声地聊着小说的事。

没想到突然听见开奖嘉宾念出方昊的名字。

顾云岚愣了一下，她也不知道为什么，这个名字会那么不偏不倚地唤醒自己的注意。她抬头看向舞台，大屏幕上显示的奖项是年度优秀编辑，共五位获奖者。副屏幕则在播放网络直播的同步画面，只见摄像头捕捉到嘉宾席上的方昊，录下他和其他获奖者一起上台的过程。

获奖者一字排开站在舞台中央。方昊似乎不太习惯聚光灯的照射，看起来比平日更沉默，略微局促地将手插在裤兜里，眼神不知看向哪里。

"小岚姐。"

"小岚姐？"

直到段朝夕伸手到自己面前晃，顾云岚才意识到自己出神了，脸上一热："啊，对，刚才我们在说……呃，说到哪儿了？"

"方老师获奖了啊，不待会儿再聊吗？"

"哦……"

顾云岚看着舞台上的方昊。他很优秀，顾云岚是知道的，在这近一年的工作合作中，也是完全折服的。但是，只有当他站到灯光下，她才意识到，他比自己想象的还要优秀一些。这样的人，有别人喜欢，不是很正常吗？

对啊，有别人喜欢他。像是故意要证实顾云岚此刻的想法，宋微微不知怎么从观众席跑到舞台下，居然抱着一束花送上去了。

可气的是，那仍然是一束盛放的白玫瑰。顾云岚很想讨厌白玫瑰，可是，她讨厌不起来。花朵何其无辜，她无法给自己的讨厌找到理由，最终变成了生自己的闷气。气自己为什么不能像白玫瑰一样单纯又美好，直接又简单地盛放呢？

摄像师当然不会放过这样的场面，镜头给了宋微微和方昊一个特写。屏幕上可以清楚地看到，宋微微热情地将花递到方昊面前，还张嘴说了句什么。方昊则傻乎乎地接住了。

他总是接住，就像宋微微第一次送他白玫瑰时，他就无法拒绝，他也无法拒绝她为他烤的生日蛋糕，无法拒绝她给他准备的长途飞行套装。

顾云岚的心就像被什么刺中一样，痛了。她叹了口气。

敏感的段朝夕看着顾云岚的表情，明白了一切。小岚姐喜欢的人，原来是方昊吗？不知为什么，她心里产生了一点儿庆幸的情绪。

顾云岚陷入低落中，恍惚中台上又颁了几个奖，到宣布年度最具潜力作者这一奖项时，开奖嘉宾霍然宣布获奖者是段朝夕。

两人不认识极光集团的什么人，之前也没得到小道消息，直到直播屏幕上，镜头捕捉到段朝夕的特写，她一脸不敢置信的表情，顾云岚赶紧推她："是你，快上去啊，你获奖了。"

段朝夕如在梦里。她走上舞台，这是她第一次站在台上，这也是她第一次因为写作获得荣誉。原来站在台上是这种感觉。今天这一天，她已经体验了太多之前没尝试过的感觉。

舞台比想象中更为空旷，而因为对面的天花板上有探照灯的光打向这边，所以眼前全是明晃晃的光晕，完全看不清台下的人。只能看见观众席上，各家的粉丝举着各式各样的灯牌。那堆灯牌里没有自己的名字。当然了，自己还没有那么多读者，不足以有人来这里给自己打气。可是，到底是第一次，被承认了。

就好像溺水的人突然被打捞上岸，呼吸到一口新鲜空气。段朝夕觉得自己终于可以发出声音，那些声音不至于闷在水里，无人倾听。

颁奖嘉宾安排的正是曾仪导演。曾导将奖杯递到段朝夕手里，鼓励道："你写得很不错，希望我可以把你的小说拍好。"段朝夕连连点头道谢。

　　合影之后，主持人将话筒递到段朝夕的另一只手上："我们来问问这位年轻的作者，得到这个奖项，有什么想说的吗？"

　　"那个，那个……"段朝夕脑海里一片空白，"我会继续写下去的。虽然现在认识我的人还不多，但我希望有一天，我的小说能被更多的人看到。"她没有经验，这一句简短的话是她这一刻最真实的想法。她只是本能地不加修饰地说了出来，但因为紧张，她的语调带着轻微的颤抖。

　　嘉宾席上，小鱼儿的座位挨着世间无欢。见段朝夕拿奖，她心中极为不忿，却装出不在意的样子嘲讽道："没见过世面就是没见过世面，拿个小奖而已，激动成这样。只是没想到她也有今天。无欢，你作为一个大神，居然一再捧她，你跟她什么关系？"

　　无欢看着小鱼儿："怎么，你很关注我的感情状况吗？"

　　小鱼儿笑而不语，站起身："我出去一下。"

　　颁奖已经进入尾声，奖项的分量也越来越重。小鱼儿去卫生间仔细补了妆，整理造型后重新回到座位。

　　而无欢在这个时候收到了邓青云的回复："你说的事已经跟高层召开了紧急视频会议。下次别这么冲动，拿自己的前途去跟别人较劲。"

　　无欢答道："邓总提醒得是。"他捏着手机，半眯双眼看着台上。邓青云并未说明高层的决议到底是什么，但到这个关节，再去施压或者追问都没有意义，只能等待现场的宣判。

　　主持人说："接下来，就要颁发今晚最受瞩目的两个大奖了，年度最佳女作家和年度最佳男作家。"他调动了一下现场气氛，让观众席上的粉丝猜获奖者，喊出自己支持作者的名字。等现场的气氛热烈起来，便正式进入颁奖流程："好的，现在我们先来揭晓最佳女作家的获得者。"

　　开奖嘉宾被请上台，工作人员奉上写有获奖者名字的信封。同步直播屏幕上，摄像机对着嘉宾席，并没有给谁特写，但很多女作者都出现在镜头中。

就凭小鱼儿今晚的姿态，顾云岚和段朝夕猜到她会拿这个奖。她们在大屏幕上找到了坐在无欢身边的小鱼儿，她妆容精致，正面带微笑地望向舞台。

嘉宾拆开信封，拿出里面的卡片，有些疑惑地看了一会儿，确认无误后宣读："第六届极光·年度IP盛典，年度最佳女作家——空缺。"

台下哗然了几秒，大屏幕上的小鱼儿，表情从微笑转向错愕，之后镜头便切换到其他画面了。嘉宾席的某一个区域突然传出零星的掌声，顾云岚朝掌声传来的方向看去，那里坐的是几名写耽美的女作者。顾云岚清楚，耽美也是被抄袭的重灾区。她大概理解了她们为什么鼓掌，作为回应，顾云岚和段朝夕也试探着拍起手。掌声从各个角落响起，从零星的点，连成一片。

主持人和开奖嘉宾有点儿蒙，不明白为什么一个奖项空缺，会引来众人的掌声。邓青云在后台看到这个情形，感到自己做了一个明智的决定。

在顾云岚和段朝夕听来，这掌声是黑暗中的星火；而在小鱼儿听来，这掌声是无比刺耳的讽刺。她气得顾不上矜持，马上发微信给自己相熟的极光工作人员询问："是不是搞错了？之前你不是告诉我，今年我会得奖吗？"

等掌声渐停，主持人按流程宣布即将颁发的最后一个奖项，年度最佳男作家。

直播屏幕上的镜头切成九宫格，分别给了九名男作者特写。世间无欢的特写刚出现在画面中，观众席里的粉丝便尖叫成一团。

开奖嘉宾念道："第六届极光·年度IP盛典，年度最佳男作家获得者——世间无欢。"

这是一个毫无悬念的结果，但公之于众后，尖叫声及掌声更进一步爆发了，只见世间无欢在这样的欢呼中不徐不疾地走上舞台的中央，在聚光灯下站定。

不得不承认,这是一个发光的男人。特写镜头里,灯光从斜上方45°照着他的脸,睫毛在他眼下投出阴影。无欢从开奖嘉宾手中接过奖杯,朝台下深深鞠了一躬。

这个男人,一举一动都调动着台下上千人的情绪。与今晚那两名作为特殊表演嘉宾的一线明星相比,他丝毫不逊色,甚至某个程度上更为耀眼。因为这是一个故事的盛典,而他是创造出那些感动了千万人的故事的,创世之神。

"恭喜世间无欢,这个奖项可以说是众望所归。"主持人说,"来,世间无欢先生,现在把时间留给你,请说出你的获奖感言吧。"

"感谢,感谢所有人。"无欢的话中,既有套路,又有真心,"感谢一直在写的我自己,感谢一路陪我到今天的读者。感谢天下文学网,感谢极光集团。"

段朝夕仰视着台上的世间无欢,后知后觉地意识到,自己之前说的获奖感言是多么青涩。在这样的场合下,为什么只说了一句那么自我的话,好像受尽了委屈。为什么没有记起该感谢的那些人呢?明明也应该感谢顾云岚,感谢签下自己帮自己运作的久时文化传媒集团,也应该感谢极光集团给自己发这个奖。因为情商太低,不会说话,所以自己才这么不讨喜吧?

无欢停顿了一下,接着说:"最后还要特别感谢两个人。第一个要感谢的是邓青云女士,极光集团的内容产业能发展到今天的业内顶尖地位,离不开您带领您的团队付出的努力。我代表不了所有作者,但还是想在这个场合,对您说一声谢谢。是您给我们创造了更好的写作环境和平台。"

邓青云盯着监视器,她当然知道世间无欢是在拍自己的马屁,不管是因为自己答应了他的诉求也好,还是为了未来的发展也罢,但这几句话说得不错,给足了自己面子。极光集团的总裁就坐在台下,世间无欢的话多少能提醒他,她邓青云的工作做得不错。她也再次见证了世间无欢的人气，实力与流量并存，选他果然是对的。

"我还要感谢的是……"无欢的目光在台下搜寻，灯光晃得他视线有些恍惚，找了好一会儿，才终于找到想找的人。但在找到的那一瞬间，看到她如惊弓之鸟般将视线移开，他犹豫了。这些话，这样说出口，可以吗？她会不高兴吗？

全场鸦雀无声，都在好奇世间无欢还要感谢的人是谁。主持人嗅到八卦的味道，趁机追问："我相信，这个人一定在无欢先生写作的过程中，给他提供了很多支持和灵感。都说近乡情怯，我不知道这个词用在这里合不合适，不过我们都有过这种体验，面对最想感谢的人，反而最说不出口感谢的话。我们给无欢先生一点儿组织语言的时间，看看究竟是谁，会被他在这个场合专门提起？"

什么时候变得不像自己的？什么时候变得患得患失，连说一句正常的谢谢，都要躲闪的？什么时候变得和方昊一样，连一句喜欢都说不出口的？

这不是他。他就是他，如果得到顾云岚的喜欢，却不是真实的自己，那他宁愿失去。

世间无欢闭上双眼，微微仰头，右手握拳，在自己的心脏上轻轻叩击了几下。那个人在这里，被自己放在心上。这个动作，引得台下再次爆发山洪般的尖叫。他释然地笑了，发自真心的话，想说就说，有什么值得掩饰的。他将食指放在嘴边做了一个安静的手势。等大家静下来，他开口道："我要感谢的是，《乱世之子》这套书的责编，顾云岚女士。"

小鱼儿忽然醒悟了。她一直以为自己的对手是段朝夕，她完全不把段朝夕放在眼里，却忽略了那个顾云岚。

她询问的极光员工也回了信息："不是我搞错了，之前确实是你的，到今天走红毯时还没变呢，哪知盛典开始前世间无欢去找邓总大闹了一场，要邓总取消给你的奖项。当时导播室还有其他人，这件事在我们工作群内部都传开了。领导刚下了命令，让我们别再外传了，你别说是我告诉你的啊。"

　　所有事情都串起来了，原来如此。小鱼儿万万没有想到，世间无欢竟然能为了顾云岚而去帮助段朝夕，并且做到这个程度。真是小看了顾云岚！小鱼儿感到自己被愚弄了，内心翻涌起翻江倒海的愤怒，脑子像快要炸开一般。

　　方昊沉默地盯着舞台上的无欢，这个人知不知道自己在说什么，知不知道自己这样一个任性的举动，会给顾云岚带去多大麻烦？

　　顾云岚的脸涨得通红，更糟糕的是，明明没什么人认识自己，却不知摄像头怎么那么会捕捉，竟给了自己一个大特写，让自己的难堪在大屏幕上彻底曝光，曝光在所有观众面前。

　　别再说了。她在心底默念。求求你别再说了。但无欢并没有停止："你可能觉得自己微不足道，但你做的所有工作，对我而言都非常有意义。谢谢你。"

　　观众席响起热烈的掌声，顾云岚看着大屏幕上的自己，无以自处，很勉强地笑了笑。

　　无欢背对着屏幕，他看不见屏幕上顾云岚的表情，也看不清台下顾云岚的表情。他其实已经小心翼翼地琢磨了分寸，他还从来没这么小心翼翼过。他想着，只是在这种重要场合提一下她，让她在业内露露脸，没说什么很过分的话，应该不会被她讨厌吧。

　　而顾云岚在这一刻，已暗暗下定决心。

　　颁奖的环节结束后，盛典只剩最后一个流程，即当晚所有获奖者与颁奖嘉宾上台合照。

　　段朝夕去参与合影了，顾云岚独自出了场，在嘉宾散场必经的走廊上等着。她要对无欢解释清楚。

　　还没等来无欢，倒是先等来了不用参与合影的小鱼儿。

小鱼儿气势汹汹地迈着步子直朝顾云岚而来，她的高跟鞋有节奏地踏在铺了地毯的地面上，发出沉闷的吭吭声。

顾云岚不想再旁生枝节，转身欲避到一旁。而小鱼儿快速几步跨上来，堵在了顾云岚面前。

"心虚了，想躲？"

"我心虚？"顾云岚好笑，没见过有人上赶着把脸伸过来挨打的，"我是抄袭了，还是怎么了？"

"别装了，"小鱼儿凑到顾云岚面前，"靠男人上位，可以啊。"

想不到小鱼儿一上来就直击顾云岚的七寸。从十八岁拒绝那个抛妻弃女的父亲开始，顾云岚就如风雨中的小草般，独自倔强而辛苦地生存着。她那时候就明白，只有靠自己，才能挺起胸说话。但现在，她竟真的不太有底气，自己能保证，一点儿无欢的好处都没沾吗？

她强作镇定道："没有证据的话，请你不要随便臆测乱说。"

"没证据？顾云岚，你当所有人是傻子看不出来？"小鱼儿想到本来属于自己的奖竟然被取消，恨恨地道，"是你撺掇世间无欢去找邓总的吧？"

"找邓总？"顾云岚平时鲜少接触业内高层，一时没反应过来邓总是谁。

小鱼儿冷笑道："好会装啊，就是一直这样扮成无辜的小白花，去引诱男人为你赴汤蹈火吧？你有没有想过，如果邓总不答应世间无欢的要求，他与极光集团闹翻，他以后的写作生涯怎么办？我都替他不值，看不出来你这么狠！"

顾云岚根本不知道小鱼儿在说什么，却敏感地意识到，无欢一定又自作主张，为自己做了什么事。她心里感到委屈，可无欢今晚的表现，竟让她此刻百口莫辩。

小鱼儿见顾云岚说不出话，字字诛心道："要不是靠世间无欢，你怎么可能得到嘉宾的资格？要不是靠世间无欢，段朝夕这种无人问津的写手怎么可能突然拿奖？我说的不是事实吗，还是你又能编出什么理由，把自己撇得干干净净，继续一副正义凛然的样子？你知道吗，我最讨厌你这样的人，不让你长点儿记性，你真以为靠着男人就可以在圈子里横着走？"她举起手，一个巴掌就要扇下去。

顾云岚下意识往后退了一步，却撞到一个人怀中。

这个人握住小鱼儿挥来的手腕："闹够了没有？"

他的声音让顾云岚心中一定。但顾云岚转念又想，可以靠他吗？靠他解围，算不算靠男人？

到底是曾经签约公司的内容总监，虽然已经解约，但仍留有一丝威信。小鱼儿见是方昊，甩开被他钳住的手腕，用另一只手揉了揉，低声道："好吧，真想不到，连你也替她说话。我没看错吧，方总，你也有为一个女人出头的时候？"

"怎么说也是个写小说的，能不能别在这儿像泼妇骂街一样让人看笑话？你脑子里除了男女关系，就想不到别的可能了？段朝夕获奖，是出于极光集团自己的考虑，这其中涉及商业机密，我就不跟你多说了。顾云岚作为嘉宾被邀请，因为她是一手带出段朝夕的责编，也因为她编辑的《乱世之子》这套书取得了非常亮眼的市场成绩。我现在不是替她说话，只是见到有人污蔑我的员工，不得不出面消除外界对我司的不良误解。你还有什么疑问吗？"

"好！好！"小鱼儿咬着牙点头，"你们都帮她，我无话可说。"

春光工作室 CEO（首席执行官）走来，笑道："哟，这不是久时的方昊吗？怎么，跟我们的签约作者聊什么呢？"

此次为了让小鱼儿获奖，春光工作室进行了不少公关工作。现在吃了闷亏，也是一肚子气，但又不敢得罪极光集团，只能把这笔账记下来。

笑面虎最可怕，方昊不愿再多打交道，只说："没什么。"

"既然聊完了，小鱼儿老师，咱们走吧。"

小鱼儿跟着春光工作室 CEO 拂袖离去。

　　方昊看了看顾云岚："我刚才说的都是事实，不是为了打消小鱼儿的猜疑编出来的说辞。她说的话，你不用放在心上。"

　　不知道顾云岚心里在想什么，她仍旧打不起精神，只满腹心事地"嗯"了一声。

　　方昊看看表："还有末班地铁吗？我……送你回家吧。"

　　"这个还拿着啊。"顾云岚指了指方昊手中那束花，就是方昊获奖时，宋微微送上去的那束。这束花被方昊像拎塑料袋一样拎着，头朝下垂在手上，看上去又好笑又可气。

　　方昊头大地说："不知道该放哪儿，没找着地方扔，呃，扔了也不太好吧。"

　　"嫌没地方放，不接不就好了。"顾云岚小声说道。

　　"啊？"方昊皱眉，"别管这个了，很晚了，你走不走？"

　　"我……"顾云岚抿了抿嘴唇，"我等人。"

　　方昊下意识问道："段朝夕吗？不用等她了，她是外地来的嘉宾，主办方安排了住宿，今天就住酒店。"

　　顾云岚摇头："不是。"

　　方昊终于反应过来，不知怎的，他感觉心上像是中了一记钝击："是在……等无欢吗？"

　　方昊不愿意相信这是真的，也不觉得会是真的。但顾云岚居然承认道："嗯。"

　　"他在后台接受媒体采访，还有一会儿才能出来。"

　　"哦，好的。那我再等一会儿。"沉默了几秒钟，顾云岚补充道，"只是找他有点儿事。"

　　"那我先走了。"

　　"啊，好。"

　　见顾云岚心不在焉的态度，方昊感到了自己的多余。那钝击在心中扩散成弥漫的钝痛，等他开上车也没散去。他开车行驶在深夜的街道，说不清楚心里是什么感觉。这是一种从来没体验过的感觉。

天空飘落细碎的冰晶，车窗上起雾了。

顾云岚等待着，其间接到小楼的电话："岚岚，我刚跟肖遥碰上头，你出来了吗？"

小楼是从观众席出去的，跟嘉宾通道不在一处。顾云岚答道："还没呢。我有点儿事，你别等我了。"

"都这个点了，你待会儿怎么回家？正好老肖送我，我等你一起。"

"我这还说不清什么时候能走。"

"没事，我跟老肖在车里打游戏。你看到了吗？外面下雪了。还挺浪漫呢，你不用怕我们等太久。我们不嫌久，你不着急，忙完再来找我们。"

顾云岚感到心里一暖。"好。"挂了电话，她走到走廊尽头的窗户边朝外看，果然下雪了。

这是这个冬天的第一场雪，现在还只是一些小颗粒，要对着灯光才能看到。它们飘啊飘啊，随风消散，身不由己，最终还是要落在地上，化成水，消失掉。雪可以留到第二天、第三天，但没有雪可以留到春天。

等了快一个小时，嘉宾几乎都走得差不多了，走廊上没什么人，只剩一些收尾的工作人员。

雪渐渐变大了，鲜有行人的人行道上铺起一层薄霜。无欢终于在几名女性的围绕下出现在走廊另一头，他们说说笑笑地走过来。

顾云岚认出来，那几名女性都是耽美圈的女作者。她们围在无欢的身边，兴高采烈地说："可以呀，无欢，我们只是随口一提小鱼儿要拿奖，想不到你真的去找邓总。"

"你们看到小鱼儿听到最佳女作家空缺时的表情了吗？笑死我了。"

"你到底怎么跟邓总说的啊？让她临时同意取消掉小鱼儿的奖项。我听说你拿自己的版权去威胁的？"

顾云岚听到了，原来是这样的。原来小鱼儿说的，无欢去找邓总，是这件事。

无欢真的拿这群女作者没辙，他摆摆手："哪有那么夸张。"

"对了，你感谢的那个顾云岚，什么时候介绍给我们认识呀？"

顾云岚不太自在地咳了几声。这时，大家才看到窗边的她。她们笑得更意味深长了，并自觉地火速离场，乘电梯走了。只留下无欢在那里。

无欢见到顾云岚，只觉得心花怒放，眼睛里立刻有了光。他几乎不敢相信，径直走到顾云岚面前，像得到糖果的小孩子："你在等我？"

顾云岚移开眼神，低着头："刚才她们说的……"她重新抬起头，看着无欢，"你拿自己的版权去威胁了极光集团的高层，让他们取消小鱼儿的奖，是不是？"

"真没这么夸张，极光集团哪儿会受我威胁啊。"

"总之，是你去找他们，让他们取消小鱼儿的奖，是不是？"

无欢不知道顾云岚为什么一定要确认这个，但他从顾云岚的态度中隐隐察觉到了不对劲。他笑了笑，想打破紧张的气氛："也没什么大不了的……"

"是因为我吗？我想起来了，红毯开始前，在休息间时，小鱼儿过来找我和段朝夕的碴儿，之后你说要离开一会儿。是那时候去找的邓总吗？"

无欢从没见过这样的顾云岚。她在自己面前总是躲闪，她从来不会这样盯着自己说话。无欢正色回答道："说是因为你下定决心去找邓总也没错。但也因为，我不愿看到抄袭者获奖，不愿与她一同拿到这个奖。我是为了道理。"

"好。就算这件事不是因为我。"顾云岚深深吸了口气，"你喜欢我，是不是？"

无欢心中一苦，他从顾云岚的眼神里读出，一段感情还没开始便已经结束的时刻到了。他怎么会不知道呢？

就是因为他太清楚地知道，对于顾云岚这样的人"不明确表白，就没法拒绝，也没法同意，只会困扰"，所以向来行事利落的他，才会在这一次，连表白都开不了口。但是，都结束了。

"是啊，我喜欢你。"无欢承认道。

他以为，大大方方地承认，至少能死得痛快。但顾云岚蹙起眉，一脸不解的表情："为什么喜欢我？"

无欢在记忆中搜寻着答案。

顾云岚替他答道："因为好玩，是吗？从第一次见面，你戏谑我，接近我，因为我平凡，因为我不愿巴结你，你产生了好胜心，不明白为什么会有像我这么平凡的女孩竟不接受你一次次的好意，所以你更进一步地想得到我。你喜欢当神，就像你操纵作品里的角色那样，你把我当成你的角色，你要在我面前扮演天神下凡，我不但不能拒绝你的好意，还必须感恩戴德地接受才行，否则你就要一次又一次地让我难堪，让我下不来台，直至我认输为止，是不是？"

无欢蒙了。他愣了半天回不过神来："我在你眼里就是……这样的吗？"

"要不然呢？"

或许一开始是这样的，但后来并不是这样了，后来……我是真的喜欢你啊。多希望回到第一次见面那天，从头来过。如果一开始就认真些，你现在是不是就不会这么想了？但是，已经没有解释的必要了。面对一个不喜欢自己的人，什么解释都是多余的，这个道理，无欢再清楚不过。

无欢粲然一笑："就算是这样吧。"

"所以，我现在跟你说清楚，请你不要再拿我寻开心了，也不需要再为我做什么。今天你帮了段朝夕，我没征得你的同意就让你和她一起走红毯，这件事是我莽撞了，对不起。除此之外……如果你还愿意让我当责编，我会尽量做到像对其他作者那样对你。但我必须说的是，短时间内我做不到。抱歉。"

无欢侧头去看窗外，雪下得很大了。只有扭过头，才不会被顾云岚发现，自己的眼眶竟湿了。果然只有真心无法交换。真心换不来真心。什么也换不来真心。

"我知道了。"无欢轻轻说。

"那我走了。"

"等等……这么晚了，我送你。"

顾云岚回头看他："你还没明白我说的话吗？不用为我做任何事。"

"就算是普通朋友，这么晚不也该送一送吗？"

"对不起，我不接受。不用送我，再见。"

无欢就这样看着顾云岚决绝地转身离开，直至她瘦削的背影消失在走廊的转角。窗外是冰天雪地，无论室内多热，与外面终究是两个世界，不是吗？

他到底还是不放心顾云岚这么晚独自回家，犹豫了片刻便追着她下了楼，正看见顾云岚走出酒店大堂的旋转门。他怕一眨眼，那个女孩就要永远消失了，他甚至来不及去取车，便悄悄跟了出去。

大衣在车里，他穿着单薄的衣衫，步入漫天风雪。女孩在前方疾步而行，他甚至有些卑微地跟在后面。让我最后一次陪你走完这段夜路吧。然后，他看见她上了马路对面的一辆车，走了。

无欢拔腿狂奔，待看清那是肖遥的车子后，他哑然失笑。对啊，他想起来，小楼是她最好的朋友，她有朋友等着。他也终于相信，顾云岚真的不需要自己。

无欢站在原地，看那辆载着顾云岚的车远去。雪落在他的头发上、脸上、脖子上、肩上，刺骨冰凉。好似大梦一场，再如梦初醒。

"我失去她了。不，不是失去她，是失去了本身就只有毫厘的那一丁点儿拥有她的可能性。"无欢抬起手，拂去鼻尖的雪。

"我喜欢的女孩，再见了。"

无欢慢慢走回酒店取了车，在雪花纷扬的街道上缓缓驶着，两旁的绿化带上覆盖了厚厚一层雪绒。前方白茫茫一片，世界末日也不过如此。无欢捏紧方向盘。

　　顾云岚是世间无欢这些年来，唯一非常想得到的女孩。他无数次想过，如果能在一起……只要有了她，他就像战士有了信念，像航船有了灯塔。可是，她不愿做他的信念，也不愿做他的灯塔。

　　无欢抹了一下自己的脸。是眼泪流下来了。

CHAPTER 5
燃 烧

01

顾云岚上肖遥的车，坐在后座，静静地看着窗外的雪。

明明只是一场几个小时的盛典，前前后后却将人消耗得筋疲力尽。

南方的家乡很少下雪。每次下雪，所有人都兴奋得像过年。没有人不喜欢雪，它好像可以带来什么，又可以带走什么。

手机响了。谁会这么晚打来电话呢？顾云岚拿起手机，看到来电显示是妈妈。

自从夏天知道了母亲的不争取，顾云岚多少有点儿心灰意冷的感觉。现在妈妈在家有爸爸陪着，加上这半年又忙于工作，她便疏于与家里联系。她接通电话，听到妈妈带着歉意问："岚岚，你睡了吗？"

"还没。"

"啊，还好没打扰你休息。还有几天就是元旦了，元旦回家吗？"

"不回了。怎么这么问？"顾云岚奇怪，自从她来北京工作，还没在元旦时回家过。毕竟元旦与春节相隔不久，而家离北京又远。

"现在还能买到机票的话……元旦能不能回家一趟？"妈妈几乎是在祈求。

顾云岚察觉出不对劲："妈，你怎么了？"

"你爸病了。你要是能回来，就回来看看他。"

如果不严重，妈妈是不会主动向自己提要求的。顾云岚问道："他怎么了？”

“也没什么，就是要做个小手术，你别着急……”

“能不急吗？妈，你连撒谎都不会，真没什么，你怎么可能这么晚打电话叫我回去？你跟我说实话，我买明天一早的机票。”

电话那头开始抽泣，是忍了很久后从嗓子中挤出来的扭曲声音：“岚岚，他……他脑出血了。已经没意识了，现在在抢救……”

顾云岚的大脑空白了一瞬。随后，她很快意识到自己不能倒下。她的大脑重新运转起来，这个时间点已经没有航班了，只能订明天最早的一班机。要请假，还要……对，还要带上银行卡里所有的钱。她说：“我明天上午就能到家。妈，你不要怕，我马上就回去。”

回到出租屋已经快夜里十二点了。顾云岚订好明早的航班，简单地收拾了几样行李，又预约了凌晨四点出发去机场的网约车。

准备妥当，顾云岚躺在床上小憩，心中却久久不能平静。

这一天在极光盛典上经历的事，本来已经足以令她失眠，想不到这一天还有临终一击。比起家中的变故，盛典上的华灯、掌声、心酸、喜悦、难堪、误解、争执，都算不得什么。它们好像上一秒还簇拥在眼前，下一秒就随风远去。

为什么呢？为什么一个消失的人，要重回自己的生活，并且一回来就一次又一次地重击自己的人生？

母亲在电话里语焉不详，顾云岚还不清楚父亲的病情到底如何。可越是如此，恐惧便越在黑暗中滋生。有那么片刻，顾云岚甚至产生了一丝恶毒的想法。要是没抢救过来，不拖泥带水地死掉更好吧。可是，到底还是于心不忍，陷入复杂的自责与自怜。

因为睡不着，她又拿起手机。已经过了一点了，先给方昊留个言把假请了吧。

顾云岚发去信息：“方总，家里有点儿事，我要回去一趟。元旦放假之前的几个工作日都先请个事假，之后我再到办公系统里提交申请。"

　　没想到方昊这么晚也还没睡，很快回了信息："好的。"

　　顾云岚捏着手机，想再说些什么，可是按了几个音节，又发现说什么都不合时宜，只好取消输入，看着"好的"两个字发呆。没想到方昊的名字变成了"对方正在输入"，过了一会儿，他又发来一条信息："没什么事吧？如果需要帮助，可以告诉我。"

　　家里的事到底是自己一个人的战场。顾云岚感激地回了一句："没什么，谢谢。"之后闭上眼睛，即使睡不着，也要强迫自己休息。

　　雪下了一整夜。

　　顾云岚出门时，雪终于停了。

　　积雪将昏暗的天空映亮，远处的天边呈现一种悲凉的苍白色。车在结冰的路面上缓慢行驶着，五点半才到机场，比预计的晚了些。

　　顾云岚订的是六点三十分的航班。好在不用托运行李，安检后几乎没等太久，就通知登机了。飞机载起一舱面带倦容的旅客，升入云层，向南而去。

　　落地后，顾云岚拎起自己的小行李箱，疾步直奔长途机场大巴搭乘处，转乘开往自己家乡城市的大巴。还有一个半小时的车程。

　　大巴在下客点停定。顾云岚打车直奔医院，总算如自己的承诺那样，赶在中午十二点前出现在母亲的面前。

　　顾云岚的母亲坐在门诊大厅，脸上带着说不出的憔悴，双眼通红。顾云岚心疼地蹲到她的面前，握住她的手。

　　"妈妈。"

　　"岚岚，你，你这么快就回来了。我都说了让你元旦放假再回来，现在回来会不会影响你的工作？"

　　"别操心我的工作了。妈妈，你怎么坐在这儿？爸他人呢？"

　　"进 ICU（重症监护室）了，现在不是探视时间，不让人看。我也不知道去哪儿……"

正值午休时间，门诊大厅的人不多。顾云岚挨着妈妈坐下："到底怎么回事啊？"

母亲茫然地摇了摇头，出神地盯着地板，愣了一会儿才说："其实前几天他就不舒服了，一直说感觉身上麻。让他去检查，他也不去，说是没休息好。直到昨天下午，他突然就晕倒了。还好是周日，我不用上班，这才赶紧打120送去医院。要是他一个人在家，还不知道会怎样。"

"医生怎么说？"

"让先在 ICU 治着，等病情稳定下来再做手术。说到时可以帮我们从省城请一个专家过来做手术。其他那些具体病情什么的，医生说了我也没记住……"

"我知道了，待会儿我去问医生。"顾云岚看看时间，"妈妈，中午了，先吃点儿饭吧。"

母亲叹了口气。"没胃口。"

"妈妈，不吃饭怎么行？你自己要是再累垮了怎么办？"

"哎，那吃点儿吧。"

扶妈妈到医院门口的快餐店吃了点儿东西，等到了下午上班时间，顾云岚去找了父亲的主管医生了解病情。医生很忙，但还是尽力给顾云岚描述了现在的状况。

父亲这次脑出血的出血量有接近一百毫升，算是非常多的。最危险的是引发了呼吸衰竭，因此病情急转直下，马上进 ICU 上了呼吸机。目前暂时靠穿刺引流排出颅内的淤血，但因为是血管瘤引起的脑出血，之后必须要进行开颅手术。而在手术前，还要看病人能不能先挺过呼吸衰竭这关。如果无法度过危险期，病人的身体是没法支持开颅这么大的手术的。

"那他挺过去的可能性大吗？"

医生说："他目前有三关要过。第一关就是挺过现在呼吸衰竭的危险期。这个阶段短则一两日，长的几个月也见过。第二关是开颅手术。

第三关是术后恢复，毕竟会不会留下后遗症，谁都说不好。"

顾云岚如身陷泥淖，有些绝望地问："就是说，他现在这样，能不能好，什么时候好，都是未知数，对吗？"

"嗯。还有一点你也要有心理准备。"医生的表情有些同情，"目前上了呼吸支持系统，这个费用非常高，每天需要一两万。"

情况已经很糟了，这无非就是更糟一点儿。但一旦事情糟糕到某个程度，多一点儿还是少一点儿，人都没有感觉了。

顾云岚点头："我知道了。"

到了探视时间，顾云岚和母亲在监护室外隔着玻璃看里面那个人。

他软绵绵地躺在床上，被剃成光头，头皮上连接着一根管子。大半张脸被面罩挡住，另一根粗管子从他的嘴里塞进去，整个人看起来给人面目全非的感觉。

"岚岚，大夫跟你说过了吧？"

"说什么？"

"费用的事……"

"说了。"

又沉默了一会儿，母亲似乎开口得很艰难："这些年我存了十几万块，本来是打算你嫁人时给你当嫁妆的。但这次事情发生得太突然了，家里银行卡上活期的钱也就两三万块，昨天全交了。估计明天又该缴费了，妈妈想先把那十几万取出来……"

"都什么时候了，别说这些了。你要是后半生还想好好跟他过日子，当然是先救他要紧啊。"

"哎。"

"妈，我一直让你吃好些、用好些，别为我存钱，我自己能照顾好自己。你看你过得省吃俭用，最后存下来的钱还不是……"

"是，是。以后都听你的。但是你嫁人的话，还是要有点儿嫁妆，才能有底气的。没事啊，等你爸好了，妈妈想办法再存。"

"妈，让你别存了！"顾云岚提高了音量。随即她发现，自己最心疼妈妈，但每次都被气得说出伤害妈妈的话。顾云岚叹息一声，稍微放缓语气："别说这些了。就算你现在把那十几万取出来，够吗？每天一两万地烧钱，能撑几天？我这边这些年也存了十几万，明天都取出来。如果没什么意外，今年我应该能拿到一大笔年终奖。现在离过年就剩一个多月了，等我拿到年终奖，还能再撑一阵子。要是这些钱都花完了，咱们再想别的办法吧。但愿这些钱足够治好他的，到时只要不欠一屁股债我就谢天谢地了。"

"还不知道你爸能不能好。"妈妈说着，又开始哭。

顾云岚挽住母亲的胳膊，看着被各种机器和管子支撑起生命的那个人。他活着吗？就这样活着吗？他有在靠自己的努力呼吸吗？他有想要挺过去的决心吗？还是他完全无知无觉，像之前抛下自己和妈妈那样，再一次抛下了她俩，独自去了一个不用面对苦痛的世界，却又一息尚存，让人放不了手？

生活总是把人逼成战士。不知怎的，顾云岚想起宋微微率直烂漫的笑脸。真是……太让人嫉妒了。

但我就是如此。对，就是如此。我是一个不会被生活打败的强者。没有东西可以打倒我，我是一根骄傲挺立着的刺啊！不配得到喜欢的人也不要紧，无论多难，我都可以一个人挺过去，一个人，带着妈妈，挺过去。除此之外，都不重要。

给自己穿好铠甲后，顾云岚紧紧捏住母亲的手。

元旦这天，父亲醒了。

他好像察觉到新年的到来，在太阳升起，阳光透过窗户照在手上时，他的手指动了动。然后，他睁开了眼睛。

ICU 夜间不让家属陪护，家离医院也不远，就隔着三条街。晚上即使守在医院，也帮不上什么忙，顾云岚把妈妈劝回家睡觉。

这天早晨，她们吃了早饭，顾云岚正在刷碗，打算收拾好就到医院去，却接到医院的电话。

顾云岚心中一紧，以为有什么坏消息，没想到那边的护士说："是ICU3床病人的家属吗？病人醒了，今天探视时间可以早点儿过来。"

"啊？"这个消息让顾云岚有些意外。虽然这些天，她每天都在盼着父亲醒来，但当这件事真的发生时，却觉得不像真的。她忙不迭点头："啊，好的，好的。"

她扭头看向厨房的窗外，窗外两侧是老楼房狭长的墙壁。阳光照进来，照亮墙上斑驳的水渍，好像有了希望一样。这一年会好吗？

"妈！"顾云岚叫正在卧室收拾的母亲，"咱们快去医院吧，刚才护士打电话说，爸醒了！"

母亲拿着打包的衣服愣在原地，好一会儿才说："哦！真的吗？醒了吗？"她手忙脚乱地又抓起几件衣服装进帆布袋子，"那我们赶紧过去呀！"

进不去病房，只能通过视频看一看。护士帮忙把手机举到父亲的面前，顾云岚和母亲在病房外对着另一台手机。

视频接通了，父亲嘴里仍插着管子，他说不出话，只有眼睛能动。母亲叫道："老顾！老顾，你能听见我说话吗？"父亲眨了眨眼。

母亲哭诉着："你吓死我了。"

外面的护士提醒道："照顾一下病人的情绪，家属不要太激动。"

母亲抹了抹眼泪，忍住抽泣："对了，岚岚回来了，岚岚回来看你了。"说着，母亲把摄像头对准顾云岚。

顾云岚有些尴尬地与父亲隔着屏幕对视。母亲戳戳她："愣着干什么，快跟你爸说几句。"

"醒了就好。"顾云岚小声说，"你保重好自己，家里有我。"

看不清他的眼神，看不见他的表情。只听见他从插着氧气管的喉咙发出一声粗粗的"嗯——"的声音。像承诺，像叹息，像呼吸，像空气。

护士挂断通话走出来："好了，病人刚醒，多让他休息。"

顾云岚去找主管医生了解情况。医生说，等父亲的体征平稳，下了呼吸机，估计这周内就能手术了。这场手术的难度很高，要从省城请专家过来主刀。如果家属这边没问题，医院现在就联系省城的专家安排档期。

"能治好怎么都行。"顾云岚答应。

"手术有风险，特别是开颅手术，术中有可能出现各种意外。当然，我们会尽力确保将意外的概率降到最低。但不敢保证一定能治好。即使手术成功，也可能留下后遗症。"医生说。

"我明白。"顾云岚点头。

不管怎样，短时间内是回不了公司了。顾云岚去了楼梯间，蹲着发呆。放空了一会儿后，她打起精神，给方昊打了电话。

"方总，元旦假期后我还能再请几天假吗？"

"家里的事……很棘手？"

顾云岚故作轻巧地"嗯"了一声。她不希望引起方昊注意，更不希望方昊问她具体是什么事。

仿佛懂得她的忧虑，方昊只是问："还需要几天假？"

"我……不知道。可能还要十天半月，甚至更久。我争取春节前回公司一趟，完成年终总结和明年的年度选题会。"

电话那头沉默了一阵。顾云岚不想让方昊为难，补充说："如果公司规定不能请这么久的假的话……就……就算我辞职吧。"

好像没料到顾云岚会这么说，方昊一怔："你是真心想辞职吗？"

顾云岚小声道："不是。"

"那就别说这种傻话。不能回公司，你那边能不能上网远程处理工作？"

"可以的。"

"你申请一下远程办公，这些天就不必请假了，工资按正常出勤算。家里的事处理好再回来吧。"

为什么有人能完全理解自己需要什么呢？顾云岚鼻子一酸，感激地说："谢谢。"

"如果遇到搞不定的事，随时……找我。"

顾云岚还想说什么，护士站那边的喊声隔着门隐约传来："3 床家属在不在？"

"有点儿急事，先挂了。"顾云岚挂了电话，赶紧跑去护士站那边。

母亲已经在那里了，主管医生看了看她俩，对着顾云岚说："刚才把你父亲的脑部 CT 和血管造影发给了省城专家会诊，他认为你父亲目前的病情，在手术时需要用到弹簧圈或支架来辅助栓塞。这导致手术费用很高昂，前前后后保守估计需要三十万左右。你们做好心理准备。专家三天后有档期过来，如果你们这三天能筹够钱，手术就预约到那个时候。"

"没问题，医生，麻烦你们安排，我们一定把钱交上。"母亲立即答应。

医生走了，顾云岚把母亲拉到一旁："妈，咱俩钱加一起，只剩二十三万四千了。再过三天，可能就只剩二十万。还有十万上哪儿去找？"

"十万也不难凑，我问你舅舅借点儿，再问同事借点儿……我平时不开口求人，现在开口了，他们总还是要帮的。"

顾云岚当然清楚，目前十万块是不难凑。她只是不知道以后会不会是个无底洞，她只是不喜欢母亲全心全意、毫无保留地为那个男人付出，她只是委屈这些年攒下的钱竟如此不堪一用，短短几天便化为乌有。

可是，能不救他吗？

她没有别的选择，叹气道："我也去问朋友借一点儿。你借钱时跟他们说，不会借太久，就一个多月，等我年前拿了年终奖就能还上，应该好借的。"

"嗯……"母亲欲言又止，帮顾云岚理了理凌乱的额发，"那我先去给你舅舅打电话了。"

　　等母亲走到走廊另一端，顾云岚重新回到楼梯间去。她想起方昊刚才说的那句话，如果遇到搞不定的事，随时找他。她打开手机，看着方昊的名字安静地躺在通信录里，手指在上面摩挲了几次，到底还是没有把电话拨过去。

　　"妈妈，我可以不找这个人借钱吗？唯独这个人，我还奢望能平等地站在他身边。我可以自私这一次吗？"

　　手指往上滑，方昊的名字翻了过去。顾云岚最后还是打给了小楼。

　　顾云岚刚说明来意，小楼二话没说便答应了。但她刚参加工作，平时花钱也不太节省，没什么存款，只能拿出两万块。顾云岚没有信用卡，查了支付宝，能透支三万。这样一来，她这边能筹到五万。

　　母亲那边这几天借来七万块。

　　一切准备好后，父亲如期被推进了手术室。

　　手术进行了十个小时，从早上九点到傍晚七点，太阳从东升到西落，直到夜幕降临，手术室"正在手术"的指示灯终于熄灭。省城来的主刀医生推开门走出来。

　　顾云岚和妈妈一起焦急地围上前，小心地询问："大夫，手术怎么样了？"

　　医生摘下口罩，接过助手递来的毛巾擦了一把脸上的汗，活动了几下僵硬的肩颈关节："手术很成功，解除了病人颅内的定时炸弹，他现在暂时没有生命危险了。不过还不能高兴得太早，这个位置的脑出血，有可能影响病人日后的运动功能，要注意术后恢复和长期的康复锻炼。这一点主管医生会交代你们。"

　　"谢谢，谢谢。您辛苦了。"母亲发自内心地感谢医生。

　　"我应该做的。"医生挥手离去。

　　又等了一会儿，护士推着父亲出了手术室。父亲处于一种半睡半醒的状态，眼睛微睁，很久才眨动一次。母亲跟在床边喊他，他有一点儿若有似无的反应。

护士招呼道："家属让一让让一让，别挡着路，现在还要回 ICU 观察。"

顾云岚拉着母亲让开，跟在病床后面小跑，眼看着父亲又被推回 ICU 病房。家属进不去，母亲不舍地站在外面朝里面望着，像是自言自语又像是问顾云岚："他会好吧？"

"都会好的。"顾云岚像是回答母亲，又像是说给自己听。如果父亲留下瘫痪的后遗症，或者并发感染，她真的不知道要怎么撑下去了。顾云岚再次坚定地说了一遍："都会好的。"

好在，父亲真的好了。这个男人的生命力还真是顽强。五天后，他从 ICU 转入普通病房，已经能和母亲聊天了。他的手脚有些麻木，暂时还无法自如地活动，但总算没有瘫痪，医生说好好做康复训练会好起来的。

经历了如此凶险的病情，不仅保住了性命，还没留下什么严重后遗症，这几乎算是奇迹。父亲又在普通病房住了两周，才总算出院了。

家住的老小区没有电梯。打车回家后，顾云岚和母亲一边一人撑着父亲，三个人好不容易才挪到五楼。

顾云岚买了第二天的机票，她必须回北京了。这个周五便是部门的年终总结加新年选题会。这是一年里最重要的一场会议。

出发这天，顾云岚早晨七点就要出门。她六点半起来，看见厨房亮着昏黄的灯。

顾云岚以为是母亲在给自己准备早餐，她走过去想说不用了。却看见是父亲坐在一个高脚木凳上，用不太灵活的手拿着汤勺，在小奶锅里搅拌，清甜的酒香慢慢弥漫开。一如昏黄的灯，一如恍惚的时光。

父亲扭头看见顾云岚，故作随意地说："岚岚，你起床啦。"

"你在做什么？"

"马上就好了，你吃了再走啊。你小时候最喜欢吃的粉子醪糟蛋。"

顾云岚嘴角一撇，眼泪马上就要流下来。从他开始忙生意起……

十几年了吧。有十几年没有吃到了。

父亲接着说："你小时候一直说我做的醪糟蛋比你妈做得好。你妈只知道放糖，其实我有个秘诀，要放一点点儿猪油，还要放一点点儿盐。我还记得你喜欢吃溏心蛋，不能煮得太老。"

顾云岚愣在厨房门口。

"好了。你先洗漱，洗漱完再吃，温度正合适。"父亲把奶锅从火上端下来，欲把煮好的醪糟粉子倒进碗里。手一哆嗦，汤洒了。

顾云岚上前接过来："我自己盛。"

沉默了一阵，父亲突然问："还在怪我吗？"

顾云岚没回答，只说："等我回北京了，你每天要记得按医生说的做康复运动。要不了几天，我过年还会回来。"

"好，好。"

"你去歇着吧。"

"哎。"

父亲回卧室了。顾云岚洗漱完，自己坐在支在客厅的小餐桌旁吃着这碗粉子醪糟蛋。眼泪一滴滴掉进碗里，和甜汤混在一起。等把这碗汤喝完，她的眼泪也咽下去了。

顾云岚拎着行李箱，再次踏上征程。

02

一回到北京，顾云岚立即投入繁忙的年终工作中。原创小说部部门年终总结及新年选题会也如期举行。

久时文化传媒集团，长桌会议室。全体原创部的同事分坐在长桌两侧。方昊坐在长桌靠近投影屏的前端主持会议，分管内容中心的副总裁于莉出席会议，坐在长桌的远端。

于莉进行了言简意赅的开场发言。

　　"前几天，陈总来公司开了高层会议，去年的财报数据也出来了。我一向支持公开透明的管理模式，这些财务数据不算什么机密，现在跟大家分享一下。过去一年，我们内容中心实现了 8.5 亿码洋，其中，原创部的贡献是 3 亿。这个成绩还不错，谢谢各位的努力。

　　"内容中心新一年定下的目标是 10 亿码洋。我知道原创小说越来越不好卖，很多小工作室都不指着卖书赚钱了，而是指着卖 IP。但原创小说仍然是一个以内容为本的企业的重中之重。因此今年这 10 亿的任务，我希望原创部可以扛下 4 亿。

　　"为此，我也为各位争取到一些权利。现在图书的电子版是运营中心在与各电子阅读平台对接，因此电子书销售收入是算在运营中心的财报里面。这导致运营中心与我们合作不太愉快，每出一本新书，他们都想尽快上架电子版本，而我们则希望电子版至少在半年后再上架，保证实体书的销售。从年后起，电子书这一块便拿回我们内容中心了，电子书销售额也算进我们的利润中。

　　"去年没有做出百万级销量的爆款作品，这算一点遗憾吧。希望各位新的一年继续努力。

　　"下面给大家看看，过去一年，每人手里的码洋排行。"

　　居然公开每人手里的码洋排行！这就像高中每次月考完，在公告栏张贴年级排名榜单。

　　顾云岚之前在艺文社可没遇到过这种公开的形式。这是她来久时文化传媒集团的第一年，她不知道这是不是公司的惯例，但从其他人震惊的表情来看，之前应该也从没这样做过。

　　于莉笑了笑："这件事跟你们方总商量过了，大家对自己及部门其他人的工作有个数，不是坏事。好了，看屏幕吧。"

　　她摁了一下遥控器，屏幕上出现一张表单。原创部目前除去美编和编务外，共 26 名编辑，总监 1 人，高级策划编辑 3 人，策划编辑 14 人，助理编辑 8 人。助理编辑没有独立策划图书选题的资格，没有码洋，不计入这个统计名单。其他人则按所责编图书在过去一年销售累计的总码洋，由高到低排序。

方昊作为部门总监，主要把控部门整体的选题质量，一般不再亲自编辑作品，他没排在第一倒不令顾云岚意外。饶是如此，他仍靠着手中栽培的几名重点作者，及这几年积累的几本每年都能持续卖的长销书[1]，以一己之力扛3500万码洋的成绩，排在第二。

令顾云岚意外的是，排在第一的是冯娜，个人完成码洋4000万。

顾云岚小声问身旁的何纬："娜姐这么厉害的吗？"

"你别看她整天小心思多，阴阳怪气地见不得别人好，她进久时八九年了，手里有几本超级畅销书，每年都有销量。她现在哪怕一整年不做新选题，就靠之前那几本书，都能保证两三千万的基本盘。"

"八九年？她在久时这么久了啊。"

"要不然她心里怎么觉得不舒服呢，干了这么多年，业绩也好，就因为三年前生孩子去了，让方昊当了部门总监。昊哥能力是强，但这事换了我，我也不服。所以她平时说什么难听的话，我都不往心里去。"

原来如此吗？顾云岚看了看坐在斜对面的冯娜。她好像对排名完全不在意，正心不在焉地摆弄指甲。再看榜单上，何纬以3000万的成绩排在第三，第四第五是两名策划编辑，顾云岚自己则以2500万的成绩排在第六。已经辞职的小桃没从名单上剔除，她竟然也有2300万的码洋，紧随自己排在第七。

这是顾云岚第一次意识到竞争竟然如此激烈。本来她三月下旬才入职，去年在久时的有效工作时间就九个月，入职第一年，手里的书也没有积累，能排在第六是很不错的成绩了。可她心里非常清楚，如果不是因为当了世间无欢的责编，自己的码洋就会少个"0"，从而排在最后。

现在，排在最后的人是宋微微。一般毕业生入职会从助理编辑做

1　长销书是指长期有销量的书，与畅销书的概念有所重合但不完全一致。

起，因宋微微名校硕士的背景，破例直接当了策划编辑。作为六月底才入职，只工作了半年的新编辑而言，100 万码洋的成绩不算差，至少说明她半年的时间里做出了书，还上市销售了。她好像很坦然地接受了自己这个排名，饶有兴致地打量着榜单。

等了几分钟，讨论声渐弱，于莉开口道："你们应该都发现了一件事，离职的小桃也在这个榜单上。这是为了提醒大家，我们的对手并不弱。小桃的离职，带走了撑起 1000 多万码洋的作者小鱼儿，并直接归入春光工作室麾下。虽然春光工作室目前还不算我们的竞争对手，但希望大家记住，在竞争中，有人不择手段，我们如果要守住底线，就要付出更多才能获胜。但这些付出，是我们为了守住底线必须付出的。这很难，但是值得，希望大家理解并践行。"

说完这段话，于莉从大家的眼神中看出，自己算是在久时文化传媒集团站住脚了。那些比自己来公司时间更长的员工，总算是认可了自己这名空降的上司。

她继续说："再宣布一件事，码洋超过 2000 万的编辑，在榜单上有 8 名，其中有 3 名在职的策划编辑，这 3 人从年后起晋升为高级策划编辑。之后会有人事发相关通知。好了，接下来的时间交给你们，我旁听。"

提纲挈领的话都让于莉说了，方昊没再多言，他也不想抢于莉的风头，直接宣布会议进入汇报新年重点选题流程。所有人依照座次发言。顾云岚坐在靠后的位置，越听前面的人说，越觉得心虚。

几乎每个人手里，要么是有成熟作者，要么就是有具备爆款潜质的选题。顾云岚却因为之前一个月忙家里的事，完全没办法花大量时间去网上寻找作者和作品，导致自己整个新年计划苍白不堪。

她的 PPT 做得也很简陋，这是她第一次在工作中进行没有底气的发言，轮到她时，她对着 PPT 上那几行字，不太好意思地说："今年……我这边最重要的作者是段朝夕，她的新作售出了电影改编权，我会全力把她的新书做好，至少把她推为十万量级的作者。另外，我前段时间联系到公子清。大家应该听说过她，是一名比较成熟的古言作者，口碑也不错。她一直是自己写一本书出版一本书，没与任何机构签人身经纪约。我说服了她与我们久时签下五年的全部作品全版权代理，今年就会有一部新作交给我们出版，还没来得及拟定合同。她的问题是读者群虽然稳固，但写的东西从来没有机构系统运作过，目前一直处于瓶颈，无法进一步提升。希望她来我们久时后，至少可以……填补小鱼儿解约带走的那1000多万码洋空缺。"

顾云岚停下来。她其实不敢保证公子清的书能卖这么多，最后这句话是临时加的，为了让自己的新年计划稍微好听些。其他人看着她，还在等她继续说。她低下头："我会继续发掘新的选题。今年定下来要做的……就这两名作者了。"

一直在旁听的于莉插话："说完了？"

顾云岚小声回答："说完了。"

于莉问："你新一年的选题规划中没有世间无欢？能出版他的新作更好，新作拿不下来，至少把他之前的作品，只在网上连载没出过书的那些拿来做套装。没跟他谈过吗？要知道，整年下来他一个人至少可以贡献5000万码洋。"

顾云岚低头，一时不知该怎么回答。于总说的每一句都对，没有任何理由不做世间无欢的书。就因为过不去心里那道坎吗？

看出顾云岚的为难，方昊虽不知道她跟无欢之间发生了什么，心中却莫名高兴起来，帮她解围道："无欢那边我会再去谈，现在还没说定，所以顾云岚没有列进新年计划里。"

于莉不会驳方昊的面子，见他解释了，便没继续追问，点头说："好，我等你的好消息。"

重点编辑全都完成了发言，只剩下一些新人。到宋微微时，大家本来没报什么期待，却见她的 PPT 只有一页，这唯一的一页上，也仅有两个字。是一个如雷贯耳的名字。

宋微微唇边带笑，自信地说："我今年要做余非老师的个人作品全集。他已经同意授权我们出版整套他所有作品的修订版，有十多部，是个大工程。"她淘气地耸耸肩，"所以新年计划就这一项，没别的了。"

在座的编辑，不，只要是出版行业的从业者，没有人不知道这意味着什么。余非老师是主流及商业均认可的作家，以创作谍战小说为主，读者几乎跨全年龄层，在图书市场长盛不衰，如今累计销量应该已经突破 1000 万册，常年占据着畅销榜单。很多经典谍战影视改编自他的原著。现在宋微微拿下的不是他的某一本书，而是全部作品的作品集。哪怕只是签一个常规的五年出版权，就能让宋微微在刚才那个编辑个人码洋排行榜上占据五年第一的位置，难以撼动。

大家也知道，余非老师这样的作家，作品大都是由顶级国字号出版社出版，久时作为一家民营图书公司，是很难拿到这种选题的。同事们交口称奇，都对宋微微投去惊叹的眼神。连于总也赞许地夸了一句"很不错"。

方昊点头："很好。"

有人忍不住小声问："微微，你是怎么联系上余非老师的？"

宋微微没有掩饰的意思，大方地承认："他跟我爸是朋友啊。"

顾云岚的心被狠狠地刺痛了一下。她不奢望有一个能帮自己的父亲，她也不能怪谁。可一想到那份连自己都不满意的新年计划，如果提前一个月有时间好好准备，就不会这么差了。再看宋微微得到方昊认可后抿嘴偷笑的样子，顾云岚委屈得想要哭出来。

会议进入尾声，方昊对大家的年度重点选题进行总结。顾云岚的脑子里嗡嗡响着，一个字也听不进去。她埋头用笔在本子上画着一些毫无意义的符号。是啊，她是很好。怎么办呢？我有什么办法呢？连向来自信的工作能力，在她面前也黯然失色。还有哪一点能比上她呢？光这么想着，顾云岚就陷入无法自拔的酸楚之中。方昊的声音越来越远了。

会议结束后，便是部门年会了。

年会由几名助理编辑安排。他们订了公司附近一家轰趴馆的烤全羊晚餐，晚餐之后可以在轰趴馆里自由活动，玩狼人杀或者 K 歌。

一行人浩浩荡荡去了场馆，厨师正在准备晚餐，在房顶露台上烤羊肉。

方昊不喜欢热闹，但作为部门负责人，不可能不参加团建。每次部门年会，他都会从头跟到尾，有时拗不过下属盛情邀请，也参与一些活动。

只听见楼梯那边传来一声吆喝："羊烤好喽！"

厨师抬着烤全羊下楼，有两只，在餐桌旁架好，用刀把肉片下来盛盘。

三十几个人叽叽喳喳地吃着，自告奋勇主持活动的助理编辑还准备了小游戏。都是些常规小游戏，比如让一人表演一人猜词，但特别好笑，一群人笑得前仰后合。唯独顾云岚与这里的氛围格格不入，别人都在笑，她却想哭。

吃完烤羊，顾云岚既不想玩狼人杀也不想唱歌，但立即就走显得不太合群，她找了个角落，打算坐一会儿便走。

旁边一个隔音的小房间被布置成了玩狼人杀的场所，要玩狼人杀的同事进去了，其他人则坐在大厅，大厅变成了 K 歌房。

顾云岚看着他人的热闹。唱了几首热场子的歌后，同事们开始起哄，他们冲坐在另一个角落的方昊喊道："昊哥，别自己坐那儿啊，快来唱歌。"

方昊摆手："你们唱吧，我处理一下工作。"

"哎呀，这个时候就别工作了。"

"昊哥，唱一个呗。"

"那好吧。"方昊不愿扫大家兴，走到点歌台前。

本以为到此为止，唱首歌罢了。突然有人喊："昊哥，一个人唱多没意思，得有人跟你一起唱。"

"啊？"方昊没反应过来。

除了方昊，其他人立即会意，把宋微微推了出去："昊哥，和微微来首对唱歌曲吧！我们部门的最强新人，部门之光啊！"

宋微微固然大胆，但拿不准方昊的意思，还不敢公然逼他与自己合唱。她婉拒了几次，同事们却不放过。她内心自然是窃喜的，借着同事起哄壮胆，半推半就走到方昊身旁。

顾云岚看着女孩娇艳的容颜，忍了半天的眼泪终于还是不争气地涌了出来。糟糕的家庭，糟糕的人生，奋力直追也追不上的对手。到底还是我不配吧？

然而方昊没有看宋微微。他下意识地扭头瞥了一眼坐在远处角落的顾云岚。顾云岚的身影隐没在灯光照不到的地方，看不清她脸上的表情，只觉得她形单影只。方昊心中一颤。他知道，作为上司，在这样的场合就是供下属消遣的。如果不下场配合大家玩，大家就会觉得你摆架子，何况这个提议算不上过分。若是往日，便也唱了，但今天，他不愿意。

宋微微不好意思地朝他挥挥手："嗨，昊哥，你想唱什么？"

他生硬地说："我……不会。"

宋微微不是傻子，她从方昊的表情读出来，他全身的每一个细胞都在拒绝。她知道，再逼下去，方昊就要讨厌自己了。她装作没心没肺地笑了，朝其他同事说："哎呀，昊哥不会唱。算了吧？"

同事们发出遗憾的嘘声。

或许吃完饭就该走的。不看这样的情景，心就不会痛了。顾云岚抹掉眼泪，拎起包走上前，勉强挤出微笑跟同事们招呼道："我有点儿事，先走了。你们好好玩。"说完，她拉开门快步逃离了现场。

方昊没有犹豫，没有思考后果，没有想过影响。几乎是本能驱使他对同事们说："你们先玩，我找她有点儿事。"说完，留下一群目瞪口呆的人，他不管不顾地追了出去。

顾云岚走得很快，但还没有走远。方昊奔向那个身影，叫道："顾云岚，等一等！"

那个身影并没有停下，反而走得更快了。他又叫了一声："顾云岚！"

这一次，顾云岚停下了，转身问道："什么事？"

方昊张了张口，却不知该怎样回答。对啊，什么事呢？为什么要追出来？他没想过。他跑到顾云岚面前，发现她双眼红红的，问了一个不该问的问题："你……哭了？"

顾云岚别过头："不关你的事。"

"因为新年选题计划做得不好吗？"

顾云岚看向方昊的眼神有些气恼，她应付着："就算是吧。"

方昊猜不透女孩的心思，他只看出顾云岚好似不愿承认是因为这件事哭，便说："我知道你这段时间在忙家里的事，没认真准备。计划只是计划而已，最后还是看结果的。"

"哦。还有别的事吗？没有我就先走了。你回去跟他们唱歌吧。"

听到这句话，方昊愣了一下，才说："你不喜欢唱歌吗？我也不喜欢唱歌。"

有时候，顾云岚也有点儿讨厌自己。为了可悲的自尊，总是口不择言，言不由衷。明明想离他更近的，为什么要推开他？明明他追出来，自己是高兴的，为什么要板着脸？

顾云岚朝方昊笑了笑，可一做表情，就十分想哭。她赶紧说："你回去吧，大家还在等你。"

"那你回家路上小心点儿。"

"嗯。"顾云岚走在去地铁站的路上。她有了一种感觉，他也……喜欢我吗？他会喜欢我吗？如果不是错觉就好了。神啊，这件事如果真的发生就好了。

第二天是周末，方昊想把年会上承诺的那件事搞定。

方昊给无欢打去电话："你现在在哪儿？"

"在家赶稿呗，还能在哪儿。"

"还在北京？"

"啊，下周才回去。"

"今天什么时候有空？"

"老规矩，你随时来都行。"

"那我中午带饭过去。不耽误你写作的时间。"

"好。"

方昊家附近有家口碑不错的粤菜馆，他知道合无欢的口味。出发前，他先去打包了几样小吃和主菜，又买了两听生啤，这才驱车前往无欢家中。

无欢打开门。他看上去很长时间没理发了，唇边也胡子拉碴的。方昊问："怎么，宅了一个月没出去？"

无欢笑笑，并没答话。

方昊倒不介意，把菜一样样摆在餐桌上："吃吧，边吃边说。"

无欢尝了几道菜："味道不错。"

小酌了一会儿，方昊提起："知道吗，顾云岚的新年选题计划没列你的作品。你们没聊过新的出版打算吗？"

"她没把我列在计划内，你应该去问她为什么啊，来问我干吗？"

"你在闹情绪？"

"我闹情绪？"无欢自嘲地笑了，"我闹什么情绪。我是说，她愿意做我的书，我随时配合。她没列进去，就是她不愿意呗。"

"你们怎么了？"

"方昊啊。有时候我不知道，你是真不懂，还是明知故问？"

方昊确实不知道无欢是什么意思。他琢磨了一会儿，猜不透，干脆直接说明来意："无欢，《思华年》从来没出过实体书，拿给久时做吧。"

"拿给久时，你做，还是她做？除了你俩，别人都不行。"

"还是这么任性？"方昊皱眉。

无欢轻轻"哼"了一声:"我把书给你们出,没有其他任何要求,就只是挑一下责编,你们还想讨价还价?也太没有合作的诚意了吧。"

方昊沉思了几秒钟。

"我有自己的安排,还是给她做吧。我不管你们俩怎么了。如果是她在闹情绪,我会跟她谈谈。"

两人没再继续这个话题。

临走时,无欢送方昊到门口,突然说:"她心事重,如果确定了,就别总让她多想。"

方昊没听清这没头没尾的一句话:"什么?"

"算了。"无欢笑笑,"当我没说吧。我要赶稿,不送你下楼了。"

方昊离开无欢的家,开车回自己的住处。

街上已有了过年的气氛。对于北京来说,过年的气氛很简单,就是冷冷清清的。平日里拥堵的路段不堵了,平日里人多的地方人少了。

一年又过完了吗?

一个人生活太久,最终会对时间感到麻木。树叶枯了又绿了,天气凉了又热了,一年年轮回,一年年循环。为什么要赋予某个时间意义?无非也是无数普通日子中的一天。

令方昊感到费解的是,这种冷清的街景他早已看过多次,今年竟难得地又伤感起来。

年前最后一个工作周,有同事请年假先回老家了,办公室里的人越来越少。

这日午休时,顾云岚趴在办公桌上小憩,听见宋微微向同事打听:"咱昊哥家是哪儿的?有人知道他什么时候走吗?"

听到是和方昊有关的话题,顾云岚顿时睡意全无,竖起耳朵。

那名同事答:"别提了,你千万别去问他这个。"

"怎么了?"

"昊哥好像跟家里关系不好,过年一直是一个人在北京,从来不回去的。"

"这样啊？"

"要不你留在北京陪他？"

"那不可能，我妈早催我回去了。我过年要不回家，她能念叨死我。"

短短几句，顾云岚的心思又转起来。他跟家里关系不好吗？想了解更多。想知道他家里是怎样的。想靠得更近，如果他也感觉冷，能靠在一起取暖就好了。可是，到底自己也不能过年不回去。

今年回家，她还有一件重要的事想与父亲商量。如果幸福需要争取，顾云岚想再努力一下。为此，她已做了相应的准备。

03

回到家里，见这些日子父亲恢复得不错，顾云岚松了口气。把年终奖取出来，还掉了那些欠款，还有些剩余，她和母亲去超市置办年货。

母女俩推着购物车，在人山人海的超市里转悠。趁着父亲不在，顾云岚跟母亲商量道："妈，我有个想法。"

"什么想法？"

"我……虽然从不觊觎那些不属于我的东西，但也不愿意懦弱地把属于自己的东西拱手让人。"

母亲上下打量顾云岚几眼："怎么突然这么说？"

"妈妈，你不觉得委屈吗？"

"委屈啥？"

"我觉得很委屈啊。"

母亲知道顾云岚指的是什么。她叹了一口气，说道："这就是命。那是你爸，躲不掉的。"

"不想抗争，就怪命运吗？"

"妈知道你心气高，妈也知道你一个人在北京上班辛苦。不过啊，凡事要往好处想，你看，你的新公司年终奖真不错，这次把你爸救过来，也没欠什么债，你知道妈妈的同事都说什么吗？都说你这个女儿真出息。"

"啊，是没欠什么债，但我们存了那么多年的钱，说没就没了。我一直想把家里翻新一下，甚至还想过买一套属于自己的小房子。这些想法现在都成了泡影，这样还要庆幸？"

"人生就是苦一阵甜一阵，古话都说大难不死必有后福，后面的日子会越来越好的。买点儿糖吧，吃点儿甜的，心里就不苦了。心里不苦，日子就好起来了。"母亲说着，抓了几把促销的散装糖果装进口袋，拿去称重。

顾云岚心灰意冷地发现，自己说服不了母亲。以前说服不了，现在也说服不了。

买完东西，两人乘公交车回家。下了车，快走到家楼下时，顾云岚下定决心，加重语气说："妈，我不想像你这样自欺欺人了。"

母亲警觉地看了顾云岚几眼："你想做什么？"

"去年夏天，你告诉我，爸和那个姓杜的女人分手，那个女人转移了财产，他什么都没拿到。当时我气得要死，不过也觉得，既然你和爸都能咽下这口气，那就算了。但现在，我想让爸去拿回属于他的钱。这钱我一分也不要，就希望花在你们自己身上。住好点儿，吃好点儿，他后面的治疗如果还需要什么费用，也不用再到处凑。他把我们这个家当成什么了，收容所？说走就走，说回来就回来，他不用对这个家负责吗？"

"哎呀，"母亲摆头，"别争了，你爸现在又不能受刺激，过去的就过去了。"

"他两手空空地回来，说一句那个女人转移了财产，这就完了？我没指望别的，就希望他再去问一下那个女人，能不能把属于他的那份钱还给他。如果那个女人很厉害，是个泼妇，后面的事交给我，我去跟她交涉。这样也不行？"

"你……哎，你……"

母亲急得说不出话。见她这个样子，顾云岚停顿了一会儿，缓和了语气说："妈妈，我喜欢上了一个人。"

"啊？"没料到话题转变得这么快，母亲眼中闪过一丝惊喜，"那……那下次有空了带他回来让你爸跟我见见。"

两人走进逼仄的楼道，一边上楼，顾云岚一边低声回答："只是我喜欢他而已。也不只我一个人喜欢他，别人也喜欢他。妈妈，我不想自己配不上他，我不想自己的家庭是个旋涡，把他拖进来陪我一起沉下去。"

母亲沉默了。

顾云岚接着说："你放心好了。我会挑一个合适的时候，保证不过激，只是让爸问一问。实在斗不过那个女人，我也没精力跟她纠缠，到时我就死心了，不会再提这件事了。但如果连问都不问，我不甘心。"

到了家门口，母亲掏钥匙开门，小声地叮嘱道："别让你爸听见，这事先别提了。"

在家如常生活了几日，除夕这天下午，一家人在一起准备年饭。

顾云岚和父亲在客厅的小餐桌上包大年初一早上要吃的汤圆，母亲在一旁择菜。

父亲的心情不错，感慨道："哎呀，这次多亏你们娘俩，我才能活着过这个年啊。"

见气氛合适，顾云岚提起话头："治病用了不少钱呢。"

父亲自知理亏，闷声不吭气。顾云岚接着问："家里花了多少钱，妈没跟你说过吗？"

母亲赶紧接话："哎，云岚，大过年的，提这个干什么。"

"能让那个女人把属于你的那份钱还给你吗？"顾云岚尽量用平和的口吻说道，"毕竟你们一开始是合伙做生意，现在散了，不能说一分钱都不要，整个生意就全部交给她了吧？再说，妈妈这些年过得挺苦的，要是能要回来点儿钱，倒是也让妈过过好日子啊。"

家里陷入死一般的寂静。这话揭了父亲的短处，他瞬间变了脸色，嘴角抽动几下，赌气道："真是，我就不该提这茬。嫌救我花钱了，当时就别救我，让我死了得了。"

顾云岚解释："我又没别的意思。只是这些钱也不该只让我和妈妈承担，我想着你那边要是能把钱要回来，家里能轻松些。你要是不想再和那个女人联系，你把她的电话给我，我联系她。"

"没有没有，她的电话早删了。"父亲不假思索地拒绝了。他擦了擦手上的汤圆粉，撑着桌子站起身："我有点儿不舒服，先去休息了。"

母亲不断给顾云岚使眼色，让她别说了。

父亲回了卧室，砰的一声将屋门关上。

顾云岚在心里冷冷一笑。煮粉子醪糟蛋，说漂亮话，都只是因为没有侵犯到他罢了。一旦真正要他为这个家做些什么，他便这样不耐烦。终归没有错恨他这些年，这个男人到底在想些什么，五六十岁的人了，为什么这么自私，不愿承担一分一毫的责任？

她挪到母亲身边，小声说："妈，你看他。"

"妈早跟你说了，让你放过这事。你看吧，不仅没用，还惹你爸生气。"

顾云岚叹息着："我先征求他的意见，是觉得这是他和那个女人的事，最好还是由他出面。如果他是这种态度，我就自己出马了，不再对他抱什么指望了。"

"你……想怎么做？"

"我其实有那女人的电话号码。"

"啊？"

"她不是开淘宝店吗？我在那家店买了几次衣服，又退换货，退货地址的收件人就是杜，手机号我装作顾客打过去试过了，是本人。"

"……所以呢？"

"所以我现在就给她打电话。"

母亲一生谨小慎微，听天由命，现在她双眼圆睁，像要面对一场不可思议的冒险。她一直退让，总说着不想再争，可要说她心底一点儿期许、一点儿怨恨都没有，那也不可能。她语气颤抖着问："真要打？"

顾云岚点头："我到楼下去打。"

"你收收脾气，"母亲瞻前顾后，"别一上来就跟人吵。"

"我知道。"

母亲到底还是不放心："我跟你一起去。"

出门前，母亲朝卧室里说："家里没醋了，我跟岚岚去楼下小卖部买一瓶。"

卧室里的人问："今天除夕，小卖部还开门吗？"

母亲不会撒谎，支支吾吾地道："开……开的吧？我们去看看。没开门就算了。"

对啊，今天是除夕。顾云岚拉着母亲下楼。如果能在今天把事情解决，就能好好过个新年了。走到离楼房稍远一点儿的地方，顾云岚在一棵枯树旁站定。她拨出那个电话号，母亲在一旁紧张地看着她。

电话铃声响了快一分钟，对面才接通了，传来非常淡定的声音："喂？"

顾云岚说："我是顾云岚。"

"嗯？"

"顾建明的女儿。"

对面轻轻笑了几声："抱歉，他很少跟我聊之前的家庭，刚才听到你的名字，我没反应过来。"

"现在方便说话吗？"

"稍等。"

顾云岚反复琢磨自己准备好的说辞。过了一会儿，对面好像换了个安静的地方："你说吧。"

顾云岚尽量让自己的声音显得冷静而专业，摆出谈判的架势："我不知道顾建明跟你有没有领结婚证，但是，我查了你们服装品牌注册的时间，那个时候他还没有和我妈离婚，因此即使你们登记了结婚，这家服装公司也应该算是你们的婚前财产，他如果退出，应按当时约定的占比份额，将资产折算为现金支付给他。该是你的，他一分也不多要，但该他得的，你却在分手前偷偷进行资产转移，真的要贪这么多吗？"

顾云岚本以为对方会撒泼，会死不认账，会破口大骂。但对面的人居然笑了，像在笑一个小孩子幼稚："姑娘，你多大了啊？"

是想摆长辈的架子压人？顾云岚答道："我工作好些年了。"

"是大人了啊。"

"你想说什么？"

"既然不是小孩子了，在指控别人前，得先确定好事实，不是吗？"

"什么事实？"

"我跟你爸好聚好散，没必要搞转移资产这种小动作。我做事随心所欲，但不喜欢拖泥带水，金钱上的牵扯最无聊，我怎么会给自己添这种麻烦？跟他分手时，所有的钱都清清楚楚地算好，打给他了。你要是不信，我马上可以发转账记录给你看。"

顾云岚愣在原地，她分不清是这个女人谎言说得太真，还是父亲一直欺骗了母亲。她从没想过这种情况，准备好的大段说辞没有哪一句能用上。

"姑娘，要让你相信我也挺难的。这样吧，你去问问你爸，看他怎么说。还有问题随时给我打电话，不过我现在在国外休息，不一定能接到，先挂了。发信息给我也行，语音信箱留言也行，需要转账记录的话，我随后发给你。"

顾云岚捏着手机，一种被愚弄的屈辱感将她吞没。她以为最坏的结果，不过是开口向父亲的第三者要钱。她没想到结果竟是，父亲的第三者得知她们母女被父亲欺瞒，竟还要反过来给她们提供被欺瞒的证据。

　　母亲见她的神情不对，小心地问："怎么了？那个女人说什么了？"

　　顾云岚眼里噙满泪水，她无法冷静下来，无法克制自己，她一步步走回那个家。打开家门，推开卧室门，见父亲躺在床上玩手机，顾云岚深呼吸了一次，说道："她说钱都给你了。"

　　"什么钱？"

　　"你告诉我，哪一句才是真的？"顾云岚忍不住哭出来，边抽泣边问，"去年你跑回来，说服装店破产了。当我发现服装店没有破产，妈又跟我说是那个女人转移了财产，你一分钱都没拿到。我刚才给那个女人打了电话，她说钱都给你了。到底哪一句才是真的？你能不能一次给我透个底，不要一次又一次编出新的谎话骗我们，我保证不生气，保证原谅你。只要你给我说一句真话，好吗？"

　　父亲盯着手机屏幕，他在打 QQ 斗地主，游戏那欢快的背景音乐是那么刺耳。他还在按键出牌，连正眼看一眼顾云岚都不敢。从他的这个样子，顾云岚相信了，那个女人说的是真的。

　　她崩溃地大声号啕："你不是我爸爸吗？你为什么要这样对我，为什么要这样对妈妈？你为什么……"

　　"是她转移资产也好，不是也好，反正钱没了。你不用管是怎么没的，跟你们没关系。"父亲说得很急，被呛得咳了几声。

　　母亲见状，赶紧拦到顾云岚面前："云岚！够了，你别再说了。"

　　"我就想听到一句真话，不可以吗？钱没了，那到哪里去了，怎么没了？为什么钱没了，就跑回来找妈妈和我啊？"

　　"你就不想我回来找你们，嫌我给你们添麻烦了？"父亲从床上起身，"我走行不行？我这就走。"

　　"对啊！你回来是给我们添了很多麻烦。现在遇到问题，你不想办法解决，就想着又走掉吗？"

　　父亲黑着脸，一边咳一边跌跌撞撞地要朝外走。

　　"大过年的，别闹了，别闹了。再让邻居听见了。"母亲哭着上前拉开他俩，先把父亲劝回卧室躺好，转而指责顾云岚，"我都说了，我不想争，我也不图你爸的钱。一直让你不要再管这件事，不要抓着不放，你怎么就是不听？"

"妈妈，你为什么这么说我，我是心疼你啊。"

"不用你这么心疼我。你是不是嫌家里穷，让你丢人了？你现在是要逼死你爸吗？"

这句话像一个铁锤，它锤在顾云岚身上，把她的一身防备锤得粉碎。那些为了保护妈妈长出的硬壳分崩离析，她从未像今天这么痛过。她终于知道，自己这么多年的坚强，到底是白忙一场。

"是啊，你不需要我。"她冷冷地说，"家里也不需要我。"她连行李都没收拾，只拎起挎包揣着手机就打开了门，"之前请了一个月假，工作落下了很多。既然不需要我，我还是回去工作吧。"

"云岚……"

"放心好了，我又没什么病，能照顾好自己。他才需要你照顾。"顾云岚指了指卧室里的父亲，"我真没事。我就是觉得……"她挤出一个苦笑，"还是回去工作比较好。我走了。"

冬日的黄昏，小城市家家户户的窗户里都传出年夜饭的气味。油炸东西的声音、炒菜的声音嗞嗞地响着。电视里是欢快的音乐，一个短语不停地重复着——回家过年，过年回家。

顾云岚等了半小时，才叫到一辆网约车。车主家在省城，刚好现在要回去过年，顺路捎顾云岚去机场。

空荡荡的机场几乎没有人。还有最后一趟飞往北京的航班。

顾云岚没有犹豫，买票飞回北京。

04

到北京刚过午夜十二点。

　　顾云岚发现自己冲动之下忽略了一件事——这个时间，根本不可能打到车，她只能等到天亮再走。

　　坐在机场大厅，靠着冰凉的不锈钢椅背，看着远处天边明明灭灭的烟火。不知机场是不是调低了暖气，顾云岚觉得很冷。她裹紧衣服，蜷缩在椅子上。

　　等了一夜，直到大年初一的上午，才有车主接单。

　　回到出租屋，顾云岚只感到脑子昏沉沉的。身上更冷了，又饿得要命。冰箱里的食材放假前刚清理过，现在空空荡荡的什么都没有。翻箱倒柜找了半天，好不容易找出一盒牛奶。

　　喝完牛奶，反而开始恶心反胃。顾云岚终于意识到，如此难受，不是因为被家里人气的，也不是因为饿，而是因为病了。她拿体温计测了一下，体温直逼 39℃，更惨的是药箱里没有退烧药。在外卖 App 上查了一会儿，果然，没有药店营业，也没有骑士送货，看来只能靠自己撑过去了。

　　顾云岚用最后的力气烧了壶热水放在床边的桌子上，之后便捂紧被子睡下。

　　可即使捂得只露出鼻孔和眼睛，仍然一点儿都感觉不到暖和。整个人又困又累，却被阵阵抽搐的头痛折磨得无法入眠，辗转反侧到午后才算昏睡过去，做了一下午乱七八糟的梦，再次睁眼，天都黑了。

　　顾云岚抓起手机，屏幕显示是晚上九点过。身上仍旧很冷，一点儿汗都没出，浑身难受的感觉丝毫未减退，反而有加剧的趋势。她又测了一次体温，被体温计上的读数吓了一跳，39.8℃。支起身子喝了些水后去了趟卫生间，她感觉眼前黑花花一片，气短心慌，最后扶着墙才走回卧室，几乎是一头栽回床上。这样下去，不会一个人死在这里吧？

　　所有认识的人都回老家过年了，顾云岚独自身陷空城，琢磨着要不要打 120 求救。

　　然后，她想了起来。那个人不是也在北京吗？他不是一直一个人过年，从来不回家的吗？不是，不是临时想起来的，是她从来没忘记过，是她一直就在等待这样一个借口。再好不过的完美借口。

夜晚让人意志薄弱，孤独让人意志薄弱，委屈让人意志薄弱，生病让人意志薄弱，顾云岚失去了判断力，在这样一个冲动终于冲破理智束缚的时刻，她用最后的力气，拨出了一个电话。

而电话只响了一声就接通了，像本来就在等她打过去一样。电话那头的那一声"喂"，如卖火柴的小女孩最后手中划燃的所有火柴加在一起那么温暖，真让人想沉溺其中，永不醒来。

顾云岚几乎是带着哭腔说："我病了，家里没人，也没吃的。能不能来……救我？"

"你在北京？"

"嗯。"

"我马上过去。"

"啊？"

通话被迅速挂断，就像火柴熄灭了，温暖而明亮的火光熄灭了。顾云岚躺在床上，盯着冰冷而漆黑的房间，甚至怀疑刚才的通话是不是幻觉。而且，他连地址都没有问。他怎么知道自己住在哪里？不，他知道的。之前，他来取书时来过。但那时候交集尚浅，他能记得吗？

顾云岚的疑虑并没持续太久。因为，二十分钟后，敲门声响了。

顾云岚下床，晕乎乎地走向门边。拉开门后，看见那个人就站在门外，手里拎着个保温桶。

两人在黑暗中对望。

几秒钟后，方昊说："呃……我能进去吗？"

"啊？进……进来吧。"

顾云岚侧身让了让。方昊进了屋子，关上门，把保温桶放在门边的鞋柜上。

"哪儿不舒服？"

"发烧了。"顾云岚觉得自己快要站不住了，下一秒钟就要倒下去。

"发烧吗？"方昊皱了皱眉，然后，伸出手掌盖在顾云岚额头。顾云岚晃了晃，他赶紧用另一只手将她扶住。

方昊的手有魔力吧？额头被他的手覆盖住的那一瞬间，像一颗止痛片一样，痛觉消失了。顾云岚哭了。一定是假的吧，一定是幻觉吧。我这样的人生，怎么可能想要的人马上就能出现在面前，怎么可能得到那样的他的喜欢。一定是上天觉得我太可怜，让我做这样一个美梦。既然是梦……

她伸出两只手，勾住方昊的脖子，方昊微微低下身子，这样，她刚好能把脸埋在他肩头。顾云岚大哭道："方昊，我可以喜欢你吗？这么多年，我什么都没有，有的也会失去。我想要的东西那么多，但为了不失望，就说服自己那些东西我都不想要。可偏偏你，我说服不了自己。我试图说服自己一百遍、一千遍，我不喜欢你，我不在意你，可还是不行。我真的很喜欢你，可以吗？"顾云岚抬头，透过眼泪看着方昊的脸，好近啊，从来没有这么近过，"唯独你，只想要你，只有你，可不可以？"

顾云岚凑上前，吻住方昊冰凉的双唇。

女孩摇摇欲坠，浑身烫如滚水。以唇为引，方昊冰山般的内心，地动天摇，如春雷惊蛰。

方昊不是没谈过恋爱，但对于"爱"是什么，"心动"是什么，从来没搞清楚过。他也曾被女孩表白，莫名其妙地就在一起，像例行公事一样做情侣间的事，以为这样就是谈恋爱，但总是没过几个月对方就提出分手，分手好像也不难过。后来因为嫌麻烦，干脆连恋爱也不谈了。

但现在，方昊产生了从来没有过的感觉。原来喜欢一个人，是这种感觉吗？想嵌入彼此，想不分彼此，想成为彼此的一部分，想一起燃烧。烧成灰烬，烧到天荒地老。

方昊搂住女孩，沉醉地回应她的亲吻。这个女孩啊，她仿佛高岭之花的一颗露珠，深海鲸鱼的一滴眼泪，是火焰里淬炼的生铁，是雨亦是风。这样大的天地，这样空的城市，这样长的时间，却只要有这一隅一瞬，便是永恒。

吻渐渐停下来，顾云岚紧紧搂住方昊，仿佛害怕下一秒他就会消失，在他耳边说："不要走，不要丢下我一个人，好不好？"

说完，她整个人的重量都扑在了方昊身上。方昊没站稳，往后一个趔趄，刚好撞到茶几，顺势搂着顾云岚倒在沙发上。他抱住顾云岚，低声在她耳边承诺："不会再让你一个人了。"

但等了很久，顾云岚没有反应，也没有动。方昊把她的脸捧起来一看，不知什么时候，她晕过去了。

方昊焦急地叫了几声顾云岚，她醒转过来，但眼神发直，额头烫得可怕。方昊问："你的手机、身份证在哪里？我带你去医院。"

顾云岚迷迷糊糊地想了一会儿，呓语道："床头……包……"

"你先躺着，我收拾好东西马上走。"方昊把顾云岚放到沙发上躺平，去了她的卧室。

房间简单而整洁，所有东西都收拾得井井有条。一个两门衣柜，以及一个和衣柜差不多大的书架。床头一张白色的宜家大书桌，上面用书挡放了一排书，还有一盏台灯、一台笔记本电脑、一个开水壶、一只水杯。

手机在枕头旁，方昊去拿手机，顺手把桌子上的水杯也带上了。房间里并没有包，他重新回到客厅找了一圈，鞋柜上有个挎包，应该就是那个。

打开包，一张登机牌躺在其中。方昊没忍住好奇心，将登机牌拿出来看了看，竟是昨夜九点过飞回北京的航班。到底发生了什么，让这个女孩在大年三十晚上一个人跑回北京？他的心都要碎了，侧头去看躺在沙发上的顾云岚，她痛苦地皱着眉头，双眼紧闭，不知道是不是睡着了。

　　想起顾云岚平日倔强的样子，浑身带刺的样子，永不认输的样子。原来一直撑得这么辛苦吗？

　　心里微微一叹，方昊继续翻找，终于在挎包夹层中发现了身份证。他干脆将所有要带的东西都放进包里挎在肩上，然后二话不说横抱起顾云岚冲下楼，将她放到车的副驾驶座位上，系好安全带，他开车直奔医院。

　　某种程度上，还要感谢过年，感谢北京的冷清。只有这时的北京，才有畅通无阻的街道，自己才能在接到顾云岚的电话后，那么及时地赶到。也只有在这个无人的北京，她才肯叫自己帮忙。

　　方昊紧紧握着方向盘，像在开往一个终于确定的未来。

　　到了医院，急诊的人并不多。顾云岚马上被收入急诊病房，方昊跑上跑下忙了好一阵。输上液后，他坐在病床前，细细看着这个女孩。

　　本来因为不知道她的想法，也不确定自己的感受，方昊还一直在犹疑、徘徊。但现在，他完全明白了自己想怎么做。他在心底默念：

　　"今晚让我守护你吧。

　　"对不起，我出现得太晚了。从今天起，让我永远守护你吧。"

　　黎明时，顾云岚醒了。

　　白炽灯、金属架、消毒水的气味、病床。呃，最后还是没撑住，来医院了吗？

　　想伸手拿手机，才发现手背扎着留置针。再侧头看向床旁，她被吓了一大跳。方昊居然坐在那里，他还没发现自己醒了，正专注地看着手机。

　　头好像不痛了，但还是昏沉沉的。最重要的是，昨晚到底是怎么来的医院，方昊为什么会在这儿？竟完全不记得了！

　　"那个……"顾云岚万分尴尬地要坐起来，方昊见状立即放下手机来扶她，她客气地拒绝道，"不用了不用了。我自己来就行。"

顾云岚坐起身后，她抓起床头的水杯喝了好几大口，发现自己正被方昊表情复杂地看着，忐忑不安地问道："是……是您送我来的医院？"

方昊脸上的表情好像更复杂了。"要不然呢？"

顾云岚不知道哪里说错了，赶紧道谢："不好意思，给您添麻烦了。"

"添麻烦？"方昊手支着下巴，微微仰头，盯着顾云岚看了好一会儿，才意味深长地说，"你现在这个样子，倒的确很麻烦啊。"

"对不起。"

"啧，你昨晚可没这么客气。"

"啊？"顾云岚急忙说道，"我这么有礼有节的人，还能怎么不客气？"

"你有礼有节？"方昊挖苦道，"好吧。不过也挺好的，本来我的计划被打乱了，既然你不记得，就还是按我的计划来吧。"

"计划？"

"反正，"方昊凑到顾云岚面前，"你在想什么，我已经知道了。"

顾云岚瞪大眼睛："我在想什么？"

"你在想什么自己不知道吗？"

"你……"

"有力气还嘴，嗯，说明好多了。"

方昊的态度实在令人费解。没看错吧，他的表情狡黠中隐含笑意，像是抓住了自己的什么把柄。顾云岚觉得心里发毛，这种表情怎么可能出现在方昊的脸上！可疑，太可疑了。不过受人恩惠，只能忍气吞声。看在他送自己来医院的分上，顾云岚不得不咽下满腹疑问，作鸵鸟状。

"喝粥吗？"方昊问。

"还有粥？"

方昊拿起放在床头柜上的保温桶："昨天你打电话说家里没吃的，要饿死了。我刚好熬了粥，就盛好带过来了。放了一夜，现在还是温的，能喝吧？"

　　为什么会觉得这个保温桶很眼熟，好像昨晚见过？而且，既然是昨晚说的想喝，为什么又留到了现在？似乎隐约回忆起了一点儿片段。顾云岚盯着保温桶发呆："我……"

　　"你啊，"方昊无奈地道，"清醒时，连想喝粥这种要求都不能坦诚地说出口？"他一边说，一边取出保温桶的小隔层，将折叠勺子打开，递到顾云岚手里。

　　顾云岚低头一勺一勺默默地喝着，根本不敢抬头看方昊。到底是什么情况？

　　等粥碗见底，方昊正色道："昨晚你妈妈打电话来，我——接了。"

　　"啊？"要不要这么刺激？顾云岚再次吃惊得差点儿滚下床。到达北京后，她给母亲发了条微信报平安。之后母亲打来好几次电话，她一直赌气没接。她问方昊："她说了什么？"

　　"让我转告你，等你不生气了，给她回电话。"

　　"不是这个，我是指，她有没有问你是谁？"

　　"没有。不过，你觉得她会怎么想？我说你生病了，睡着了，她让我好好照顾你。"

　　顾云岚脸一红："你……你没跟她解释，你是我上司吗？"

　　"她都没问，我怎么解释？"

　　"哦。"想到家里的事，顾云岚心乱如麻，小声抱怨道，"干吗没经过同意就接人家的电话。"

　　"我确实犹豫了很久要不要接。但她打第三遍时，我想，不能总让她担心吧。那时你睡着了，我就自作主张了。"

　　顾云岚自知理亏，咬唇不语。

　　"跟家里吵架了？"

　　"明知故问……"

　　"家里的事，如果想找人聊，可以告诉我。"

　　有那么一瞬，顾云岚差点儿就开口了，但最后还是摇摇头。独自扛了这么多年，从何说起呢？算了。

方昊见她不说话，说道："现在不想说就不说，等想说的时候再聊吧。反正以后还有很多时间。"

"什么很多时间？"顾云岚狐疑。

方昊只是笑了笑，并未解释。

顾云岚倒是想起另一个问题："你呢？听说你每年春节都自己待在北京。"

本来以为方昊不会回答，但他轻描淡写地道："也没什么大不了的，早就习惯这样了。从我记事起，就没有过一家人在一起吃饭的记忆。平时也好，春节也好，父母总是各忙各的。后来自己出来了，就不想回家了。"

正聊着，早晨交班的医生过来查房。医生看了顾云岚的各项检查数据，又查了一下她的体征，说并无大碍，可以不住院。鉴于今天凌晨刚输完一次液，下一次输液安排在今天下午，之后几天也要每天去门诊输液，输够五次为止。

医生走后，方昊问顾云岚："到下午还有好几个小时，现在想先回家吗？"

顾云岚怕耽误方昊太久，说："嗯，我先回家，你也回去休息吧。我感觉好多了，之后我自己来输液就行。"

"让我回去休息？回哪里休息？"这句话脱口而出后，方昊吃了一惊。原来自己也会开这种暧昧的玩笑，而且竟意外地觉得有趣。他没绷住，有点儿不好意思地扑哧一声笑了。

顾云岚盯他："当然是回你自己家了！"

方昊收起玩笑："我先送你回去。你家不是没吃的吗？现在也买不到什么，我回家做一点儿，中午带到你那儿一起吃。吃完来输液。"

"这太麻烦你了，真的不用了。而且今天应该有外卖了，我……"顾云岚语无伦次地拒绝，她可不想成为方昊口中那个"麻烦的人"。

等她找了一大通拒绝的理由，方昊却只说："就当是陪我过年吧。"

"啊?"顾云岚感到心脏突突跳了几下。明明是自己生病,怎么像是方昊烧坏了脑子?

"一个人过年不是很冷清吗?"

"哦。"

"就这么说定了。"

收拾好东西,方昊送顾云岚到家楼下。今天是他此生以来最开心的一天。他从来没有这么坦然、这么轻松过。如果幸福是无价的,为什么仅仅听一个女孩无意识地吐露真心就得到了?如果幸福是廉价的,为什么等了三十年才第一次拥有它?

顾云岚下了车,方昊看着她朝楼道口走去。现在,他只想全心全意拥抱这无价或者廉价的幸福。他摇下车窗叫住女孩:"顾云岚!"

"嗯?"

"给我一点儿时间,等我准备好。"

顾云岚茫然地拧起眉头,没等她发出疑问,方昊笑了笑,朝她挥手:"中午见。"

回了家,关上门,顾云岚靠在门上呆站着,觉得心脏扑通直跳,半天回不过神。

如果幸福是真实的,为什么直到现在仍感觉像做梦一样?如果幸福是虚假的,为什么今天这个人那么清晰,那么触手可及?现在,她只想不管不顾地沉醉于这真实或者虚假的幸福之中。

洗了头洗了澡后,仍觉得身上有些乏力,顾云岚半躺在床上看小说。她发现自己完蛋了,无论小说里的男主角做什么,她都会想起方昊。才看了几页,就起码想了他几十次。顾云岚不适应这种失控的情感,抬头看向窗外出神。

天阴沉沉的,北方的冬天特别长,即使已经到了二月中旬,天气还是很冷。可是,那句话怎么说的来着?想你的时候,连天上云朵的形状都是你。之前顾云岚笑这句话俗气,现在轮到自己,她终于知道,不是俗气，而是感同身受。能怎么办呢？看到云想他，看到天空想他，看到鸟想他，看到世间万物都想他。

　　手机响了，顾云岚下意识地以为是方昊，一把将手机抓过来，却发现是母亲打来的。

　　此刻不在气头上，情绪平复了些，虽然心里还是有颇多怨念，但总不能一直赌气。她接通电话，却不开口。电话那头，母亲讨好地说："岚岚，你终于肯接电话了。我跟你爸担心死了。"

　　顾云岚嘀咕着："都告诉你我安全到北京了，有什么好担心的。"

　　"哎，是。昨晚听说你生病了……"

　　想到是方昊接的电话，顾云岚一阵心虚，赶紧敷衍道："我没事了，已经好多了。"

　　"接电话的那个人是……"

　　顾云岚抢过话："是我上司。"

　　"啊，上司吗？"母亲有点儿惊讶，"我还以为是……又是拜托他照顾你，又是让他劝你给家里打电话的。这是不是……不太合适？会不会影响你工作？"

　　"那他怎么说？"

　　"他让我放心，说会照顾好你。"

　　顾云岚忍不住嘴角上扬。

　　母亲追问着："真是上司？"

　　她收起笑："对啊，你又想到哪儿去了。"

　　"那你这个上司人真不错啊，这次这么麻烦人家，要不要送一点儿礼的？"

　　"妈，你别管这么多了。"

　　"我这是提醒你一下，你这个孩子不懂人情世故，脾气又大，听妈妈的，送点儿礼不会错。"

　　"我自己知道。"

　　沉默了一阵，顾云岚提起："我走之后，爸说钱都花到哪儿了吗？"

　　"别较真了，你爸好面子，他不会说的。"

　　"他不说，我就永远不原谅他。"

　　"说了又怎样呢？反正钱没了，就当丢了吧。你爸现在想安心过日子，你就别提了。"

　　"不是钱不钱的事，是态度问题。他真想回来好好过日子，难道不该拿出应有的态度吗？连真话都不敢说，谁知道他还有什么瞒着我们的？"

　　妈妈使出缓兵之计："你现在越问他越不想说。过一阵子，万一你爸想通了，就告诉我们了呢？"

　　"都行吧，你怎么想都行。"顾云岚说，"我不管这事了。就一点，我给你卡上留的那几万块应急用的钱，别让他知道。真有什么事，我现在也一分存款都没有了。"

　　挂了电话，顾云岚觉得心里堵得慌。那种幸福的感觉被打断，取而代之的是一种被现实压得喘不过气的窒息感。自己这样的家庭，跟他能走到最后吗？幸福到底还是空中的玻璃楼阁，是灰姑娘的水晶鞋。一过午夜，一切都会被打回原形。但是，舞会还没有结束啊！纵情跳一曲吧。

　　幸福哪怕只有一场舞会那么短暂，就当是一瓶致幻剂、一杯酒、一个美梦，能沉醉片刻也好。可也因为看清了这幸福无法持续，心底还是生出胆怯。太投入的话，之后会更痛吗？

　　顾云岚胡思乱想了一阵，敲门声响起，是方昊独有的节奏，和心跳的节拍一致。顾云岚去开门，方昊拎着吃的进屋。

　　没有多说什么，方昊将餐盒一个个揭开摆在桌上，说："时间有点儿紧，只来得及蒸米饭，炒了三个快手菜。粥是大米装在焖烧壶里带来的，待会儿尝尝焖熟没有。等明天有时间再给你炖汤。"

　　菜很简单，只是一份炒青菜、一份西红柿炒鸡蛋、一份鲜笋炒肉。方昊说："我平时没有花心思琢磨菜式的爱好，做菜也是省时间适用为主，没什么卖相，但味道还算能吃，你尝尝。"

"嗯。"

菜很下饭，顾云岚饿极了，又好几顿没进荤腥，恨不得狼吞虎咽，但又不好意思，只能小口小口地吃。她突然觉得很想哭，自己在这个人面前怎么这么不争气？生气了想哭，委屈了想哭，连幸福了也想哭。鼻子一酸，眼泪就啪嗒啪嗒地往碗里掉。

方昊有点儿手足无措："你怎么了？"他夹了一筷子菜尝了尝，"也不难吃啊，怎么哭了？"

顾云岚擦一把眼泪："不是难吃，是我自己的问题，你不用管我。"

方昊递纸巾给顾云岚："爱哭鬼。"

顾云岚接过去擤了擤鼻涕，不好意思地说："我不哭了，快吃饭。"

吃完饭，又去医院输了液，两人在外面吃了晚餐，方昊送顾云岚回家后，便自己回去了。

第二天睡醒，顾云岚发现昨夜又下了雪，楼下院子里白茫茫一片。

刷了会儿朋友圈，好多人在秀恩爱。一看日子，才反应过来今天竟然是情人节。虽然没确立关系，但想到今天也会和方昊一起度过，顾云岚的心里升起小小的欢喜。

快中午时，方昊送了排骨汤来。他没提节日的事，但一起吃他亲手做的饭，是另一种不必言明的浪漫。

两人像昨天一样，吃完饭收拾好后便去医院输液。输完液走出门诊大厅，发现又开始下雪了。这个冬天的这一场雪与上一场雪，于顾云岚而言是完全不同的心情。

仍和昨天一样，一起在外面吃了晚餐后，方昊要送顾云岚回家。顾云岚心中隐隐有些失落，哎，本来也不是情人。

坐进方昊的车里，看车窗外雪花纷飞，她慨叹道："好美啊。"

方昊看着顾云岚红扑扑的侧脸，问："喜欢下雪吗？"

"嗯。"

　　他临时起意："带你去个地方。"

　　"诶？"

　　不由分说地，方昊驾车朝一个未知的去处行驶。两人一路无话，安静地迎着满世界的雪花。

　　顾云岚既紧张又期待地捏着手指。这就是那辆载灰姑娘去舞会的南瓜马车吧。

　　开到一处僻静的郊外，方昊将车靠路边停定。这里居然有一条河，河边的斜坡是一条草坪带，再外沿是一排树。冬天当然没有青草，浅浅的河水结冰了，树也是枯的。但这条草坪带上铺满积雪，一排树上也全是积雪，目力所及之处有一条冰河、一片积雪带、一排街灯、一条没有尽头的路，前方雾蒙蒙的一片，仿若进入冰雪仙境的通道。

　　而这个冰雪仙境里，只有她和方昊两个人。雪还在铺天盖地下着。

　　"我心情不好的时候，总来这里。"方昊说，"知道这个地方的人不多，春夏时，那一片草坪很美。有什么想不通的事，在草坪上躺一下午，就想明白了。不过今天太冷了，就在车里看雪吧。这里也没人，你心里要是有解不开的结，就对着外面大喊几声。"

　　"大喊几声？"顾云岚问。

　　方昊知道，自己不做个示范，这个女孩放不开的。他摇下车窗，冲着外面喊道："啊——"回头说，"就像这样。"

　　顾云岚受到鼓舞，她也打开车窗，先是试探着用中等音量"啊"了一声。接着，她更大声地"啊"了一声。再然后，她干脆推开车门下车，跑到车前面，双手放在嘴边，对着这条通往冰雪仙境绵延的路放声大叫："啊——"

　　多少委屈与不甘，即使无法释怀，但在这一刻找到发泄的出口，憋到内伤的心，终于有了些许痛快的感觉。

　　方昊追下车，跑到她的身旁站定："遇到事，不要总自己硬撑啊。"

沉默了一会儿，顾云岚缓缓开口："十八岁那年，我爸和另一个女人跑了，从那时起，我就再也没与他联系过。听说他做了生意，日子过得不错。可是去年，他突然就回家了。生意没了，钱也没了，还生了场大病，花光了家里的积蓄。妈妈说，她只想后半辈子跟爸爸好好过，让我不要较真。"

"原来是这样。"方昊心疼地说，"这么多年，你过得很辛苦吧？"

顾云岚问："你说，我能原谅他吗？但我恨他的话，又能得到什么？一直恨下去，就可以解脱吗？"

"家庭的事啊，我没什么发言权。毕竟我自己和父母的关系也一团糟。但我能告诉你的是，你没有原谅他的义务，不用为此背上道德压力。等到释然的那天，原不原谅，恨不恨，其实也无所谓了。我知道释然很难，不过人生很长，你要做的就是过好自己的人生，不要为了他人的过错赔上自己的幸福。"

"我能幸福吗？"顾云岚轻轻问。

"会幸福的。"方昊认真地回答。

"真的吗？"

"我保证。"

你跟我是什么关系，你凭什么来担保我的幸福？顾云岚在心底质疑，但没说出口。

方昊走到顾云岚面前，拂去她头发上的雪，取下自己脖子上的羊毛围巾，仔细地给她围上。顾云岚心中小鹿乱撞，以为他会承诺什么，他却只说："你病刚好，别着凉了。"

围巾上带着他的体温，带着他身上的香味。顾云岚愣愣地看着他，等着他说下一句。

好像思忖了很久，方昊说："对了，有个问题，我一直想问你。"

顾云岚满心期盼地说："问吧。"

"极光盛典那天晚上，你跟无欢说什么了？"

"哈？"顾云岚差点儿一口血喷出来，煞风景，死直男！她赌气地摘下围巾塞回方昊手里："你看不出来他喜欢我吗？我拒绝了他而已。"

方昊没料到顾云岚这么直白地说出了真相。他一怔，然后点点头："怪不得你们变成现在这样，看来我没猜错。那我知道了。"

"你知道什么？"

"我知道该怎么做了。"方昊停顿了一下才接着说，"外面冷，还是围上围巾吧。"

说着，方昊又拿起围巾要给顾云岚戴上，顾云岚赌气推开："我不冷。"

方昊恼火地说："你以为我是怕你冷吗？你之前请了一个月假，你要是再生病又请一个月假，我怎么给部门其他同事交代？你觉得他们会怎么看你？"

"我……"顾云岚最怕被同事嚼舌根，听方昊这么说，她认怂了，"我戴还不行嘛。"

"站好。"

顾云岚一动不动地站着，方昊再次仔细地裹住她的耳朵、下巴、脖子，动作那么轻柔那么小心。

又看了一会儿雪，方昊说："不早了，我送你回家休息。"

坐回车里，方昊沿着河边慢慢开了一会儿。再怎么看起来没有尽头的路，最终还是会走完。顾云岚不知道方昊心里在打什么算盘，她也没有勇气主动迈出靠近他的一步，只是出神地看着车窗外的雪。顾云岚自问：我真的可以幸福吗？

05

年后复工第一天，顾云岚还沉浸在幻梦中没醒，没想到方昊马上换了一副面孔。

　　当天下午，方昊把顾云岚叫去办公室。顾云岚想起前几日亲密无间的相处，带着几分羞涩去了。方昊却一副公事公办的样子，开口便问："你今年的重点项目计划，除了年前会议上提到的段朝夕和公子清，有新的选题了吗？"

　　顾云岚一愣，腹诽道，我过年假期做了什么，你又不是不知道，不是生病躺了好几天吗？还跟你待在一起消磨掉不少时光。选题又不会从天上掉下来，我哪来的时间找新选题？可这事确实又是自己不对，一个高级策划编辑，选题比普通策划编辑还少许多。她摇摇头："还没找到新的。方总，我现在马上开始找，这个月内一定补上。"

　　"你自己要再找新的也行，"方昊靠在椅背上，修长的手指拂过额角，"不过目前来看，你本年度的工作计划是全部门最不饱和的一个，公司有个重点选题，就交给你做吧。"

　　"啊？"

　　"没有商量的余地，这是我作为上司，综合考量部门工作后，给你安排的任务。"

　　编辑并不是只做自己喜欢的作品就好。经常会有这样的情况，公司中高层拿下某些选题，无论是政治任务，还是人情稿，或者别的什么，他们没空自己编校，就安排给下面的编辑负责执行。这本就是很稀松平常的事，顾云岚收起不爽和惊讶的表情，是自己高估了与方昊的关系，或者说，把私人关系带入了职场，才一时反应过激。

　　顾云岚同样公事公办地点头道："好的，您把项目详情给我说一下，我马上安排。"

　　方昊看着顾云岚，像不经意又像十分刻意地装出一副不经意的做派，说："啊，就是世间无欢早年那部《思华年》，我们打算签下出版权做个套装。"

　　若是别的选题倒还好说，却是世间无欢的书，很难说方昊是不是别有用心。更何况，几天前，他才问过自己和无欢之间怎么了。顾云岚皱眉："您是故意的吗？"

方昊不正面回答，只说："或者，你一周内能谈下来比这个更有价值的选题去做，也行。"

比世间无欢更火的作者，市面上屈指可数，那些头部作者早就被各家出版公司瓜分干净了，哪还轮得到她顾云岚去谈？这分明是个不可能完成的任务，顾云岚就算要赌一口气，也明白做不到。方昊笃定了这点，才摆出那副由你选择的态度。哪里有的选，顾云岚幽幽地道："您就这么想把我跟他撮合到一起？"

方昊没解释，只继续说："怎么反应这么大，让你做个责编，又不是让你去谈恋爱。"

"我……"顾云岚语塞，这个任务接也不是，不接也不是，最令她胸闷的是，不知道方昊为什么要这样安排。

方昊语气稍缓，说："无欢不是爱纠缠的人，你既然已经明确拒绝他，他不会缠着你不放。我有我的考虑。作为专业编辑，不管什么样的选题，只要交到自己手里，就要保证尽力做到最好。我一直以为你是这样要求自己的。"

顾云岚沉思了一会儿，抬起头答应道："好。"说出这个"好"字时，她心中是委屈的。她以为，眼前这人，到底还是不懂自己的心思。她暗暗叹息，所以，过年时相处的那几天，算什么呢？本来以为已经靠近了，却还是那样远吗？

若是以往，方昊当然没自信把顾云岚推向无欢。但现在，顾云岚在他眼里已经变成透明的了。她每一句口是心非的话，以前听不懂，如今能听懂了。

比起她被无欢撩拨的风险，方昊更在意的是顾云岚的未来。何况她已经与无欢说清楚，方昊了解无欢的为人，他不会低声下气地乞怜，更不会死缠烂打不放。

这是方昊深思熟虑权衡后做出的决定，当然不是出于要捉弄顾云岚的目的。他深知，顾云岚需要钱，也需要有在久时立足的资本。只有手里拿着世间无欢这样的王牌，她才能放手去做一些想发掘、打磨新人的选题，否则很可能完不成年度码洋任务。但她的自尊又不允许她坐享其成，只有作为作者指定的责编，以及上司强行安排的任务，她才无法拒绝。

只是顾云岚还不能埋解自己的用意，今天怕是又要乱想许多。方昊看着她一言不发地走出办公室，收回视线。此刻不是同情心泛滥的时候，他相信她能处理好。紧接着，方昊给无欢打去电话。

"总监大人，有何贵干？"无欢还是那副懒洋洋的声音。

"我已经跟顾云岚谈好了，她愿意继续做你的作品。之前我们聊的事，你说的话还作数吧？"

无欢装傻："我说过什么话？"

方昊道："把《思华年》给久时。"

无欢轻轻地"哼"了一声："我什么时候说话不算过？"

"好，那就这么定了。后面的事顾云岚跟进，她会找你确定具体合同条款。"

无欢沉默了一阵，终于还是忍不住，说道："你宁愿把她推到我跟前，也要把这个选题留给她做。真是用心良苦啊。"

"哦？我在想什么，你倒很懂。"

无欢停顿了一下，他只是习惯性地调侃方昊一句，却想不到面对自己的调侃，方昊第一次大大方方地接招了。他立刻明白了，方昊与顾云岚之间，一定发生了什么自己不知道的事，这件事让方昊信心坚定起来，与之前大为不同。怎么还在在意呢？早该放下了。他自嘲道："算我输给你了吧，但你若对她不好，我……"他停了停，转换成戏谑的语气，"我也管不着。跟我无关喽。"

方昊听出无欢语气中难掩的醋意和伪装的洒脱，但没戳破，只说："无欢，无论你如何游戏人间，如何狂妄嚣张，在我心里，你仍然是站在顶点的写作者。并不是指名声、市场价值，而是我真正认可你的作品。同样，云岚是很好的编辑，她案头功夫好，也细心，更重要的是，她并没有把作者当成一个写作的傀儡或者赚钱的工具。她是真心为自己的每一个作者打算，想为他们谋划最好的出路。你不用质疑她的专业性，作为顶尖的作者和极专业的编辑，我期待看到你们更好的合作成果。"

无欢敏感地捕捉到，方昊对她的称呼，从顾云岚变成了云岚。他酸楚地一笑，又转瞬恢复了骄傲的表情和满不在乎的口吻："还用你说，我当然要跟自己认定的最好的编辑合作。"

此事就这样说定了，无欢以为顾云岚很快就会联系自己，却等到了第三天。

细细算起，从去年末那场盛典到现在，已经过去了两个月。他们两个月不曾联系，连一声问候也没有。

前些日子过年时，无欢收到铺天盖地的拜年信息，正经的、不正经的，却连顾云岚的一条群发消息都没收到。他总算明白了，顾云岚的拒绝很彻底，不仅是感情上拒绝，为了感情上不勾连，连工作中也一并拒绝。

无欢不知道顾云岚春节前后发生的事，只当她连一丝机会也不愿意再给自己，只剩没有拉黑联系方式，作为最后的善意。他到底还是不甘心于这个结果。

现在听说顾云岚愿意继续当自己的责编，无欢反倒终于释怀。他很珍惜这次合作，并暗下决心：再不做他想，维持真正的编辑与作者的关系，如果能进一步，当上朋友更好，但也仅止于此。

这日，顾云岚的消息终于发过来："无欢老师，您现在方便通话吗？"

本来无欢等这条信息等得坐立难安，好不容易收到了，他却只淡淡地回复道："方便。"

顾云岚拨来语音通话："我听方总说，您愿意将《思华年》签给我们出版。这个选题方总交给我负责了，后续的编辑出版工作都由我跟进。对了，版税和首印数，以及预付款比例，还是按照您与我们合作的上一部书那个条件来，您看如何？或者您有新的要求，都可以直接告诉我，我会根据选题预算来评估。"

无欢摆起架子："上一本书卖得很好，又让久时赚足了噱头。想要继续合作，版税再涨 1 个点吧。"

这个态度令顾云岚先是一愣，然后释然地笑了，她说："公司允许的版税，我们编辑的权限在 6%~9% 之间。您上一部作品作为特别签约对象，已经特批了 11% 的超高版税。同样，做这套书，不仅仅是久时沾您的光，我们也给了您相当的资源，全国所有商业书店铺货率、包括铺货到东南亚的华人聚集地区，这些都需要打通很多渠道关节，希望您也能看到我们久时的努力。这两年出版费、纸张价格疯涨，做书的成本越来越高，因此我觉得，版税维持原样……"说到这里，顾云岚突然停住了。

"不愿意涨吗？"无欢问。

顾云岚改口："可以，给您涨到 12%。您这边还有什么问题吗？"

无欢奇怪地问道："云岚老师，这个额度，不用向高层申请特批吗？你有权限决定？"

顾云岚笑道："这您就别管了。没问题的话，我马上出合同。"

无欢没再追问："没问题。"

"好，那我先挂了。"

"云岚……云岚老师，等等。"无欢叫道。

"还有什么事？"

无欢想就今天的态度解释几句，却欲言又止。他相信，聪明如顾云岚，能感受到他今天的用意。他说："没什么。合同拟好发我，我等着。"

"好的。"顾云岚开心地应道。

这个想法，顾云岚也是临时起意想到的。此时，她心里感到说不出的畅快。她去了方昊的办公室汇报："方总，签约条件，我跟世间无欢谈过了。"

"谈好了吗？"

"他要求版税涨 1 个点。"

方昊皱眉："原先的 11% 已经很高了。现在做书的成本……"

顾云岚打断："我同意了。"

"哦？"方昊很吃惊。顾云岚并不是这种莽撞的性子。

顾云岚说出自己的计划："责编年终奖是 1% 的码洋，折算下来刚好是 1 个点的版税。我特别申请，从今年起，我负责编辑的所有世间无欢的作品，不计入我年终的码洋提成。"

方昊再一次对这个女孩产生了敬佩。他很快理解了，于她而言，或许只有这样，她才能确定，自己没有倚靠任何人的意思。他问："啊，他的码洋提成可是不小的一笔奖金。你真的想好了吗？"

顾云岚点头道："想好了。"她认真地看着方昊，"让我就这样做吧。"

方昊同意了，同时在心底为这个女孩竟然愿意爱自己而感动着。他说："好，就按你说的办。"

06

三月初，久时再版的段朝夕《失落的果实》上市。与此同时，段朝夕起诉小鱼儿抄袭案开庭时间定下来了，就在这个月中下旬。

庭审前的周末，段朝夕到了北京。她与周琛律师约好碰面，因为方昊与顾云岚在此事中的出力，又把两人都约出来，算是一场半公半私的小聚。

在之前长达半年的举证阶段中，方昊作为业内资深编辑，为律师提供了文学方面的专业协助，出具了审读鉴定报告；顾云岚则主动承担了制作调色盘的工作。

　　调色盘，是一种对比原著与抄袭作的资料。制作调色盘需逐句逐段把文本中相似的内容涂色，要花费大量的功夫。

　　为方便谈事，几人约在一家安静的西餐厅，下午茶连同晚餐一起。

　　出发前四十分钟，顾云岚刚化好妆，正在挑衣服搭配，接到方昊的电话。方昊问她："在家吧？"

　　"嗯。"

　　"我去接你。"

　　"不用了，我自己坐地铁……"顾云岚习惯性地退缩。

　　"我已经出门了，正往你家那边开。"

　　"哦……"顾云岚当然是愿意让方昊来接自己的，只是想到他若是来接，需得绕路，又有点儿过意不去。现在听他说得不容置喙，显然是打定主意要来接，心里隐隐高兴，嘴上却还是礼貌地说道："那麻烦您了……"

　　方昊好脾气地说："啧，你这人还真是客气。"

　　顾云岚品味着这句话的意思，虽被他责备，却又带点儿亲昵的感觉，潜台词似乎是抱怨——跟我这么客气干吗？想到这些，她脸上不由自主浮出一丝浅笑。

　　方昊说："你收拾收拾，我半个小时后到，快到你家时给你打电话，你到楼下等我。"

　　挂了电话，顾云岚发现自己正被小楼狐疑地看着。小楼贴上来问："谁？"

　　"没，没谁。"

　　"没谁，你笑成这样？"

　　顾云岚岔开话题："我待会儿要出门见段朝夕和周律师。"她刻意隐去方昊。

　　其实，为了今天这场聚会，她早就开始准备了。午饭后洗了澡，妆容也是那种虽然化了但又看不出化了的程度。这些举动根本逃不出小楼的法眼，她说："不是普通的工作见面，是约会吧？"

"哎呀，不是。"

小楼猜道："周律师？"

她没有猜无欢。顾云岚想，即使无欢与肖遥交情颇深，一直在让肖遥和小楼帮他打听自己的动态，但现在小楼不再拿无欢出来开玩笑，说明那边也打过招呼了，是真的不再有牵扯了。

顾云岚摆手："哪儿跟哪儿啊，我跟周律师就见过一次，还是刚委托他当段朝夕的代理人时，他来公司，就那么打了个照面。后面我做了调色盘，也是微信上传给他的，根本没什么私下接触。"

小楼倒是与周琛见过几次。取证时，因为《失落的果实》最早由艺文社出版，周琛去艺文社了解情况。为一部滞销且已解约的作品，艺文社本着多一事不如少一事的态度，没人搭理，全靠小楼在其中对接，要找什么资料，都是小楼在帮忙。她回忆着："周律师人不错呀，年轻有为。"但见顾云岚否认得坦然，也没再追问。

阳光明媚，却春寒料峭。顾云岚想着，反正搭车，西餐厅里也尚有暖气，最后穿了红色薄衫套灰色收腰风衣，脖子上点缀一条黑白格子丝巾，一副干净利落的打扮。

坐进方昊的车里，两人打过招呼，却一时找不到话说。方昊紧握方向盘，目不斜视，只专注地驾驶。顾云岚心中一荡，他自己大约不知道，但她很清楚，他这副心无旁骛的样子最为迷人。

顾云岚正偷偷地看他侧脸，方昊却突然投来一道视线。两人眼神对上，顾云岚赶紧尴尬地看向别处。过了几秒，再看回他，却发现他嘴角挂着一抹心情大好的笑容，像又拿捏住自己把柄似的。顾云岚不服输地问："你笑什么？"

不问还好，一问，方昊笑得更别有用心了，回答："笑你啊。"

"我哪里好笑？"

"你很好。"

顾云岚等着方昊吐出后面的字，她以为方昊会说"你很好笑"，再接着奚落一番。却没想到这句话停在"好"字上，半天没有下文。回味过来他已经说完后，顾云岚面颊羞红，扭头去看窗外，正琢磨该说句什么反击，好好的气氛却被一个来电打断。

跟之前一样，方昊的手机连着车上的蓝牙音箱。本来正在播一个电影原声歌单，却突然响起手机铃声，是 IOS 系统默认的那个。

顾云岚瞥了一眼屏幕，见来电的人是宋微微。

刚刚还好似雀跃在云端之上的心，一下便跌落在地，几近摔碎。

方昊也有点儿恼火和意外地"嗯？"了一声，又不得不接通电话问道："什么事？"

宋微微的声音传来。一辆车内的空间那样小，这个声音很快就把这个空间占满了。顾云岚躲无可躲，听到宋微微问："昊哥，你下午在哪儿？我去找你可以吗？"

方昊面露难色："上午不是跟你说过，我今天有安排了？"

原来他们上午就联系过了。顾云岚在心里闷闷地想。

今天上午，宋微微确实打电话约过方昊，方昊说明了今天没空，没想到她现在又打来电话。

宋微微说："我有重要的事……"

"一定要今天吗？事情不急的话，明天上班再说。"方昊一边说，一边留意着顾云岚的反应。顾云岚装作无所谓的样子，拿出手机刷微信。

"要今天。"宋微微语气坚定。

"我今天晚饭约了人。"

那边停顿了一下，又鼓足勇气问道："我知道的。那个，你今天约人……是工作上的事吗？"

确实也算是工作上的事，方昊不想多解释，只点头说："嗯。"

顾云岚在一旁听得清楚，心像被捏住般难受。宋微微这个问题，分明是在问他今天出门是约会还是工作，若是约会，她当然就不好再打扰，偏偏方昊听不出来。

　　果然，听说是为了工作，宋微微明显松了一口气，追问道："那能不能告诉我你们约在哪儿？我去那边等你。或者不方便的话，我到你家楼下等你晚上回来跟你说。"

　　宋微微把话说到这份上，方昊实在找不出理由再推辞，一时不知该怎样接话。顾云岚看不下去，既好奇这两人到底如何，又带着一种自虐的自暴自弃的心态，更不愿宋微微到方昊家楼下等他，她戳了戳方昊的手臂小声说："她都这么说了，你就让她过来吧。"

　　"啊？哦。"方昊会意，对电话那头道，"那好，我待会儿把我这边吃饭的地址发你。"

　　宋微微感到心满意足："那我等你们快吃完时过去找你。晚上七八点，你看行吗？"

　　"行吧。"

　　顾云岚被搞得心情全无。

　　她和方昊到场时，周琛和段朝夕已经到了，周琛给大家介绍了目前的形势。

　　周琛说："从方昊给的审读鉴定报告里可以看出，两个故事，主线情节走向几乎一致，文中的关键情节，竟然重合了十几处。主要角色的人物设定也非常相似。根据这份报告，从内容上来说，或者从大众阅读体验来说，几乎可以肯定有抄袭。"

　　顾云岚点头："我做的调色盘里，虽然没有字句照搬的情况，但也可以看出故事走向的相似。"

　　段朝夕面露喜色："所以，我胜诉的概率高吗？"

　　周琛却摇头道："抄袭判定主要靠两方面，一是实质性相似，这一点刚才说了，基本没问题；另外一点同样重要，即抄袭者有接触到原著的事实。这是目前对我方不利的因素。我走访了很多次，始终没能拿到被告接触过原著的证据。"

　　顾云岚感到有点儿失落："是啊，这本书当时本来就只有 3000 册的销量，从客观事实上，可以说小鱼儿能接触到的可能性很小。"

方昊问："你在艺文社的那个朋友呢？她不是能帮着找到些证据吗？"

顾云岚叹气道："小楼跟我说过，她好不容易找来几个卖书网站的销售清单，每个订单有收货人的地址、姓名。这本书当时在网站上总共卖了 1000 多本，从销售名单看，反正没找到小鱼儿，或者任何跟她有关的人。"

方昊说："如果她是从实体书店里买的书，确实无从查起。这个证据太难找了。"

周琛道："我见了被告委托的代理人，也看了他们提交的答辩状，对方确实是揪着这个点不放。"

段朝夕关心地问："小鱼儿那边委托的律师如何？"

周琛道："哼，她背后的势力能量不小，居然找到了知识产权界数一数二的律师姚玲，她在业内一直有个绰号，叫'拼命女魔头'。她就两个点，一个是拼命，年轻时基本是靠'007'干到现在的位置；另一点是脾气大，听说她手下的助理没有能熬过半年的，全跑了。但是现在这个助理吃得了苦，已经在她手下干了一年多，很得她器重。这次她有意提携助理，给他锻炼的机会，让他全程作为小鱼儿那边的第二代理人参与。"

"所以她那边是两个代理人？"顾云岚问。

"嗯，民事诉讼可以有两个代理人。不过人不在多，别忘了，我也是业内数一数二的。再说，那个助理其实也就是借这个机会露个面，主要还是给姚玲打杂。我已经做了几套方案，庭审时我会见机行事。你们放心。"

正事说完，到了晚餐时间。几个人点了主食，开始聊其他的事。周琛口才好，给大家讲了几个他曾经遇到的稀奇古怪的案例，引得众人直呼惊奇。

顾云岚还在想宋微微的事，听不进去，默默地坐着吃东西，不时配合着大家笑笑。

快吃完的时候，宋微微果然找来了。她过来打招呼，见是律师、作者、编辑的组合，知道方昊确实是在为下周的开庭审理做准备，并未多想。打过招呼后，她指了指不远处一张餐桌，对方昊说："我先坐那儿吃点儿东西等你，你这边结束后来找我啊。"

周琛当律师久了，最善于察言观色。今天这个饭局，他早看出方昊和顾云岚之间有点儿什么，现在竟然又冒出来一个女孩说要等方昊。他知道方昊素来疏于关注男女关系，却落得这般情景，心里觉得有点儿好笑，有意早点儿离场给方昊创造机会，便把自己面前剩下的小半块牛排一口塞进嘴里，倒也不注意形象，边嚼边说："今晚我还有别的事，就先走了。对了，这次庭审是公开的，二位要是感兴趣，不妨来旁听。"

方昊和顾云岚分别心不在焉地答应了。

周琛一拱手："那就这么说定了，失陪失陪。"

段朝夕在上次的极光盛典上，已经看出顾云岚对方昊动心了，而现在来的这个女孩，正是盛典上给方昊送花的那个。她有点儿担心地看了看顾云岚，见她的神色不太自在，不知道自己是该走还是该留下。

顾云岚却一点儿都没犹豫，眼前的食物还剩半盘，就紧跟着周琛站起来："我也走了。"

段朝夕赶紧离开座椅跟上去："小岚姐，我陪你一起吧。"

方昊一急，起身抓住顾云岚的手腕："你等我一下，我去问她什么事，很快说完。"

顾云岚："等你们聊完？然后呢？"

"我送你回去。"

"不必了。"

"云岚！你一定要这样吗？"

见这场面，段朝夕旋即懂了。她改口说："啊，对，小岚姐，我想起来还有点儿事要问周律师。我先……跟他一起走了哈。"说完，段朝夕迅速和周琛一起离开了餐厅。

顾云岚站在原地，看着方昊问："我怎样？"

"你生气了。"

"我没有。"

"没生气就等我送你回家。"

"我……"顾云岚发现自己被方昊绕了进去。可方昊说得没错，不在意的话，反应这么大干吗？像个白痴。她定了定神，做出平常的模样，指了指餐厅门口："那我在外面等你。"没等方昊回应，她几步走到餐厅门外。

初春的晚风吹在脸上，却带来万般忧愁。街道的两旁开了好几家别致的西餐厅，又种着梧桐，梧桐上抽了新芽，但它们那么不起眼，那么生涩。

为什么要傻傻站在这里等？她找他到底是什么事，他们要聊多久呢？他在里面跟她聊天，自己就这么廉价地站在外面等吗？这么想着，顾云岚决定还是走掉算了。对啊，自己就是生气了，很生气。哪怕这生气来得没有理由，没有资格。

可双腿不听使唤，只是傻愣愣地支撑着身体站着，动也不动。到底还是舍不得，舍不得每一点儿可以和他共处的时光。

顾云岚对自己感到失望，心里再想要也可以说不要就不要的倔强去哪里了？她疲倦地蹲下身，茫然地看着远处。

段朝夕说有事要问周琛，倒不完全是托词。她跟着周琛走出去，认真地询问道："周律师，您刚才说，这次是公开审理？"

周琛点头道："是啊。"

"那是不是谁都可以来旁听？"

"嗯，带身份证来登记一下就可以。想叫朋友来？"

段朝夕笑笑，算是默认了。

　　周琛的车停在路边，取了车后，他提出送段朝夕回酒店。段朝夕拒绝了，说酒店不远，自己正好散步回去。周琛本也是出于男士的礼貌，现在天不算晚，让女生一个人走也没什么危险。他没再坚持，开车离去。

　　段朝夕往酒店走，想让风把自己吹得清醒些。可这风越吹越撩起心中躁动的小兽，她在脑海里组织语言，思考着待会儿想发的那条信息，要如何说才不显得唐突。

　　世间无欢的联系方式躺在微信上，加上世间无欢的微信后，她还从来没跟他说过话。段朝夕也没想过要联系，自己这种小透明，能和大神有什么交集？或许，能加上微信已经是最大的交集了吧。

　　从理智的角度来说并没妄想什么，而潜意识里那一丝不切实际的期待，终究还是挥之不去。

　　西餐厅内，方昊走到宋微微坐的那桌，并不打算坐下，只站着俯身问："什么事这么急？"

　　桌面中央摆着一块香薰蜡烛。烛火跳动，映着女孩的脸。她笑嘻嘻地说："昊哥，你坐着说啊。你站着我压力好大。"

　　方昊指指外面："还有人等我，就这样说吧。"

　　宋微微本来也没指望方昊能解风情，在她的预想中，至少他可以先坐下来共进晚餐，烘托一下气氛，让过渡平滑些。她虽然已经准备许久，但临到头来，还是觉得有点儿紧张，尤其是在这样仓促的情形下。可看样子，自己若不说明来意，方昊不打算耗时间。

　　"就是……"她只好站起身，从挎包里掏出一本册子，"有个东西想给你。"

　　方昊接过册子，还没看，只说："哦，这是什么，一定要今天给我？"

　　见宋微微不答话，方昊这才去瞧。借着昏黄的光看不太清，只能看出是一本自己制作后定制打印的册子。封面设计得不错，书名叫《我喜欢你的100个瞬间》。他不太搞得懂向往爱情的年轻女孩什么脑回路，问道："哦，是个爱情小说的新书选题吗？提交选题申报表就可以了，不用这么费事打印出来。"

"不是。哎呀，你翻开看。"宋微微娇嗔道。

方昊用拇指哗哗翻过书页，当看清其中的内容后，一时不知该做何反应。这本书用了纯质纸全彩印刷，全是他在各种场合、各种状态下的照片，每张照片下又配了或俏皮或深情的文字，倒是能看出制作此书的人当编辑的天赋，排版装帧俱佳，可如果非要形容他此刻面对这场突如其来的告白的感受，大约是"不适"——不知该如何回应，只觉得费神，和再早之前收到的那些告白一样。

这种感觉，更提醒方昊意识到，唯独顾云岚不一样。唯独她向自己倾吐感情时，自己心中会升起万般幸运的庆幸，只想紧紧将她抱在怀里。想到这里，他回头去看餐厅大门。门是掩着的，看不到门外。他感到一阵焦虑，骄傲如顾云岚，真的会好好等在那里吗？

见方昊半天不说话，宋微微小声提醒："这本书我做了很久，那些照片都是平日一点一滴收集的。今天是三月十四嘛！白色情人节。所以一定要赶在今天……"

"哦，"方昊只想快点儿解决掉这桩麻烦事去找顾云岚，却又不好拂宋微微的面子，毕竟是下属。他用尽量缓和的口吻说道："抱歉，我素来对各种节日纪念日没概念。而且，"后面一句话倒是说得真诚，"我有喜欢的人了。"

宋微微早就料到自己没什么希望，从部门年会时方昊拒绝与自己合唱情歌时她就明白了。选在今天自杀式表白，无非是想给自己一个交代。可当真的听到仰慕已久的男人亲口承认有喜欢的人，她便再也无法装出一个大咧咧的笑容，只无比乖巧地点了点头，又是笑，又是带着哭腔地说："我知道了。哈哈，没什么，您不用在意，就当是我自言自语……我不会纠缠的，您也不必放在心上。就当什么都没发生过，之后上班……也跟平常一样，好不好？"

"啊，当然。希望这件事不会影响你工作。"方昊将那本册子递过去，"这个还是还给你吧。"

　　宋微微接了册子装回包中，末了又问："可不可以抱您一下？就一下。"

　　方昊有些为难地蹙起眉头，还来不及回话，女孩就将双臂从自己垂着的两条胳膊与身体的间隙中伸进来，环住自己的腰。这个拥抱说过也不为过，若放在其他场合，比如阔别已久的朋友相见，比如为一件共同的事成功而庆祝，这样抱一下也没什么。可在这样的场合下，这样抱着，叫人进退维谷，既不好斩钉截铁地推开，亦感到有些棘手。

　　顾云岚在四合的暮色里，百无聊赖地看着影影绰绰的树枝。一丝凉风灌进衣服，她一摸脖子，这才发现刚才走得匆忙，摘下来的丝巾忘了拿。

　　顾云岚也很好奇方昊和宋微微到底在聊什么，聊得怎么样了。有了取丝巾这样的借口，回餐厅也显得自然。于是她站起来，整理了一下衣服，没多想便推门走进去。刚走几步到之前吃饭的桌子旁边，便看见宋微微拥住了方昊。

　　在等待的时间里，顾云岚想过很多他们在聊什么的可能性。最坏的可能性也没想过是这样。她一时说不清是什么情绪，心酸当然是心酸的，但更多的是震惊，又觉得自己好笑。她此刻才发现，自己竟然完全不了解方昊这个人。与方昊的接触大多与工作有关，爱上他，也因为他在工作中表现出的那种既入世又不失去理想、既成熟又不失少年感的固执。又或许没什么理由，只因为那天的阳光太晃眼，落在他脸上，晃昏了自己的头。

　　方昊私下里到底是怎样的人？除了他给自己提过的，他跟家里关系不好，便再不了解其他了。方昊怎样对待感情？是轻浮还是认真，多情还是专注？他这些日子对自己似有不同，是因为他真心喜欢上自己，还是一种无差别撒网？又想起无欢曾提过一句，他之前的女朋友都是女孩追的他，所以他便是一个来者不拒的人吧。

　　确实是自作多情了。

　　刚才的餐桌收拾过了，丝巾不在原处。顾云岚不想要了，扭头要走，一名服务员叫住她："女士，这是您落在这儿的吧？"

　　顾云岚看也没看，一把接在手中，夺门而出。

　　方昊无暇再顾及宋微微的面子，只将她环住自己的手臂拉开，低声说了句"对不起"，便跑出门去。

　　顾云岚快步走在街上，方昊追到她旁边："云岚，你等等。"

　　顾云岚没停下脚步，只闷着头往前走，方昊就一直跟在侧旁。这人怎么甩都甩不掉？顾云岚心烦意乱，见旁边有一条碎石铺的小径，便走了过去，一头扎进人行道和住宅之间的隔离带小花园里。

　　顾云岚的本意是想甩开方昊，却没想到这个隔离带花园里各种步行小径交错，乱走一通后，她走到了一个树林间的小小的圆形空地，没路走了。

　　并无月色，连路灯也在远处。这里暗得过于暧昧，让顾云岚心中发颤。而方昊追到她面前，也不解释，只是看着她。目光深邃似夜里的海，让人无法抗拒地沉进去。

　　顾云岚如溺水之人，只觉得呼吸困难："不是跟她聊得挺好的吗？怎么不聊了？"

　　"你应该知道，我并不喜欢她。"

　　"我怎么会知道？你凭什么觉得我该知道？"

　　"那你现在知道了。"

　　"你什么意思？"

　　"我……"方昊张了张口，又发现在准备好以前，要郑重地说出"我喜欢的人是你"实在太难。比起说出口，可能用行动表明自己的真心要容易得多。他没忍住，一低头吻住顾云岚，又将她的双手半拉半钳地摁在身子两侧。

　　这个吻介于绅士和占有之间，起初是轻轻点在唇上，又慢慢开始轻咬。顾云岚想推开他，可实在无法割舍这唇齿间的温柔，反正是溺水了，反正是没有救了。放弃抵抗吧，就这样沉到海底吧。她唯一的倔强只能做到忍住不回应，一动不动地任由他吻着。光是如此，便已耗尽所有定力。

而这明明是第一次与方昊接吻，顾云岚却感到似曾相识，好像这双唇曾吻过自己一样。她努力回忆，到底是什么时候……

方昊吻了一会儿，见顾云岚一点儿回应也没有，他停下来，静静地看着她。两个人的呼吸纠缠在一起，急促、不安，像一间黑屋子里的两个盲人，都在摸索，却摸不到彼此。

"方总向来这样随便吗？"顾云岚说，"这是什么意思？我还是不懂。"

方昊将手放在顾云岚肩上，认真地承诺道："再等我一个月。"

在他的计划里，本来打算下半年再做那件事的，但现在不得不提前了。不仅因为顾云岚，也因为今天宋微微的告白。他扪心自问，即使与宋微微说好当无事发生，他实在还是做不到如常对待她。想到之后还需在工作上接触，便觉得不自在。

顾云岚不解地问："什么等一个月，你让我等我就等？"

方昊不说话，只拉起她的手，将她冰凉的手紧紧捏在掌心。顾云岚觉得手被他捏痛，而这紧握的力度，却又传递来一种无言的坚定。

即使顾云岚气得要发疯，但她还是好想好好爱这个人啊。

从来没有过这么强烈的想法。她不是没谈过恋爱。初恋在高一那年，和一个小混混。她表面是好学生，骨子里又有点儿叛逆。当那个小混混在下晚自习的夜里拦住她，一段感情便这样开始了。他给了她最好的呵护，只是每天放学送她回家。而他那些打架斗殴的江湖事，从来未让她染指过。哪怕顾云岚好奇，一遍遍地让他讲给她听。这场恋爱结束于高二那年他被学校开除，转去一所职高。

经历了十八岁时的家庭变故，她变得无法敞开心扉。大二那年认识张颖，只因为他也喜欢读书，两人常常在图书馆遇见，便又开始了一段恋情。说起来，大四毕业，顾云岚工作、张颖读研后，两人便已渐行渐远。只是出于感情的惯性，以及一颗向往安稳生活的心，硬是拖到去见了对方家长才分道扬镳。

顾云岚也心动过，信任过对方，却不是这种强烈的感觉。强烈到失去理智。曾经不屑飞蛾扑火，原来却是真的。即使知道那是火，即使知道扑上去会被烧死，但烧死也是甘之如饴的。

顾云岚没有挣脱，任由手被方昊捏着，拉着她走出小径，回到了停在路边的车旁。

方昊打开副驾驶的门，护着顾云岚坐进去。顾云岚真气自己没有骨气，还是这么温顺地顺从了。她静静地坐在车里，看前方的路，一盏盏路灯退后，一棵棵树退后。两人都没说话。

快到顾云岚家楼下时，方昊才开口："你早就看出宋微微喜欢我，对吧？我拒绝她了。今天的事就是这样。"

车停在顾云岚家楼下，顾云岚只是道了声谢便默默地下车回去。虽然没有针对方昊这句解释再说什么，顾云岚却已经相信了他，只觉得绷紧的心一下变得像棉花一样软，又回味起方才那个莫名其妙的吻来。

07

冷静了一夜，顾云岚心里的骄傲又占了上风。她不明白方昊说的等一个月是什么意思，也不喜欢被安排。昨夜方昊那样吻了她，却不说清楚两个人到底什么关系，他是否觉得她召之即来挥之即去？

顾云岚这样想着，便生出些许怨念，今天上班要面对他更成了一件难事，于是顾云岚一直磨蹭到踩点才踏进办公室。

方昊已经到了。当然，他总是早到。他的办公室依旧敞着门，显示器挡住他的脸，只能看见一只握着鼠标的手。和第一次见他的情景相似，还是半拉的百叶窗帘，以及栅格般明明暗暗落在那间玻璃屋的阳光。

顾云岚这才意识到，认识他一年了，来久时也一年了。

视线从方昊办公室滑出时，刚好碰上宋微微的眼神。昨晚第二次进餐厅，宋微微的脸埋在方昊怀里，也不知她看到自己没有。但两人都心怀鬼胎，于是那碰上眼神后的相视一笑，又各自生出更多解读。

顾云岚脑中的胡思乱想无法停止。若按她以往的心性，被这样不清不楚地对待后，是一定要及时抽身而退的。可想到方昊那些令自己动容的时刻，又踌躇着下不了决心。思来想去，顾云岚确定自己可以做到一点——他不说，她便不主动去问。

所以一个月之后怎样，等一个月后再看好了。若方昊还是这种含糊其词的态度，便可见他就是这样一个对感情不负责的人，无须再为他找借口。正好这一个月，段朝夕的官司也打完了，到时候自己辞职走人，眼不见心不烦。找个地方重新开始，没有谁是忘不掉的。

顾云岚其实并不想离开久时，很多项目如今刚有眉目，实在难以割舍。可若一个月后确定自己是被方昊耍了，到了不得不走的地步，那就尽量把该做的事都告一段落，减少遗憾。想通了接下去要怎么做，顾云岚心里稍微安定了些，仔细处理起手头的工作来。

桌面上放着刚上市不久的《失落的果实》再版图书。因为段朝夕在极光盛典上得了新人奖，引起了一些关注，这本书的销量走势还可以，虽然不算一飞冲天，但至少相比之前有了长足进步。

另一个好消息是，顾云岚见段朝夕新作，也就是被曾仪导演买去电影改编权的那部《速朽》风格合适，曾鼓励她在出版前先投给小说类文学杂志[1]。这会儿收到段朝夕的喜报，说经过几个月的等待，今天国内那家数一数二的文学杂志回复了用稿通知，将全文刊发在五月

---

[1]　杂志刊载小说作品仅需授权一次性的杂志发表权，不影响小说后续出版及各种改编权的授权。

那期。

现在看文学杂志的人少了，但一部长篇小说能作为这家杂志的当期主打作品发表，在业内的意义是非凡的。顾云岚由衷地为段朝夕高兴。

正跟段朝夕聊着详情，只见方昊走出办公室，手里拿着一张薄薄的对折的 A4 纸。经过大办公区时，方昊朝她这边瞥来，顾云岚赶紧盯着电脑屏幕，目不斜视，装作完全没看到他的样子。顾云岚心里却不禁好奇，他这是要去做什么？

刚产生这个念头，又觉得自己可笑。方昊拿文件去找高层是常有的事，管他去做什么，无非日常汇报、选题审批之类的。难道现在竟然沦落到，整副身心都被他的一举一动牵扯的地步吗？顾云岚定定神，不再多想，重新投入工作之中。

方昊搭电梯去了十楼的总裁办，对坐在开放工位的女孩招呼道："小七，我现在有事找于总，麻烦你通报一下。"

小七用座机拨给于莉，说方昊找她。那边很快同意了。

方昊走到于莉的办公室门前，敲了三下，里面说"请进"后，他拧开门把手入内，将对折的 A4 纸放到于莉办公桌上，并推到她面前。

于莉没急着看，只笑道："方昊，我记得之前几次你找我，除了日常工作汇报之外，每次都是堵在我的办公室前。这次倒知道按程序先叫小七通报。"

方昊也笑："是我不对，当着部门总监，该稳重些，却还是有凭着一腔冲动做事的时候。"

于莉一边捻起那张 A4 纸展开，一边问："今天找我什么事？"刚问出口，她已经看清纸上打印的内容，眉头微微一皱。

与此同时，方昊说道："于总，我辞职。"没有"想""打算"这类表明思虑的词，只简简单单三个字，说得坚定、认真，甚至坦诚。

　　方昊要走，对于莉而言是一件颇为难的事。自己好不容易与他消除了互相之间的成见和隔阂，原创部在他手上已经成熟运转四年，只要一直在他手里，自己就几乎不用操心。他若一走，原创部便成了一盘散沙，自己又得重新费力将这盘散沙聚拢，总监这个位置再安排谁，一时也没有合适的人选。她脑海里飞快地过了几个人选。冯娜？心思太重。顾云岚？有点儿嫩了。挖曾经的部下？有在久时建立自己帮派的嫌疑。除了这些现实的问题，还有另一个层面：自己在久时的地位尚不算稳固，又生出手下中层辞职这样的事，还是方昊这种心高气傲的年轻人，陈总那边会不会有想法？

　　但于莉也知道，方昊刚才自嘲冲动，其实已经在铺垫，他本应该是最稳定最不冲动的。于莉便没说那些挽留的客套话，只问："是不是没有让你改主意的余地了？"

　　方昊点头："我想好了。"

　　本来就是择业自由，现在问方昊辞职原因，也只能听到一些惯常的说辞。于莉干脆直接问："找好下家了吗？"

　　于莉本来想再解释一句，自己这么问没别的意思，只是出于熟人之间的关心和好奇。方昊一点儿没隐瞒，直接说道："没有，也不打算找了。我想自己做。"

　　于莉感到有些意外，但转念一想也觉得是情理之中："拉到投资了？"

　　方昊摇头："还没定下来。"

　　这下于莉倒是真没想到了，她问道："没定下来，就辞职要走？"

　　方昊笑着答："凡事总要有个开始。"

　　于莉说："你知道，如果要自己单干，你在公司这边的作者资源……"

　　方昊会意："您放心，我不会带走任何作者资源。我手里已经签在公司的作者、已经谈下来的版权，都还是公司的，我在离开前都会安排好。此外，我计划中的产品形态与公司业务并不完全重合，有可能不仅不冲突，甚至是互补的，到时或许我们还能合作。"

"好，那就没什么问题了。祝你顺利。对了，什么时候走？"

"我这边工作较杂，全部收尾大概还得一个月。就按惯例，提离职后一个月走吧。"

还有一个月缓冲期，于莉想着，方昊既然还没找到投资，这事说不定还有转圜。便说："先不跟人事那边提，等你手里的工作处理好，再办手续。这期间先别声张，你一个中层要走，我也需要点儿时间做安排，或许得跟陈总聊一聊。这么早把消息放出去，总归人多口杂。"停顿了一下才接着说，"算我拜托你。"

平心而论，于莉人不错。何况方昊本身也不愿过于张扬，既然于莉这样请求了，他一口答应下来："当然。"

下午忙了许久，等再抬头，窗外又已是夜色。

方昊看向大办公区，大部分同事都走了，宋微微也走了，只有顾云岚还在那里。宋微微今天倒表现得如常，令方昊松了一口气。只是一天没与顾云岚说话，一是实在没空，二是也知道她顾忌同事的闲言碎语，自己早打定主意不在公司对她表露更亲近的关系。可现在没什么人了，心里又忍不住想去找她。

至少对昨天的行为再解释点儿什么。方昊昨夜辗转反侧许久，总觉得自己没忍住突然吻了她不太妥当。也说不清自己当时怎么想的，为什么会那么做。

见顾云岚还在忙，方昊又清点了一会儿手中的活。等她起身关电脑要走，方昊才跟着出去。

一起站在电梯间等电梯时，方昊想提起话头，但见顾云岚面无表情，一副拒人于千里之外的模样。有一瞬间，他觉得产生幻觉的可能是自己。她生病那晚，那个抱着自己捧出一颗炙热的真心求自己不要走的女孩，真的存在过吗？正因为那晚看见了她的真心，才让自己这些日子以来一直预设她是爱自己的这个前提，才做出了一堆不可理喻的举动。可万一那是她一时烧昏头的胡话，自己是不是会错了意？

想到这些，便连今晚想送她回家的话也说不出口了。进电梯后，只作寻常般说道："明天就是庭审了。"

顾云岚点点头："我就不来公司了，直接去法院旁听。请一天假，已经在办公系统上提交了。"

这个语气，直接把方昊想说的"明天接你去法院吧"这句话也堵了回去。他亦收起情感，淡淡地说："但愿胜诉。如果结果不理想，你多关心一下段朝夕。"

电梯到了一楼，门滑向两边，顾云岚说了声"知道"，便走出去，背影消失在重新合上的电梯门外。

顾云岚一个人走路去地铁站，像她第一天来久时上班那样，心境却有所不同。那时抱着期待，抱着初来乍到受挫又不服输的拼劲，如今仍有很多期待，但又是另外一些期待了。

比如明天的审判，胜或败；比如喜欢的人，得到或失去。所有的尘埃终于到了落定的时刻。

08

开庭这天，肖遥来接小楼和顾云岚，又去捎上段朝夕，几个人早早就到了法院。

他们这个案子被安排在民事二庭。庭外登记处，来旁听的人正在核验身份证入内。上次在极光盛典上见过的几名女作家也排在队伍里，顾云岚上前与她们打招呼。

寒暄几句后，她们跟段朝夕说："加油啊，待会儿好好说，就看你的了。"之后便默默地入场，坐在旁听席靠后的位置。

段朝夕与她们本来不算认识，见她们来支持自己，心里有一种说不出的感动。

离开庭还有半小时。顾云岚问段朝夕："我们也进去吧？"

段朝夕不好意思地笑笑："里面太闷了，我想在外面透透气。你们先进去好了。"

顾云岚只当段朝夕是紧张，于是让小楼和肖遥先入场了，自己在外面陪段朝夕，跟她说："别紧张。"

段朝夕说："周律师都跟我交代好了，今天主要是他替我发言，倒没什么紧张的。"

两人又闲聊了一阵，顾云岚发现段朝夕边说话边往电梯口看，特别是电梯门打开有人出来时，似乎在等谁。

开庭前十分钟，周琛和方昊来了。他俩每人手里都捧着一大沓文件，周琛招呼段朝夕："进去啊，别在走廊站着了。"

段朝夕又看了几眼电梯口，怕是没等到要等的人，面带遗憾。她依依不舍地对顾云岚说："那我进去了，小岚姐，你待会儿靠前些坐吧，别坐得太远了。"

顾云岚拍拍段朝夕，表示让她放心。段朝夕跟着周琛和方昊进了审判区，顾云岚则去了旁听席，坐在靠原告这一侧的第二排，挨着小楼和肖遥。

书记员到了。他走到席位坐定，问了句："专家文学协助现在到庭了吗？"

方昊本来跟周琛、段朝夕一起坐在原告方的席位，听到书记员问话，举手表示："我。"

书记员指了指面向合议庭的一个专有席位说："你坐到鉴定人的位置上去，待会儿方便各方询问鉴定意见。"

方昊答应了，便坐到指定的位置。

旁听席上除了双方的支持者，还有一些媒体。两边很自觉地分出泾渭分明的两个阵营。小鱼儿的粉丝、春光工作室的工作人员坐在被告侧的旁听席。

眼看差三分钟就要到九点，被告方却迟迟还没入庭。

顾云岚正想着，小鱼儿他们总不至于迟到吧，便见一名身穿深灰色西装套裙的女人，踏着方跟皮鞋带一阵风快步走入，径直坐到被告方第一代理人的位置。这个女人的气场太强，与她身后那个助理形成鲜明对比。助理拿着远超负荷的东西：自己的书包、女人的挎包、笔记本电脑、庭审文件……以至于他不得不将下巴也用上，低头用下巴压住那堆资料，看不见脸，只让人觉得浑身散发着跟班小弟唯唯诺诺的气质。就这还当第二代理人参与庭辩发言？顾云岚立即回忆起周琛之前说过的，这就是律师界的拼命女魔头姚玲，以及那名难能可贵在她手下熬过了一年的助理。她小声把这个八卦转述给小楼，两人一阵好笑，对今天的审判结果又多了些信心。

见时间到了，书记员让当事人、委托代理人、鉴定人入庭按席位就座。

姚玲说："我的委托人，即被告唐晓雨女士今天因故不能出席，她委托我行使特别授权代理权，这是委托书。"

查看了委托书后，法官同意被告缺席庭审。

唐晓雨是小鱼儿本名。坐在原告席的段朝夕扭头看向顾云岚，两人对了对眼神，都对小鱼儿今天不来略感讶异。

姚玲又指了指她身旁那位助理，说："这是张颖律师，被告委托的第二代理人，行使一般代理权限。"

顾云岚压根儿没注意听这句话，她还在想小鱼儿今天不出席是端的什么架子，手却被小楼一把抓住。她侧头，见小楼正一脸同情，关切地看着自己，不解地问："怎么了？"

小楼说："稳住，别慌，问题不大。"

"什么问题？"

小楼指了指被告席，小声说："张颖……"

"啊？"

顾云岚这才去看姚玲身旁的那名助理律师，待看清是谁，心里抖了几下。

一年不见，也不再联系，连微信都删了。张颖胖了一圈，可能是传说中的过劳肥，倒是穿着西装，但内搭的衬衫不怎么挺括，皱皱巴巴地撑在身上。虽然已经快要忘掉此人，但在这种场合下偶遇，顾云岚还是觉得有点儿尴尬。想到他竟然坐在对方代理人的席位，便深感还好最后没走到一起。

此时，张颖把东西都放好、整理好了。他理了理衣袖，抬头看向对面原告席位上坐的对手，又侧头看向旁听席。这一侧头，刚好与坐在前排的顾云岚视线碰上。张颖一点儿不意外的样子，只是对顾云岚点头笑了笑，就像熟人打招呼。

顾云岚也只能强作镇定，回以一个自认为还算淡定的笑容，之后快速看向别处。

书记员宣读了法庭纪律，请审判长和合议庭成员入席。所有人坐定后，审判长一敲法槌，宣布开庭。

一系列核对身份、告知权利义务的常规流程后，便进入法庭调查阶段了。

段朝夕作为原告，首先进行当事人陈述。她站起身，却不是先看向审判长，而是下意识地去看旁听席。她本来没抱什么希望，等了一上午，直到开庭，那个人也没出现。她以为他不会来了。这不经意的一瞥，竟瞥见他正一个人坐在最后一排的位置，见她投来眼神，便对她微微一笑，点了点头。也不知他是什么时候溜进来的，或许是刚才注意力被对方律师吸引之时。

世间无欢啊，他在人群中永远光彩熠熠。哪怕只穿了一身休闲服，只要他在，便能一眼看见他。得到他的鼓励，段朝夕心中半悬的期待终于成真，她双手捏拳，心神一定，不徐不疾而清晰地说道："我起诉唐晓雨女士，使用笔名小鱼儿所创作的作品《女吏》，抄袭我的作品《失落的果实》。"

段朝夕的声音不高，却字字掷地有声。

周琛律师一一呈交证据。《失落的果实》创作及发表时间早于《女史》，有段朝夕的投稿记录及小鱼儿网络发表记录为证，板上钉钉。但在呈上方昊出具的审读鉴定报告时，姚玲质证道："我方质疑方昊作为鉴定人的资格，对鉴定报告的有效性存疑。"

审判员闻言对方昊说："请鉴定人阐明自身身份。"

方昊答："我是久时文化传媒集团原创小说部内容总监。"

姚玲说："段朝夕正是久时文化传媒集团签约作者，方昊作为该集团中层，与签约作者存在利害关系，并未遵循鉴定人回避原则。他在进行审读鉴定时，不可避免带有主观倾向。"

审判员向方昊说："鉴定人请表明与双方当事人关系。"

方昊说道："唐晓雨也曾是久时文化传媒集团签约作者，后来解约是她主动提出的。段朝夕是最近刚签进久时文化传媒集团的，我还曾毙过她的作品选题。我与双方关系并不存在孰亲孰远，在最早接触到两部作品进行审读时，甚至唐晓雨才是我司签约作者，段朝夕并不是。"

周琛举手补充发言："根据《民事诉讼法》第64条规定：'当事人对自己提出的主张，有责任提供证据'，即谁主张谁举证。我方指控被告抄袭，故此委托业内资深编辑方昊担任文学顾问，出具审读鉴定意见。本意是为了举证，只是方昊的举证恰巧令他履行了鉴定人的职责，现在才坐在鉴定人席位上。被告方若对此有异议，也可以自行聘请文学鉴定人，与我方进行庭辩。此外，本案仅是自然人段朝夕起诉自然人唐晓雨，不连带任何机构，被抄袭的作品也是早前由艺文出版社出版的，方昊作为久时文化传媒集团员工，与本案并无利害关系。"

让段朝夕只起诉小鱼儿，久时并不一起作为原告，亦不把多云影视、春光工作室作为被告，是周琛和段朝夕沟通需求后，首先定下的起诉策略。段朝夕只争一口气，最大的起诉目的是让法院判小鱼儿抄袭。既然对赔偿没有太多要求，那也没必要让久时、多云、春光几个机构卷进来。一来会让案情变得复杂，迟迟得不到宣判；二来久时暗中的立场虽是支持段朝夕的，但它与段朝夕和小鱼儿的两部作品都牵连颇深，没必要干搬起石头砸自己脚这种事。

也就是说，周琛的起手布局就防到了被告的这层质疑。

审判长听完双方发言，略一思虑，驳回了被告方的质证："鉴定人身份有效，可以继续阐明鉴定意见。需注意，发言过程中只客观阐述鉴定结果、就行业的专业问题做出说明，不得就具体案情做出倾向性表达。"

"是，我会客观说明鉴定结果。"方昊起身向法官承诺，只见他停顿了一下，开始阐述，"《失落的果实》全文共计二十七万字，《女吏》全文共计八十万字。《失落的果实》讲述民国背景下，几个家族的年轻女子在变革年代或追求自由、或循规守旧而走向不同命运的故事。主角学西学，参与变革。《女吏》背景放在唐朝，讲述了几个家族的年轻女子或入宫走上仕途、或接受父母安排嫁给高官为妾，并走向不同命运。主角自幼读书，参与朝廷政治。除故事主线相似之外，两部作品的雷同情节有十七处。分别是……"

方昊未看手稿，只端端正正地站着，说得有条不紊。顾云岚所坐的位置，刚好能从斜后方看见他的侧脸。不得不承认，他的专业能力无可挑剔，每每这样的时刻，她便又觉得自己所有对不要沦陷的抵抗都是徒劳的。他根本不用做什么，只需专注地做一件事，没有什么表情，也不带什么情绪，便刚好符合了她对理想男子的所有想象。

顾云岚暗叹一声，他到底打算用一个月做什么？如果一个月后等不来他，自己真能干脆地放手离场吗？

待方昊做完说明，庭上的人还在消化方昊说的话，被告方第二代理人张颖举起手示意法官："我有问题。"

此前，在场的人都没注意到他，因为他实在是一眼就能看出只是姚玲的手下，来打场酱油。现在他这一句话倒说得气韵十足，似是有备而来。

顾云岚想起来，张颖其实也没那么不堪。还在一起时，她就知道他对工作非常认真，怪不得他能得到姚玲器重。可他站在小鱼儿的立场，越一副有信心的样子，越让人觉得面目可憎。见他要朝方昊发问，顾云岚倒有了兴趣，想看看他的表现如何了。

张颖起身面向方昊，问道："第一个问题，你刚才说，《失落的果实》原著二十七万字，《女吏》原著八十万字，《女吏》内容几乎是《失落的果实》的三倍，请问，若是抄袭，如何抄出三倍的体量？"

"抱歉，我不做倾向性推论。"方昊的声音冷静、沉着，"但我可以列举事实，《女吏》增加了角色，扩展了配角支线情节，因此字数比《失落的果实》多很多。但在主线情节上，与《失落的果实》几乎完全重合。这一点我已出具鉴定报告。所有学生在学习写作时，都做过扩写诗文的训练，扩写并不改变基本内容来源于原文的事实。"

对于方昊的回答，张颖并不表态，又接着问："第二个问题，你是否承认，《失落的果实》与《女吏》两部作品，题材、主题思想相似？我在此强调一点，法律不保护思想，保护的是具体表达。同题材、同母体、同故事模型的作品比比皆是，在相同题材、主题的作品中，故事情节大同小异的情况很常见，比如《罗密欧与朱丽叶》和《梁山伯与祝英台》，它们之间并不构成抄袭。"

顾云岚皱眉，张颖的提问混淆了故事模型和具体情节。在任何一本论述戏剧的专著中，所总结的故事模型最多不过二三十种，一切故事均可归类于某个故事模型。同属某个故事模型，这当然不构成抄袭。她不信张颖分不清两者，他这样提问，是刻意误导法官。

方昊又如何听不出张颖的用意，他淡淡地说道："我承认《女吏》和《失落的果实》题材相似，表达了几乎相同的主题。但在进行核对审读时，我从未以主题相似作为鉴定依据。具体的情节设计，才是传达主题思想的表达手段。我鉴定依据的是两部作品的情节、故事线，正是所谓的'具体表达'。故事模型是固定套路，但具体情节设计具有作者的独创性。"

因方昊只能做客观陈述，周琛举手补充："审判长，我方认同，因题材相似，从而故事模型相似，这不构成抄袭。但并不能以此反推，把题材相似作为不构成抄袭的证据。"

审判长"嗯"了一声，转向张颖："被告第二代理人，你是否还有问题？"

"是的。"张颖说道，"第三个问题，请问专家鉴定人，在创作过程中，从未有过交流、交集的两名作者，却巧合创作出雷同的情节，我知道，业界把这种现象称为'撞梗'，这种现象是否时有发生？"

每个人都能听出这个问题的潜台词——此事发生前，小鱼儿和段朝夕从不认识，亦无交集，创作出的作品若有雷同，纯属巧合。但方昊只能做出中立的正面回答，他不得不说："确实存在撞梗这种现象。"

张颖露出得逞的一笑，对合议庭道："审判长，我的问题问完了。"

在张颖得意地坐下后，方昊示意法官自己还有补充意见。得到审判长的许可后，他说道："把梗定义为一系列连锁情节设计的话，撞一两个梗或可有之，但全文前后连续撞梗十七次，我在职业生涯中并未见过。"

审判长面无表情，却看了张颖一眼，在本子上记了几笔。

完成举证质证流程，审判长宣布短暂休庭十分钟。

因方昊不便与原告方显得太亲近，此时避嫌，就在庭上休息。

现场的媒体在旁听席见到世间无欢这尊大神，自然不会放过，此刻正一拥而上，围着他采访对这个案件的看法。无欢笑笑，毫不掩饰地说："我的态度很明确。在这件事最初尚未发酵之时，我便在网上表明了支持段朝夕的立场。"

记者想起那时世间无欢身陷的舆论风波，又追问道："无欢先生，您当时为支持段朝夕，不惜被人爆出旧闻，请问您是出于什么原因这样坚持力挺她？”

无欢说："抄没抄，无论法律怎么判，业内的人都是一目了然的，并没什么特殊的原因，只是我认为小鱼儿的确抄了，便说句真话。"

被告席上，姚玲和张颖在埋头整理资料，应是在为待会儿的庭辩做准备。张颖时不时抬头看顾云岚一眼，像是有话要找她说，但碍于姚玲在一旁，他只能老老实实地坐在原位。顾云岚故意不看他，倒是注意到媒体在后排吵吵嚷嚷，这才发现无欢也来了。

她一下子联想到，段朝夕在等的人，难道是他？

正这么想，便看见周律师侧头朝自己和小楼使眼色。两人会意，又带上肖遥，到庭外与周琛和段朝夕碰头。

周律师说："也就几分钟时间，我长话短说。之前也跟你们提过，一直没找到小鱼儿接触过《失落的果实》原著的证据，这对我方非常不利。待会儿的庭辩上，对方一定会揪住这个点打。之前在取证阶段，因鉴定抄袭本就比较复杂，又为了多搜集证据，我们已经申请过一次延期开庭。现在拿不出新的证据，肯定无法再往后拖。我看法官的态度，此案的成败就在这个点了。没有这个关键证据实在是最坏的情况，我虽然也准备了应对的说辞，但到底还是事实胜于雄辩。"

小楼失落地说："为了找这个证据，我甚至搜集了所有卖书网站销售《失落的果实》的清单，可还是没发现什么蛛丝马迹。之前半年都没找到，现在还有转机吗？到了如今这关头，人事尽了，只能听天命了。"

段朝夕不好意思地说："实在是太麻烦大家了。我知道，这个案子本身就很难胜诉。你们帮了我这么多，无论结果如何，我有心理准备的。"

周律师语气却不是那么沮丧："我刚刚产生了一种第六感，好像忽略了什么东西。我们默认获取这本书的渠道，除了网络销售便是实体书店及图书馆藏。实体书店这种不记名购买的途径，肯定是没法查了，首先排除；书进过一些大学的图书馆，但这本书出来时，小鱼儿早已大学毕业，几乎也不可能从大学图书馆借阅此书。因此我们认为唯一能追查的途径便是网络销售。发现网络销售名单并无小鱼儿后，我们进入了误区，想方设法调查图书馆和实体渠道。现在想来，这些行为都是徒劳。可是，还有没有其他获得这本书的途径，有获得者的名单记录？我觉得我们应该再往这个方向想想。"

这段话倒是打开了顾云岚的思路，她突然想到什么。她仔细捕捉住脑海中那一丝闪念，最后，仿佛一片光将混沌的大脑照亮。她说："我想到了！"

"什么？"

她拉住小楼，对小楼交代一番。小楼边听边瞪大双眼："对，之前怎么忽略了这个呢？我现在马上打电话问！"

小楼正要拨号，法官叫当事人和律师入场，要重新开庭了。小楼说："我不进去了，我在外面问，如果真的有她，我马上去艺文社拿证据。艺文社离这里不远，来回不会超过一个小时。"她停顿了一下又说道，"得了，别耽误时间了，肖遥，我们这就赶紧去艺文社吧，我在路上问。实在没有，就当白跑一趟。"

段朝夕感激得不知说什么好，只一个劲地道谢。

小楼手一挥："这有什么！维护正义，人人有责。不过，有她的可能性很小。"

段朝夕点点头："我知道的。没有关系。"

"好了好了，你们快进去。肖遥，我们走。"

顾云岚叮嘱道："如果确认真的有她，给我发消息。周律师，到时我给你打手势。"

"好！"周律师眼中一亮，"待会儿我尽量多拖时间。"

庭上进入庭辩。张颖果然是个背诵法条的好手，一条条地往外吐，背法条时像台复读机一样。顾云岚喜欢他时，佩服他记忆力过人，现在不喜欢他了，便怎么看都觉得讨厌。

顾云岚懒得听这些，拿出手机随时关注小楼的消息。打开微信才发现，就在刚才休庭时，张颖给她发了个微信好友申请，在附言中写道："结束后在法院门口等我。"这句话刚好戳中她这些天的心事，只觉得更讨厌了，这些人怎么回事，一个个都要她等，当她很闲吗？她并未通过，只当没看见。

过了二十分钟，小楼发来消息："我到艺文社了，但这是三四年前的事，翻记录还要一些时间。"

庭上正辩得胶着，双方又打了几个回合，姚玲终于甩出那个他们担心的问题："根据开卷数据，《失落的果实》实际销量为 3127 册。这个销量之于当年所有小说类图书的销售数据，基本就是一滴水之于大海，一粒沙之于沙漠，想要被人接触到的可能性太低。原告并无我方委托人接触过《失落的果实》的证据，我方委托人的作品《女吏》与原告的作品亦不存在遣词造句相同的情况。即使情节有小部分雷同，正如对方专家鉴定人所说，属于业界常见的撞梗现象。抄袭的事实根本不成立。"

周琛看了看表，已经过了四十分钟。他望向顾云岚，顾云岚摇头，表示还没消息。本身这也只是一个找证据的新思路罢了，刚好能找到的可能性微乎其微。他决定还是按照没有证据的情况来辩，应对道："且不说《失落的果实》还卖了 3127 册，就算只卖出一册，只要不知道这一册具体卖给了谁，即使我方无法证明唐晓雨女士曾接触过，你方也无法证明唐晓雨女士未曾接触。民事诉讼可没有疑罪从无原则。"

"审判长，"姚玲看向合议庭说，"对方代理人这是拿极端情况举例，我方说的是遵循常识的一般情况。"

审判长采纳了姚玲的意见，提醒周琛："原告代理人不要用极端情况举例。"

"是。"周琛颔首。

顾云岚看出来，周律师开始采用拖延战术，与对方胡搅蛮缠上了。

目前法庭上的形势对段朝夕不利，这边旁听席上的观众都能看出来。顾云岚的心情一点点儿黯然下去，这场官司，就真的打不赢吗？只要不是逐字照搬，法律判个抄袭便如此难吗？

此时，她捏在手里的手机振了一下。又振了一下。再振了一下。

打开一看，小楼的消息接二连三发来，第一句便是："真的有她！我们赢了！"

接着是几张证据截图。末了，小楼说："我马上把证据打印出来盖章，待会儿带艺文社的官博君一起过去。等我！"

此时，段朝夕正在做最后的陈述。

"有一点，令我非常困惑。倘若只要作品不红、传播得少，就可以定义为被告接触到原著的证据不足，那是不是所有不红的作者，都永无胜诉的可能？我明白，我没有多少读者，而《女吏》是大热的作品，甚至还拍了电视剧。有人说我碰瓷，有人说我不自量力，有人劝我，告不赢的，算了吧，可是，抄了便是抄了。不管我多么低微，我还是要来告一告，相信法律可以给出一个公正的判决……"

这些发言过于情绪化，律师来说不合适。即使是原告，在庭上做这样的发言也不合适。但就如同天鹅死前的悲歌，现在不说，或许永无机会再说。旁听席上支持段朝夕的人开始鼓掌，审判长不得不敲击法槌，提醒大家肃静。

顾云岚见周琛看向这边，赶紧朝他比了个"OK"的手势。

周琛拿不准这个手势是什么意思，用表情问："找到证据了？"

顾云岚点头。

周琛面色为之一振，等段朝夕说完，他朝法官说："审判长，我方刚找到新的证据，申请休庭，证据马上就到！"

这话出乎现场所有人的意料，法庭内顿时议论纷纷。合议庭的几名审判员商量了几句，由审判长问："什么证据？"

"被告接触过原作的证据。"

庭法内更是一片哗然。

姚玲发言："这么关键的证据为何不在开庭前准备好？现在突然这么说，空口无凭，无非是想以有新证据为借口，拖延到二审。"

周琛道："我说了，证据是刚找到的，正在送过来，很快就到。"

审判长略一沉吟，仍旧用不带情绪的声音说："此案案情并不复杂，不要拖到二审了。原告方如果有新证据，就尽快呈上来，今天一次审完。"审判长停顿了一下继续说道，"休庭二十分钟，二十分钟后举证。"

因为之前在庭上，顾云岚没法把小楼发来的证据转发给周律师。现在他们到庭外走廊碰面，周琛上来便问："证据如何，能不能坐实？目前这种情形基本是背水一战了，如果证据力度不够，很难挽回我们在法官心中的印象。"

顾云岚赶紧把小楼微信传来的图片拿给周琛看。

周琛边看边点头："不错，不错。"末了又问，"小楼到哪儿了？"

"这就问。"

顾云岚给小楼打去电话："你到哪儿了？法官同意休庭二十分钟，等我们的证据。现在还剩……呃，一刻钟。能赶到吗？"

小楼说："快了，快了，已经开上车了，肖遥正飙车呢。放心啊。"

挂了电话，几个人在走廊上焦急地等待着。段朝夕一言不发，踱步到走廊尽头，看着窗外，那里能看见法院正门。顾云岚上前陪在她身旁，拍了拍她。

一个声音从身后响起："已经尽力去做了的事，安心等结果就好。"

两人回头，见是无欢手插裤兜走过来。段朝夕脸上一红。其实这也是盛典之后，顾云岚第一次与世间无欢见面，她说了句废话算是招呼："你今天也来了？"

无欢轻轻一笑，看了看段朝夕，说："我是受段朝夕的邀请来的。再说，我自己也对这件事感兴趣，想来看个结果。"

段朝夕介绍了几句情况："在等证据，还没送到。"

无欢问："有我能帮忙的吗？"

段朝夕摇头："不用了，人正在赶来的路上。你说得对，现在安心等结果就好。还有……其实，你能来就已经……谢谢。"

顾云岚觉察出状况，借口道："我去洗手间，你们聊。"

刚转身走几步，无欢还是叫住她："云岚老师。"

顾云岚转头问："怎么？"

无欢却只露出个调皮的笑容，用北京大爷的腔调说："您慢走。"

顾云岚也笑了，摆摆手让他别闹。

从洗手间出来，顾云岚见段朝夕仍和无欢站在走廊那头，便没再过去，而是自己回了旁听席。

打开导航软件看了看路况，这个点倒是不堵。二十分钟很快过去，顾云岚见小楼还没到，又到法庭外去看。

"来了来了！"段朝夕指着楼下，"肖遥的车进来了！"

顾云岚凑到窗边，只见未等肖遥把车停进车位，小楼已经一个箭步跳下车，一手捏着文件，一手抓着一个男生，急急忙忙地跑进法院大楼。

法官宣布重新开庭，唤当事人入场。

周律师站在门口，又拖延了十几秒，直到电梯门"叮"的一声滑向两边。小楼几步跑来，把文件塞到周琛手里，又指指那个小男生说："这是我们社的实习生，现在在管艺文社的微博。他手机上有官方微博账号，待会儿可以现场登录了看。"

"好。"周律师答应着，和段朝夕一起再次坐入原告席位。

没花费太多流程，审判长说："原告方把新证据交上来吧。"

周琛将证据交到合议庭，姚玲和张颖全程眉头紧皱，那边旁听席上小鱼儿的支持者也都一脸凝重，想知道原告这边到底找到了什么新证据。周琛娓娓说道："《失落的果实》一书刚上市时，艺文出版社官方微博发布了新书书讯，并做了转发抽奖送书的活动。请看新证据第一页，这便是当时那条微博。中奖者有 10 人，这 10 人中有一个叫'Miss 雨'的，现在这个账号已经注销了，但可以确定这是被告的小号。因为中奖者需向艺文社的官方微博私信自己的收件地址，以便艺文社把新书奖品快递送出。请看新证据第二页，这是'Miss 雨'和艺文社官方微博当时的私信记录，这个聊天记录现在登录官方微博后仍能查到。她发给官方微博的收货信息，收件人姓名便是唐晓雨，同时，收货地址正是被告的住址，审判长请看，这个地址与被告接收法院传票的地址是同一个。"

姚玲想要狡辩，却实在无法找出这个证据的漏洞。她最终没说话，脸色铁青地坐在座位上。张颖也只是申请查看证据，把那两页纸拿来翻来覆去地看。

顾云岚有些好奇，按理委托人应将自己的情况毫无保留地告诉律师，以便律师准备辩护策略。但看对方两名律师那有苦说不出的模样，小鱼儿真的向他们坦白过这件事吗？要找到这个中奖记录本不是难事，只因为他们一开始没想到这个方向而已。小鱼儿若在自己委托的律师面前都一口咬定自己没看过原著没抄袭，姚玲他们相当于被耍了，砸了招牌不说，这次还揪着被告未接触原著这个有实证的点不放，简直是打自己的脸。

这么想着，她倒是对张颖的处境幸灾乐祸起来，又因为目前形势对段朝夕十分有利，心情一阵大好。

核实证据后，法官问双方愿不愿意调解，段朝夕自然不愿意。最后还是没能当庭宣判，审判长宣布休庭，说择日再下判决书。

不管怎样，此事总算告一段落。

09

退庭后，当事人和代理律师还要留下，到书记员那里核实庭审笔录。

顾云岚刚到走廊便收到信息，是段朝夕拉了个群，想请大家吃饭，群里还有方昊、无欢、周律师、小楼。段朝夕没有肖遥的微信，但捎上肖遥也不算多，他倒也不客气，赖定了这顿饭，跟小楼两人挽着手站一起。

来旁观的几人一起在庭外等段朝夕他们核实完笔录出来。小楼给大家讲她去艺文社取证的过程，说还好带了肖遥去，毕竟是艺文社的重点作家，不看小楼的面子也要看他的面子，这才没怎么拖拉，给证据上盖了章。

说到这里，大家才想起那个负责官方微博的男生，想叫上他一起吃饭，谁知他腿快，居然已经走了。

等了一会儿，被告那边的姚玲和张颖先核实完笔录出来了。顾云岚和张颖打上照面，张颖赔笑着对姚玲说了几句话告了假，姚玲先上电梯下楼了，张颖则到顾云岚身旁低声问："还在这儿？"

顾云岚这才想起张颖让她结束后等他的话，他见自己还在走廊上没走，肯定是误会了。顾云岚心里感到一阵恶寒，往后退了几步说："你是被告那边的律师，我是原告这边的人，别跟我这么近啊。"

这话幼稚得有点儿可爱，像小学生一样划分阵营。张颖显然没听出其中的抗拒，只以为顾云岚是害羞，又几步走到她近前："我有话跟你说。"

"不必了，不必了。"

小楼见状护住顾云岚。无欢和肖遥也看出不对，围了上来。这时一个法院工作人员路过："怎么回事，别在庭外喧哗，有什么事出去说。"

几人只得道歉，上了电梯。

到了楼下，张颖又对顾云岚哀求道："给我几分钟，就说几句。"

感情上的纠缠，无欢见得多了。这片刻工夫，他已经大致猜出两人是怎么回事，但碍于自己和顾云岚的关系，又不好出面解围。

顾云岚尴尬得不行，苦笑着跟小楼他们说："你们等我一会儿。"说完便拽着张颖走到一旁，"你到底想干吗？有话快说，我还有事。"

张颖支吾半天，只问："这一年，你过得还好吗？"

这算什么鬼问题，顾云岚气急："不劳您操心。"

张颖柔声说："其实我俩之间没什么问题，只是我妈说话不好听。但你放心，我妈那边已经说通了，她前阵子还问我怎么今年过年没带女朋友回去呢。我一直在找机会跟你联系，又开不了口。接到唐晓雨这个案子后，我去查段朝夕的那本书，看到是你责编的，就知道还能再见到你，说起来也是缘分……"

顾云岚打断他："别啊，你是被告的律师，我是原告的责编，这水火不容的，算哪门子缘分？"

张颖还沉浸在自我感动中，自顾自地说："我这一年挺辛苦的，也没什么闲下来的时间，但只要闲下来那么一会儿，就还是想起你。你呢？"

顾云岚心想，以前偶尔拌嘴，张颖总是吵不过她，学了法律，想来他应该去做法务咨询之类的工作，却偏偏来当辩护律师，不合适的事，总要勉强。她有些替他感到悲哀，又无法同情，忍不住嘲讽道："张律师，忙是挺忙，忙了一年，好不容易争取来的机会，第一次上法庭辩论就出师不利，真是对不住。"

张颖倒不生气，只笑笑说："哎，你说话还是不饶人，我习惯了。"

这时，顾云岚瞥见方昊、段朝夕和周琛走出法院大楼，应是确认完笔录出来了。方昊朝这边看，看见了她。她心里感到一阵烦乱，说："你没什么事我就走了。"说完便要走，手腕却被张颖拉住。她想甩开，但张颖拉得很紧，她怒目看向他："你到底想怎样？"

"你别生气了，我们重新开始吧。"

"生气？"顾云岚摇头，"我早就不生气了，只是不喜欢你了。

不生气，不恨，也没有感觉，懂吗？"

张颖不死心地问："你有新的……了？"

方昊见顾云岚与一个男子站在不远处说话，还拉扯着，心里感到不是滋味，不由微微蹙起眉头。

无欢上前对他说："快去啊。"

"去做什么？那个……"方昊犹豫。

无欢看出他的心思："这都什么时候了，你还避嫌。你看那个人不还是被告的辩护律师吗？他都不避嫌你还避嫌。方昊，这次我可不是帮顾云岚，帮的是你啊。"见方昊还杵着不动，无欢捂脸道，"哎，大哥，教你谈恋爱也太累了。是不是还要我做个示范？"

周律师顿时明白了怎么回事，对方昊说："你就去吧，审也审完了，别避嫌了。如果他们要上诉，再拖个一两年的，你能跟顾云岚一直搞地下恋啊？就算上诉，大不了到时我们重新请一个文学鉴定。"

小楼这才听出门道，不由得"噢"了一声，一脸春光灿烂地笑道："哎哟，真是没想到呀。岚岚一直跟我说她上司很讨厌来着，居然……"她一拍手，"对对对，这下很多事都能说通了。嘿嘿嘿。"

原来她私下里觉得我讨厌吗？方昊心中一黯。令他费解的是，这个顾云岚的好闺蜜，一边说顾云岚觉得自己讨厌，一边又和无欢一样，催促自己道："你赶紧去啊。"

方昊终于下定决心，走到顾云岚身边，伸手搂住她的肩膀，冷冷地对张颖说："你松开她。"

顾云岚身上微微一颤，她侧头看方昊，方昊没看她，只逼视着张颖。不知为何，这样的方昊又令她想到狮子。孤高，决绝，不怒自威，生人勿近。唯独她顾云岚特别，能进入他的领地。这样想着，顾云岚看向方昊侧脸的眼波一荡，不由自主地朝方昊的怀里偎了偎。

张颖明显愣住，最终放开了手，对顾云岚道："当我今天什么都没说。"之后转身悻悻离去。

等张颖走了，方昊也把那条搂着顾云岚的胳膊放了下来，问她："你没事吧？"

"没事。"

顾云岚心里起初是欢喜的，转念却又想，这算什么呢？这人只是做戏给张颖看，帮自己解围罢了。这么想着，便又没那么欢喜了。

走去和众人会合的路上，顾云岚问方昊："你是来帮我的吗？"剩了半句"还是真觉得自己跟我有什么关系"没问出口。

方昊听不出话里的含义，老老实实地回答："啊，是啊。"

哪知顾云岚又生气了，说了句："那真是谢谢您了。"

方昊还想说什么，但统共没几步路，很快与众人会合到一起。两人没再说话。周琛说还有事要忙，推了饭局。这倒好了，饭局凑了个三男三女的整数。

几位男士都开了车，一人载一名女士最合适。偏偏顾云岚不想坐方昊的车，厚着脸皮跟小楼和肖遥说："我能跟你们的车不？"

小楼现在可不敢乱给顾云岚凑 CP 了，之前帮无欢追她，还闹出了一些乌龙，此时她还没搞清顾云岚和那个方昊到底怎么回事，又见顾云岚来求自己，便一口答应。

段朝夕不好意思搭无欢的车，跟在顾云岚的身后，说："我也……"

肖遥会意，举手投降道："好吧，今天就让我来当妇女之友。"

小楼挥拳捶他："你说谁是妇女？"

肖遥求饶，表示自己说错了话。

众人开车到一家串店。没有什么是一顿撸串不能解决的，今天高兴，只有撸串才能尽兴。

进了店，六人围坐在一张长桌两侧。段朝夕做东，想要周到些，便提议："喝点儿酒吧？"

小楼豪气地接话："喝！"

肖遥无奈地说："行，今天你们好好庆祝，随便喝。我们的任务就是当好护花使者，等你们喝完送你们回家。"

顾云岚心想，他说的这个"我们"，倒是把三名男士都代表了。最后谁送谁，怎么安排？真是看热闹的不嫌事大。还没想仔细，段朝夕已经叫来服务员，要了五瓶啤酒，又把菜单上的各种串叫了一大堆。

等啤酒和串上桌，这一桌人的表现便显得有些奇怪了：三个女孩不停碰杯喝酒，三名男士却滴酒不沾，坐一旁光吃串。

众人先就今天的庭审细节聊了半天，等聊开了，各种八卦话题也就出来了。无欢贡献了一则网文圈奇人异事："你们知道那些盗文网站吧，专门盯着像天下文学网这样的大站，热门作品一更新，马上复制同步到他们的站上。而且现在都是程序在后台抓取操作，根本不用人工，效率很高。"

大家点头："知道知道。"

无欢说："这些网站如果要盗付费章节，其实也得付一次费。最近有个哥们儿就利用这点，把那些网站坑惨了。"

小楼好奇地问："怎么坑的？"

"他入V后，去淘宝买数据刷榜，迅速把自己小说刷上热门榜前五，吸引了好几十个抓文机器人。然后他在半小时内上传几千万字废话，以千字五分的价格割了一波盗版网站的韭菜。一下赚了好几万。"

肖遥鼓掌："从来只见盗版网站坑作者，还是头一次见作者坑盗版网站的。这人是个人才。"

顾云岚酒量不好，一瓶酒下肚，已是晕晕乎乎，似醉非醉。话倒比平日多了，哧哧笑着说道："你说的这人不错，算个侠盗。侠盗我见得少，奇葩见得多。肖遥，你还记得那谁吧？在书里骂你那个。"

小楼又好奇地问："咦？谁在书里骂他了？"

顾云岚说："那个作者也是写悬疑的，就是写得一般。出书前找肖遥帮他做个推荐，肖遥没同意，那人就那么小心眼，直接把书里一个猥琐下流的负面角色改名叫肖遥，外貌描写全照着肖遥来。"

肖遥补充道："等书出了，还非要寄给我。我不好推托，给了他地址，哪知接到快递才发现是——到付。"

小楼笑得前仰后合，同情地看着肖遥。

一桌人聊得酣畅，但无欢还是发现了不对劲。他本来以为，方昊和顾云岚也该在一起了，但看两人的表现，竟然还没确定关系，甚至不知道他们在闹什么别扭。哪怕顾云岚今晚话这么多，却没有一句是对方昊说的。他俩坐在桌子两侧，只跟着大家聊天，互相之间一丝交流也无，真是令人着急。今天的官司打得不错，是该庆祝一下。顾云岚跟女孩们喝酒时也痛快，现在她面色绯红，眼神迷离，笑吟吟地坐在一旁，却又让人觉得，这笑容背后总埋着一丝落寞。

到了饭局结束，小楼自然是跟肖遥的车走，她见顾云岚醉得厉害，不确定要不要让方昊送她，便拍拍顾云岚的脸问："岚岚，你搭谁的车？"

顾云岚双手撑着额头，含糊地说了几句话，听不清在说什么。

无欢有心助攻，主动跟肖遥和小楼说："你俩走吧。段朝夕，你跟我走。让她跟方昊一起。"

小楼还有些担心："这样好吗？"

"放心，不会有事。"无欢意味深长地道，"这个方总监啊，又不是坏人。没见过比他更正人君子的了，我担保。"

见无欢这么说，肖遥给小楼使个眼色，拉着她走了。段朝夕买了单，等着无欢一起走。

无欢如何察觉不出段朝夕对自己有好感。他本来想保持礼貌的距离，但为了给方昊和顾云岚创造机会，只能由他送段朝夕了。好在段朝夕的酒量竟然很好，她倒是清醒，丝毫看不出醉意，省去了一些酒后吐真言的麻烦。

比起曾接触过的那些生擒猛扑的粉丝，不得不说段朝夕极有分寸。她玩笑着说："哎，他们都一对一对的，只能我们两个电灯泡一起走了，麻烦你了。"

无欢接受了这个玩笑，会心地点点头。走之前，他附在方昊耳边说："照顾好她。"

"走吧？"方昊的声音好像从另一个世界传来，隔着清醒与梦境的距离，很近，却那样含混不清。

"嗯。走。"顾云岚要站起身，见方昊来扶，她一把推开方昊，"我自己能走。"

"都这样了还逞强。你这人到底要逞强到什么时候啊？"

"你不是只是帮我忙吗？送我去医院是帮我，赶走纠缠的人是帮我，现在送我回家也是帮我……我不用你帮我。"

方昊不懂顾云岚话里的含义，却又想到另一个问题："今天那个人是……"

"哪个人？嗯？"顾云岚笑了，她自顾自地走出店外，"那个人嘛……前男友而已……哈哈。"

"哦。"

顾云岚去看方昊的表情："你管他是谁干吗？不高兴了？"

"没有。"他面无表情地说。

"不高兴就直说嘛。"

方昊不理她，拉开停在路边的车的副驾驶门，生硬地说："上车。"

顾云岚乖乖地坐进去。

方昊一言不发地启动车子，顾云岚却无法控制自己，负责笑的神经像被触发了一般，笑得停不下来。

过了好一会儿，方昊突然问了个莫名其妙的问题："你讨厌我吗？"

"讨厌你？"顾云岚像听到什么天大的笑话，又笑，笑着笑着却不笑了，只看着窗外，哀怨地说，"对啊。从第一次见你就觉得你很讨厌。为什么问这种问题？你知道吗，光是问这个问题，就很讨厌了。你才发现我讨厌你啊？"

方昊闷声开车，不再说话。

顾云岚终于意识到自己过分了，透过醉眼去瞧方昊，他像是受到极大的打击，一张扑克脸上竟显露出委屈巴巴的神情。借着酒劲，她伸手拉了拉他放在挂挡杆上那只手的衣袖："喂，你知道我说的……讨厌你是什么意思吗？"

方昊不说话。

"如果是不在乎的人，就根本不会觉得讨厌了。"

听了这话，方昊先是一愣，随后唇角勾起一抹弧度："什么意思，我听不懂。"

"你……"顾云岚有些郁闷，松开方昊的衣袖不想再理他，手却被方昊反手握住。

"解释给我听。"方昊不依不饶地说。

"你别得寸进尺。"

"是你始乱终弃。"

"我始乱终弃？明明是你先……"顾云岚想起那次方昊醉酒后抱着她说以后不管发生什么事都帮她，多少算是告白，结果他第二天竟然忘得一干二净。这人如此讨厌，必须报仇！这么想着，便决定今晚豁出去乱说，大不了明天死不承认。于是她说："意思就是想和你谈恋爱。"

这次方昊真没听清："啊？"

"想和你谈恋爱。"顾云岚只觉得脸上发烫，脑中发热，整个人像女流氓一样痴笑着看方昊，"谈恋爱，嘿嘿，这样说你懂了吗？"

方昊瞥了她一眼："你还是脑子不清醒时比较可爱。"

顾云岚想，随你怎么说，反正我明天装不记得。

方昊像不放心似的补充道："不过，说过什么，你不会明天又忘了吧？"

"什么叫又？还有……你怎么知道我打算明天忘掉？"

"哦，你还真是有预谋地遗忘啊！"方昊恼火地说，"你忘过一次了。上次不会也是故意的吧？"

"不可能。"虽然嘴上逞强，顾云岚心里却直打鼓。莫非是生病那次的事？她翻旧账："反正你也忘过，就算扯平了呗。"

"我忘什么了？"

顾云岚说："你跟多云影视谈判撤资的那次，喝得醉醺醺地跑到办公室……"

"啊，是吗？"沉默了几秒钟，方昊小声慨叹道，"原来那么早就开始了。"

顾云岚只感到被方昊握住的手紧了紧，她回握着他，却较真地道："所以是你先始乱终弃的，不是我……"

"谁说始乱终弃了，这才刚开始，还没到终呢。"方昊交扣住顾云岚的手指。

"根本就还没开始……"顾云岚提醒。

方昊还是那句话："等我准备好。"

顾云岚很想问，什么叫准备好，你一个大老爷们谈个恋爱还准备什么，要准备多久？可又不想破坏此刻的氛围，于是什么也没问。

这夜，无风也无云。只那两只手，仿如所有无法倾诉的爱意都交汇于指尖，那样缠绵地纠在一处。

10

之后几日再上班，顾云岚本来想好了对那晚自己说过的话一问三不知，哪知方昊连提都不提，对她也是如常工作的态度，倒叫顾云岚有些扫兴。

小楼免不了软硬兼施地问她跟方昊到底什么状况，顾云岚总说没什么。

这天下班早，顾云岚回家后拿出奶锅，打算熬个冰糖南瓜粥。小米下锅，水开后拿木勺搅拌，搅着搅着又想起方昊的事，不禁发呆。等听见"哗"的一声，才发现锅里的粥潽出来了，米汤湿答答地浇在滚烫的灶台上，搞得一团糟。

小楼听见动静过来，一边帮她收拾一边问："怎么回事啊，熬粥时走神了？"

顾云岚说："没什么。"

小楼道："因为方昊吗？他要是欺负你，你告诉我呀，我给你撑腰。"

顾云岚叹息："不是不告诉你，是我也不知道怎么回事。"

"说说，我帮你分析分析。"小楼摆出情感专家的架势。

顾云岚想了想："他应该知道我喜欢他了……"

"等等，等等，"小楼凑到顾云岚面前，"你什么时候喜欢他的？怎么没有前情提要？"

顾云岚脸一红："哎，你别打岔，你听我说啊。要说直觉，我觉得他也是喜欢我的吧？但他没亲口这么说过。那你说，他会不会是渣男啊，只是见我喜欢他，就玩一玩而已？"

"虽然接触得少，但我看他挺正经的。他真的什么都没跟你说，光跟你搞暧昧？"

"倒也说过一句莫名其妙的话。说让我等一个月，等他准备好。没头没尾的，算什么意思嘛？"

小楼扑哧一声笑了："就这？这意思已经很明显了好不好？恭喜啊！我坐等吃糖了。"

"明显？我怎么不懂啊。"

"那我问你，他平时是轻浮的人吗？公司内部有流传他的花边八卦吗？"

"那倒没有……"

"这不就对了，他做事很沉稳，是吧？"

"确实也是……"

"所以啊，你想，你们之间有一点比较麻烦——上司跟下属。如果要谈恋爱，那就是办公室恋爱。他，一个做事周全的稳重男人，既然要跟你确立关系，自然要找好时机、做好准备、正大光明地官宣，免得偷偷摸摸地让人看见，又害你被同事说三道四。你那儿不是有个挺讨厌的同事吗？哎哟，这么好的男人上哪儿找啊？"

让小楼这么一分析，顾云岚心里觉得安稳了，嘴上却问："真的？"

"你就放心吧，好好等一个月，保证有惊喜。"

有了定心丸，顾云岚全心投入工作。她越想越觉得小楼分析得有理，既然方昊不是在玩弄她，那她也不必考虑一个月后辞职的事了。

已经快到四月，虽手里有段朝夕、公子清、世间无欢三个重点作者的书要做，但顾云岚仍在为新年选题计划的事耿耿于怀。无论怎样，她还是想自己再找到一个能成为爆款的选题。前阵子物色了好几个不错的苗子，这些天她又仔细斟酌了一番，最终锁定了其中一个人。

这个人和肖遥的路数有点儿像，不过肖遥当时是在论坛发帖，这个人则是在个人社交账号上连载。

他的网名叫黎巴赫，这部作品叫《囚徒猜想》，严格说可以归入科幻类，但并不是大众印象中诸如太空冒险、人工智能、末日废土之类的传统科幻题材，而是一部基于虚拟设定之上的社会推演小说，故事在现实背景下发生。贴近日常生活、讨论了大多数人关心的话题，有趣的设定、严密的逻辑、角色的选择常面临道德悖论困境，甚至作者广泛的知识储备，都令这部作品大放异彩。哪怕只是发表在个人的社交账号上，目前曝光率还不高，读者也大多是熟人，但反响和讨论十分热烈。

顾云岚联系了作者，对方是个名校数学系的高才生，目前研究生在读。写这个文纯属突发奇想写着好玩。听说有机会出书，十分高兴地同意了。

接下来，顾云岚花了两天才完成选题计划书，对作品亮点、受众分析、宣传计划等都做了详细分析。完成后，她第一时间做好向上级提交选题的邮件，在附件中添加上这份详尽的《〈囚徒猜想〉选题申报表》，点击发送。

这一次，方昊会怎么看呢？

虽然来久时之后也做了几个选题，但那些选题要么是世间无欢这种大神，要么是有一定基础的作者。这次又是一部彻头彻尾的新人新作，和当初段朝夕的情形差不多。

只是，那时提交段朝夕的选题，仅仅是一个小时不到就填好的一页简单的 A4 纸表格，之后还被方昊训了一通。回想起来仿如昨日，看着自己这一年来的进步，顾云岚不禁莞尔。

没想到才过了十几分钟，便收到方昊的回复。

顾云岚迫不及待地打开邮件，却见方昊回复道："这个选题不必朝我汇报了，直接交给于总审吧，邮件给她转发一份。我已经跟她约好，你明天下午两点去找她面谈。"

明明是信心满满地交给他看，他却说要向另一个人汇报，说不失落是假的。可顾云岚转念想到，会不会是因为要确立恋爱关系，所以他才不方便再审自己提交的选题？

正这么想着，放在办公桌上的手机振动了一下。是方昊发来一条微信消息："这次的选题很棒。"

短短的七个字猝不及防地映入眼中，又刚好字字说到顾云岚的心上。她不由自主地抿嘴笑了，抬头去看窗外，已是春光大盛的时节。

第二天约定的时间，顾云岚到了于莉的办公室。

于莉并未解释为何让顾云岚直接向自己汇报，只让她做选题阐述。

顾云岚早有充分准备，条理清晰地介绍了这部作品的主要内容、亮点，及自己对市场受众的分析。于莉静静地听着，末了也不表态，只道："小顾，我想问你个问题。"

"啊，您问。"

"你知道，当下的图书市场，要想推出一个新人非常困难，甚至无法预测结果，新人能不能红，要赌运气。靠天时，地利，人和。"

"这我明白。"

"对于一名入行已久，有一定资源积累的图书编辑，更稳妥的做法是去组那些有固定读者群的成熟作者的稿子。这样至少有个基本盘，不至于亏本。"

"是的。"

"但你似乎一直热衷于做新人新作，为什么？"

顾云岚回忆一番，好像还真是如此。最早在艺文出版社时，捧出的肖遥及另两名十万销量级的青春作者，当然，还有几个销量平平的作者，加上段朝夕，以及这次的黎巴赫。接触他们时，他们无一不是从未出过书的新人。为什么要费这么大力气，甚至吃力不讨好地这么做？联系成名作者，邀约他们写新作，质量不操心，销量有保证，宣传不费力，这样岂不更好？

"要说为什么的话……"想了想，顾云岚回答道，"打个比方来说，就像淘金者在茫茫荒漠找到金矿、考古学家在荒郊野岭挖出化石。他可能要寻找很久，等待很久，而且大多数时候接触到的都不过是泥沙，但他终于还是找到了超乎想象的好东西。这比直接拿到一块金子、一块化石更让他兴奋。对我而言，看到一部激动人心的好作品，而这作品的作者还是一个彻头彻尾的新人，正待发掘，这令我振奋不已，想把未曾被人读到的好故事介绍给全世界。这种心情，大概就是我选择做一名编辑的初心吧。"

于莉笑了笑："原来如此。"

"那于总，这个选题……"

"选题不错，去做吧。"

难得心情这么好，下班时顾云岚在楼下的便民小超市买了一盒肥牛和一些蔬菜，自己哼着歌在家煮着麻辣烫，把小楼馋得不行。

"放心啦，有你一份。"顾云岚说。

听到这句，小楼才心满意足打着下手等待开饭。

晚上，顾云岚接到母亲打来的电话。

父亲回家以来，她和母亲通话的频率是十天半个月一次，也就每天睡前互相发个晚安算是道平安。

接了电话，妈妈还是絮絮叨叨地拉点儿家常，问她吃了没，吃的啥，最近工作忙不忙。顾云岚一一作答。然后妈妈又是照例帮父亲说几句好话："你别记恨你爸，他现在挺好的，最近身体好点儿了，还在琢磨有没有什么不累的小生意可以做一做。"

顾云岚本想"嗯"一声了事，不过又改了主意，很死心眼地问："做生意不要本钱啊？他后来有说钱去哪儿了吗？"这个问题她追着问好几次了，再问下去，自己都觉得自己可笑。

母亲的回答当然是没说。

顾云岚发现自己没那么生气了。她本身又不是贪图这钱，只是想听一句真话，想要一个答案。可想通了那是父母的事，生活里的每件事也并不是次次都有答案后，她便不计较了，只暗下决心以后再不过问此事。

如今，她只想抓住自己的幸福。

11

终于到段朝夕那个案子宣判的日子，是上次庭审后的第二十天。

仅仅是在法庭上宣读一份既定的判决书而已。段朝夕没有专程来北京，顾云岚和方昊也未请假去法院，只等周律师传回来消息。

手机不停振动起来时，顾云岚正在初校世间无欢的书稿。周琛拍了判决书的照片发到上次段朝夕拉的那个饭局群里，附言说："只拍了重点的几页。"

从照片可以看出，这份判决书竟然厚厚一沓，有二三十页，远远超出顾云岚的想象。最后一张照片上，周琛将其中一段话用红笔做了标记，是判决结果。

抄袭事实成立，勒令被告唐晓雨在各大媒体及社交网络上发布致歉声明，向原告段朝夕公开赔礼道歉，并赔偿原告经济损失及诉讼合理开支共计二十万元。

小楼发表意见："才赔二十万？少了！"

段朝夕发了一个傻笑的表情："没关系，不是钱的事。谢谢大家！"

顾云岚连发了几个表达激动的表情包。赔偿的额度不会太高，这一点他们早就有预期。毕竟没有连带公司一并诉讼，也未提及《女吏》获得影视改编权收益的事。

无欢随后发言，就简单的两个字："恭喜。"

周琛说："小鱼儿肯定还要上诉。但今天在法庭外碰到姚玲，她跟我说，她不打算再代理这个案子了，被小鱼儿坑惨了。"

顾云岚想到，一定是小鱼儿向代理律师隐瞒了接触过原著的事实。

小楼问："锤这么死还要上诉？"

周琛答："上诉是常规操作，反正就是死不承认，拖个一两年，拖到电视剧播了，即使终审败诉，该赚的钱也都赚了，不影响项目。"

小楼义愤填膺地说："还能这样？服了。"

段朝夕劝道："真无所谓了，随她折腾去吧。等夏天了，大家有空来我家这边玩，我全程接待，包吃包住。"

顾云岚知道她家在东南沿海的一座海滨城市，听她这么说，倒真有点儿想去。甚至已经开始琢磨，要不过阵子请年假去？正好散散心。哎呀，那个时候应该跟方昊确立关系了吧，不如就两人一起……

等意识到自己想得太多、正捏着手机傻笑，顾云岚赶紧抬头四处看看。抬头却见方昊走出办公室，对大家说："段朝夕告小鱼儿抄袭那个案子胜诉了。知道很多同事也在关注这件事，跟大家分享一下这个消息。"

宋微微最先鼓掌："我就说抄了嘛！不过这种没有逐字逐句抄的，也能胜诉，太不容易了。"

何纬拍了两下手损道："嘁，常在河边走，哪有不湿鞋。若要人不知，除非己莫为。抬头看苍天，苍天饶过谁？"

顾云岚吐槽："你这算排比吗？"

何纬耸耸肩，还是一副贱兮兮的样子。

同事们都在激烈讨论，只有冯娜没参与，仍然做自己的事，好像懒得跟这个空间里的任何人发生任何交流。

说完这个消息，方昊并未回办公室，而是去找了于莉。

"于总，那件事，如果您决定好了……"

于莉点头："一时也没合适的人选，就这么决定吧。对了，我跟陈总那边谈过了，他说要送你个礼物。"

方昊有些惊愕："哦？"

于莉说："他现在正在游轮上，是 46 天的环南太平洋旅行，大部分时间漂在公海上，手机没信号。他说了，等靠澳大利亚那边的口岸就打给你。"

对于这位陈总这两年来闲云野鹤的状态，方昊不是不了解，他点头。心中却想，既然要辞职，不知道这份礼物烫不烫手，会不会成为阻碍自己辞职的道德绑架？但无论怎样，这个职是不得不辞的。无论从个人发展来看，还是因为顾云岚那句话……于是方昊硬着头皮问："您知道是什么礼物吗？"

于莉只说："等他亲口告诉你吧。"

方昊犹豫着措辞："于总，无论陈总给我什么，我要走的决定并不会……"

"噢，不影响的。"于莉摆摆手，"你工作交接得如何了？"

方昊放下心，答道："嗯，今天来找您就是要说这事。我这边的工作都交接完了，虽说离之前说的一个月的离职期还差九天，如果您这边也没什么别的事要安排了，我明天就办手续吧。"

"真想好了？"

方昊轻轻一笑："想好了。"

"好。你明天找程鹏办手续。"于莉站起身，朝方昊伸出手，"祝你前程似锦。"

方昊与于莉握手："以后还有很多合作的机会。"

于莉说："那是当然。"这话的语气十分肯定，不像客套。方昊一时并不知道原因，只当于莉这人情商够高。

第二天，整个上午，方昊并不在办公室。

到中午吃饭时，小道消息便传来了。

顾云岚正在工位上一边看剧一边吃外卖，何纬拎着他的外卖冲回来，神神秘秘地对十几名在办公室吃外卖的同事道："你们听说了吗？昊哥辞职了！"

一口饭噎在嘴里，脑子里轰一声炸了。晴天霹雳，惊天噩耗！顾云岚愣在电脑前，只差一点点儿就要哭出来。说什么等他一个月？没等来一个月后的惊喜，这人居然就这么跑了，提前畏！罪！潜！逃！了！

身边同事的议论声灌进耳朵。

有同事问："不会吧？一点儿预兆都没有，你听谁说的？"

何纬答："我拿外卖时听到人力中心的人在说啊。"

"消息准确吗？确定了？"

"听说今天上午手续都办完了。"

"啊，怪不得。"有同事想起来，"前阵子昊哥把他手里的一个作者转给我，当时他只说他现在没有太多精力做具体的编辑工作，所以把手里的作者分一些出去。"

另一名同事接话："我也……"

好几个人面面相觑，看来他们都接到方昊转交的作者了。

顾云岚气得身子微微颤抖。原来自己在他眼里和别人没什么不同，连要离职这么大的决定，也没向自己透露分毫。这算什么，精神控制吗？

何纬看出她的异样："你怎么了，不舒服？"

顾云岚挤出一个难看的笑容："我没事。"

面前的饭是一口也吃不下了。她噌地起身，拎起外卖袋，扔去茶水间的垃圾桶。浪费粮食可耻，但玩弄他人感情……更是十恶不赦。

顾云岚叹息着，真的就这样结束了吗？

下午，方昊召集全部门会议，于总也来参会。

因为已经听到风声，所有人都有心理准备。顾云岚坐在离方昊最远的座位，冷眼旁观。

方昊宣布道："从今天起，我不再担任原创小说部内容总监职务。这些年来与大家共事很愉快，谢谢！希望我走了后，原创部可以越来越好。"方昊的声音仍然波澜不惊，像在说一件再平常不过的事。

冯娜恰巧坐在顾云岚的对面。顾云岚见冯娜听到这个消息时，眉毛挑了一挑。

方昊接着说："以后原创部内容总监的工作由于总监管，流程还跟以前一样。"

冯娜挑起的眉头一蹙，似乎有些失望，但眉头的褶皱很快抚平，像又不那么失望。

于莉接话："只是暂时监管，我会尽快找到合适的人选，大家不要因此耽误工作。"

散会后，所有人又回到工位各忙各的。没人再议论。一是因为中午议论过了；二是方昊还在他的办公室里，抬头便能看见外面这个大办公区；三是这事也算不上什么，辞职，跳槽，有什么稀奇的呢？在北京这样人来人往的城市，每一个上了几年班的人，身边的同事来来去去，早见怪不怪了。

只有顾云岚，心头像灌了铅般沉沉下坠，余光看着方昊在那间玻璃办公室里收拾私人物品，熟悉又陌生的身影晃来晃去……

更雪上加霜的是，一口气还没缓过来，却见宋微微大大方方地去了方昊的办公室。

宋微微在敞开的门上敲了两下。方昊抬头见是她，一边继续收拾办公桌，一边说："进来。"

"那个……"宋微微难得有些吞吐，"我上次说的那个事……我真的没有在意啦。您这次辞职，不是因为我让您感到尴尬……吧？"

方昊一怔，才反应过来她指的是哪件事，说："这是我自己的计划，跟你没关系。"心里却说，还是有点儿关系，要不是你，这次计划不会提前这么多。现在看来，提前是对的，因为他已经等不及了。

宋微微舒了一口气："那就好。我还担心是因为我。"

见宋微微进了方昊办公室没说两句话又出来，何纬用八卦的眼神看她，小声问："昊哥要辞职的事，你之前也不知道？"

宋微微无辜地说："当然不知道啦！"她自嘲，"我跟他又没什么特殊关系。我已经表白失败了，哈哈。"虽然说话声音不大，但周围好几个同事都听见了这句话，发出失望的嘘声。

有人说："难道昊哥真的不近女色？"

又有人说："哎，我从入职第一年起，就想知道像昊哥那样的人会喜欢上怎样的女生。没想到啊，这个悬念到他走了也没解开。"

顾云岚坐在一旁，脑中一团乱麻，只听着这些纷纷扰扰的议论声，仿佛置身事外，又仿佛深陷其里。然而压垮骆驼的最后一根稻草，是方昊收拾好了，抱着一个大收纳盒从办公室里出来。那一刻，顾云岚感到心中一慌，只觉得这个人大约要永远从自己的生命中消失了。

同事们朝方昊招呼道："昊哥，这就走啦？"

"嗯。"方昊颔首。

顾云岚与他的眼神在空气中轻轻一碰。方昊露出一个顾云岚无法解读的表情，这个表情转瞬即逝，随后他恢复礼貌的微笑，看向所有人告别："我走了，大家加油。"

　　方昊走出办公室，他的身影转过走廊，再也看不见了。

　　手机里没收到任何他发来的信息，他也没给自己任何一句交代。刚刚那个躲闪的眼神分明是心中有愧，却到底还是就这样走了。顾云岚感到心一点点儿沉下去，沉下去，就像再也不会跳动了。

　　一个声音在脑海里说：你知道你最羡慕宋微微什么吗？在想什么，说出来啊。想要什么，去争取啊。现在不去，就永远没机会了。

　　另一个声音在脑海里说：还不清楚自己被玩了吗，还要送上去打脸？

　　上一个声音说：反正最后一次了，追上去问清楚啊。干吗这么憋屈，死也死个痛快。

　　顾云岚心一横，带着浑身的战栗，踉跄着站起身。当她站起身后，所有战栗化作一股比燃烧更炽烈的冲动，好像生怕再犹豫一秒自己就会退却似的。顾云岚强作自然地走出办公室，便再也忍不住，快步跑向电梯间。好巧不巧，几部电梯全停在离这层楼很远的楼层。

　　于是，顾云岚双腿不停歇地，带着那颗痛到稀碎的心，从步行梯飞快地跑到地下车库，直奔那个人的车位。当看见他还没走，刚把收纳盒放进后备厢时，身上的力气便再也没有了，又说不清自己为什么要追到这里，顾云岚"哇"的一声开始号啕大哭。

　　两人间隔着一米的距离。顾云岚哭得梨花带雨，泣不成声间："方昊！你这个人怎么回事，说也不说一声就走了……"

　　更气人的是，方昊脸上竟然带着一抹得逞的笑意。

　　他走上前，摸摸顾云岚的额头："今天没发烧，也没喝酒吧？"

　　顾云岚哭着说："你管我！"

　　"怎么哭成这样了。"方昊说着，用手擦拭顾云岚满脸的泪。

　　顾云岚只感到这个掌心是熟悉的微凉，又那么温柔那么小心。她抽泣着："还问我为什么？还不是因为你……"

　　"因为我怎样？"

"你就这么走，把我当什么了？有没有考虑过我的感受？我、我……"

方昊拉住她一转身，将她整个人轻抵在车身上，一手钳住她双手举过头顶，另一只手摁在她身侧的车窗，略一低头，用嘴唇堵住了她没说出口的那句"我喜欢你啊"。

吻了几秒，方昊在顾云岚耳边说道："我知道的，什么都不用说。"然后再次吻上去。

顾云岚起初又硬撑着不回应。可这个吻到底还是既缠绵又迫切，像无言的爱语，像消融的春雪，像天上的云，像人间的风。她终于忍不住，回吻了方昊。得到回应后，方昊的吻更热烈地落下。直到快喘不上气，两人才不舍地分开。

可这到底又算什么？

不容顾云岚再怀疑，方昊已经紧紧地抱住她，在她耳边说道："我从来没追过女孩，每一次都是她们追我……所以这一次我一定要先开口。云岚，你这么特别，可能从我自己都没察觉到的时候开始，我就被你吸引了，不知不觉已经爱你到失去理智。我准备好了，我们在一起，好不好？"

听到这话，顾云岚只觉得身上的刺一寸寸软下去，最终变成柔顺的毛发，蹭在他的怀里，毛茸茸的，那样乖巧。可再回味，又发觉不对，方昊这人难道真不知道恋爱怎么谈，有这样表白的吗？于是把头从方昊怀里抬起来，故作生气地瞪着他问："你说什么？每一次都是她们追你？几次？"

"啊？"方昊没想到自己的深情告白竟然换回这样的质问，一时有些无措。

顾云岚的脸上还挂着没干的泪痕，又问道："还有，为什么不声不响地就要走？"

"对不起，"方昊还是搂着她，"就是想……让你着急。想听你在清醒的状态下承认一次喜欢我。"

"就为了这？万一我不追出来怎么办？"

"那也没关系，我打算今天去你家楼下等你的。你下班回家就能看到我了啊。"

顾云岚说："我刚才差点儿就说出口了。"

"说出口什么？"

顾云岚低头小声呢喃："喜欢你。"

方昊抚摸着她的头发："我知道，但不能真让你先说出口啊。"

顾云岚哭笑不得，沉默了一会儿又问："为什么辞职？"

"哈？"这次轮到方昊恼火，"不是你说的，上司跟下属谈恋爱，像什么话吗？从你说这句话起，我就在做辞职的准备了。一直就计划辞了职再向你告白的。"

"我说过这话？"顾云岚根本不记得了。

"你……"方昊语塞，提醒道，"你那次吃宋微微的醋，跑来我办公室一通发脾气，说上司跟下属谈恋爱不像话，你这人记性真的很差！"

顾云岚无语道："我那是气话，能当真吗？你现在工作辞了，打算做什么啊？"

方昊语气又柔和下来："反正不管你说过什么，我都当真了。"

顾云岚重新把头靠在方昊怀里，拥着他。她也说不清自己现在是什么心情，就觉得今天的情绪起伏有点儿大，整个人好累，像做梦。但她知道一切都是真的。

方昊又抱了她一会儿："好了，回去上班吧。现在离下班还有……"他看看表，"一个多小时。我在这儿等你，你下班来找我。"

"找你干吗？"

方昊说："带你去吃饭啊。然后给你讲我未来的计划。"

顾云岚故意："我为什么要跟你吃饭？我答应跟你谈恋爱了吗？"

方昊无奈，却还是依她，松开怀抱站到她面前，两手搭在她肩上，再次郑重地问："云岚，愿不愿意做我的女朋友？"

顾云岚吸了吸鼻子，忍住笑意，摆着架子说："试试喽。"

送顾云岚上了电梯，方昊回到车上，静静坐着，打开音乐。是肖邦的《夜曲》。

他的心从来没这么温热过，这是一种什么感觉呢？

方昊想起一些往事。

方昊的父亲是外科医生，母亲是一家跨国生物科技公司的中国某省分部的负责人。从记事起，他就只记得父亲常常值夜班，周末也多是在值班。那时母亲还不算忙，一家人好不容易有机会坐一起吃饭，却又在谈论他无法理解的话题。

"今天这个病人开胸一看，瘤子比拳头还大，淋巴结全部扩散，可能一个月都撑不了了。"父亲的语气十分淡漠，就像在说今天剖了条鱼那么自然。

"这种情况就不应该手术。"母亲说。

"病人家属强烈要求，我也没办法。"

母亲不屑地"哼"了一声。

或者又一次，父亲提到："那个人送来的时候，肋骨全部摔得粉碎，扎在心脏里面。神仙也救不回来。"

应该是小学二年级发生的事吧？光听这样的描述便让人惊得心颤，每次一家人吃饭便会听到这些。方昊忍不住说："爸爸，你看到他们这样，不难过吗？"

"难过？"父亲的表情微微一滞，冷冷地答道，"感情太丰富，就拿不稳手术刀。"

好像就是那次，母亲提到："今天赵总找我谈话，说想让我当部门负责人。以后可能要经常出差了。"

父亲似乎有些不满："那谁管孩子？"

母亲问："你不会管？"

父亲自知理亏，却狡辩道："你不是不知道，我的工作性质，就是没办法像其他行业那样朝九晚五、周末双休。即使以后不值夜班了，只白天做手术，常常一台大手术一做就是八九个小时甚至十几个小时。回家哪有准点的？"

母亲说："只许你忙，不许我忙？生了他这些年，我放弃了多少机会？凭什么？"

刚才还标榜自己十分冷静的父亲发怒道："你以为只有你为家里付出了吗？我倒完夜班，第二天觉都不睡，他们幼儿园要春游，你上班请不了假，我陪着去，我说什么了？"

"春游一年才几次？陪了几次春游了不起？"

最后方昊哭着说："你们别吵了。我能照顾自己，我可以自己上学放学，也会煮面了。妈妈，你要是出差不在家，我就自己煮面吃。"

父亲和母亲都叹息了一声。但母亲还是选择了接受升职。

从那一年起，方昊一个人走了很多年上学、放学的路。一开始看到下暴雨时同学的父母撑伞来接，还偷偷地掉过眼泪，后来就无所谓了。

没有期待，就不会失望。没有感情，就不会痛。

见方昊果然能自己照顾自己，父母起初的那点儿担忧也烟消云散，更放飞地全心扑进工作中。

父亲后来不用值夜班了，但因为成了行业大拿，得到处出差参加论坛会议，回家的日子越来越少。母亲似乎在工作和技术上都很有天赋，她的职位越升越高，科研方面也有突破，但在家的日子更是屈指可数。

方昊从未跟他们说过，第一次煮面时他把水开了的锅打翻，水泼在脚上，起了巴掌那么大一片水泡，他自己去药店买了酒精消毒。有半个月，脚背时时刻刻都像被几十枚钢针刺着那么疼。

四年级有一次放学后，他被三个五年级的孩子围着要钱，他硬是发疯般地跟他们打了一架，浑身挂彩。此后再也没有混混来欺负他了，但那一身瘀青和眼角的血点，竟然到愈合了也不曾被父母察觉。

初中有一次淋了雨着凉，晚上就发烧了，第二天浑浑噩噩地昏睡在床上，竟然还是班主任见自己没去上学，找到家里来，才把他送去了医院。

高中时有个女生喜欢自己。她叫什么名字来着？居然忘了。就记得她每天给自己带早饭，当她告白后，他也没什么立场拒绝，便在一起了。而这次恋爱让他第一次意识到，自己竟没有爱的能力。就像没有味觉，任何爱意在他的感觉中，都没有味道，只是咀嚼、吞咽。分手那天刮了很大的风，她失望透顶，问他："你没有心吗？"

高考完电话查分，电子合成的女声一项一项地报出每一科目的分数。他默默地心算，总分过了 600，兴高采烈地转头想说，才意识到家里没别人。

比起病痛时无人照顾，喜悦时无人分享，才更让人寂寞吧。

只是，成年的他已经可以理解父母。每个人都有自己的追求，他们选择了追求自己的事业，这不算错。他们忙到甚至没时间吵架，也没工夫离婚。本来，爱情就不是他们人生的必选项。家，如此苍白地存续着，他并不恨他们，仅仅是无法亲近而已。

长这么大，独自在家的大部分时间都是靠看小说撑过去的，有那些虚构的世界和虚构的人物陪伴，倒也还好。方昊于是干脆放弃了国内大学的录取通知，读了半年托福，去了英国一所高校学习欧洲文学。至于为什么毕业后回国成为天下文学网的网文编辑，那又是另一个故事了。

这些年就这样一个人，而这颗冷却多年的心，在此时此刻，一想到顾云岚，便像被一浪又一浪热带阳光下的海水冲击着。

这种感觉……

像是有所感应，方昊打住回忆，一侧头刚巧看见顾云岚正缓步朝自己走来。

他下车，等她走近。

真奇怪啊，明明一直自认为足够冷静，在与她确立关系前，也可以克制着情感，按计划一步步做准备。可一旦开启恋爱模式，便仿佛身体里的一个开关被打开，方昊再也忍不住，上前几步抱住她。"你刚才答应我的，都是真的吧？"

女孩像是被方昊吓了一跳，在他的怀里一动不动，疑惑地"嗯？"了一声。

方昊把头埋在女孩的颈窝里："不管是不是真的，我都赖定你了。"

"喂，"顾云岚用手指戳了戳方昊的胸膛，"你这样，是不是不太好？现在是下班时间，待会儿有人来……"

方昊说："我不管。反正我现在不是你的上司了，没人能说三道四了。"

顾云岚无奈："你怎么还在想这茬啊？"

本来她见到方昊还有点儿害羞，没想到刚走近就被他这样抱住。这个人真的是方昊？怎么跟平时不太一样？

只听方昊又说："你知道这种感觉吗？我好像一辈子都在等这一天，可能永远不会等到——但竟然等到了。"

顾云岚并不知道方昊刚才回忆了些什么，还无法完全理解他这句话。只听他说得真挚，一阵被爱的窃喜涌上心头。顾云岚缩在方昊的怀里，卸下坚硬的伪装，像一只终于学会讨食的小动物一样："我饿了。"

听到这话，方昊总算松开顾云岚，拉她上车，驶出地库。

天刚擦黑，路灯照着满世界的杨絮纷飞。以前觉得甚是讨厌，今天看来只觉得热热闹闹地让人欢喜。

方昊挑了一家法式创意菜餐厅，在一幢大厦的高楼层，全景落地窗，他预订了靠窗的座位。

两人坐下后，只互相看着对方抿嘴傻笑，直到服务生送上菜单才收住。顾云岚随手点了几道主厨推荐的菜品，心思却全不在此，光想着美梦怎么突然就成真了呢。

这么想着，顾云岚伸手勾住方昊搭在桌上的手指。

方昊却来了劲，半眯着眼看她："想听你再说一遍。"

"说什么？"

"说你喜欢我什么的。"

"不说。"顾云岚低头。

方昊不依不饶的，就这么一手与她拉着，一手撑着下巴，似笑非笑地看着她。顾云岚正进行激烈的内心斗争，琢磨着要怎么开口才好，方昊的手机却响了。

想起之前两人相处的情况，总之，每次他手机响都没好事。顾云岚不由自主地皱了皱眉。

方昊拿出手机，面色一肃，将屏幕拿给顾云岚看。顾云岚见来电人是陈舒，赶紧示意他快接电话，自己静静地等着。

窗外是暗蓝色天幕，远处楼宇林立，窗格里星星点点地亮着灯光。每一条道路上都川流不息，盛着呼啸而过的车辆和行色匆匆的人群。在这个有几千万人口的城市，两个孤独的灵魂恰巧找到彼此，概率小于万分之一。

两人勾在一起的手指始终没松开。

等方昊接完电话，菜也上来了。

一边吃，顾云岚一边问："陈总找你什么事啊？"

"你不是问我辞职了打算做什么吗？"

"对对对，打算做什么？"顾云岚狂点头，光顾着甜蜜了，差点儿忘了这个重要问题。

"我打算自己注册一家公司，还是做内容，但不再做传统出版，而是开发运营一款小说阅读 App。其实，商业计划书几个月前就有雏形了，这段时间也跟极光集团的资本中心有过接触。他们有投资意向，只是迟迟未能最终确定。刚才陈总说，久时没有自己的文学网站和 App，本来也打算近期布局这方面的产业，现在正好让我先做出来试试效果。他打算投资我的项目。"

"哦……"顾云岚乍听有些吃惊，细想又觉得是情理之中。一时间，很多想法涌上脑海，虽说以方昊的能力和资历，初期不会缺资金，可创业总是又辛苦又困难的，两人的未来……

像是看出她的顾虑，方昊说："你不要对我这么没信心好吗？"

顾云岚说："我不是没信心，我……"可刚才有一瞬，确实有过担心吧？无可狡辩。

方昊那样温柔地看着顾云岚，手指摩挲着她的手，轻声承诺："放心，不管怎样，我的未来都有你。"

顾云岚解释："我只是习惯性地凡事总往坏处想，并不是对你没信心。"

方昊认真地说："从此以后，与我有关的一切未来，你都可以按你最希望的样子去想。你把它们描述给我听，我全都给你。"

顾云岚看着面前这个男人，心脏扑通扑通地跳动着。怎么回事呢，又想哭了。是因为这如此真切的"谎言"吗？

她不知道，这美得像说谎的诺言，于方昊，是上万个孤独的日子，磨碎了的每一分每一秒，是他盲人摸象般终于勾勒出来的爱的模样，是冻成冰的心融化的每一滴水，是从不曾有的味觉第一次尝出的滋味。

在完全缴械投降以前，她还想再挣扎一次，嘴硬地说："说什么未来不未来的，如果要一起计划未来，干吗自作主张地就辞职，还瞒着我。明明可以先确立关系再商量啊，害得我胡思乱想那么多……"

"因为是你啊。"

顾云岚不懂这句话的意思。

方昊继续说："我不希望我的决定影响你的决定，也不希望你因为我而改变。从我认识你起，你就那么独立，一直有自己的想法，现在更应该如此。你是想继续留在久时，还是想出来和我一起做？选择权永远在你。我探路，你选择。"

原来自己被人这样爱着。顾云岚感觉鼻子一酸："可是，我还是改变了很多。"

"啊？"

她低头看着餐盘："我……真的很喜欢你，大概已经喜欢很久了吧。"

方昊露出安心的笑容，却只发表了一句莫名其妙的感慨："两个人吃饭，果然比一个人吃美味。"